9787545725865

山西省作家协会 / 中共大同市委宣传部 / 大同市文联 编

大 同 之 韵

——全国作家写大同作品集

（上）

山西出版传媒集团
三晋出版社

本书编委会

主　　任：杜学文　王铁梅　王建江
副 主 任：罗向东　徐海滨　樊　菁　张海波
委　　员：杜学文　王铁梅　王建江　罗向东　徐海滨　樊　菁
　　　　　张海波　闫珊珊　侯建臣　任　勇　刘红霞　张永林
　　　　　周智海
执行主编：侯建臣
审　　校：徐海滨　张海波　侯建臣　刘红霞　张永林　于立强
　　　　　石　囡　周智海　贺　英　李　毅　刘晋川　崔莉英

前 言

"大同"是一个富有人文理想的名字，大同是一座韵味十足的城市。

大同之韵，在古城历史悠久，遗存典雅厚重；

大同之韵，在文化灿烂辉煌，艺术精美浑朴；

大同之韵，在山川奇峻险绝，河流溢美传神；

大同之韵，在五谷独具特色，美食脍炙人口。

走进大同就是在走进深邃的历史，品读大同就是在欣赏自然与人文结合的多彩画卷。

古今中外，描写大同的诗人、作家、艺术家很多。

隋炀帝杨广北巡边塞，曾作诗一首《谒方山灵岩寺诗》："梵宫既隐隐，灵岫亦沉沉。平郊送晚日，高峰落远阴。回幡飞曙岭，疏钟响昼林。蝉鸣秋气近，泉吐石溪深。抗迹禅枝地，发念菩提心。"

金代著名文学家元好问在《登恒山》一诗中描写了恒山的奇景："大茂维岳古帝孙，太朴未散真巧存。乾坤自有灵境在，奠位岂合他山尊。椒原旌旗白日跃，山界楼观苍烟屯。谁能借我两黄鹄，长袖一拂元都门。"

明末清初著名学者、诗人,与陈恭尹、梁佩兰并称"岭南三大家",有"广东徐霞客"美称的屈大均在《云州秋望》一诗中,对大同有着精彩的描述:"白草黄羊外,空闻觱篥哀。遥寻苏武庙,不上李陵台。风助群鹰击,云随万马来。关前无数柳,一夜落龙堆。"

明末清初阎尔梅有《大同览胜》一首:"坳堞严关戍角丛,秦过万里扼当中。空山石马祁皇隧,古刹金鸥道武宫。墩绝烽烟无主似,田多粮莠不毛同。今年旅舍秋分蚤,赤塞黄云雁满空。"

老一辈无产阶级革命家董必武先生写过《过大同》:"塞上云中古迹多,华严石窟美殊科。回车暂驻留一日,走马观花未揣摩。"

书法家、诗人赵朴初先生也曾写过《访云冈石窟及华严寺》:"昨日游云冈,今日访华严,雕塑之美两奇绝,快过平生所未观。凿岩造佛高数丈,示现手如兜罗绵。仿佛灵山集海会,弟子或坐或立或对或默或悲或欣然,飞天持花周匝围绕迅疾如风旋。四壁所刻多经变,千姿万状尤非凡……拥有至宝世希有,大同足以傲人寰。"

近几年来,更有文人墨客来到大同,感受大同独特的魅力。特别是 2021 年"清凉古都,消夏大同"全域旅游季活动期间,大同市专门邀请省内外一批作家、诗人游览大同,感受大同,大家用手中的笔留下了各具特色的文字。刘兆林的《五彩大同》是"色"的大同,王祥夫的《谈吃》是"味"的大同,龙一的《唐诗大同》是"诗"的大同,张行健的《左云长城下倾听马市谣》是"歌"的大同,李尔山的《桑干九章》是"流动"的大同,杜学文的《平城的云冈:丝绸之路上人类智慧与情思的璀璨明珠》是"考证"的大同,唐晋的《时间的瞳孔》是"审思"的大同……由于篇幅原因,我们将这些文字分上下两本七辑整理出版,上册为《天下大同》《古风遗韵》《胜境奇观》,下册为《大美山川》《美食飘香》《乡村风采》《现代诗章》。

　　文字的力量是持久的，文学的力量是永恒的，相信这些有声、有色、有味、有质的文字，能够成为人们品览、感受大同这座城市、这个地域一个绝好的入口。

目 录

第一辑　天下大同

003　走进大同，你才开始 / 王保忠

008　唐诗大同 / 龙一

017　大同的深邃与广阔 / 曾强

025　古风悠悠大同城 / 韩府

031　大同记 / 王丽梅

045　大同是个好地方 / 陈春澜

053　美丽的御东 / 李宏英

057　大同的细节与恢宏 / 闫桂花

071　大同书简 / 王占斌

第二辑　古风遗韵

081　平城的云冈：丝绸之路上人类智慧与情思的璀璨明珠 / 杜学文

099　左云长城下倾听马市谣 / 张行健

118　时间的瞳孔 / 唐晋

134　走雁北，且说"胡服骑射" / 张石山

149　《木兰辞》、木兰与大同明堂 / 要子瑾

165　大同，北魏的音与色 / 杨刚

174　平城：一个远去王朝的背影 / 崔莉英

181　城迹 / 紫箫

195　致咏华君 / 成向阳

205　塞上古城 / 赵本夫

209　花叶见佛 / 王芳

220　散落在大地上的歌调 / 许玮

225　高山古镇 / 高进宝

232　古镇新平 / 温鹏毅

240　晋北民宅文化瑰宝——吕家大院 / 黄建新

第三辑　胜境奇观

263　文瀛湖及其古堡略考 / 张澄溪　张新明

273　去大同看古建筑 / 李晋瑞

280　五彩大同 / 刘兆林

285　唱大同 / 黄亚洲

304　大同散记二章 / 秦岭

311　近看大同蓝 / 肖克凡

314　在云冈看云 / 景平

319　长城谣 / 冯桢

339　灵岩寺：无烟的鼎盛（外两章）/ 喙林儿

343　北魏明堂 / 陈栋

348　塞北玄武岩上的奇观 / 李日宏

355　慈云寺听禅（外一篇）/ 杨俊芳

359　由月华池说开去 / 郭宏旺

365　殿山兴国寺记 / 庞善强

373　千寻笔峰 / 吴天有

378　清凉大同城　度夏优选地
　　　——大同市打造"五都"品牌系列之夏都篇 / 安大钧　杨世刚

第一辑

天下大同

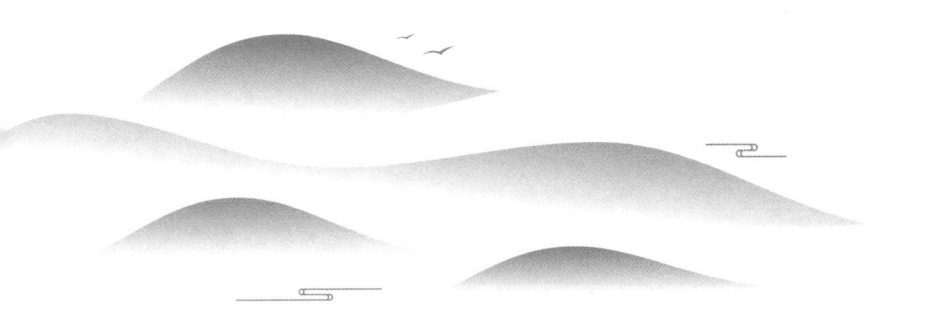

走进大同，你才开始

王保忠

有这样一种关于人类诞生的构想

大约200万年前，在大同火山群桑干河畔，居住着一群刚刚学会制作简单木器和石器的类人猿，这时他们已经能够半直立或直立行走，渴了，就饮桑干河水；饿了，去围获离群的野兽，用石球将其击毙食用。因为生活在火山附近，他们有幸可以捡到一些烤熟的肉食吃，因而，就比别处的类人猿更健壮、更聪明，也更爱动脑子。

不知又过了多少年，他们中最有智慧的一个，忽然非常想吃自己亲手烤的肉食，他因此馋涎欲滴，魂不守舍。看到附近某一座火山，比如金山或狼窝山，还在喷发着小股滚烫的熔岩，他捡了根枯树枝跑过去点燃，然后回到住处架起火堆烤起猎物来。"举起火把便是人"，也就是在那一刻，大同火山附近的类人猿完成了向人类的转化，最早的人类——"大同火山人"或"大同人"诞生了。

穿越时间和空间，眺望人类诞生那一刻"成如容易却艰辛"的图景，作为一个土生土长的大同人，我对这种构想更多的是心存感激。

我常常想，做出这种构想的人，可是我身边的某个大同人？

如果不是，那又会是谁呢？

如果是另一个城市的人，那么，他一定像辽代那位为"大同"取名的皇帝一样，对这个城市怀有一种美好的祈愿。当然，这构想是建立在一定的考古学基础之上的——他还分析了"大同人"与相距不远的"许家窑人"的关系，对他们在大同盆地气候恶化之后，向世界各地迁徙的路径做出了猜想。

想想，还是10年前看到的这个资料，但我内心的激动并不因时间的推移而有所冲淡，相反，有时我甚至觉得，这就是我内心逸出的一个梦呀。或许正是这点羞于道出的自私，我才忘记了他的网名或名字？但不管怎样，假如这种构想成立，那么"大同"就不仅仅是一个城市的名字，更是人类从诞生那刻起便怀抱的一种伟大的理想。

大同盆地，中国最深沉的一个盆地

这里，是黄土高原的边缘部分，再往东，便是一马平川的华北平原。或者我们可以换一种说法，这里是草原文化和农耕文化的接壤带，是北方少数民族进入中原的跳板，"北方锁钥"的特殊位置，注定了它是兵家必争之地，历史上战争频繁。又因为，大山在这里合围，桑干河由西向东贯穿整个盆地，形成宽广的河谷，大同人才可以在战火的间隙，休养生息，建立起自己独特的城市和文化，成为"三代京华、两朝重镇"。

每个城市都有自己的城市记忆。

大同最不能忘记的一个名字是赵武灵王。他锐意改革，胡服骑射，最早创立了中国的骑兵劲旅，平胡林，灭中山，辟地千里，并于公元前3世纪设置了云中、雁门、代三郡。作为雁门郡的一个县，从那时起，大同正式被纳入国家行政建制，成为赵国的"边陲要地"。就是说，大同建城迄今至少有2300年的历史。

走进大同，你才开始。

也是在这里，汉高祖刘邦率军北上，征讨匈奴，结果被冒顿单于围困在白登山，这就是发生在约2200年前的"白登之围"。由是，汉王朝开始对匈奴实行"和亲"之策，上演了一出出"昭君出塞"的故事，汉民族与少数民族的和睦也从此拉开了帷幕。

这里，又是北方少数民族格外垂青的地域，匈奴、楼烦、鲜卑、乌桓、突厥、契丹、女真、蒙古等都曾在这里称雄。甚至可以说，大同的历史，就是少数民族征战的历史，是各民族之间相互攻伐、融合的历史。而发源于大兴安岭的拓跋鲜卑族，跃马挽弓，捷足先登，于1600年前定都平城（今大同），成为第一个入主中原的少数民族，其建立的北魏王朝，结束了北中国长期的战乱局面，与南朝形成了强有力的对峙。到拓跋弘时代，北魏已迅速扩张膨胀为占据整个华北平原100多万平方公里土地的北方政权。

正是这个少数民族建立的王朝，以开阔的视野、宽广的政治胸怀，以及文化上飞蛾扑火、脱胎换骨的勇气，创造了大同历史上最辉煌的时期，也给后人留下了中国最高大粗犷、浪漫绚丽的云冈石窟。这无疑是世界艺术史上的一个奇迹：4万工匠，前后耗费60年光阴，在武周山东西绵延一公里的山岩之上，开凿出主要洞窟45个，大小窟龛252个，石雕造像5.9万余躯，大至17米，小至几厘米，让人目不暇接，叹为观止。"凿石开山，因岩结构，真容巨壮，世法所希。山堂水殿，烟寺相望，林渊锦镜，缀目新眺。"这是北魏地理学家郦道元在

《水经注》中对云冈石窟的描述。凡此种种，大同才会在1982年与北京、承德等24个城市一起首批进入"中国历史文化名城"行列。

这里也是著名的"皇后之乡"。北魏以来，大同出过25位皇后、9位皇妃，且个个都不是柔弱之辈，智谋堪比须眉，甚至影响了中国历史的发展。大同人独孤信，这位战功卓著的北朝名将，一门三皇后，他的七女儿是隋朝开国皇帝杨坚的妻子，她支持文帝北御突厥、南平陈朝，一统华夏，开启了历史上的"隋唐盛世"。而他的四女儿是唐太宗李世民的亲祖母，直接造就和培养了李唐王朝的开国之君李渊。大唐从何处走来？想想其历史渊源，可以毫不夸张地说，其实就是从北魏、从大同走来的。

公元1044年，由契丹族建立的辽国，将大同升格为"西京"，并设置西京道大同府。大同，这个名字（作为城市名）也首次出现在历史上，并一直沿用到今天。我们不知那位辽兴宗是否研读过孔子，是否在心里安放着儒家经典《礼记·礼运》所描述的"大同世界"景象，但可以猜想，将城名定下来时，他对这座城池一定给予了最美好的祈愿。辽国的萧太后便出生在大同，后因她常常住在这里监督与杨家将、折家将的战事，城中街巷留下了许多关于她的遗迹，如"凤台晓月"等。这里，也是让辽军闻风丧胆的折老太君的出生地，是杨家将建功立业的地方。栗毓美、李殿林，这两位清廉正直的官员也都是大同人，他们的事迹至今在民间流传。

大同作为"陪都"，一直贯穿了辽、金两代和元朝46年。直到公元1277年，一位叫马可·波罗的意大利人奉元世祖忽必烈之命出使南洋诸国，路经大同，还感慨于这座城市商业和手工制造业的繁荣。后来他在游记里写道："再走五日路程，便可到达一座宏伟而又美丽的城市，名叫大同……这里的商业相当发达，各种各样的物品都能制造，尤其是武器和其他军需品更加出名。"其实作为辽金陪都，大同还留下了梁思成先生考证、测绘并高度评价过的善化寺大雄宝殿、天王殿、普贤阁和华严寺薄伽教藏殿、大雄宝殿。由此，学术界逐渐认识到了大同这座古城的重要性，并发出了"北魏辽金看大同"的感慨。

走进大同，你才开始。

这里，有留下历代王侯将相、文人骚客朝拜遗迹的北岳恒山，有著名的觉山以及北魏孝文帝为纪念其母而建造的觉山寺。有分布于桑干河两岸的色彩斑斓、千姿百态的大同火山群，500多年前，靖边大将郭登在这里大败蒙古瓦剌部首领也先，创立了明朝抵御外族的首次大捷。

这里，有绵延的内外长城、星罗棋布的墙堡烽燧。

这里又是一座坚固而烈性的军城。明代，大将军徐达在这里修筑了坚固的城池，时人称之为"铜底铁帮"。到了明末清初，大同城因为激烈抵抗清军，最后除了被屠城外，连城墙都被扒低五尺，谓之"斩城"。无疑，这是块建功立业的土地，又是座久经磨砺的城池。

这里，还是中国的煤都、佛都、雕塑之都、壁画之都、美食之都。

这就是大同，与众大不同的，历经沧桑而又给了我们无限遐想的中国历史文化名城——大同。

唐诗大同

龙一

一、桑干河

"春亦怯边游,此行风正秋。别离逢雨夜,道路向云州。"(郑谷《送人游边》)在航空和高铁时代,我却乘坐1136次普快夜车从天津前往山西大同,被人笑称落伍。其实,我是担心这世界变化太快,或许下一次到大同,我真就没有机会躺在卧铺上做一夜之行了。

午夜,车过宣化,我无法望见窗外黑暗之中的桑干河。"征戍在桑干,年年蓟水寒。殷勤驿西路,北去向长安。"(李益《题太原落漠驿西堠》)这条河从山西发源,进入河北经宣化折向东南后改称永定河,再往下便是我的家乡——天津的海河。京津冀巨大的冲积平原,由海河的七大支流历经数百万年累积而成,其中在中国文学史上最著名的,便是常见于唐代边塞诗中的桑干河了。

此刻的夜行列车,从天津到太原500多公里,需要八个多小时,如果通了高铁,也不过三个多小时。于是我想,汉唐时代的人们如果走这条路前往大同，便是千里之行，那该是何等遥远，又是何等的艰难。皎然说："晨装行堕叶，万里望桑干。旧说泾关险，犹闻易水寒。黄云战后积，白草暮来看。近得君苗信，时教旅思宽。"（《送韦秀才》）古代朋友送别，深知此生或许再也没有见面的机会了，这也就难怪汉文化传统中"重别离"的情感格外深重。

当年除了路途艰险，这里还到处都是战场，塞外游牧文明与中原农耕文明在此展开了1000多年的拉锯战。为此，刘长卿感叹："逢君穆陵路，匹马向桑乾。楚国苍山古，幽州白日寒。城池百战后，耆旧几家残。处处蓬蒿遍，归人掩泪看。"（《穆陵关北逢人归渔阳》）

桑干河的支流浑河，流经大同市辖下的浑源县，此地出产最好的中药材黄芪，县中还有尊贵的北岳恒山与奇绝的悬空寺。杜甫诗曰：

桑干河

"先帝严灵寝，宗臣切受遗。恒山犹突骑，辽海竞张旗。"（《夔府书怀四十韵》）诗中这位"先帝"，或许说的便是发生在大同的那场最为著名的战役，汉高祖的"白登之围"。

一觉醒来，我被大同的蓝天吓了一跳。这座曾以空气污染闻名于世的煤炭城市，居然被治理得每年300多天绝好空气，而且已经持续了六七年之久。当然，早年农耕时代，是没有空气污染的，但是，那时有战争、饥荒，以及人祸。"饥寒平城下，夜夜守明月。别剑无玉花，海风断鬓发。塞长连白空，遥见汉旗红。青帐吹短笛，烟雾湿昼龙。"（李贺《平城下》）读古人诗句，遥想当年情景，游今日之大同，应该算是"雅游"吧。

二、唐草纹与胡僧

到大同自然要参拜云冈石窟，特别是北魏时期的佛教造像。北魏开启了华夏文明新的审美时尚，是外来审美与华夏审美的一次大交融。看那莲花宝座上装饰的忍冬纹，便是将金银花变形设计而成的装饰纹样，据说原始纹样可以在古埃及和古希腊找到例证。这种"S"形的带状装饰纹样，到了唐代也被用来绘制牡丹、石榴等，统称为"卷草纹"，传到日本之后，便被尊称为"唐草纹"。我想，这种纹样日后必定对青花瓷器上著名的缠枝莲花纹产生过直接的影响。

佛像座下侍立的僧人与供养人，近半是胡人模样。胡僧在当年来到中土，或许就像几十年前外国专家来到中国一样，他们带来了与我们有着巨大差异的技术和观念，有人反对是必然的。司空图道："不算菩提与阐提，惟应执著便生迷。无端指个清凉地，冻杀胡僧雪岭西。"（《与伏牛长老偈二首》）这诗中之意倒不是司空图对胡僧有偏见，而是拿与他辨析佛理的伏牛长老开玩笑而已。

对于这些新事物，自然也会有人感兴趣，李商隐感慨道："帘外辛夷定已开，开时莫放艳阳回。年华若到经风雨，便是胡僧话劫灰。"（《寄恼韩同年二首》）然而，最终的结果自然是外来文化融入本土文化，成为华夏文明的一部分，此乃历史发展的必然。

我立于云冈石窟之下，努力回忆起一些中外交流事件与内容的碎片，心中涌动的情绪，是感激华夏文明的"大一统"，这个观念2000年来根深蒂固植入这片土地上生活的人群的深层记忆里，使华夏文明得以吸纳、融合、改造所有外来营养，并且一脉至今，不曾断绝。

三、云中和萱草

大同市辖下有个云州区，这里最美丽的景观莫过于丘陵模样的火山群，其中有几座火山被改造成公园。登上不高的火山远眺，一座座火山别致地散落在远处，其间是大片平坦的农田。不过，这里最初给我的观感却是，当真是一座好战场啊。古代将军占据火山以旗号指挥，千军万马列阵山下。"将军下天上，虏骑入云中。烽火夜似月，兵气晓成虹。横行徇知己，负羽远从戎。龙旌昏朔雾，鸟阵卷胡风。"（卢照邻《结客少年场行》）此处所言"鸟阵"是古代阵法之一，《六韬·鸟云泽兵篇》曰："所谓鸟云者，鸟散而云合，变化无穷者也。"这种列阵作战的方法，乃典型的农耕文明的产物，因为它的核心是组织纪律与服从指挥。这也是农耕文明的优势所在，使它在与游牧文明的长期对抗中，能够不断取得均衡之势。即使这个均衡偶尔被打破，就像大同在拉锯战中多次易手一样，然而，农耕文明最终还是将边境与战场逐步推向北方。

卢照邻诗中所言的"云中",便是今日的大同。想当初,西魏八柱国之一的宇文氏废帝自立,改国号北周,等其灭了北齐,统一中国北方之后,公元577年,置北朔州总管府,治下便有"云中县"。这是大同第一次被称为"云中",自此,中国边塞诗中又一个重要的名词诞生了。"翩翩云中使,来问太原卒。百战苦不归,刀头怨明月。塞云随阵落,寒日傍城没。城下有寡妻,哀哀哭枯骨。"(常建《塞上曲》)古代战争之残酷,绝不是我们在中外影视剧中看到的那些场景,真实情况要比那残酷百倍。

据本地人介绍,在这些火山之间的农田中,有相当一部分种植的是本地特产"黄花菜"。因为品种独特,六瓣七蕊,他们很是为这种特

又见黄花怒放时

产骄傲。黄花菜又名萱草、忘忧草，天津人吃打卤捞面条，卤中必有此物，既取其香气，又爱它似软实脆的口感。羊士谔云："无心唯有白云知，闲卧高斋梦蝶时。不觉东风过寒食，雨来萱草出巴篱。"（《斋中咏怀》）大同地势较高且偏北，萱草确是应该在寒食节，也就是清明节过后才会开花。与诗中不同的是，当年的篱边野花，如今已成为大田作物，是大同非常雅致的土产。

黄花菜是摘取萱草将开的花蕾，一旦花朵绽放，便无用了。大同黄花菜与我们在市场上的常见之物很是不同，它花蕾巨大，一根根排列整齐，色泽灰绿带黄，不是那种硫磺熏成的泛白黄色。情感细腻的诗人温庭筠描绘寒食日少年春游情景时，写道："舞衫萱草绿，春鬓杏花红。马辔轻衔雪，车衣弱向风。"（《禁火日》）在汉唐时期，植物和矿物染料中红黄蓝紫黑五色较为易得，给衣料染色也较容易。而绿色是黄色与青色的调和色，染色最难，需要用黄栌与靛青套染，染成的衣料，颜色多半偏向灰绿，很像是大同黄花菜的颜色。温庭筠这首诗中描绘的应该是当年最为时尚的装束，翩翩少年身着灰绿色的窄袖胡服，鬓边插着绯色的绢花，马儿套了雪白的辔头，驾车轻稳，只引得车帷迎风微动，以免惊到车内因晨起出游，尚带困意的人儿。好车雅衣，古今中外之时尚，概莫如此。

四、苦荞与羊杂汤

大同左云县的许多地方，已是煤矿采空区，因为地面沉降，政府帮助农户搬迁到新建楼房居民区，原有的农田与村落，如今变成巨大的光伏发电厂，而在光伏面板之间，则种植了本地特产荞麦。

山西的荞麦有两种，一种是中国青藏高原的原生高寒作物，通常叫"甜荞",在大同七月种植,八月开花。白居易《村夜》云:"霜草苍苍虫切切,村南村北行人绝。独出前门望野田,月明荞麦花如雪。"开凿云冈石窟的北魏政权早期定都平城,就是今天的大同。北魏出了一位中国历史上极为重要的农学家贾思勰,写成一部综合性农书《齐民要术》,其中多处谈到荞麦的种植与食用方法。显而易见,当时山西尚不适宜种植小麦,而荞麦、粟等耐旱农作物是本地主要的淀粉类食物。荞麦的收成如何,在当年或许事关重大,于是储嗣宗在《村月》中欣喜道:"月午篱南道,前村半隐林。田翁独归处,荞麦露花深。"如今到大同,像荞面碗托、荞面凉粉、荞面饸饹等历史文物般的美食,不可错过。

山西的另一种荞麦叫苦荞,又称"鞑靼荞麦",应该是西亚传来的品种,是难得的药食兼备的农作物,山西多在春季种植,只因产量不高,很早便不被当作主要的粮食作物了。如今,苦荞麦被开发出一种创新食用方法,以炒制苦荞代茶饮用,有安神、消积、降三高的功效。左云县的苦荞茶叫"雁门清高",原料天然,制作精心,色泽金黄,味道浓香,可算是此中精品。

在下出游,向来自称"中华美食行",游山玩水只为消食,到了大同,自然要品尝"羊杂汤"。当今之中国,凡是吃羊肉的地方必有"羊杂汤",但在下认为,大同的羊杂汤因为有重要的史料可资佐证,应该算是正宗来源之一。

此事先从远处说起。当年汉高祖刘邦亲率30多万大军迎击匈奴,时值寒冬大雪,因他急于在初建王朝中树立君王的威信,孤军深入,被围困在平城的白登山,也就是今天的大同马铺山,这便是著名的"白登之围"。农耕文明与游牧文明发生战争时,农耕文明一方经常因为游牧文明的行军速度很快,深受袭扰,苦不堪言。在下研究中国

大同羊杂

古代生活史时，发现了其中一个重要原因，就是食物的烹调方法不同，对双方军队行动的灵活性有着极大的影响。农耕文明以淀粉类食物为主，首先是粮食运输困难，其次是必须得"埋锅造饭"，费时费力，大军自然行动迟缓。而游牧文明的军队则是军民一体，同行的牛羊便是"战饭"，生羊尾油和肉干便是快餐。"滹沱河冻军回探，逻迤孤城雁著行。远寨风狂移帐幕，平沙日晚卧牛羊。"（周繇《送入蕃使》）在这种情况下，速战速决的战术对农耕文明就很不利了，汉高祖轻骑冒进，便是犯此大忌。

冷兵器时代的战争，军队被围困的惨状实在不敢想象。"胡儿杀尽阴碛暮，扰扰唯有牛羊声。边人亲戚曾战没，今逐官军收旧骨。"（张籍《将军行》）在这篇小文的结尾处，我们引用《齐民要术》中收录的一则菜谱，用来纪念冷兵器时代的战士，同时祈祷在热核武器时代，大规模战争永远不会发生。

这道菜肴名叫"胡炮肉"，很显然是游牧文明对自己的"战饭"加以精细化改造后的宫廷美食。因为原文不够通俗易懂，我在此处将其删减翻译成白话文：将一年生肥白羊肉和油脂切成细薄肉片，用整粒豆豉、盐、生姜、荜茇（胡椒科植物）、胡椒等腌制肉片；取整只羊肚洗净，并将羊肚内侧翻到外面，成口袋状，里边装满腌制的羊肉片，缝口；挖一个"浪中坑"（也许这"浪中"是音译，但从烹调技术上考证，这应该是一个底部略微凸起的坑），用火把坑烧红，拨开灰火，将羊肚放在坑底微凸处，用灰火埋住，然后在上边再燃火，大约需要煮熟"一石米"的时间，羊肚便烧熟了，成品"香美异常，非煮炙之例"。

这种将羊胃当作饮具，或是烧炕烹煮食物的方法，在世界各地的游牧文明中多有发现，直至今日仍有地方在使用。所不同的是，以上所说的"胡炮肉"绝非游牧军队的"胡炮肉"，真正的"战饭"，应该是以羊胃当锅，纳入血肉米粮，甚至掺雪当水，一烧了之，即使不能全熟，亦能下咽。而烧煮羊胃的火，还可以同时烤炙牛羊肉。在下以为，这种快速简便的烹调方法，是历时1000多年游牧文明对华夏文明持续袭扰的重要后勤保障方法。或许，这胡炮肉最原始的烹调方法，能在大同的羊杂汤中找到其滥觞。

"空迹昼苍茫，沙腥古战场。逢春多霰雪，生计在牛羊。冷角吹乡泪，干榆落梦床。从来山水客，谁谓到渔阳。"（戴司颜《塞上》）当今之世，民生富足，盛行旅游，若有人想作寻幽探古之行，本人向您推荐：带上好胃口，搭乘深夜列车，前往大同。

大同的深邃与广阔

曾强

一

这几年，春节期间的大同灯展无疑是大同最大的亮点。很多国家级媒体（如央视等）多次宣传，使大同灯展几乎家喻户晓，妇孺皆知，影响越来越大。

大同灯展具有欢乐、喜庆、祥和、新奇、博大的特点。灯展充分运用新技术、新材料、新色感，因地制宜利用展览空间，着力打造新时代大同特征、历史传统、宗教信仰、地域民俗风情等几大版块，融故事性、趣味性、象征性、娱乐性于一体，不断注入文明元素和文化内涵，成了吸引八方来客、享誉世界的大同新名片。这给人们长期以来以黑、傻、粗的所谓"大同煤海"示人的形象几乎就是一种颠覆性认知：哦，塞上大同竟然有这么精致震撼的灯展啊！哦，北方大同还有这么清嫩辽阔的蓝天白云呐！

……大同因而似乎也就有了可以"拽"几下的资本：大同的灯就是

这么美！大同的天就是这么蓝！

当然，看大同的蓝天白云容易，到处都可以；看大同灯展，其实也容易，但需要上城墙。

大同灯展一般主要布置在大同古城的城墙上。灯展，每年春节是现在进行时，就不必细说。现在主要说城墙。

现在的大同城墙是依据明代开国大将徐达的城建规制，在原有夯土城墙遗存基础上，耿彦波市长于2009年主持修建（主要是包砖及恢复所有的城楼），2016年张吉福任书记后才完全合龙（北城墙武定门附近发掘出明代城门吊桥遗址）。清初，大同因"姜瓖之变"，遭遇了多尔衮的凶残"屠城"，城中百姓几乎被杀光，高大坚固的大同城墙也被狠"斩"五尺，府县衙门均被迁走，以致10多年成了弃城、荒城。近100年来，因为战争、文物保护不力和城市发展理念等原因，大同古城被破坏尤甚：历经沧桑的城楼多被拆毁；厚重的城砖几乎全被人们扒光，多数修了民居；市民可以在城墙上肆意取土挖窑，遑论踩踏；为了修路或盖楼，个别地段城墙被挖开了大豁口子……所幸还残存着大约四分之三的夯土墙芯。

今天，在大同古城的北门外、南门外，

古都新界

依旧能看到一段段已经被保护起来的原始的古城墙。这些城墙，据专家考证说是汉代、北魏和辽金城墙的叠加，所以也有人说，这是辽金大同作为"西京"的产物，有人说这是北魏平城作为皇都的遗迹，还有人说，这其中还有汉代平城的影子……

总之，大同最有魅力的灯所能照到的历史深度，大约有 2300 年。

二

大同其实还有一个能照射更远的灯，几乎能照到中华人文思想的最深处。

这个最深处，几乎是弥纶天下、透彻古今的，其实也几乎是尽人皆知的。

这就是大同这个名字所含有的意蕴。大同，无疑得益于孔子推崇的"大同世界"。据说，大同是全中国乃至世界上唯一一个具有人文理想的城市名字。

《礼记》记录的儒家圣人孔子是这样描述其理想国度的：大道之行也，天下为公，选贤与能，讲信修睦。故人不独亲其亲，不独子其子；使老有所终，壮有所用，幼有所长，矜寡孤独废疾者皆有所养……是谓大同。

但理想毕竟只是理想，只是陶渊明笔下的"桃花源"，只是可望而不可即的世俗企盼，与中华民族几千年来的现实具有很大差距。理想可以是虚幻的。也许孔子的理想"大同"与地理的名字大同只是一个偶尔的邂逅或巧合吧——谁能说得清呢？

但可以很清楚地知道的是：大同是实实在在的文明渊薮！

这个渊薮，也许很多人听了会瞠目结舌，感觉不可思议：大同，原来还是儒释道三教并流形成中华传统主流文化的文明策源地、发源地！

这可能吗？这真实吗？这应该吗？

不用怀疑，不用惊讶，不要偏见。历史已经写得明明白白：翻翻《魏书》就知道了。

时间：距今1600年到1500年，鲜卑人建立的北魏王朝时期。

地点：都城平城（今大同）。

主要决策人：道武帝拓跋珪、太武帝拓跋焘、文成帝拓跋濬、文明太后冯太后，以及重要大臣崔宏、崔浩父子，高僧"道人统"法果和昙曜，道士首领寇谦之等等。

决策主题：儒学成为国学，孔子历史上首次被皇帝尊为"文圣尼父"封号；佛教成为国教，皇帝即是"当世如来"；道教成为国教，诸帝"崇奉天师"，皆"受符箓"。

历史，就是这样吊诡，就是这样玄幻，就是这样不可思议。一个伟大中华民族的文化文明基因，竟然交由一个北方游牧民族政权来完成基因"突变"，竟然在农耕文化和游牧文化充分交融的北方小城市来结晶、来形成！

难怪著名文化学者余秋雨先生考察后要"抱愧山西"，难怪他会写出著名的文化散文《从这里走向大唐》。

也因此，大同完全可以骄傲地向世人宣称，这里就是中华民族能够长盛不衰、源远流长、屹立于世界民族之林的重要文化源头之一！

三

就像一些星座，因为太遥远，灯光暗淡，所以最容易被人们忽视，甚至忽略。

绝大多数人们，包括本地人，其实根本不注意，也完全不在意：在大同境内，各河流如桑干河、十里河、御河、唐河等河流沿岸，分布着许多的距今5500—4200年的新石器时期人类遗址，并出土了大量的新石器时期标志物——陶器，如鬲、钵、罐等。2017年，大同市考古研究所和中国人民大学考古系、山西大学考古系联合考古队对桑干河沿岸的大同县吉家庄新石器遗址进行了抢救性发掘，挖掘出18处古人类生活遗址，发现了不少重要的文化遗存。

笔者2021年秋有幸随大同九三学社专家实地考察了吉家庄新石器古人类遗址。令人吃惊的是，在若干人类居住的洞穴近旁，还发掘出一个墓室。墓室呈20度左右斜坡状，墓中埋葬着两具身高175—178厘米的男性尸体，他们身体蜷曲、侧身而卧，与我所见到过的所有的埋葬方式截然不同。《淮南子》第十三卷《氾论训》记载："夏后氏殡于阼阶之上，殷人殡于两楹之间，周人殡于西阶之上……有虞氏用瓦棺，夏后氏堲周，殷人用椁，周人墙置翣。"东汉人高诱注释为："夏后氏，禹世，无棺椁，以瓦广二尺，长四尺，侧身累之，以蔽土，曰堲周也。"我想，这个墓葬大概就是传说中夏代的墓葬吧。

不光是新石器时期人类遗址，尤其被史学家、人类学家，甚至美学家关注的是，在10万年前的9000平方公里大同湖周围，还星罗棋布着太多的不可胜数的旧石器时期人类遗址。

2010年，在大同东关现东小城位置，即御河西岸，当时正挖出七八米深的东小城土方基础，有人从里面捡到一些水游生物化石。我也就和朋友一道进入试图有所收获。果然，就在大量的砂石堆中，除了捡到了一块河蚌化石，我还捡到一大一小两把玄武岩质石刀。石刀古朴、粗糙、笨拙，应该是旧石器时期的典型产物。

还记得约30年前，我刚住到大同火山群脚下的大同县城（现云州区）西坪，就听说县城南梁的采沙场里，人们经常可以发现能入药的个头庞大的"龙骨"。现在想起来，这肯定就是远古巨型动物骨骼的化石。2016 年，在昊雅古玩城的一家古玩店，我看到店主收藏的猛犸象牙化石，感觉亿万年的世事沧桑都已经固化成一块几乎可以亘古的童话。店主悄悄告诉我，这是他当年从西坪沙场收到的。

大同湖周边最著名的旧石器时期遗址，莫过于位于阳高县和河北阳原县交界的"许家窑遗址"。在许家窑及其周边，不仅发现了诸多古脊椎动物的化石、一些古人类头骨化石，还发现了 3 万多枚人造石制品，如刮削器、尖状器、雕刻器、石钻等，并发现了约 1500 枚滚圆的石球，其中最重的约 2000 克，轻的只有 90 克。著名美术史家邓福星先生所著的已作为大学教材的《艺术的发生》这样阐述："人类制造工具和使用工具已经包含了艺术活动的因素。这些看上去很粗陋的器具中，蕴藏着艺术的萌芽，而在人类最初的意识中，也同时孕育着审美意识的萌芽。"邓福星先生认为，这些滚圆的石球"其中物化着人的智慧和才能，体现着人的意志和愿望"。

许家窑人制造的石球等石制品，无疑是人类的文明之光，是人类文明进化的重要明证。

因而，大同应该还具有更加深邃而广阔的内蕴，具有更复杂而多维的深度和广度，散发着更加灿烂迷人的不朽魅力。

四

认识一座城，不仅仅是简单地与它邂逅，向它问候，或东走走西看看与它有了所谓的"亲密接触"。和与人相处一样，真正认识一座城，需要逐步地了解，需要更多更深的接触，需要慢慢地品味，需要长时间用心来发现。

直观看，大同肯定不是十分艳丽妖媚的，也是不事张扬的，所以不会一下子很吸引人。但慢慢你就会发现，大同其实更像一位看着年轻但早过了耄耋之年的长者，更像一位看惯世事一切云淡风轻的禅者，也更像一位置身事外不涉尘世的逸者……但无论你看与不看，他只在那里。偏立于塞上一隅，骨子里散发着一种淳厚与质朴，一种平和与散淡，一种宁静与自在。

当一座城市有了历史的时候，它就有了故事，有了沧桑和阅历。当一座城市有了人文思想，它肯定会变得深邃，变得睿智。当一座城市经历过人类几乎所有成长过程，超越了历史和文化，超越了精神和境界，超越了时空和意识，它会是什么样子呢？

老子说，大方无隅，大音希声，大象无形。

由此，我想到了浩瀚无垠的大海，想到了浩渺无尽的天空，也想到唐代书法理论家孙过庭的一句话：不激不厉，而风规自远。

这样的大同，难怪会有神秘而巍峨的佛国云冈的存在。佛教界有"五佛护中华"的说法。五佛中，据说北边的护佑佛，就是以云冈石窟为中心的由众多寺庙组成的佛国梵境。

如此大同，不仅散发着迷人的远远近近的光，你闻闻，大同也还是一个令人无比神往的香积世界呢！

古风悠悠大同城

韩府

来到大同,你的眼睛,你的耳朵,你的嘴,你的身子,甚至你的手,你的脚,你的所有感官都会不断地向你重复着两个字:古老。你看到的,听到的,闻到的,触到的,想到的,也全是同一种东西:古老。你觉得你的全身都被一种古老的东西包围着,浸透着,那是古老的声音,古老的色彩,古老的气息,古老的风格。是的,一切都是古老的,你会不断地加深和强化这种印象的。

地上几丈高处屹立着古老:那驰名中外、享誉全世界的云冈石窟,那巧夺天工、美轮美奂的上下华严寺,那长满野蒿和枸杞的古城墙,那高耸入云的鼓楼檐角叮咚作响的铁马,那庄严堂皇的善化寺大殿顶端沉默的饰兽,都会不停地向你讲述着这座古城的悠久历史。

地下几丈深处埋藏着古老:不必说东郊石家寨出土的北魏司马金龙墓,也不必说元代的伏虎琉璃枕,仅是城西青磁窑村一处就发现了1000多件石器时代的打制品,距今有10万年之久。不信你可以试试,在这片古老的土地上,随便从什么地方扒拉扒拉,你都会找到半截秦

大同青磁窑出土的瓦片

砖、几段汉瓦的！城西附近郊区一户农民要接自来水管，在院里只挖了不到二尺深，不料竟发现了一座辽代古墓——大同军节度使许从赟夫妇合葬墓。

城里的街道也仍是古风犹存，不论大街小巷都不歪不斜，不弯不曲，没有旁支，没有侧岔，一律是直道儿，和这里人们直爽刚正的性格一样。全城被两条正十字交叉的大街均匀分成四大块，360条笔直的小巷又把每一大块分成许许多多小方块。如果你是在飞机上，瞧吧，这古城简直是一个棋盘呢！毫不夸张地说，在这样整齐规则的城里找一个地方如同在数学坐标上确定一个点一样容易。

走在小巷里，你常常有一种参观古迹的感觉，你有时甚至疑心是走在明清时代的闾巷。这两块是夹杆石，竖旗杆用的，凭这一点你也可以想象出当年这院里住户是多么的显赫荣耀；那一方叫上马石，是上下坐骑用的，据此你可以想出这里昔日车马去、官吏来的兴旺景象；垫在墙基下的这块石碑，起码是明朝的遗物；立在门旁的那一根拴马桩，说不定还系过老令公杨继业的战马呢；这块铺路石甭嫌不起眼，翻过那一面你便看见几个依稀可辨的大字——"泰山石敢当"，漶漫不清的落款告诉你，这当年镇宅的灵物至少有300年的历史了；那一段老墙久已摇摇欲坠，剥蚀的墙面显示着它历尽风霜的生命历程，一夜牛毛细雨，它无声地瘫下了，你绝想不到里面会掉出几百串绿迹斑斑的"绍熙通宝"。

或大或小，每一处院子都有一个轩峻的门楼，顶子上随风摇曳着二尺高的狗尾巴草，仅凭那高挑的檐角、玲珑的蹲兽、精美的瓦当滴水，你便判断得出它当年的威武和体面。年久失修的大门显出一副破败不堪的样子，下角的木头早已糟透，像风干的粗面发糕，但那排成云纹状的乳头大钉、硕大阔绰的兽环和靠近门楣处尚存的几块红漆，都暗示着它往日的雄姿和风采。真的，这门面儿领受过好几代人的驻足观赏和啧啧赞叹呢！

进院门首先看到的必是一堵照壁，或刻个龙飞凤舞、一笔写就的"祯"字，或镌个端庄稳健的颜体的"福"字，有钱的人家则要镶嵌烧制的砖刻浮雕，拼出"瓶升三戟""富贵长春""五子登科"等图案，官宦大户还要用琉璃砖呢！那精美绝伦、独一无二的九龙壁，不也就是代王府门前的一块照壁吗？

转过照壁，迎接你的是一个典型的四合院，方方正正，端端庄庄，正房、南房、东西下房、耳房，尊卑长幼，亲疏贵贱，一切都井然有序，自成一个封闭的王国。一处小院，俨然是中国封建社会的一个缩影。

家中正墙上必是一幅水银大中堂，照得满屋生辉，两边配的多是古雅的对联：

帘外淡烟无墨画
林间疏雨有声诗
或是：
云髻梳罢还对镜
罗衣欲换更添香
或是：
向阳门第春常在
积善人家庆有余

家中的器皿用具也一概是古色古香，漆面粗糙的老式立柜，精镂细刻的紫褐色躺柜，擦得油光可鉴、苍蝇也难以立足的大小坛子，朴拙素雅的青瓷花瓶，最引人注目的是居一切家具之中心的深红或橙黄色大洋箱，尤其是洋箱正中心镶嵌的铜制件（具有装饰作用的锁子），或白，或红，金光闪闪，耀眼炫目。眼下，在别处你是难得见到的！

洋式床一定是没有的，嫌它凉，不能生火，嫌它不实，躺上去咯吱咯吱作响——还是火炕，经常是温热的，叫你坐上去便不想离开。挨着炕角是一个雪白的锅台，上面必稳着两件金光灿灿的古董——铜壶、铜锅。锅台每顿饭后都要用白粉刷，不远处的灶炕或瓮间空隙定能找见一只盛着白粉的大碗或小盆，里面的刷子还是湿的，说不定是家庭主妇刚刚用过的呢！锅和壶也是每天要擦的，蘸了炉灰，细细地擦。看着一位家庭主妇满怀深情地擦铜器，你会禁不住替铜器感到幸福和惬意。靠着锅台的风箱也是精致得很，卯齿一小片一小片的，仅这一点就够得上是一件工艺品了。风箱的拉手本是一个圆柱体，但现在你看到的必定是上端已经磨尖、当腰极细，很光滑的了，不用说你也猜得出曾有多少双大小不同、力量各异的手拉动过它。

城里的人们个个都是古道热肠的，随便向一位问路，都一定会指手画脚极耐心地告诉你。若是到家里做客，你听到的第一句话必是"您上炕！"和上年纪的人坐上半日，能听到不少古语文言，不说"刚才"，而说"才将"；不说打灯谜，而说"猜枚"；把忠厚老实、孝顺正直的人称作"忠臣"，把刁钻奸猾、忤逆不道的人叫作"奸臣"；呼凶蛮残暴者为"统军"，骂人外出远行曰"充军"（你或许在《水浒传》之类书中见到过这些字眼）……呵斥孩子用得最多的两个词儿是"妨祖"和"押韵"。倒是中学教师讲古代汉语省了不少事。一位语言学专家在这里发现了不少古音，从而提出上古存在复辅音的有创见性的观点，他不无珍爱地把大同方言称之为"活的古语化石"。

末了，热情的主人必是要盛留你吃饭的，光那热情劲儿你便会熏熏欲醉，更不要说主人还会取出珍藏多年的老窖，跟你大碗大碗地干杯呢！如果你运气好，还会吃到一种形似煎饼而又远比煎饼酥软可口、金黄悦目的食品，它有一个很古怪的名字——馒，全城没多少人写得出这个字。碰巧了，你还会尝到别有风味的莜面"块垒"。不必考证，你也知道这是老早老早传下来的。

到街上去走走，偶尔你会在一个老汉的腰上发现一条几乎要"绝迹"的"钱叉子"——一条围在腰里的钱袋子，兼做腰带并有保暖的功能；或许你还会在一位老太太的身上发掘出一件古董似的大红花"主腰"。若是遇着婚丧嫁娶、起房盖屋、四时八节、孩子满月、老人过寿，你更能看到不少史书和专著上才能找到的甚至根本无处可查的某些风俗。过大年熬夜是必不可少的，各家各户还要"笼旺火"，迎喜神，接财神；端午节时每家门口要插艾挂"马"，不论男女老少人人必是要戴端午绳的，你常常会从西服袖口下看见和电子表戴在一起的五色丝线；盖房上梁时必要吃油糕、响鞭炮，写一副"破土正逢黄道日，上梁恰遇紫微星"的对子；结婚的一套更为烦琐，相看、订婚、下茶、催妆、贺喜、过门、回门、打当日、住对月，其程序复杂之至，还有什么"翻身饼子离娘肉，满家饺子打心锤"之类，怕是只有那些年老的"业余民间民俗家"们才能搞得清。

你若要问起"古话儿""古物儿"，任何一个大同人都会向你讲一大串：汉高祖怎样白登解围，昙曜禅师几时开凿云冈石窟，闯王李自成为啥"倒取宁武关"，还有人会带你去找王昭君出塞时住过的琵琶老店，有人会指给你去寻找正德皇帝游龙戏凤的凤临阁的方向，老人会捻着银髯吟出当年康熙皇帝御笔为鼓楼题写的楹联：

世事让三分，天宽地阔；
心田留一点，子耘孙耕。

小孩也能随口讲起愣怔代王（朱元璋十一子朱桂）的故事……
大同的一切都是古的，古物古貌、古风古情。
啊，古风悠悠的大同！

大同记

王丽梅

一

遇见大同，偶然中有"惊艳"。

从西北赴华北，途经大同。夜里九点，接近高速路口时，灯火通明，别致的重檐歇山顶的入境大门，两旁各有一个小门，飞檐翘角，中间门上硕大的古铜色魏碑体的"中国大同"，朴拙险峻，庄严大气。

望见"中国大同"的瞬间，我的心即刻为之一震，他乡遇故知。我仿佛迈进了北魏的大门……

大同，位于山西北部，是中国历史文化名城，是三晋屏藩、塞上咽喉，平城（大同）曾是鲜卑人建立的北魏王朝的都城。

大同，令人想起汉高祖"白登之围"。

公元前200年，汉高祖刘邦率大军30余万攻打匈奴，欲消灭投降匈奴的韩王信。汉军一路北上，多次击败匈奴。由于轻敌，刘邦中了匈奴人的圈套，被围困在平城（大同）附近的白登山七天七夜，汉军断粮，与外界无法联系。危急关头，汉高祖花重金收买匈奴冒顿单于的阏氏（妻子），于是匈奴兵让出小道，高祖得以脱身。这次战役，让汉高祖认识到与匈奴在实力上的巨大差距，被迫与匈奴签订了"和亲之约"，即汉室宗女作为公主嫁给单于，并每年赠送给匈奴大量的丝绸、粮食、酒等物资，以求边境之安。

"和亲之约"并未阻止匈奴南下掠夺，白登之围成为汉匈百年之战的起因。即使在最强大的汉武帝时期，他在位的54年间，有40年都在攻打匈奴，不灭匈奴，汉室难安。

历史上的大同，是北方游牧民族和中原农耕民族不同生产、生活方式的分水岭，是民族战争爆发最集中、最激烈的地区。

东汉以前，有一支叫拓跋鲜卑的古老游牧部落，从东北的嫩江流域和大兴安岭地区出发，大规模地向西迁徙，翻越大兴安岭山脉，进入漠北地区。一路风尘，一路奔袭，沿路厮杀，与恶劣天气、山林草原的狼虫虎豹相搏斗。鲜卑人取代了匈奴人，最终在内蒙古草原、阴山山脉驻扎下来。从此，拓跋鲜卑人开始走进中国传统史书的视野。

敕勒川，阴山下。
天似穹庐，笼盖四野。
天苍苍，野茫茫。
风吹草低见牛羊。

这首由鲜卑人在草原上唱起的《敕勒歌》，豪放刚健，质朴无华，随着草原的风唱遍了大地，从古唱到今。这苍茫、深沉的长调吹彻了蒙古草原的历史。

三国时，拓跋部酋长拓跋力微带领鲜卑人继续南下，来到了接近中原的盛乐（今内蒙古和林格尔）。鲜卑人机敏聪明，善于学习。他们先臣服于曹魏，继而对西晋称臣，在与中原人的往来中以皮毛、牲畜等物资交易，换取粮食、布匹等生活用品和货币。

历史的地平线上，最先走出来的鲜卑人是拓跋氏，他们是道武帝拓跋珪、太武帝拓跋焘、孝文帝拓跋宏……他们是在历史上掀起巨浪的人，他们智慧超群，勇猛善战，借力于汉族士人，力克群雄，完成了黄河流域的北方统一大业，建立了北魏王朝。

携着蒙古草原的飓风，呼啸的马队载着鲜卑人，一路血战攻入平城（大同）。公元398年，拓跋珪率领鲜卑人南迁，从盛乐迁都至平城（今大同），称皇帝，史称道武帝，改国号为魏。有史书记载："拓跋部承接三国曹魏政权，正式进入中华正统，史称北魏。"

马背上得天下，须下马治天下。

草原民族要对有农耕文化根基的汉族实施统治，最棘手的问题是对汉族百姓的统治权问题。北魏几代皇帝听从汉族文臣的建议，着手汉化，作为外族的统治者必须"熟悉并遵循农耕文化规则，抑制豪强兼并，实施汉化政治、文化制度，方能安定地方"。

公元494年，孝文帝拓跋宏迁都洛阳。为了缓和民族矛盾，加强统治，在冯太后的大力帮助下，孝文帝进行了北魏历史上影响重大的改革。他推行均田制，整顿吏治，鼓励鲜卑人与汉人通婚，穿汉服，说汉话，改汉姓，死后葬在洛阳等等。孝文帝的政治远见和治国方略可谓亘古未有，大刀阔斧，摧枯拉朽，彻底改变民族血统和基因，加速了民族融合。在北魏政权内部，汉人崔浩、高允等人作为北魏政权的重臣，对改革起到了积极的作用。

北魏时的大同，是百万人口的大都市，其繁盛程度超越了同时代欧洲的罗马。儒家文化和礼乐制度，使大同的中国古韵随城里晨钟暮鼓而更加浓郁，城内广建里坊，熙熙攘攘的街市，鲜卑人与汉族人聚居，既是商业区，又是居民区。每日早上晨钟一响，里坊大开，迎接四面八方的人，其中有异域的僧侣、商贾，平城（大同）是开放的世界，是一流的大都会。

大同，在北宋时被契丹占领，南宋时被金占领，是"故国不堪回首，月明中"的哀伤。

大同，在明朝时称大同镇，是九边重镇之首，在与北方草原鞑靼和瓦剌的对峙中，大同首当其冲。历史仿佛又回到起点，防御成为大同面临的首要问题。边塞狼烟四起，九镇百姓受瓦剌侵扰，掳掠物资，抢夺人口，苦不堪言。

万历初年，明神宗下令拨银 26 万两修固大同镇长城。明长城和大同镇长城的修建，使其成为当时世界上最伟大的军事防御工程，在北方草原与中原农耕民族之间设立了一道屏障，有效地抵御了瓦剌南下的铁蹄，确保了大同百姓的安宁。

二

大同，在历史上是中国北方的中心城市。

明代的大同被誉为首都门户、三晋屏藩、中原保障。大同位于晋、冀、蒙三省交界，盆地地貌，桑干河从这里流过，江山形胜，气势恢宏，大同有王者气象。

一个中国人，如果你来过大同，看过大同的城墙，走过大同老城的街道，在你心灵的深处，一定会有回到故乡的感觉。

在汉代，为防止匈奴人南下袭扰，就开始兴建大同城墙，之后的北魏、唐、辽、金、元、明等各朝都非常重视城墙防御的修筑。

"千里募战士，万里筑长城。"一座城市的文化气象由它的底蕴而来，世世代代的家国情怀而来。

大同是新中国成立以来，国务院公布的第一批 24 座历史文化名城之一。

古城的东南西北有太平楼、鼓楼、钟楼、魁星楼，以及纵横古城的四街八巷，在古街古巷里还有华严寺、善化寺、法华寺、文庙、关帝庙等。

鼓楼

大同是中国儒家文化和边塞文化交融的城市，大同的山水城池，遵循着古代中国城市建设的传统布局，城外面北是保护大同安宁的铜墙铁壁——明长城，四面城墙围拢起一座住着凡人、百姓与神明的四方城，城之方正寓意着人之守正，城的格局就是做人的格局，方正做人，正直无邪。

大同的城墙很高，比西安城墙要高出 2 米。大同古城最有特色的是每个城门外都建有一座非常坚固的瓮城，城内有农耕时代的钟鼓楼，护佑着大同永世太平的太平楼，主宰着大同人文运官运的魁星楼……唯有中国才有的这样纯正的传统城市民居的文化元素，凡有楼阁，皆有寓意凝重的诗文匾额装点，以精湛风神或温润和雅的书法，教化人心，让人铭记历史。

自北魏以来的 1500 年，大同饱经战乱，与草原民族由兵戎相见，到融合共生。大同，像塞北的壮汉，身经百战，伤痕累累，坚强不屈，有着海纳百川的胸襟，大气包容的气度。

夜色中的大同古城墙巍峨雄健，城墙垛口上的灯光，连起了珍珠般红线的轮廓，每相隔不远便有一座灯火通明的高高的望楼。明亮的城楼愈加映衬出幽蓝的夜空，护城河上浮起了城楼和城墙明亮的倒影。

路旁树影斑驳，夜色如新，"大同古城欢迎您"的红色彩灯耀眼夺目，让我这个异乡人感受到大同的真诚和热情。

踩着单车，和朋友们一路追着城墙和路灯的光进了城。

城墙内的道路很宽阔，路灯明亮，绿化带在夜幕和路灯的笼罩下，更明亮也更幽暗。

在城墙内的马路上骑了很长的路程，路灯下的影子长了又短了。在和阳街，我被气势宏大的和阳门吸引，三层的城楼上，几块匾额自上而下分别书写着："太平有象""天开华宇""胸储海岳"。

初看，这匾额上的书法和内涵的确很有气势。再读，精炼的文字却有吞吐山海的气魄，建安风骨油然而出。

和阳街，被路灯照得灯火通明，两旁的建筑古香古色。街的北面有一座气派华贵的牌坊，这是一座三门四柱七楼式的琉璃牌坊，夜色下更加富丽堂皇，走近看，才知是著名的法华寺。

大同法华寺建于元末明初，占地面积较大，现存一座覆钵式琉璃喇嘛塔（白塔），因寺内藏经阁存放着一部佛教经典《法华经》而闻名。

和阳街的路中央矗立着一座类似钟楼的二层古建筑——太平楼。这是大同最富特色的建筑，呈十字歇山顶、三重飞檐阁楼式，四面阁楼的二、三层檐下都悬挂着匾额，一层的四面木门紧锁。

我被太平楼匾额的书法吸引，绕着它转了两圈，看清了太平楼四面的匾额：

太平楼、福地宝城；讲信修睦、天下大同。

太平楼、西平凯奏；四海升平，民气春阳。

这八块匾额分别以隶书、楷书、行书书写，每一块都蕴含着大同人对社会安宁、天下太平的向往和祝愿。匾额的内容囊括了千百年来大同的民族纷争与融合的历史，人心思安，沧海桑田，历朝历代的大同百姓在兵荒马乱的年代，渴望的是太平，也有"天下大同"的寓意。

文化是格局，是眼界。太平楼的每一块匾额的书法都笔酣墨饱，厚重不俗，隶书大气磅礴，行楷洒脱俊逸，正楷端庄典雅，魏碑的秦汉旧范、隋唐习风，更是风雅绝代。

走在大同古城的街道上、城墙下、太平楼前，一时间感慨万端，那力透千载的翰墨之间，我仿佛看到了中国人不朽的文心，眼前恍若

"群贤毕至"。

多年前,听太原的朋友说起他们的好市长耿彦波的事迹令人敬佩。后来在网上看到了耿彦波任大同市长时作的辞藻铿锵的《大同赋》,很是敬佩这位有着欧阳修、苏轼、范仲淹等古代文官人文精神的现代市长,他的名言"政声人去后,百姓闲谈中。为政一任,造福一方"成为一种精神,应了那句"大同之道也,天下为公"。

城市是有性格的,杭州因西湖及其周边的江南文化而闻名,济南因泉水和古朴的齐鲁文化而闻名,西安因十三朝古都和悠久的长安文化而闻名,那么大同是什么样的呢?

大同,是一座文化辨识度很高的城市,在我看到"中国大同"的第一眼,就被震撼。魏碑在北魏时最精,是大同的文化名片,民族文化之瑰宝。大同是一座流淌着边塞文化的古城,更是一座世界大同、天下大同之城。

幸哉,大同!

三

拈花一笑,是云冈石窟众多佛像带给众生的慈悲。

大同城西武周山南麓、武州川北岸闻名世界的云冈石窟,被誉为东方艺术明珠,是天下多少佛教弟子魂牵梦萦之地,也是北魏王朝留给华夏和世界的文化遗产和艺术瑰宝。

走进云冈,最先拜见西域高僧昙曜。没有昙曜,便没有云冈石窟。

公元439年,在北魏攻灭北凉后,佛门弟子昙曜随大批移民从凉州来到京都平城(大同),受到太子拓跋晃的礼遇。公元446年,北魏爆发"太武灭佛"事件,很多寺庙被毁,沙门被诛杀。昙曜信守佛法没有逃避，在太子多次劝告下，才出走河北。

在文成帝拓跋濬恢复佛法的次年，昙曜奉召回到平城。一路艰辛，他没有直接进城，而是先来到被称作圣山的武周山。当昙曜看到被树木和青草覆盖着的武周山，他百感交集，情不自禁地双手合十，闭目祷告。在昙曜的脑海里"十方世界的无数佛陀、菩萨、力士、飞天，都聚集在武周山上……"

忽然，昙曜的袈裟被什么东西拽了一下，他睁开眼睛，眼前有一匹英俊的白色御马。距昙曜不远处的黄伞下，站着一个潇洒俊逸、神采焕然的年轻人，正面带微笑注视着他。四目相对，年轻的帝王向他施礼，昙曜还礼。这就是大同历史上著名的"马识善人"的传奇故事。

仿佛是知己，文成帝与昙曜彻夜长谈，昙曜建议在武周山开凿石窟，文成帝积极响应。于是，在昙曜的主持下，北魏王朝掀开了在武周山开凿云冈石窟的历史鸿篇，拉开了中国历史上大规模营造佛窟的序幕。

在武周山长达一公里的岩石山上，历经60多年，开凿了45个洞窟，200多个佛龛，雕刻了5万多尊佛像。云冈呈现出大佛、菩萨、飞天、伎乐天、壁画，气势宏大，富丽堂皇，集粗犷与精致、石雕与绘画于一体，人物清瘦俊美，开创了石刻艺术"瘦骨清相"的流派，这也是汉族人的审美。

北魏郦道元在《水经注》中说："凿石开山，因岩结构，真容巨壮，世法所希，山堂水殿，烟寺相望。"这是我国有文字记载以来，对云冈石窟景色最早的描述。

北魏时的武周山前20米处，有一条河即武州川，就是郦道元所写的"山堂水殿"，这里呈现出六祖慧能"心如明镜台"，有一种佛教中"明心见性"的意境。云冈石窟还原了这一景致，武周山前蓝天碧水，绿树红花装点，云冈大佛庄严灵秀。

云冈石窟从开凿至今已有1500多年，历史，往往在走远了以后，再回眸时才看得更清晰。

云冈石窟20号窟的露天大佛，是云冈的标志性佛像。该大佛双耳垂肩，宽阔的额头，高鼻梁，眼大而唇薄，嘴角微微上扬，整个神态有西域佛像的特征，实际上佛像刻的是鲜卑人的样子。这是昙曜心中的大佛。

从一个个石窟中走进走出，仰望一尊尊神态各异的佛像造型，我想起印在一本书封面上的话："刻在石头上的北魏王朝。"石窟中庄严、自如、微笑的佛像，是匠人们千刀万刀凿刻在这石头上，如万众一般的佛陀、菩萨、力士、飞天……这些融入印度和波斯艺术表现手法的雕刻，至今令人叹为观止，为之骄傲。

站在石窟的大佛前，想到一个问题：北魏文成帝拓跋濬为什么会同意开凿云冈石窟？在经历了武帝灭佛，文成帝复兴佛教，仅仅是为了"弘扬佛法"吗？

《魏书》中的这段话或许能说明其中一些原因："世祖（拓跋焘）经略四方，内颇虚耗。既而国衅时艰，朝野楚楚。高宗（拓跋濬）与时消息，静以镇之，养威布德，怀缉中外。自非机悟深裕，矜济为心，亦何能若此！可谓有君人之度矣。"

当一个游牧民族突然闯进中原的农耕社会，对国家、政治、文化和农业社会完全不熟悉，掠夺和侵占土地，杀戮百姓，鲜卑贵族腐败暴虐。面对双方对峙形成的纷争不断、日益激烈的民族矛盾，这种矛盾是"文明对蒙昧和野蛮进行周旋、纠缠的一种精神上的离乱"，两种文明程度不对等的文化力量的纠葛，需要很多年磨合。对处于被统治地位的汉族百姓来说，这不仅是历史的倒退，更是一个极其屈辱和痛苦的磨难。

唐朝张籍的《永嘉行》有清晰的批判：

黄头鲜卑入洛阳，胡儿执戟升明堂。
晋家天子作降虏，公卿奔走如牛羊。
紫陌旌幡暗相触，家家鸡犬惊上屋。
妇人出门随乱兵，夫死眼前不敢哭。
九州诸侯自顾土，无人领兵来护主。
北人避胡多在南，南人至今能晋语。

这首诗再现了西晋末年的战乱，记录了鲜卑人进入中原和中原汉人南迁，西晋灭亡历史性的一幕。

从历史的角度看，孝文帝拓跋宏是一位伟大的改革家，他的汉化改革是倾向于汉民族的文化改革，是一种非常明智的伟大变革，是一次改变民族基因、融入汉族血统、改天换地的改革。他具有超越时代的眼界和魄力，其根本目的是"寻找军事之外的统治资格"。这种"资格"需要融入农耕文明和血统的力量，以改变自身的文化基因来融入先进民族、汇入历史大潮，是一次脱胎换骨的改革。但是，当北魏的统治者拓跋氏发现，鲜卑人固有的草原游牧民族基因，如蒙昧、野蛮、贪婪和残忍，自身的文明程度和治国能力远远不足以统治和驾驭一个农耕文明的时候，需要借助人力之外的一种力量，即"神"和"佛"的力量，从精神上对民众加以控制。文成帝拓跋濬虽然很年轻，也深刻地意识到，佛教的确是皇权可以利用的工具。

昙曜五窟是云冈石窟早期的作品，开场就是大手笔，营造了五尊大佛。"凿山石壁，开窟五所，镌建佛像各一。高者七十，次六十，雕饰奇伟，冠于一世。"云冈石窟从16号窟至20号窟是北魏初年的五位皇帝造像，佛像是以北魏帝王为蓝本和范本，将"皇帝就是如来佛""君权神授"的观念以佛像的形式加以具象化、神化。佛教因皇权而兴盛，皇权因佛教而加威、神化，进而登峰造极。佛门弟子昙曜也是以营造大佛为契机，借助朝廷的强力支持，提升佛教在国家政治中的地位。

云冈大佛雕像的造型高大夸张，厚重雄健，因洞窟内狭窄，须仰视才能观看，有一种高山仰止之势，这也是皇权借助佛教对芸芸众生高高在上的精神统御与藐视。

除了大佛，那些宝殿窟、音乐窟，洞窟的穹顶上有的刻满了大大小小的佛像、飞天、藻井。有的飞天在舞蹈，那些大象驮着的柱子上刻满了佛像，那些抱着琵琶，脚踩祥云，吹着箫，跳着舞蹈，身上璎珞叮当、吴带当风的乐者、歌者和舞者，向人们展示北魏时代雕刻和绘画的阴柔之美。它们身姿曼妙，姿态优雅，舞姿轻盈，扭腰出胯，动作夸张而迷人。它们高鼻大眼，神态自如，身躯健硕，丰满有力，发髻齐眉，宛如西域乐伎。它们将石窟当作舞台，仙乐飘飘，飞天起舞，那神仙乐舞随着飞天的衣带飘出石窟，飞向人间……云冈石窟的飞天比之敦煌的飞天毫不逊色，壁画虽历经千百年，有些色彩仍然清晰可辨，游人在飞天的舞蹈和飘飞的裙裾和衣带中陶醉，艺术和美可以穿越时空，穿越国界，穿越心灵……

有人说："云冈石窟完成了石窟艺术自西域东渐以来优美的石刻造型，被誉为东亚佛教美术的母胎。"云冈石窟将中国古代的石刻艺术、绘画艺术推上了世界石窟艺术的巅峰。

云冈石窟无疑是中国人的骄傲。鲁迅先生曾说，万里长城、云冈八丈佛像"才是耸立于风沙中的大建筑""坚固而伟大"。他将云冈石窟和万里长城相提并论，由此可见云冈石窟的重要性。

外国游客游览云冈石窟

作家冰心曾来到云冈石窟，观后深感文字乏力，写道："万亿化身，罗刻满山，鬼斧神工，骇人心目。"

当代艺术家、作家陈丹青在讲到北魏的绘画时说："北魏人的画远远不及唐宋，他们还不太懂画，他们甚至还不知道自己在干什么。艺术要紧的不是知识，不是熟练，不是现在所说的文化教养，而是直觉，而是本能，是对美的最最新鲜的感受力，是可贵的无知。"

在云冈东部的石窟下方有一个棚子，里面是一辆古旧的马车，旁边有一位赶马车的人。不同寻常的是赶车的人，他一头卷发，长脸、高眉、深眼，鼻梁很高，西域人的模样，一身西域商人的装束。马车载着沉重的货物，车轮陷在深达 0.16 米的壕沟里，石板路上被铁轱辘车辙压磨出了两道深深的车轮印迹。金代以前，人们称之为"古道车辙"。

想起在杭州西湖边的净慈寺曾经见过几尊佛像，根本就是波斯人或者是高卢人的模样，深眉、大眼、高鼻梁，卷发头，长脸形，一身袈裟，还挽起裤脚。它们表现出与东方人截然不同的神态，身着罗汉装。它们的存在证明东西方的宗教和文化交流很早就已开始，且影响颇深。

走出云冈，脑海中印象最深的就是在高高的石窟墙壁上从不同角度看着、总在向你微笑的各种阴柔秀美的佛像，它们的脸型线条圆润秀美，长眉细眼，鼻梁挺翘，嘴角上扬，那种微笑既熟悉又陌生。印象里的神仙和佛似乎都是正襟危坐没有笑容的样子，而云冈的佛像在微笑，是凡人的那种微笑，而且它的目光在你的身上流转，无论从哪个角度回望，它都在看你，向你微笑。太神奇了，一笑会心，穿越千年！即便走得很远，那微笑一直印在你的心里。

看到云冈石窟里那些富于力量的佛像，联想到欧洲文艺复兴时期意大利雕塑家米开朗琪罗的雕刻，那是在云冈石窟开凿1000多年以后了。有艺术家说："西方艺术家的作品是模仿再现自然，注重写实，而云冈雕刻的美在于东方人的意象，雕刻的艺术家和工匠们着力在佛像的'神韵'表现上。"

大同归来，令人久久难忘的，不正是云冈石窟里那些充满神韵的人间微笑吗？

大同是个好地方

陈春澜

一

很早就知道大同是个好地方！为什么好呢？因为大同出美女。

那还是20世纪80年代初，我在山西医学院第一附属医院实习，实习的女生很多，只要长得出挑的，带我们的老师就要当众推断："这个女孩长得这么好看，肯定是大同人。"言之凿凿，让处在爱美年龄段的我们，都对大同充满了向往。

那时，人们的生活条件不如现在好。我是今年7月下旬去的大同，正值"大同市首届全域旅游季活动"拉开帷幕，所到之处无一不是人头攒动的热闹景象。几十年前，可不是这样，谁家都是数着钱过日子，非必要不远行，至于花钱旅游更是一件可望而不可即的奢侈之事。我和太原本地的大多数同学一样，都没去过大同，对大同为什么盛产美女，十二分好奇。

闲暇时，听老师们聊天，才晓得大同之前叫平城，在历史上是做过都城的。从北魏道武帝拓跋珪于天兴元年（398）七月迁都于此，至太和十八年（494）北魏孝文帝迁都洛阳，共在平城建都97年之久，前后经历道武帝、明元帝、太武帝、文成帝、献文帝、孝文帝六位皇帝。每位皇帝都是三宫六院七十二妃，还有宫女无数，皇帝住的地方，从来都是美女如云。

其次，大同的地理位置也很特别，出了雁门关就到了塞外，平城及其周围地区是汉族与北方游牧民族杂居的边郡之地，也是民族融合的大平台，更是游牧文化和中原文化交汇融合之处。别的姑且不论，只说各民族之间男女婚配，形成远亲结姻，再加上本地的女性原本就美，生下的后代，想不美都难。

二

历史上著名的战事"白登之围"也可佐证大同自古就是美女云集之地。李白有首诗《关山月》，就是写"白登之围"的，白登就在大同。诗中这样写道："明月出天山，苍茫云海间。长风几万里，吹度玉门关。汉下白登道，胡窥青海湾。由来征战地，不见有人还。戍客望边色，思归多苦颜。高楼当此夜，叹息未应闲。"话说刘邦和匈奴交战，一路乘胜追击，追到了白登山，在这里被冒顿围困七天七夜。

危难之际，谋士陈平带着珠宝找到了冒顿的妻子阏氏，向她献上珠宝的同时，还献上一幅美女图。擅公关的陈平对阏氏说，平城这个地方自古产美女，英雄难过美人关，一旦攻下平城，你的丈夫有可能另寻新欢，"一日看尽平城花"，到那时，你的地位就岌岌可危了。阏氏何尝不懂"但见新人笑，不见旧人哭"的道理，为了不让自己沦为哭天抹泪的旧人，她力劝丈夫冒顿不打了，放刘邦走。

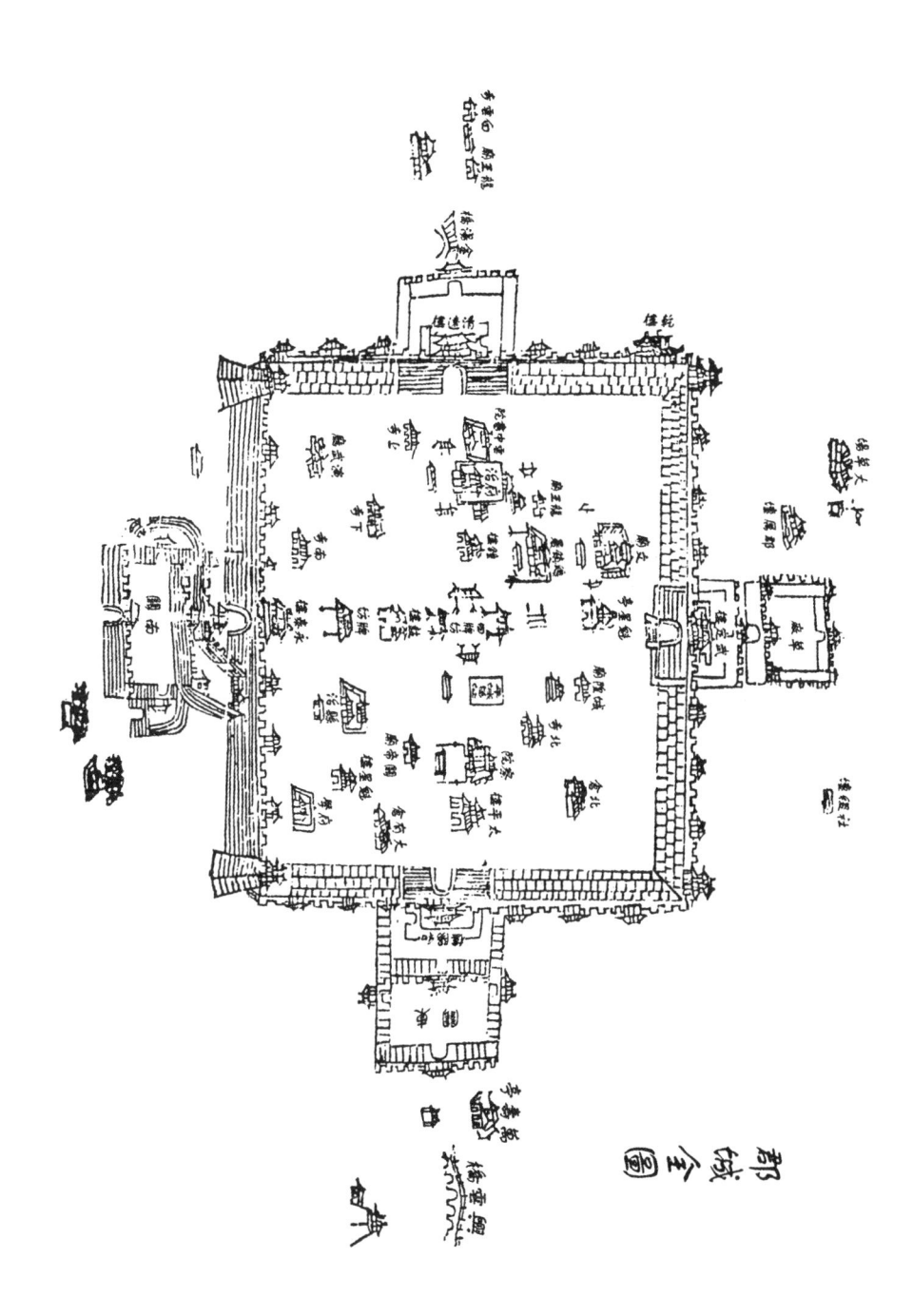
郡城全圖

三

　　如果说"白登之围"只是从一个侧面再次证实了大同最不缺的就是美女。那么,"白登之围"之后,汉朝对匈奴的政策由战争转为和亲。这一改变,给女子的美多了一层厚重的充填物。踏上漫长而遥远的和亲之路,前途未卜的和亲女子,她们哪一个人身上没有几分悲壮色彩。在大同老城里至今还有一家名叫"琵琶老店"的客栈,传说是王昭君去和亲的路上,曾在此留宿,走时留下琵琶一把以作纪念。不管这个传说真与假,我以为之于大同这个美丽的城市,她都是个美丽的传说。大同配得上这样动人的传说。

　　除了王昭君在大同留有故事外,还有《木兰诗》里替父从军的木兰也和大同有关联。《木兰诗》里有两句诗这样写道:"归来见天子,天子坐明堂。"平城遗址内的明堂遗址,就是木兰打了胜仗归来,拜见天子的地方。明堂是古代帝王颁布政令、接受朝觐、祭天祭祖的场所,也是中国古代最高等级的皇家礼制建筑之一。

　　大同明堂遗址公园,其形制完全按照北魏明堂遗址设计。如果去大同旅游,一定要去明堂遗址公园看看。木兰女扮男装替父从军,不仅体现了中华民族代代相传的孝亲敬老之心,更彰显了不怕牺牲保家卫国的豪情,这种豪情壮志激励了一代又一代中国人。

四

　　说了古代的王昭君和木兰,还得说说近代的民国美女加才女林徽因,她和大同也是很有渊源的。说起她,大众更多谈及的是她的"人间四月天",其实,对这样一位既有建筑学和美学的专业背景,又有深厚人文素养的全才女性，岂能只用情感的维度和文学的维度来考量。支撑她之所以成为她的生命元素里，不止有写意的4月，还有坚实的9月，这个9月就是20世纪她在大同对云冈石窟的考察。

9月，似乎是个神奇的月份，独钟情于有才学的人，海子在9月打马过草原，留下了意象丰沛的《九月》。比海子多了一层建筑学专业背景的诗人林徽因，在9月的大同遇见了云冈石窟，与他人合著了《云冈石窟中所表现的北魏建筑》。

感谢9月；感谢云冈石窟；感谢女诗人；不，确切地说应该是感谢建筑学家林徽因铿锵的脚步踏寻过的所有古建筑群。它们作为沉默的证人，从时间和空间的视角，公正地亮出了比言辞更有说服力的事实，为这位生如夏花般绚烂过的非凡女性佐证，佐证她来过这个世界，贡献给人类和我们这个民族的不仅是她的美和文艺的"四月天"，更有其在建筑学这个纯属工科类的专业学科上所付出的艰辛和取得的成就。

1933年9月的一天，那天，也许是晴天，也许是阴天，史无记载，因为和当时不便的交通以及艰苦的吃住条件相比，天气的好坏实在也算不了什么。相关文献记载的只是这一年的9月，29岁的林徽因以中国营造学社成员的身份，而不仅仅是梁思成妻子的身份，随同丈夫梁思成以及学社的其他两位成员刘敦桢和莫宗江一起到山西进行古建筑调查。

在这个四人组成的小型考察队里，没有吃闲饭的草包，包括唯一的女性林徽因。她能迈入中国营造学社的门槛，凭借的是自己的实力，而不是丈夫的光环。早在1926年9月，22岁还没嫁人的林徽因就受聘于美国宾夕法尼亚大学建筑系，担任"建筑设计事务助理"和"设计指导教师"。24岁和梁思成结婚之后，对古建筑的考察，成了他们婚姻生活的主页。成婚的当年，两人就携手共赴欧洲考察古建筑。在担任东北大学建筑系教授期间，林徽因设计了东北大学校徽图案"白山黑水"并获奖。中华人民共和国成立后，她又参与设计了中华人民共和国国徽和人民英雄纪念碑。中国营造学社成员这个称谓，她完全担得起。

五

一行四人把大同定为来山西考察的第一站，是有眼光的。魏晋北朝时期曾是山西区域文明发展的一个辉煌时期，上文已经说过，从北魏道武帝拓跋珪于天兴元年（398）迁都平城，至太和十八年（494）北魏孝文帝迁都洛阳，平城在历史上有97年之久，稳居都城之位，一直是我国北方政治、经济、文化的中心。北魏在平城建都后，采用中原都城建制，调用后燕旧都等地的"百工伎巧""营官室，建宗庙"。代表公元5—6世纪中国杰出的佛教石窟艺术，被誉为中国四大石窟之一的云冈石窟，就是北魏皇家建造的大型、辉煌、气势赫赫的石窟群。

四位营造学社成员到达大同后，并没有直奔云冈石窟，而是用半天的时间先勘察了辽金时代建造的寺院——华严寺和善化寺，然后，才来到了"冠于一世"的云冈石窟，在云冈石窟整整待了三天时间。这三个白天是紧张而忙碌的，梁思成举着照相机负责摄影，莫宗江拿着尺子埋头测量，林徽因和刘敦桢则忙着抄写古建筑上依稀可辨的文字，记录建筑特点。

在网上看过林徽因的两张考察照，不一定是在云冈，但能从侧面反映她在云冈的工作状态。一张是林徽因弯腰站在寺庙内的房梁上，手里提着测绘用的工具箱；另一张是她坐在数米高的梯子上，梯子很高，超过了照片中高大的瓦房顶端，支在寺院内一座圆柱形的宝塔上，她双手一上一下，拽着皮尺的两端，正在丈量宝塔靠近顶端那部分的长度。

或许因为女子身体轻容易做到对古建筑保护之客观原因，抑或是巾帼不让须眉的主观要强之心，更或许是因为她对所学专业由衷的热爱，让她忘记了危险。她不舍得让隐秘记录在高处的文字，带着古人留在建筑学上的秘笈和后世之人擦肩而过。柔弱的她总是抢着往高处攀登，在殿堂梁柱及古塔塔寺的最顶端，女神般美丽的她，衣袂飘飘，衣带当风，身心都飞翔在我们祖先的智慧中。

六

写到这里，我不禁想起了当代女诗人舒婷《致橡树》里的几句诗："我如果爱你……我必须是你近旁的一株木棉，作为树的形象和你站在一起。"用树的形象作明喻来形容那年那个9月在云冈石窟的林徽因，从外表来看，应该是比较贴切的。但是，和她灵动的内心是否契合，不敢也不想妄加猜测。

面对这样一位杰出的女性，我们应该更多记住的是她在所攻专业上的成果。别的不说，单说她们去云冈考察后所写的《云冈石窟中所表现的北魏建筑》，这篇文章就意义非凡，首次从建筑学的角度研究了云冈石刻的价值。文中分门别类介绍和论述了洞名、洞的平面及其建造年代、石窟的源流问题、石刻中表现的建筑形式、石刻中所见建筑部分、石刻的飞仙、云冈石刻中装饰花纹及色彩、窟前的附属建筑等都有详细的介绍和论述。此文至今对研究云冈石窟中的北魏建筑群样式仍有科学的指导意义。

因为林徽因是近代杰出女性，生活的年代离我们较近，又因为云冈石窟早在 2001 年就被联合国教科文组织列入世界文化遗产名录，所以，话匣子一打开就停不下来，拉拉杂杂说了这么多。

七

最后，忍不住再赞叹一句"大同真是个好地方"。独树一帜的平城文化融合了草原和中原两大文化体系，其宏大气魄、潇洒灵性和刚毅心骨，不仅让这块土地多产美女，而且凡和她关联的女子，都美出自己别样的光彩，完全超越了徒有其表的空洞的塑料花之美。她们的美和平城文化同步同频，是这块土地上生发出的源自生命肌理的美，具有多元、包容、豪放、灵动、迷人、本真和刚毅等诸多元素，和这个城市一样，美得让人着迷。

当然，大同值得称道的地方，绝不只是美女，还有美食、考古等等不一而足。总而言之，还是那句重复了多遍的老话，大同是个好地方，至于怎么好，"百闻不如一见"，最好自己去走，去看。

去了你就知道，大同的确是个值得去看看、去走走的美丽城市，不仅看美女，还可以看到更多！

美丽的御东

李宏英

东西走向的阴山余脉与南北走向的太行山脉，在黄土高原东北部汇成一个锐利的夹角，大同市像颗璀璨的明珠一样镶嵌在这个夹角上。市区以一条御河为界，分成东西两城，两城虽一衣带水之隔，风貌却大相径庭。河西是老城，汇集了这座塞外古城几千年的风土人情。余秋雨先生曾断言："中国从这里走向大唐。"河东则是近几十年建起来的一座现代化新城，也叫做御东，西起御河东岸，东至文瀛湖畔，北边是阴山余脉采凉山麓，向南与一马平川的大同盆地连接。其间还有一条跟御河平行，汇入桑干河的西干渠穿过，两条狭长的水带就像晋剧里旦角儿荡起的两条水袖一样，迎风飘舞，孕育出烙印着浓重时代气息的御东文明。

御河是一条南北走向的内陆河。俗话讲，"大河向东流"，像御河这样逶迤数百里，却是南北走向的河流，似乎并不多见，而且也有悖于自然规律。其实，这也从另一个角度印证了御河是一条人工开凿的河道。数百年前，人们耗费巨大人力物力去开凿这条河道，大概有两个原因，一是为了运输，二是为了泄洪。如今这两个任务都已经光荣退役，留下的只是一道美丽的风景，和一条浑然天成的人文分界线。

穿在御东

　　大同跟 300 里外的北京几乎处于同一纬度，但是在太行山脉的庇荫下，显得格外清凉。北京缺少明明白白的春秋两季，严冬刚过，柳絮还没散尽，就转入炙热的夏天了，夏天的闷热里刚刚钻进一丝凉风，转眼又是冰天雪地了。御东比市区更加靠近北边和东边的山岭，就像一把放在墙角的躺椅，冬暖夏凉，四季分明。三月春暖花开，七月艳阳高照，十月秋高气爽，腊月白雪茫茫。明朗的季节特征必然会有多彩的衣着改变。在御东穿衣格外讲究，春夏秋冬甚至 24 个节令都要准备几套对应的衣物，一家三口就能把个五开门衣橱塞得满满当当。家里主妇将一柜子衣服按顺序叠放，长短薄厚，秋衣坎肩，素艳丽雅，督促家人交替更换。寒暑易节，冷暖变换，恰如人生百态，历经方能圆满。穿在御东，时也，心也，性也！

吃在御东

　　伴随着老城各种机构和居民的大量迁入，御东逐渐形成了几个以公共机构为中心的商业圈。圈内最繁华的当属餐饮行业，其中数量最多的莫过于大同刀削面。尤其在新五医院门外，短短几百米遍布了十几家不同特色的削面馆。刀削面无疑是大同人最喜欢的美食，酸、辣、咸、香、肉、菜、汤、蛋，几十种食材浓缩到一碗汤面里。对每个大同人而言，这种味道打小就伴随着浓重的乡音一起深入骨髓了。大同削面有多家品牌，面条区别不大，特点主要在于浇面的臊子。小南街削面，清汤煮肉，汤清味儿浓，肉块儿虽大，却入口即化，肥而不腻。老柴削面，肉丁虽小，却和着香料炒制，丝丝入味，芳香四溢。最有气势的当属东关削面王，店里生意最红火的时候，有七八个人同时开削，围着一口沸腾的大锅，前后两圈，后排的人踩在小凳上。冬天里，空中飞舞的削面，在腾腾的蒸气中若隐若现，场面非常壮观。

住在御东

御东最原始的居民来自齐家坡、曹夫楼和古城村等十几个村落，他们虽然大多还生活在原来的地方，但是已经完全不是原来破旧零落的平房，取而代之是一排排现代化高楼大厦。御东人口数量也随着楼房的层数翻倍扩增。接纳着来自老城、县区和周边省市的外来人口，甚至连花草树木也都移植自不同的地域。不同的人群，不同的物种，不同的思想，不同的习俗在这里相互撞击、融化、整合，形成了御东特有的移民文化。就像新西兰和澳大利亚一样，移民文化会产生强大的创新氛围，最终孕育出烙印着浓重时代气息的御东文明。

行在御东

御东与老城虽相隔不过一条河道，风貌却迥然不同，有如穿越几个朝代。老城完全围罩在灰砖红瓦的城墙之中，城里寺庙遗迹不计其数。走在老城的街道上，常常会生出"南朝四百八十寺，多少楼台烟雨中"的感觉。一过御河，碧荫如盖，风格骤变。俯瞰整个御东，完全被郁郁葱葱的树木所遮盖，如果不是断断续续探出头来的高层楼房，或许会被当成是一片原始森林。在几条水带的滋养之下，空气格外清新。傍晚走在文瀛湖畔，湖底星星点点的彩灯，圆圆地投射在湖面上，跟月亮映在水面上一模一样，发出淡淡的橘黄色的亮光。远远看去，凭谁也难以分辨出哪个是月影，哪个是灯影。如果真的有猴子捞月，面对这么多的月亮，猴子也该犯难了吧，或者在想，是谁把月亮打破，碎了一地。

生活在御东，或许听不到华严寺庄严的晨钟暮鼓，见不到九龙壁闪闪的万道金光，却能更早地披上第一缕晨曦的霞光，还有文瀛湖温润的细风伴你入睡。美丽的御东无时无刻不在激发着你续写这段文明的热情。

美丽大同新画卷

大同的细节与恢宏

闫桂花

我喜欢大同，不仅仅是我出生在这个地方，成长在这个地方，并将老去在这个地方，也不仅仅是这个地域之城的名字给人辽阔感，让人觉得天人合一不过大同，而是因为大同这座城市古老而神奇的历史魅力。

从历史的变迁中不难看出，一座城市拥有的力量是来自多方面的，社会环境、自然环境、人文环境、革新土壤……城市有城市历史的聚集能力，也有沉淀的文化底蕴，一个重视积累的城市，就是一个具备丰富内涵的城市，可以从历史的角度翻看，用穿越的笔法来描绘。

汉初的大同是边境"关市"，可见大同是与外界交往的要地，与外境通商的集市。到了春秋时期，大同成为北方游牧部落北狄、林胡所居住的地方。辗转到战国时期，大同初为代国，后并入赵地。赵武灵王胡服骑射，"北破林胡、楼烦，筑长城，自代并阴山下，至高阙为塞，而置云中、雁门、代郡"。地属赵国雁门郡，为赵国的边陲要地。直至公元前221年，秦始皇统一中国，全国设36郡，大同仍属雁门郡。西汉置平城县，王莽时改平城县为平顺县，东汉时仍称平城县，属雁门郡。西晋永嘉四年（310），并州刺史刘琨上书请封鲜卑拓跋猗卢为代公，并割勾注陉北之地，其地属代国。"其后，后赵、慕容、苻坚皆尝经营，而地卒入于北魏"，北魏拓跋珪于天兴元年（398）由盛乐迁都平城，并置司州，其地为京都畿内之地。太和十八年（494），孝文帝迁都洛阳后，平城为北都。北魏后分为东、西魏，地属东魏恒州。北齐天保元年（550），东魏被北齐所代。齐文宣帝高洋于天保七年（556）改恒州为恒安镇，隶属恒州太平县。翌年废镇，仍为恒州。北周建德六年（577），北周灭北齐后，复置恒安镇，改太平县为云中县。隋开皇元年（581），隋文帝统一中国，改诸州为郡，改云中县为云内县。大业二年（606），改州为马邑郡，地属马邑郡云内县。唐贞观十四年（640），于故云内县置定襄县，兼云州治，地属云州定襄县。开元十八年（730），改定襄县为云中县，地属云州云中县。天宝元年（742），改云州为云中郡。乾元元年（758），复为云州，地属云州云中县。五代时属后唐，仍为云州云中县，隶属河东道。清泰三年(936)，河东节度使石敬瑭拜契丹主耶律德光为父，将燕云十六州割让给契丹，地属辽。至此，大同先后由契丹、女真、蒙古族统辖长达433年。辽重熙十三年（1044），改云州为西京，设西京道大同府，为辽之陪都。保大二年（1122），金兵攻占大同，改西京道为西京路，府县治未变，仍以大同为西京。元太祖六年（1211），元兵攻占西京；至元二年（1265），云中县并入大同。至元二十五年（1288），改西京道大同府为大同路，隶属中书省河东山西道宣慰司。明洪武二年（1369），左将军常遇春攻占大同；洪武七年（1374），改大同路为大同府，隶属山西行中书省；洪武九年（1376），改为承宣布政使司。成化七年（1471），设巡抚。正德八年（1513），设总制，地属大同府。清仍为大同府治大同县，隶属山西布政使司，后改为山西省。顺治六年（1649），因姜瓖兵变，大同府移至阳高卫，名阳和府，大同县移至怀仁西安堡。顺治九年（1652），府县复还故治。大同府辖两州（浑源州、应州）、七县（大同、天镇、怀仁、阳高、山阴、广灵、灵丘）、一厅（丰镇厅）。民国元年（1912），大同府废府留县，大同县属北路观察使署。民国二年（1913）5月，在大同置雁门道，辖雁北13县和忻州地区13县，共26县。民国十六年（1927），废道，大同及各县直属山西省。1949年5月1日，大同和平解放，大同市由察哈尔省直辖，全市共辖五个区，大同逐渐从百废之中兴起。

大同历史悠久，从境内青磁窑、云冈南梁考古挖掘发现的打制石器和陶片，经专家认定，远在10万年前已有人类在这块土地上繁衍生息。在旧石器时代，大同这块土地上就已经有群居的先民了。本土经验、城市性格，这一切都是独特的，从荒蛮走向文明，视野和参照既有局限性，也具备了开阔的思考，而落在自己所熟悉的实处来翻看城市，依旧与自己熟知的一切相关联，从自己记忆中，从所学到的知识结构中深入去读懂这个城市，为的是让这个城市的记忆在心中扎下根来。

翻看大同的史纲，历史的变迁与时光的流逝使大同具备了其特殊性。对于20世纪60年代出生的人来说，大同有着天然的亲切之感。看似一块平凡普通的土地，却在更迭交替中走过来，我心目中能梳理出来的是这座城市之所以站起来的两只脚，也就是大同有两条可以开采煤矿的沟：一条云冈沟，一条口泉沟。我所居住的地方是口泉沟。

当年的口泉是明清古镇，泉水丰盈，不难想象它当年的容颜与样貌，可以说是地地道道的"北方水乡"。水是一个地域的历史，是一个地域的活力，是一个地域的财富。有水的口泉镇，就像一块风水宝地。

由于落后的开采,加之政治斗争、军事侵略、社会变迁、私挖滥采,口泉镇本土的守护想必是非常困难的,无序开采导致水土破坏,地水下行,道路淤塞,水路彻底断掉。从历史的透视中不难发现,凡是丢掉水脉的地方,其发展走向一定是衰败之路。看看远去的水源以及现存的小镇,还有多少有关口泉镇水源的记载留存呢?

就这样,时好时坏的口泉镇,成了命运多舛的一个古镇。无人在乎口泉的水,当口泉水的功能被忽略、被异化、被弱化,不被人们重视的时候,口泉码头不过是历史尘埃中的一抹清影,水弃镇而去,水也离人越来越远,就如同口泉的历史一样,变得硬邦邦,成为没有温情的干河。历史是车轮,但历史应该学会反思,面对口泉退化的现象,我们不能不去深入思考,假设口泉镇现今依旧保留着那一股清泉,想必口泉会变成时髦的旅游景点,受到成千上万人的垂青,大同也会成为北方的水乡,与更多的水融合、聚集。

如今的口泉镇诚如作家刘云生先生所言:"这里已经变成了一个皱巴巴的老太婆。"作家程琪老师也有笔墨对口泉镇风土人情做了记载。在画家梁屹先生发的微信里,曾经看到新中国成立初期口泉镇的样子,那几幅绘画作品详细记录了当年的口泉镇风貌。透视口泉镇的历史变迁及现实状况,感觉如鲠在喉,不吐不快。好在有人的地方就有渴望,有人的地方就有其文化品位和文化底蕴。诚如老子《道德经》第四章所云:"道冲,而用之或不盈。渊兮,似万物之宗……湛兮,似或存。吾不知其谁之子,象帝之先。"

写下这段话的时候,还是希望口泉镇的历史应该有明确的记载,毕竟这个镇是大同乃至全国甚至享誉世界的历史名镇。这里有过的交通运输、经济治理、民风民俗、民宅建筑、文化教育、军事孔道、宗教文化、名人史料、神话传说等都有其该有的痕迹,这种痕迹应该成

口泉黄箓观

为一种史料加以保存。

对于20世纪六七十年代的人来说,怀旧之情存于时代,也存于每一个人的心怀。我是20世纪60年代末出生,1976年上小学一年级。1978年,时值改革开放起航,我的老师带着我们煤峪口矿小学三年级三班的十几个孩子去大同市春游。那是一次终身都难忘记的春游,矿上的孩子们要从沟沟里走出去,去看外面的世界。从煤峪口矿徒步走到新平旺，四公里的路，还背着一个家里装完酱油的瓶子（母亲给装了路上喝的水，且再三叮嘱要多喝水），只给带了五角钱。盘算了一下，坐公交来回一角，交给老师二毛五分（公园门票、照相、参观动物园、划船），当时冰棍一根五分，还有可以买三根冰棍的钱。

说是春游，其实已经临近六一儿童节了，大同的天气热起来，一路渴得厉害，打开瓶子喝水时，才尝到水咸得厉害，原来母亲舍不得把瓶子洗净，在她看来酱油也是营养，倒掉了可惜。这瓶水影响了我的心情。我把一瓶酱油水彻底倒掉，把空瓶子一直装在包里，空瓶子晃荡得令我心烦。老师反复给大家讲春游的纪律，不允许瞎跑，一旦跑丢了自己坐六路公交车回家。对于矿上的孩子来说，哪里见过这种世面，老师能带着出来心中已是欢喜不尽，还敢跑丢。紧接着老师讲到公园里有猴子、孔雀、长颈鹿、狗熊……不让我们戏弄这些动物。听着老师讲，我们都跟着老师神游去了。

坐公交到了大同西门外，下车就到了公园正门。我们大同有这么好的公园！小小的内心欢愉起来，早已经忘记身上背着的那个空瓶子了。公园里，假山、游船、动物、雕塑……满身沾满煤渣的孩子们看到了山沟沟之外的大城市，眼界大开，心野行狂。老师看我们开心的样子，说要和我们找个合适的地方合影。当时我们看到公园里的一尊佛像，就一起在佛像前合了影。这张珍贵的照片去年还被同学们晒到网上，小小的黑白片，每个同学喜滋滋的样子，胸前的红领巾，胳膊上的二道杠，身后屹立的大佛……我的第一次春游。

毫无疑问，这次春游活动让一个长期闭塞在矿上的孩子与自己所居住的城市有了联系，在梦里还梦到大同公园，甚至还梦到那些动物。

口泉沟，大同城，并不是因为一次游走而有了联系，在后来的自我认知之中，才知道我们人生每一次成功的游走，都背着地域的名词，甚至会悄悄地、不自觉地带到街上。

在大同这个地域中，说了口泉沟就得讲云冈沟，我个人认为这是一个城市的两只脚，缺少哪一只都不行。谈到云冈，国人乃至全世界人都不陌生，石窟群文化的魅力一直有其四射的光芒。而在云冈石窟群的地域，我们当地人爱加上一个"沟"。稍有地域知识的人，若是做足了功课，总要谈到两条沟，谈到地域的软硬话题。

谈云冈沟的细节时，我总会回想起20多年前的一次出游。那时，受云冈沟一个文友小兄弟的邀请，去云冈沟看一看。小兄弟散文写得好，也通过座机（那时没有手机）聊文学，见过几面，感觉很朴实、智慧的一个人。这位小兄弟为了欢迎我的到来，还邀请了云冈沟的另外几位文友一起小坐。

于是就有了这样的场景，在不足10平方米的小屋里，文友若干，我们谈旧俗新习，我们谈手头杂乱而无法搁置的工作，我们谈谁谁的走向运势，我们谈内心纷乱的想法，谈到兴致处不免举杯共饮。那时，月光漫到窗口洒落进来，才知道已是夜深人静之时，而我们已经忘掉时间在内心的刻度，怀旧憧憬与伤感交织在一起。最后，一位报社的朋友摊开了一张《大同矿工报》，报纸的头版头条写着前进中的云冈人，我是那种不喜欢前进，亦不谈退步的人。

"云冈人"这三个字在我的内心里是一幅幅熟悉的画面与场景，那怀旧的水就真的撩上了心际，濡湿了我的内心。那是畅饮贪欢的一夜，有诗，有歌，简单的生活因此而葱郁。小憩醒来已是凌晨。第二天，为了赶时间上班，拖着疲惫的身体，急急地踏上返回的路途，云冈沟匆匆一瞥的景致就刻画在了心上。

凌晨，云冈沟有步履匆匆而辛苦劳作的矿工，有肩扛农具锄地刨食的农民，也有改革开放涌流而入的外来劳工……

那是一些感人的背影，他们欢愉的笑脸，街边做买卖的吆喝声，晨曦下的老者，活生生的一幅《清明上河图》啊！初夏的云冈沟正在经历一场道路的变革和景区的改造。北魏时期建造的云冈石窟现在已是世界文化遗产，作为国家5A级旅游景区，这条一贯安详的沟壑，要迎来各方的宾朋。

一个地域的变化，也具备了人性的迁徙。记忆中的云冈镇、云冈村、云冈人也在这样的迁徙中被触动，感觉是一根知疼知痛的神经，或许，它就在岁月的肌理之中而有知觉。城市滚滚涌动的激情，重新荡起人们早已黯淡的热度与表情，每一个年代的许多事情，找不到完整的结局，像袅袅升入空中的烟，淡入虚无。

也许我们本来就是在梳理这种虚无中存活下来，世界蓦然无序。我曾经把云冈沟建在山坡上与佛为邻的小屋称作"安乐窝"，那是多少人理想的憩所，一壶酒，一箪食，一瓢饮，阐释自我。诚然，追求与抵达永远充满了距离，没有理由让他们世世代代住在山坡，住在小屋。

据说，联合国某组织考察后，说这里不适合人类居住。不是有了佛就有了人居住的可能性；文明一旦到来，也是与固有成为一种撕扯的关系。一场声势浩大的迁徙开始了，极具诱惑力的迁徙在改造中逐渐完成，搬走的云冈人，留存的云冈人，几起几落，轻重厚实，鲜为人知。

于普通的云冈人来讲，沧桑的感觉具有悲喜交织的过程，这过程中每一个人都经历着一场历练，在这种历练中，纠葛就像断了环的大钟，碎了的巨响四溢的火花逐渐分散，进而淡定。真正的云冈人，他们有着大起大落的轮回，也有着一份真正的宠辱不惊。云冈沟的人是普通的，同街面上任何人都相同，没有标签来证明。

石凿的大佛也遭遇着风化的过程，更何况普通人乎？

历史上曾经抵达的辉煌与没落，真正是几千年的文明留下来的精神衣钵也要雾化？城市与城市在杂交中越来越相似，脾性、气味、着装、相貌，个人的理想、追求，一切都被重新组织，一切都被重新集中，残存的痕迹在哪里？千里风景一条沟，在云冈沟云冈人同大佛一样遭遇风化，也同大佛一样保留自我。

石凿的大佛朝拜者无数，他们求一份福禄，保一份平安，盼一日升迁，人不能解决的，到佛那里寻找答案，到佛那里归置自己。云冈人是淡定的，他们要一种与佛为邻的简单，与佛为友的自然。

诚如我的一位朋友、云冈的诗人张智的一首诗：

我愿意创造一片叶子
那种会说话的绿叶
用它饱含童音的浓汁
召唤那只羔羊
那只
缓缓走来的
做轻声应答的羔羊

轻声应答的羔羊与怒吼的雄狮更加坚定了我内心的唯美，所困惑的却是为内心唯美的弱小而担忧。

生在矿山长在矿山的我曾为一些街道而内心感到压抑与困惑，闭塞与落后，找不到心智微弱的亮光，也在佛前烧香，求一份宁静，求一份内心的唯美。好在有众多的人保留着内心的唯美。

比如云冈人，他们不时尚，他们不追星，他们的遭遇，他们的困惑，他们的历史变迁都是随着大的动荡而漂泊，留存的却是做人的一份底气，那十足的底气就像苍老遒劲的古松，这就是云冈人！

谈完一座城市的两只脚,不得不谈这座城市的心腹——大同城。

大同这座城里居住的原住民,他们的列祖列宗是见过世面的人,在外来与当地的融合之中,这个历史的世面越沧桑越惊心动魄,后人越是有讲也讲不完的故事,好像大同这个地方就真的是"大同"了。大的地方同了,求同存异这个词显然就是在说大同,只有在大同这个地方,把城里的人喊作"人家是城城家"。"城城家"是什么意思呢?就是爱讲究,会吃喝吧。上得桌来,七个碟子八个碗,小菜豆一碟,根丝一碟,莲花豆一碟,盐黄瓜一碟,水萝卜一碟……勤快的人家还要做"闭门菜",把松根挖空了,里面放置腌好的根丝,用绳吊起来,风干后等冬天备用。总之,"城城家"待客上心,如果客人来了,凡是家里能上桌的菜品,都细细地码在小碟子里,凉的少说七八碟。热菜呢?又喜欢用碗盛,用碗盛的大多是蒸菜,又叫八大件,扒肉条、肉丸子、黄焖鸡块、带鱼、扒羊肉、扒牛肉、小排骨、粉蒸肉……偌大一桌人,菜量不多,小碟子讲究,碗也讲究。即使是穷困年代,老大同的人家,餐具也是讲究得很,擦得也亮,待客的菜更像是摆设而不是海吃,说白了就是讲究而要样子,不是喂肚子,而是喂精神……各种菜融合在一起的"大同菜",无处不打赏着南来北往各色人的胃口。

再看老大同人家的陈设,洋箱家家有,而置件儿不是家家有。"置件儿"是什么呢?就是箱子上嵌的铜饰,比如一个大铜锁,在洋箱上就像放了一个太阳,箱子的四个角也是镂空的铜饰。现在的年轻人很少知道"置件儿"这个词了。

从全国来看,叫古城的并不少,而大同市这座古城,看完恢宏还可以看细节。当年,父亲喝老砖茶,这种老砖茶是内蒙古运过来的,很便宜,味道也好。大同与内蒙古,一墙之隔,有些地方的口音都是相近的,大同人喝酒喝镇边白,也喝闷倒驴。到了如今,这两种酒依旧受大同骚人墨客的青睐。有一次与大同名人王祥夫和柴京海两位老师吃饭，柴老师拿出了30多年前的玻璃瓶装酒，一瓶镇边白，一瓶闷倒驴。这两瓶酒搁到如今，已然是价格倍增，喝来也是亲切无比。酒过后大家感慨一番。年代改造人与事，物是人非两过，当然免不了讲讲大同不寻常的历史。

大同是块风水宝地，四季分明，冬暖夏凉。北京人、天津人、河北人……就是与山西邻近的省市吧，都爱来大同避暑。一些南方人又爱来大同取暖，大同因有了煤的得天独厚条件，取暖并不是一件难事，南方人冬天并不好过，来到大同，一个暖冬就能把他们留下来。改革开放之后，好多南方人也来大同打工，打着打着就拖家带口来了，就留在了大同这个地方。大同人不排外，谁来大同都是客，客变主人，在大同可以生生不息。南方人在大同做茶叶，做裁缝，做装潢，开煤矿……不得不说南方人的脑子活络，凡是早些年来大同做生意的，基本上都能赚个盆满钵满。大同本土的人呢？心闲、神闲，图财的并不多，没有外地人发财的那种急迫心情，随遇而安，日子过得去就行。这种状态不得不让人想起大同华严寺的露齿菩萨来，这尊合掌露齿菩萨是华严寺道场的胁侍菩萨，经过辽代人的手做的彩塑，这件艺术珍品留存至今，成为大同最美形象代言。关于这尊菩萨像的传说版本较多。我说的是她的状态，在笑不露齿的封建年代，这种微笑恰恰是打开封闭、封建的一个微笑，这种微笑恰恰是化解人的怯懦、恐惧的一个微笑。这个微笑恰恰表达了大同人的内心，以微笑之态融合四方。

如果把云冈沟、口泉沟比作是城市的两只脚，而城市的两只手臂便是四区与六县。这些年来，大同的两只臂膀所展示的城市魅力更是不可小觑。大同市以"特""优"战略为引领，坚持走"种养加园商旅研"的现代农业发展路径。大同黄花可以说是一路高歌，一路远行，

大同黄花占地面积是全国黄花种植的四分之一左右，已经开发菜品、饮品、食品、功能产品四大系列。

作为大同人，从祖辈们开始，在物资匮乏的年代，就用黄花改善味觉、增加营养。而到如今，我所用的护肤产品，也是从黄花中提取的特殊营养成分。世界往前走，中国往前走，大同往前走，黄花也唱着小调，展示着其特有的姿态，朝着诗和远方前行。小小黄花功劳大，正迈着规模化、产业化、效益化的步伐走入正轨。更多的农副产品更是一个台阶一个台阶地往高处走，小米、黄米、豆类、莜面等，以其日照时间长、营养价值高而闻名；而一些货真价实的野生品也独领风骚，浑源黄芪以"条长而顺、皮光色亮、粉性大、空心小"著称，远销五大洲的70多个国家和地区。左云的苦荞，被誉为"五谷之王"，能增强人体免疫力，疗胃疾，除瘟解毒，对各种慢性病与心脑血管病

美丽山水新大同

都有食疗的效果。再看广灵的小米，清康熙时曾作为朝廷贡米，而大同大部分地区产妇都要在产褥期喝广灵小米熬的粥。当然了，广灵的大尾羊也相当出色，画眉驴也闻名全国。有一年，一位南方的同学来到大同，除了带其逛有名的景点外，让他印象最深的就是广灵的豆腐宴、小米粥、画眉驴肉和大尾羊肉了。临走时，又给他带了一盒阳高的杏脯，更是让他在唇齿之间多了些许的回味。多少年过去了，他说："只要一与朋友聚餐，必定要提到广灵吃过的美食和唇齿之间的记忆。"

在大同，追追历史，看看风景名胜，品尝美食，这些都是动动腿、动动手、动动嘴就可以完成的。如果在大同不抬抬头，就算是美中不足了，因为你不抬头看天，你就不知道大同的天有多蓝。你能见到真正的云卷云舒，目光追着云走，云儿随着风行。外地人来大同，如果忘记了拍天空，那一定是心随着云儿远去了。拍大同的蓝天白云，不用登高，不用选址，只需要你从屋里走出来，抬眼去看，拿出工具去拍，天空定然让你的心辽阔起来。这些年，人们总是给自己的地域找到一种可以象征的颜色，大同的天空就是一种与大海相同的颜色，这种颜色是色彩里最广阔、最辽远的。一想到这种颜色，人的内心就会宽阔起来，视野也会宽泛起来。只有这种颜色，你会在梦里梦见，在远处想念，甚至把很多的美好与希冀放在一种颜色里，这种颜色就是名副其实的大同蓝。

大同这个地界儿，看看天空，品品美食，乐其大美而词穷。他们每走一处，看看天，也要看看地。盯着地面久久地看，每一处都有历史的遗漏，你会偶尔捡到一个碎瓦片儿，用水洗洗，洗过之后左右看看，你会有意想不到的收获。大同的瓦片中，都镶嵌着某个时代的记忆，在更迭交替之中，隐藏其无尽的诉说。大同这个地方，汉代的罐子较多，而汉罐里有一种叫梅瓶，一种叫鸡腿瓶，并不鲜见。后来这些物件从家家户户走进了博物馆，走进了古玩市场，老物件走得远了，平常人家见到的也就不多了。

不来大同，你永远都不会知道，一座城市的细节与恢宏。现在看到大同的任何历史与物件已经不难了。大同博物馆里的展品，是几个朝代的印记，是历史留给后人的宝贵财富。拾掇一座城市的历史，离不开物的展示与文字的记录。一个城市文明的脚步是与时俱进的，古老而极具魅力的大同，不间歇地从历史中走来，在城域看不见的步履中，驻足回望，我们依旧能够看到一个古老城市流淌着新鲜的血液。大同桥与桥的队列中，通往他处是辽阔的；大同墙与墙的连接处，是历代古老的长城；大同佛与佛的牵手中，是世界文明的大同；大同沟与沟的站立、村与村的回望，是文明的朝向。

如是说：此生不来大同看，不知生命无界限。

大同书简

王占斌

阅读：胡服骑射

今夜，我手中的典籍，鼓角和马嘶破空长鸣。赵武灵王挥戈一击，左右两翼战车鱼贯而出，镔铁之外就是鲜血，无与伦比悲壮的花朵。

一场雪只能掩盖一次鏖战，而更大的血腥环伺在侧，没有比土地和城池更大的赌注了。战国时代，谁都想成为最大的赢家。

赵，一介小国，慷慨悲歌之士的故乡。偎在炉火旁，武灵王铠甲未解，四围的风还是让他寒意顿生，极目北眺，他看见逐草而居的胡人短衣束身，轻骑风驰电掣，动若脱兔。

踌躇满志的武灵王，没有什么可以阻止他鹰击长空的梦想，三千窄袖，三千的卢，三千弓箭，汇成的汪洋熄灭了所有宫廷反对的火焰，以及民间躁动不安的流言。

群雄逐鹿，战事如蓬草。运筹帷幄的武灵王，编钟留下他英杰的律动。在山脉沟谷草滩河岸，往往是挥鞭一指，鼓号齐声，势如破竹。

国土在一片凯旋声中如雷雨前汇集的云朵，越聚越方，越聚越圆。

燕山登高青山放牧，土筑的城墙流水的百姓。哪里能安居哪里就有炊烟，哪里就会抽出乐业的穗，武灵王信马由缰走过家乡，青青的庄稼掩埋了荒芜的草，胡非胡汉非汉，水乳交融的是一种割舍不下的情感。

夜幕低垂，小城灯火阑珊，穿越两千三百年的时空，武灵王神采飞扬依然，胡服依旧骑射依旧，让川流不息在石塑下仰望先人的人群凝神屏息，分辨不清自己是胡的后裔，还是汉的后裔。

唯有金戈铁马的声音从王挽弓的手臂铿锵而出，诸侯！诸侯！

倾听：晋剧·打金枝

顺着一路梆子击节而下，被黄河淘洗得金灿闪亮的，是那些衔着泥土香气的晋剧，嘹亮而悠长的喉。

十八曲山梁十九道坡，遮掩不住唐朝的宫闱。歌台流水，金戈铁马，自一柄正襟安坐的呼胡，呼一遍隐隐而来，呼二遍满堂生彩。

忽隐忽现又戛然而止的唱腔，从哪一个角落里出来，在哪一个地方博得雷声。骄横的公主正洗心革面，褪去金枝上的铅华后返璞归真。为人父母，明皇亦成了天下的表率。

长势好的庄稼，赖于不时地锄草。人心里长了草，锄去的却是矫饰、浮华和贫富贵贱的念头。那熟稔的传奇由着人们，一次次地将晋剧晾晒，拧出水分后便是生活，便是枕畔的悄悄话，便是场面上高粱酒浸润过了的嗓子。

天南来，海北去。晋剧哟，山坡坡上的青莜麦，一茬比一茬清凉。黄土圪垯下的山药蛋，一串比一串瓢儿丰满。

行走：云冈石窟

狼烟散尽，不远处依稀可辨的烽火台遥相守望。

鞍马上的北魏君王拓跋，手持一部佛法君临天下。他随手一指，武周山上便工匠蚁集，石壁坚硬的喊叫夹着碎屑悠长地落下，精雕细刻六十年，多少双鬼斧神工的手，倾尽了最后一滴鲜血。

这是千年后的一个夏日，我的一些拙劣的想象抑或可以看作是一段历史。

哦，云冈石窟，唐诗宋词的平仄里有你，民歌巷曲的锣鼓腔里有你。

而现在，我又真实地面对你，面对你洞开的胸怀，面对你的佛祖菩萨罗汉飞天，面对你的瑞莲睡狮祥云澄天。

草木无法企及的地方，众佛攀缘而上，直没崖顶，在岩石的深处暗藏光芒。

从眼角嘴唇，从坐姿站态，从一点一线，从四面八方。手足能够托起日月，褶裙经得起浣洗。管弦声中，乐伎千娇百媚，树木好像都在沃土中生长。水果刚刚被采摘，秋天的气息扑面而来。

一个个故事已成为传奇，这是云冈，是石窟中别有的洞天。

我最初捕捉到的是美轮，我最后捕捉到的是美奂。触摸后的石壁依然是石壁，而美透过掌心化作火焰，燃出缕缕心香。

用石头说话用石头歌唱，用石头灌溉出盛开的花朵。

云冈，让一个城市、一个国家的名字在五洲四海中飞扬，民族的香火不断。曾经的经历，沿着历史越溯越长。

诉说：北方

北方，你这宇宙中最伟岸的万物之灵啊！

你深邃的目光睿智的思维掀开了最原始的洪荒，生命始于此爱，始于此人类有了血红的思想。

文字开始耕耘历史，智慧开始雕塑文明。大河开始发源，土地开始萌芽啊。

你畅通兴旺的丝绸之路繁荣了汉唐营养了世界，古老的背影拓开荒芜绘成富裕的风景线。

北方！你这世上最苦难最沉重的精灵啊！

长城逶迤的走向竟盘桓了一个民族的心啊！四野列强火药味弥漫圆明园顷刻焦土一片，剽悍的雄性之魂血流成河天地顿时昏暗，圣洁的黄土地不止一次地经受血腥残酷的劫难，你成吉思汗横跨欧亚称雄一世的气势哪里去了？

北方，你这倔强豪迈的东方魂！

茫茫大漠有你永不消歇绿意盎然的追求，黄河是你奋进不息汩汩的情绪，飓风不会折断你的桅杆凌汛不会冲垮你的白桦林，崭新的太阳已在新的领域里冉冉升起，田园里流出辛勤的黄种人映山红似的笑靥。

所有的情愫在萌动所有的爱在延伸，所有的笙箫都在奏鸣美丽幸福的乐章。

北方，你这给我慈爱给我温存的故土啊！青草地黄土坡是我儿时梦幻的眠床，千年的动人传说启动我的记忆驶出空白的沙滩。

北方，你这给我全部生命的父亲母亲啊！

既然你所有的爱倾注在我年轻的体内，既然你所有的血流汇入我的经脉所有的禀赋渗入我的骨骼，既然你的辛酸苦辣早已印入我心的稿笺。

你就是我的希冀我的信念我的魂魄啊，我青年滚涌激昂的花蕾会不倦地为你开放。不怕寒流！不怕霹雳！不怕邪恶！

巉岩上我会磨砺羽翼港湾内我会攒足整装待发的续航力。
用我男性血性的爱再塑你性灵的龙——的——图——腾！

辽代彩塑：合掌露齿菩萨

在大同华严寺，没有人不在一尊菩萨面前驻足，如果有记忆，大雄宝殿的每一块方砖会记下，一张张朝圣而惊诧的面孔。

从未见过这样美丽的菩萨，不管怎样的女子，不论怎样闭月和羞花，都无法企及。

不要把菩萨的宝冠去掉，那是修行万年的玲珑。也不要把轻纱之

下华严寺

帔撩至足上，那空缺了的一定叫风吹过的典雅，口闭上就没有了微笑，没有了亲和力，如果任由双手下垂，足以让脱胎换骨的自然丧失。

而她，从辽代开始就一个姿态，就抱元守一。合掌、露齿，身左倾、轻扭胯，丰腴饱满细眉修目。

而她，在人间修行了千年，千年如一日，我自岿然不动，视人们的赞叹和景仰不算什么。

一个辽代的女菩萨，在泥土与水的欢唱中获得新生，赤足走过大地，美从天降临，像闪电击中快意的心扉。

绝响：大同府文庙

一、左庙右学

在你的书声中络绎不绝出一条大道，梦想的前方曲径通幽，总有进士的瑶琴在弹奏，榜眼的竹林疏疏密密，探花的棋子依稀在星子中闪烁。

墨香中国，古代的士子绝对是一处风景，有多少布衣潜藏在时光河流的浅水处，熟读经史，然后等候宿命的上岸。鱼钩和鱼，仕途与寒窗。

圣人在左在上，学子在右在下。庙宇无边，大道至简。

有时候山脉的高不仅仅是仰望，而是一种脚踏实地奔走。像大同府文庙，从北魏中书学小跑到辽西京国子监，从金王朝的太学跨栏到元帝国的县学，及至接过明王朝府学的接力棒，长跑过清帝国最后的辉煌，一路上总有一些迷人的景色在点缀山色。

像拨开云雾笼罩的一轮圆月，像高处燃放的烟花，像漆黑的山坳中突然冒出的一簇火把，突然就明亮了起来。

二、大成门

"集大成也者,金声而玉振之也。"(《孟子·万章下》)

多少人在此门下浮想联翩,多少人在此门下踌躇满志,多少人在此门下暗自神伤。

数千年花开花落,先贤绕树三匝,古圣空守金声,而你却集天下大成,独成玉振,披一袭圣人的袈裟,携一部《论语》周游列国。

周游是《论语》的周游,列国是《论语》的列国。一驾马车足矣,数个弟子足矣,胸中自有乾坤在,一壶浊酒半卷书。

大成,东奔西走为一统的大成,屹立一庙的大成,万世师表的大成,行走天下的大成。

大成,鬼魅敬重的大成,香火缭绕的大成,笃定不疑的大成,传承不息的大成。

某年某月春晨,有诵读声混杂在历史的马蹄中穿门而过。惊飞一群阳光之鸟,真明媚啊!

三、孔子问道于老子

尘埃们忙于那些油盐酱醋的事,比尘埃更小的尘埃在反复絮叨那些家长里短。而孔子要做的事很大,大到策马飞奔来见老子。

老子可以不回答,也可以回答。可老子回答了,回答得有些淡定。

两个老头对坐,空气都沉默了,连时光都休闲成夜色。

孔子问道于老子,一句"自然"为之醍醐,再一句"上善若水"灌顶。孔子感叹:"老聃,真吾师也。"

其实两个老头都是龙,飞起来,就神龙见首不见尾。因此,就为后世平添了许多神秘。

许多时候,当我们揪住龙尾不放的时候,就有机会看到梦寐以求的龙头。

大同文庙

第二辑
古风遗韵

平城的云冈：
丝绸之路上人类智慧与情思的璀璨明珠

杜学文

平城，一个被人们忽略了的地方，一段被人们淡漠了的历史。但无论岁月如何流逝，风雨怎样沧桑，她从未消失，从未被世俗风尘湮没，遗世而独立，超俗而出众，在时光的长河中闪射着卓绝的光芒。

连通中原与草原的地理位置

从雁门关往北，就是平城，即今天的大同。它地处山西北部。再往北，是蒙古高原上的茫茫草原，曾经养育了一辈又一辈跃马驰骋、来去无踪的人们。他们在不同的历史时期被赋予不同的名称。但共同的特点只有一个，骑马游牧，逐水草而居。他们创造了人类历史上耀眼的文明。他们往往改变世界，改变历史，改变时代。而从平城往南，则是另一番令人赞叹的景象。太行、吕梁相对，汾河在两山间不舍昼夜，奔向大河。过雁门关沿汾河而下，进入一连串肥沃的平原。太原，是先民心目中的大平原；河东，是华夏文明的发祥地，农耕文明的诞生地；黄河，则是一条环护着民族生命的大河，孕育了另一个伟大的文明。

叶舒宪认为，在中国早期，也就是商周时代之前，西域与中原之间的交通，有一条沿着黄河上游的走向，往宁夏、陕西、内蒙古之交界处运输，再通过黄河及其支流的漕运网络进入黄河以东的晋北、晋中及晋南地带的路线。这就是他所强调的玉石之路山西道。叶舒宪进一步指出，山西道在山西境内又可分为两条线路，一条是沿黄河水路往南再往东的"黄河道"，另一条是在商时逐渐发展起来的由北向南的"雁门道"。

黄河道很清楚，是在黄河水道行走。这一点在古籍中也可找到佐证。

山西道除黄河道外，另一条交通路线是雁门道。这是在家马被普遍使用，马车从战车中分离，出现了货运之车后的交通现象。这种民用之车基本是在商时出现，中晚期后表现得更为普遍。周时的《穆天子传》中记载了周穆王西行的路线，与此基本相近。其中特别描写了与山西有关的行走情况。周穆王从宗周洛阳出发，过黄河往北。先后经过了今之高平、长治、平定、井陉一带，过滹沱河，越雁门关，然后到了今山西、陕西与内蒙古交界的沿河地带。然后再往西行。在周穆王返回的时候，进入山西境内的路线与之前大致相同。值得注意的是《穆天子传》中特别提到了"升于长松之隥"。据专家考证，所谓"长松之隥"在今右玉一带。另一处需要注意的是，周穆王西行与南返都提到了犬戎所据之地——晋之北部地区。当然我们还不能认为当时已经有了在这里讨论的平城，但大致可以分析出来，日后的平城及其周边地区，是从中原往草原，进而连通西域的重要地带。从这一带可以南下至黄河之南的洛阳。这与叶舒宪所言之雁门道基本是一致的。叶舒宪认为商时新开辟出一条陆路通道，即为雁门道。在南下雁门关后可以直达晋中、晋南。由此可知，至少在夏商时期就存在着连接中原与草原及西域地区的通道。其中最重要的道路，就是通过雁门关的陆路与黄河水路构成的山西道。

李凭在其《北魏平城时代》中对当时以平城为中心的京畿通道进行了研究。他认为，从平城出发有七条通往各地的交通干线。其中最主要的有两条，一是"并州大道"，由平城至晋阳；二是定州大道，由平城至河北平原的定州。还有一条重要的大道是平城经今右玉至盛乐，即云州治所的路线。这也说明，平城处于连接中原，以及华北平原与蒙古草原的中枢地带。其地理位置十分独特，是从内地通达草原及西域的必经之地。事实上，这种独特的地位在现代交通没有形成之前一直存在。

日本学者前田正名在其《平城通往西域的交通路线》中认为，从河西走廊往平城，有三条线路，一是沿额济纳河至居延海，向东沿阴山山脉东行，渡黄河至平城；二是自姑臧，即今甘肃武威沿白亭河东北行，翻过贺兰山，过灵州自白于山北麓东北行过黄河至平城；三是由姑臧东南经兰州附近，沿秦州路至无定河上游，沿鄂尔多斯沙漠东南缘渡黄河至平城。这些路线虽然今天已经不太好考证，但至少可以说明，从中原地区进入山西，至其北部之平城可再往西至西域。平城，不仅连接了中原与草原，亦连接了中原与西域。

拓跋鲜卑从大兴安岭不断迁徙，终于在拓跋力微时期，也就是公元258年至盛乐，即今和林格尔县之北。其后人拓跋猗卢于西晋永嘉四年，也就是公元310年被晋怀帝封为代公。拓跋鲜卑部称代即始于此时。公元386年，拓跋珪即代王位，是由拓跋族群与内地汉人族群建立的新代国。天兴元年，亦即公元398年，拓跋珪迁都至平城，至太和十八年（494）孝文帝迁都洛阳，北魏在平城立都共97年，近一个世纪。从以上的梳理中可以看出，拓跋鲜卑经历了一个从北部草原向与内地接壤的盛乐迁徙，然后进一步进入内地之边陲重地平城，然后再进入中原腹地洛阳的过程。其迁徙方向是越来越接近中原，直至进入中原。随着其地域位置的改变，生产方式、生活方式，以及政治、经济、文化都在发生改变。这种改变的方向就是不断中原化、汉化。赵汀阳曾提出一个"漩涡模式"的概念，认为中原是四方族群不断"逐鹿"之地，结果形成了大规模族群融合。简单说就是处于偏僻之地的族群，最主要的是草原地区游牧族群存在着向中原地带集聚的动力。他们不断地以各种方式，特别是军事方式争夺中原，所谓"逐鹿中原"，希望能够成为主导中原，进而主导全国的正统力量。这其中的原因，除了中原地带经济发达、文化繁荣、文明程度较高外，更重要的是一种文化的正统追求。鲜卑族群也同样没有脱离这种"漩涡模式"，甚至在这点上表现得更为典型。在其政治组织逐渐强大后，不断地向中原中心地带迁徙，并追述其先祖的正统性。如他们认为自己就是黄帝之子昌意之后，是黄帝一脉之正宗。在文化的认同与同化方面，表现得比其他族群更为迫切、突出。

需要注意的另一个问题是，中原成为不同族群的聚集中心。也就是说，从族群的角度来看，中原除了地理位置及其文化意义外，已经不是单一的族群存在，而是众多族群的融合。但这种融合是融入中原原生族群，即融入华夏族群或其后来的汉族之中。华夏是主体，是对其他族群进行同化的原生体。在这种同化中也不断吸纳接受了其他族群文化，使这种原生文化不断地发生新变，产生了新的活力。而那些进入中原的族群，应该是多种多样的，既有我们一般意义上所说的草原游牧族群，也有西域进入的更复杂族群。不论什么情况，这种中原化的"正统"追求都表现得很明显。如在大量的粟特墓志中发现，这些墓葬主人往往要追述其先祖与中原的关系。如鱼国人虞弘墓志中说："高阳驭运……徙赤县于蒲阪。奕叶繁昌，派枝西域。"这里强调的是其先祖为高阳颛顼帝，为黄帝之孙。而其近祖是虞舜，祖地在蒲坂，即今天的永济。照此言，虞弘一脉是黄帝一系。只不过是作为舜之后人，虞弘家族这一支发展到了西域。其墓志追述先祖之源，以说明虞弘一脉乃黄帝之后舜帝后人，以使自己具有中原正统的文化意义。在焉耆人龙润的墓志中也有类似记载，"凿空鼻始，爰自少昊之君"，言龙润一脉是少昊一系，亦为黄帝之后。

通过这样的分析，可以看出中原地区具有非常重要的吸引力，是汇聚不同族群的核心地带。而在平城时代，也就是公元4世纪末至5世纪的历史时期，由于特殊的地理及政治位置，平城成为不同族群进入中原的大门，是汇聚不同地区族群的重要都市，是连通西域的重要枢纽。

汇聚八方的国际化大都市

道武帝拓跋珪迁都平城，不仅仅是拓跋政权进一步强大的表现。从地理与文化的层面来看，也是其族群进入农耕地带，进一步中原化的重要举措。北魏之前身拓跋代国，在公元376年时被前秦所灭。在大约10年的时间里，部族离散，王室流落，其中相当一部分王室成员被前秦迁移至长安。而拓跋珪先被迁至蜀地，具体地点不详；后又被迁往长安；再后又随其舅至中山。这使他能够接触更多的内地人士。在长安期间，拓跋珪对中原汉文化接触广泛，学习颇力。李凭在其《北魏平城时代》中介绍，道武帝拓跋珪对儒、道、法诸家全面涉猎，多有心得。所以在建立北魏之后，其治政以经术为先，且好黄老之道，多有韩非法治之术，显现出与一般游牧政权的明显不同。北魏之所以能够逐渐强大，终于统一北中国，与其执政者的思想、境界、格局，或者简单说文化品格有着极大的关系。正是拓跋珪等人，在保持了鲜卑族游牧文化中的强悍、移动性等特色外，又汲取了中原文化治理国家、天下一统、以学养性等营养，形成了一统天下、睦民协和等观念，使北魏在中国历史上产生了极为重要的影响，为之后隋唐的一统奠定了坚实基础。

北魏移都平城后，大力发展经济。首先是十分注重农业发展，离散诸部，劝课农耕，计口授田，同时畜牧业也得到发展。仿照中原，大规模建设都城，广宫室，扩城垣，建天文殿、天安殿、天华殿、太庙、西武库、鹿苑台、明堂等，凿渠引水，多建寺院，分城内九衢十六坊。平城终于成为由皇城、京城、郭城三城相套，周30余里，城门十二，规模浩大的都城。在此基础上，大力发展交通贸易，大开直道，贩贵易贱，逐渐强盛。从北魏的拓展与变革来看，无疑与其接受不同文化，形成新的文化形态有重要关系。其文化具有开放包容、吸纳异质、求变创新的品格。实际上，北魏非常善于接受不同文化来形成自己的文化。那一时期，不同地区、不同族群、不同宗教、不同艺术，荟萃聚集、争奇斗艳、海纳百川、河向大海，浩浩荡荡、灿然生辉。

北魏定都平城前后，曾进行了大规模移民。据李凭《北魏平城时代》中粗略统计，移民数保守估算也在150万左右。之后平城人口长期保持在这个数量上。其中的人口构成有山胡、高丽、高车，以及鲜卑慕容部及其他别种等等，其民有原来的官吏、工匠、豪杰种种。在其致力于全国统一征战中，亦将各地之民迁徙至平城。如在征服匈奴人建立的北凉之后，姑臧吏民3万余家或说10万余户被迁往平城。其中还有从事贸易的粟特商人，以及僧侣三千。这也被视为佛教传入北魏的重要事件。宿白先生在其《平城实力的集聚和"云冈模式"的形成与发展》一文中，罗列了平城期间迁徙各地民众至京都的事项共30余项。其中包括匈奴、铁弗、库莫奚、高车、慕容、高丽、柔然、丁零等族群，地涉中山、朔方、西北部及草原地带，以及长安、酒泉、定州、离石、青齐、淮南等地。其中多有百工伎巧、文武官吏。按照宿白先生之估算，最保守也在百万人以上。

北魏时期也十分重视经略西域，广派使节赴西域各国联络。如太武帝拓跋焘曾派董琬、高明出使西域。随着国力强盛，西域各国也纷纷前来朝贡。按照日本学者前田正名的研究，仅太延二年，也就是公元436年，北魏就往西域派遣六批使臣。太延三年（437）三月，即有龟兹、悦般、焉耆、车师、粟特、疏勒、乌孙、渴槃陀、鄯善等国前来朝贡。据其统计，平城时期，吐谷浑先后朝贡约32次，龟兹朝贡约7次，波斯朝贡约5次，罽宾朝贡约2次，于阗朝贡约6次，等等不一。特别需要注意到的是他的统计中还有"普岚"，朝贡3次。

普岚，即今天我们所说的东罗马帝国。按照沈福伟先生的研究，中国史籍中对东罗马译名有称为"拂菻"者，后也有译为"普岚"者。他认为"普岚"可能是西域嚈哒人据突厥语转译而来，也有名之为伏卢尼等等。这些名称都是不同语言中的"罗马"。罗马，这里指的是泛化的罗马帝国，与中国的联系似较多。《拾遗记》中记有周灵王时，也就是公元前6世纪时，渠胥国人韩房曾到访中国，在洛阳献高6尺的巨型"虎魄凤凰"，就是琥珀制作的凤凰。公元前221年，也就是秦始皇元年时，有西域骞霄国画家烈裔在咸阳献艺。沈福伟先生认为所谓的"渠胥国"或"骞霄国"，实指一地，就是希腊。公元2世纪的166年，罗马皇帝马可·奥里略·安东尼派遣的使者从今越南至洛阳。公元226年，又有罗马使者秦论至孙吴都城金陵。这次孙权又派刘咸护送秦论返国。这之后，罗马与中国之间商贸往来频繁，这也为北魏时期的联系打下了基础。按照沈福伟所言，北魏建立后，曾有今天我们所说的雅典使节至平城。在北魏太武帝拓跋焘太平真君十一年，也就是公元450年的时候，盾国派使节至平城献狮子。所谓"安盾"，是雅典的音译。这时的雅典应是东罗马帝国属地。在公元456年，即北魏文成帝太安二年，公元465年，即北魏文成帝和平六年的时候，东罗马帝国，也就是拜占庭帝国皇帝向北魏派出使节，希望加强双方之间的经济合作。从这些记载均可看出，北魏在国际上的影响，以及平城的国际化程度。

实际上，平城时代的国际贸易非常发达，西域商人一般经西北之草原丝路进入平城。这期间，最活跃的是河间地区的中亚粟特商人。这在《魏书》《北史》中有大量记载，从今大同地区的考古发掘中也发现了大量的遗存可资证实。除粟特商人外，还有很多其他国家的商

云冈乐舞

人，张庆捷曾撰有《北朝入华外商及其贸易活动》进行专门研究，其中如大月氏商人、印度商人、波斯商人，以及许多国籍不明的商人等。这些商人可谓成群结队，一次入华数十人至数百人不等。他们入华后，与当地官民建立了良好的关系。除经商外，还承担不同国家之间相互联络的外交重任，或传播文化艺术等等，使西域地区的工艺、歌舞、乐器、绘画、雕刻等传入内地。如音乐方面就有高丽乐、疏勒乐、安国乐、悦般乐、龟兹乐、西凉乐、屠何乐等。当时非常流行，后来失传的《真人代歌》，据说就是融合戎汉五方殊俗之曲的鲜卑之歌。这种状况在云冈石窟中可见一斑。如其中所谓的"音乐窟"就极为生动地展示了乐舞方面百伎献艺、众乐和鸣、群舞争艳的景象。

在公元5世纪左右的时候，平城成为世界上最重要的都市。那一时期，美洲还没有与欧亚大陆发生重要联系，基本处于一种自足自闭的状态。非洲在尼罗河流域得到了较大发展，但被罗马帝国统治。欧洲也只有地中海沿海地带的今意大利地区、希腊地区，以及欧洲中部的高卢一带得到较大发展，且将进入所谓的中世纪"黑暗"时代。亚洲几个文明发展较高的地区基本上纷争不已，一时还形不成统一的强国，只有罗马表现出比较强盛的态势。但由于其控制的地域是环地中海沿线，不同的历史、文化、民族、宗教等存在很多矛盾，可以说是此起彼伏、你来我往。所谓罗马帝国"有国无民"，就是说有罗马帝国这个政治实体，但其控制地域常常发生变化，其间的民众往来更替，并不直接接受帝国的统治，也没有政治上、文化上，以及地域上的认同。其民众实际上没有罗马帝国的国家意识。最大的城市君士坦丁堡也只有不到50万人，而平城在短暂的近百年中长期保持在100万至150万人口，应该是当时世界上最大的都市，或之一。这一时期，平城成为世界上最具包容性、最具活力的城市，也是最典型地体现了国际化的城市，其散发的魅力吸引着世界，融汇成人类进步发展的绚丽之花。

人类智慧与情思的旷世明珠

鲜卑是草原游牧族群，有自己的独特文化，并在不断迁徙中接受了内地文化。在移都平城后，拓跋王朝积极汲取中原文化，设立官学，修习儒道，对其他外来文化持开放包容的态度。在不断完善其统治体系过程中，也需要一种能够被各地迁徙而来的不同族群民众接受的文化形态来凝聚民心，巩固政权，教化风俗。道武帝拓跋珪于天兴元年（398）即命造五级浮屠。可见，在北魏之初即把佛教置于极为重要的位置。

魏晋南北朝，佛教迎来了一个空前的大发展时期。众多高僧进入内地，与当时各地之割据政权建立了良好关系。其中有大量从西域而来的僧人，以及从天竺（印度）、狮子国（斯里兰卡）等地来华的高僧。最典型的就是佛图澄。他生于龟兹，亦有人认为他是天竺人，曾在罽宾修佛。进入内地后受到石勒的信任，并对石勒产生了重要影响。石勒支持佛图澄广建佛寺，宣扬佛法。佛图澄把佛教纳入国家政权保护之下，为佛教的传播创造了良好条件。其弟子法果继承佛图澄的弘法理念，认为皇帝即现实中的佛，佛即皇帝。他提出"礼天子乃礼佛"，使教义中的"佛"与现实中的"帝"统一起来。这种佛理推进了佛教的中国化，对新建立的北魏政权来说，有非常重要的意义，特别是从理论上肯定了其政权的正当性。至道武帝拓跋珪时期，法果被任命为道人统，专门负责僧侣事宜。文成帝拓跋濬时，罽宾高僧师贤继道人统，在武周山造"令如帝身"的佛像，使文成帝的帝王形象与佛统一起来，具象化地宣扬了北魏之帝的功德，引起了各地佛界轰动。

各国纷纷派遣使者朝贡，或派画师临摹。文成帝又令师贤等在平城五级大寺内为太祖拓跋珪以下五帝各造像一尊，进一步将佛法与国家治理统一起来，使佛教在内地拥有了广泛的政权基础。

北魏和平初年，即公元460年，被文成帝尊为帝师的罽宾高僧昙曜继师贤位，为沙门统，继续实行"礼帝为佛"的佛理，向文成帝请求在武周山开凿佛像。《魏书·释老志》记，"昙曜白帝，于京城西武州塞，凿山石壁，开窟五所，镌建佛像各一。高者七十尺，次六十尺，雕饰奇伟，冠于一世"，是为"昙曜五窟"。由此拉开云冈石窟建造的历史。石窟依山而凿，东西绵延一公里。从公元460年至孝明帝正光五年，也就是公元524年，计64年。但也有学者认为，云冈石窟最晚的洞窟开凿年代延续至隋唐时期。现存大小窟龛254个，主要洞窟45座，各种造像59000尊。一般认为可分为三期。按照宿白先生的研究，概略其特点如下。

第一期窟室为和平初年昙曜主持开凿的五窟，即我们所说的"昙曜五窟"。其大像广颐、短颈、宽肩、厚胸，雄健之姿尤为突出。《魏书·释老志》推测这些雕像有可能仿效北魏帝王之形象。宿白先生认为，沿西方旧有佛像的外观，模拟当时天子的容颜风貌，正是一种新型佛像融合。以此分析，这一时期的雕刻总体上西方因素占主导地位。

第二期窟室主要开凿于中部东侧，以及东部的若干石窟。这一时期大约在公元471年至公元494年间或稍后。其共同特点是汉化趋势迅速，雕刻追求工丽，以及渐趋清秀的造型、褒衣博带的服饰等。但在融入西方因素方面，仍然有许多新的内容，只不过更侧重在护法形象与各种装饰上面。这应该是云冈石窟中西方佛教石窟东方化的关键时期。这一时期另一个需要注意的现象是"双窟成组"的出现。

第三期窟室主要集中在第20窟以西的云冈石窟西部，还有一些散落在中东部，以及一、二期大窟中的小窟内。时间当然是在迁都洛阳之后。这一时期的主要特点是没有大窟，应该是在都城南迁后，由皇室主持的大型窟室工程中辍。但留在旧都的亲贵、中下层官吏与信众继续在云冈开凿石窟。另一个非常明显的特点是进一步汉化，个人造像更加清秀，装饰出现了许多新的样式，特别是对洛阳龙门石窟，以及迁都沿线之山西地区的石窟营造产生了重要影响，二者有着明显的艺术传承关系。

云冈石窟是人类智慧与情思的明珠，是人类艺术创造能力的集中体现，是具有强大生命力与审美魅力的经典之作。它不仅代表了中国5世纪时期最具魅力的艺术水准，也是难以超越的世界艺术高峰。在其创作过程中，融汇了当时世界各地的艺术精华，塑造出了人类雕刻艺术的杰出典范。从其艺术表现手法来看，主要有以下一些方面。

首先要注意到的是，云冈石窟是草原鲜卑族群主持开凿的，因而具有非常明显的草原游牧文化特色，特别是鲜卑文化特色。据大村西崖研究，这方面大体表现在佛像之厚唇、长目、隆鼻、丰颐，挺然丈夫之相方面。其法相庄严，气宇轩昂，充满活力，将鲜卑的剽悍与强大、粗犷与豪放、宽宏与睿智的民族精神表现得淋漓尽致。其发髻如峨冠，比较大，坐法中并脚、交脚为印度佛像中少见。其佛像的服饰有尖顶帽、左衽短袖等游牧民族之俗。在多洞窟中出现了穹隆顶，亦为游牧之风。这些均"深保拓跋氏遗风"。

其次需要注意到的是，北魏对中原文化的吸纳也比较突出地表现在云冈石窟之中。这在中后期石窟中更为明显。从建筑形制来看，其二期中平棊顶、方形平面，长卷式浮雕画面，雕饰斗拱的窟檐外貌均为汉式殿堂之风格。重层楼阁与龟趺丰碑等亦为汉式传统建置。佛像当中释迦、多宝对坐，维摩、文殊论辩，以及下龛释迦、多宝，上龛弥勒与下龛坐佛，上龛弥勒等组合是汉地早期窟龛中常见设置。特别需要提到的是佛像瘦骨清相、褒衣博带的特色是汉化的标志。一般而言，佛像身材修长，表情孤傲，有超凡脱俗之感。衣饰褶纹重叠，雕饰渐显烦琐。也有学者认为，云冈造像中圆形的脸、眼睛与嘴的形象是中亚或中国的。此外，石窟中借用了中原地区的生活场景，如胸前挂鼓的乐伎形象就是山西民间花鼓舞样式。而洞窟的形制中盝顶、屋陇顶并存的龛形屋顶是内地汉族文化的体现。

除了以上所言汉化、拓跋遗风外，云冈石窟的艺术表达更多地汇聚了世界各地的表现元素。据宿白、戴蕃豫、长广敏雄与水野清一、张庆捷、张焯、王恒等学者的研究，主要表现在以下几个方面。

一是埃及艺术的影响。埃及艺术经希腊、叙利亚传入中亚，由西域传入平城。在云冈石窟中，有许多体现了埃及艺术的元素，主要是莲花图案、忍冬纹饰、狮子座。还有一种是"花上再生者像"，其源自埃及神话中荷尔斯神与四子成育花上而再生。这种图案亦传入印度，云冈这类造像较多。

二是希腊艺术的影响。车、马、万字纹等均源自希腊，象征日神之车。而花序纹，如果是女性供神者持花，则为埃及之风。如果是日神所持，或胁侍像所持，则为希腊风。在云冈石窟中还出现了帽子两端伸展的翅膀，是墨丘利神的标志，以及海神的三叉戟、酒神的权杖等，多为古希腊罗马艺术元素。云冈石窟的柱形也多现希腊风格，其中有仿罗马柱、古希腊柱、爱奥尼克柱等。

三是印度笈多艺术的影响。笈多艺术是古印度笈多王朝，约在公元4世纪至6世纪间形成的艺术。这一时期，印度经济发达，海上贸易兴盛。由于奖掖文艺，印度之宗教、哲学、科学与文艺全面繁荣，并形成了自己的风格，是印度古典主义艺术的黄金时期，对中国也产生

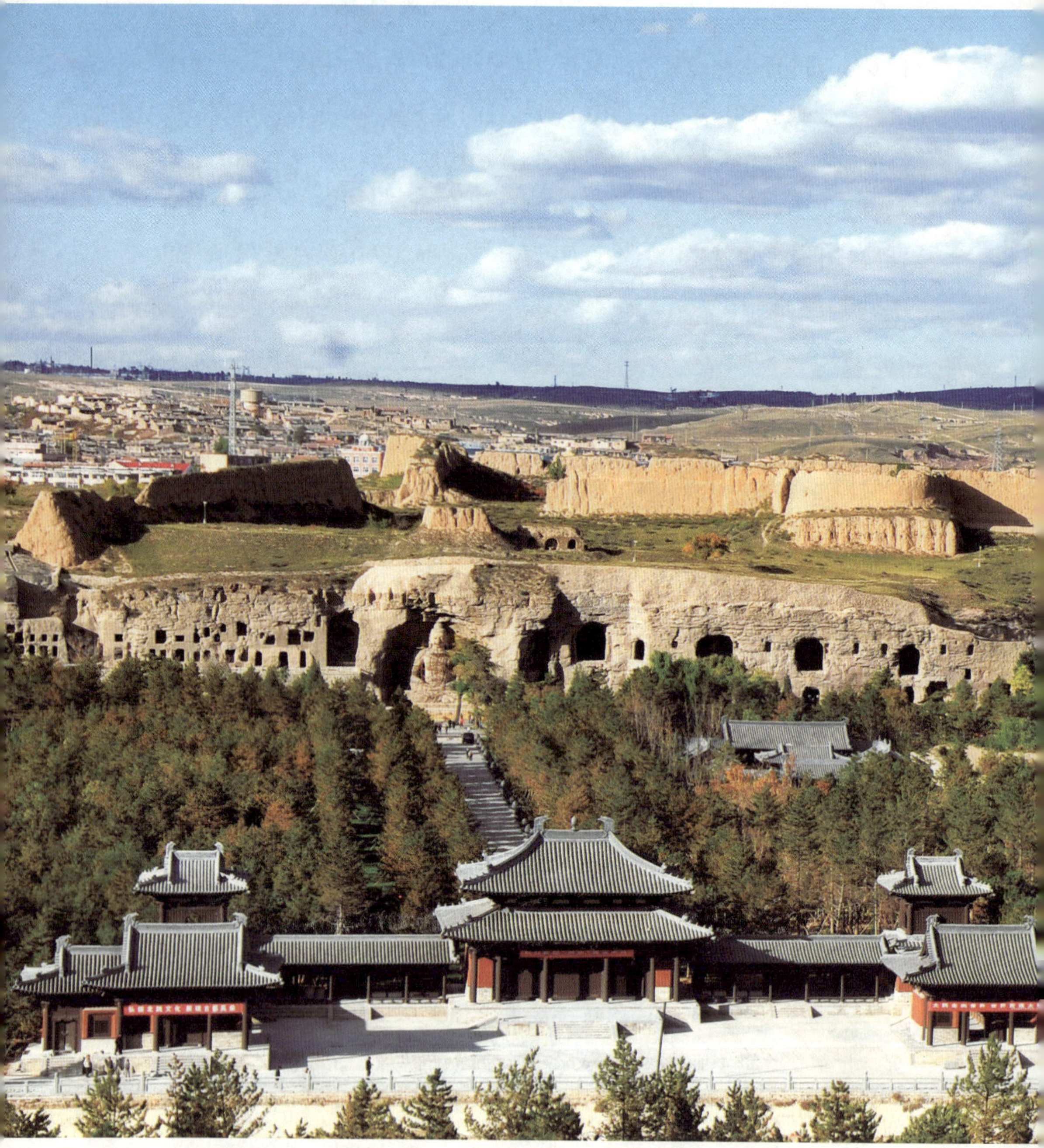

远眺云冈

了重要影响。在云冈石窟中，笈多艺术的特色非常明显。就其造像而言，其颜面刚毅，男性特征突出，衣服多隐蔽全身，柔薄而透视紧身，如入水贴在身体之上，故有"湿身"之说。衣服曲线呈平行状。佛像的头发基本见不到螺发，似蒙发覆巾。佛像之背光多为圆形，加入花草修饰，更于圆形后刻椭圆形曲线，周围描绘火焰。这些火焰与连珠纹饰亦被认为受到了中亚拜火教影响。

除以上几个方面的外来影响外，云冈石窟最突出的一个特点是受犍陀罗艺术的影响。在人类艺术发展进程中，犍陀罗艺术具有十分重要的地位，是公元前4世纪马其顿国王亚历山大东征中亚与南亚次大陆期间，把古希腊文化带到东方地区融合后出现的。其先于公元1世纪兴盛于今巴基斯坦北部的白沙瓦谷地——犍陀罗地区，后在今阿富汗地区流行，至公元5世纪开始衰微。犍陀罗艺术最重要的贡献是佛教艺术。由于地处欧亚交汇之处，受希腊—马其顿亚历山大帝国、希腊—巴克特里亚统治，这一带接受了极为突出的希腊文化影响，被称为是"希腊式佛教艺术"。犍陀罗艺术也因此成为东西方文化与艺术融合的重要范例。公元1世纪后，随着大乘佛教的兴盛与流传，教徒崇拜佛像渐成风气，从过去不拜佛像只拜圣迹的形式向崇拜佛像转化，佛像的雕刻之风兴起，引发犍陀罗艺术的兴盛。之后进入新疆西南部地区，再传入中原。北魏建立，在收复北凉后，从姑臧，即今武威迁徙民众至平城。其中多为佛教僧徒，对平城一带的佛教兴盛产生了重要影响。北魏也汇集了许多高僧，其中的师贤、昙曜皆为罽宾信徒，而罽宾是大乘佛教的发源地，活动十分兴盛。他们把大乘佛教崇拜佛像的教仪也带到内地，特别是平城，从而使云冈石窟的开凿成为一种文化要求。

云冈石窟受犍陀罗艺术的影响，首先表现在佛像的塑造上。如降魔像，普通释迦像的手掌向下向外呈"降魔印"，而云冈的佛像手掌则呈"无畏印"。佛像的头发呈波状缕发，衣着的平行线由粗纹交叉，都是犍陀罗风格的表现。再如云冈石窟中的天人形象，或合掌立于左右，或飞翔于佛像之头顶，有奏乐者、表演者，有的头髻下裳、肩披领巾，均可追溯至犍陀罗时期。

犍陀罗艺术的另一种影响是故事性质的连环画样式。浮雕式连环画源于较早期的犍陀罗时期。在云冈石窟中，这种形式也非常普遍。虽然经过长期传播融合，已经发生了很大变化，但仍然可以寻找到犍陀罗艺术的影响，如其中有佛祖诞生故事、灌顶故事、出游故事、出家故事等等。这也体现了犍陀罗性质的教义理念，包括其护法理念、平等理念等。

犍陀罗艺术的影响还非常突出地表现在洞窟装饰方面。如云冈洞窟口与犍陀罗门侧壁，把护法形象安排在洞窟门或窗的两侧即是云冈对犍陀罗时代艺术及其理念的继承。再如供养天人佛龛中科林斯浮雕柱的装饰等。

需要强调的是，以上诸种艺术表现元素，尽管从研究的角度来看，其源不一，流播有致，但在具体雕塑刻画中，却往往是把多种元素融合统一起来表达，既显现了艺术风格多样性，也形成了新变通融同一性，是一种融会贯通的创新，而不是机械简单的挪用。举例而言，尽管在柱形雕刻中运用了希腊式柱，但也出现了汉化再创造。希腊柱形是上下粗细匀称的造法，而在云冈石窟中，这种柱形演变为上细下粗的形制，依然反映了中国古代建筑中按比例"收分"的理念。这种既有外来文化元素，又加以中国化的艺术表现手法，乃是融多样为一体，化外来为本土的艺术新变，体现出"汲取他人转化为我"的创造能力。

云冈石窟的开凿也具有十分突出的创造性，表现出非同一般的智慧与能力。与许多地方开凿石窟后用泥塑像不同，云冈石窟是依山势整体开凿。开凿要根据山体具体形状，确定可使用的范围，再设计出这一石窟体现的含义及其形象布局。在清理了山体外立面后，需根据设计开凿。石窟中任何一处细节都是山体的一部分，这对工匠的艺术想象力、设计能力、工艺技术的要求是非常高的。基本上可以说一凿损坏，全窟即坏。在世界范围来看，如此规模的石窟还不多见。同时，云冈石窟也是融技术、艺术、宗教、哲学、社会教化、政治理想等内容于一体的综合性创造。没有技术，难以开凿；没有艺术，不可呈现。所有这一切如若不能完美高超地融于一体，则难以体现教化功能、宗教思想、社会理想，不能实现其社会文化价值。所以说，平城的云冈，是人类科技的杰作，是人类艺术的高峰，是融合人类智慧与情思的宝库，是中华民族博采众长、融会贯通，求新求变、创造升华，对人类发展进步做出的伟大贡献。它不仅在1500年前是人类创造的经典之作，即使在今天，仍然是人类智慧与情思难以超越的杰作，是激励我们继承传统、走向未来的强大精神文化动力。

左云长城下倾听马市谣

张行健

一

进入左云地界的时候，仲夏的风，倏忽就凉爽了！是那种清新清幽清洁的爽快。

极目四野，塞北大片山坡上，滚动着莜麦、荞麦的可人色泽，最夺人眼目的，是遍野铺陈的油菜，碧绿的枝叶满缀着碎金般黄澄澄的花朵，与远处的向日葵遥相呼应，在这个最舒心的季节里，奢侈地倾吐着情愫。其实，千百种叫不上名字的低矮灌木和野草花卉，也在这个阳光饱和的日子里纵情葳蕤。

这一切，遮掩不住的是晋北山地的苍凉与旷远。

依了一座座或高或低，或陡或缓的山脉地形，属于左云的明长城，如一条沧桑而苍老的巨龙，在曲折里伸展着、蜿蜒着，我分明听到了它无声的喘息和收敛恒久的低吼。长城上疏朗或浓密的荒草们，随了它的喘息，一起在野风里律动。

一片光裸的土峁侧，矗立着一座高大的烽火台，深沉、凝重、沧桑、古老。大同作家石囡和陈年说，这是宁鲁堡一段的长城烽燧。这一段长城的城身已被岁月的风雨冲刷淋打得几近于平坦了，仅剩了坚实的基座仍在托举着空旷中的长城轮廓。而这座烽燧，却出奇地高大、敦厚，如同一个执着持重的雁北老汉，定力十足地蹲坐在山峁之上。

这座烽火台，斑驳粗粝，傲然自信，它是在装饰着左云明长城雄伟壮观的苍凉景致么，还是在沉默里回忆着渐行渐远的狼烟烽火的壮烈，抑或在用其高大结实的烽燧本身无形中书写着边塞难以表述的历史？

其实，一路走来，无论是经过新荣区助马堡开阔的马市，还是依然存留完好的得胜堡；无论匆匆路过的镇虏堡，还是烽燧林立的镇川堡；无论助马堡一段长城的残垣断壁，还是拒墙堡长城段烽火台的鳞次栉比；无论宏赐堡长城的平缓延伸，还是镇川段长城烽火台的突兀矗立；无论饮马河长城段的战略要冲，还是镇川口长城段的险石嶙峋；无论二道边长城的壁立陡峭，还是八台段长城的如切割般齐整；无论保安段长城的峥嵘起伏，抑或宁鲁堡镇宁箭楼的巍峨高耸；无论威鲁段长城的形断脉连，抑或李峪段长城的天堑难阻……

在晋北这片山地和旷野里，在绵延伸展的长城脚下，一座座或高或矮的烽燧进入视野的时候，一颗苍老的心，便被揪拽一下，便被激活一下，一种极其复杂的情绪，在胸腔里紧紧缠绕。

是带着向往和钦敬的心情走进大同，走进左云的。在往日印象里，左云是和天高野阔联系在一起的，是和屯兵城堡联系在一起的，是和强虏战事联系在一起的，当然，也是和凄风苦雨、战马嘶鸣甚或血雨腥风维系在一起的。

多次了，在不同时间段和不同区域里目击到被岁月风雨剥蚀得残缺不全的砖垒石砌或土筑土夯的长城，还有突兀于长城上的或其周边的一墩墩烽火台，我不由得伫立凝视，不，是一种仰望。深情凝望着眼前的烽燧，打量着这座被晋北几百年朔风暴雨和频仍战事销蚀得苍老疲惫且因苍老而千孔百疮的高大烽火台，仿佛又目击了被草色染绿的狼烟，和一阵阵告急的烽火，倾听到远远近近杂乱的马蹄声和匈奴、鲜卑、突厥组成的悍军的叫嚣，还有轰轰作响的车轮，也强行碾压在左云边地上，它们激溅起的是一团儿又一团儿告急的烟尘……

注目宁鲁堡这座高大巍峨的烽燧，见黄土包着沙石筑起的土墩，有 10 余米之高，墩座四方四整，也有 10 余米之宽长，其上呈梯形渐减，在墩的顶端也有 5 米左右宽长，一丛丛夏日的蒿草生长于其上，在和平年代的山风中摇曳舞动。我想在晴朗的日子里，当晨曦初起，晋北边地的第一缕霞光横抹天际的时候，青山与红日相映，古墩与蓝天相衬，千岭万壑竞披盛装；而每至傍晚，塞北晚霞久久在天际弥留，山坡与田土里依然行走着游牧散养的牛群，无论土黄的墩，无论土黄的牛，它们遍身涂抹上橘红的色彩，使我们的左云山地增加了亦雄亦壮、亦悲亦美的氛围。

这可能是我等闲散游客脆弱文人般的多情感受。历史上每一座烽燧、每一处烽火台在边地告急，局势出现危情的时候，烽火台周边的每一根神经都被绷紧，而长城上的每一支警惕的箭羽都被紧紧扣在弓上。

正是在左云，在长城研究专家的实地介绍和释疑里，对烽火台有了感性和理性的新认知——作为长城重要元素之一的烽火台，它传递给人们的是一种以边塞历史文化遗迹为内容的信息和符号。烽燧，作为烽火台的总称也是最早称谓。自从有了万里长城，随之而来的便有了古城堡、烽火台。遥望着一座座大小有别、高低有致的坚实土墩，看它们执着固守，屹立于浑黄或湛蓝的苍天之下，稳坐于山头长坡的基座之上，衬托着古老长城的壮观景致，诉说着往昔不堪回首的悲壮战事，从而形成边塞历史文化的厚重和沧桑生态，心中五味杂陈。

这些用沙土或石块砖头构筑而成的群墩，大多是实心的，少数为空心，它们是按顺序作线性排列的，点缀在长城内外的高地、山头或驿道边。它们的距离前后左右在目力能达的范围之内，是从边境向内地传达战事警报的通信设施。

作为战争产物的烽燧，夜里点的火叫烽，白天燃放的烟叫燧。烟易见于白昼，故昼燔燧；火易见于夜晚，故而夜晚举烽。小小烽燧，却承载着艰巨任务。首先是以烽燧为小小据点，立足据点，眼观六路，瞭望敌情，传递消息；其次是保卫田地，守护家园；其三是认真检验并尽力保护过往此处的使节、商贾与游客；其四是援助附近守区的防务。每一处烽燧都驻守着士兵，少则四五人，多则二三十人。当发觉异常或确定有敌情时，迅速点燃早已备好的柴草且加之以硫黄、硝石来助燃，点燃烽火时另有士兵鸣炮造成声势，让另一处烽火台上的士兵及时看到听到，再尽快传到下一处。

站在这一座巨大的烽火台下，试想着那是怎样一个警觉且忙而有序的场景！只有在那一刻，烽火台墩的高大和宽阔才能充分显示出它的独特优势，发挥它巨大的无从替代的作用。明朝军中规定，发觉敌军百余人者，烽燧台守兵举放一烟一炮；发觉500人左右，举放二烟二炮；千人以上者，举放三烟三炮；5000人以上者，举放四烟四炮；万人以上者，举放五烟五炮……各烽火台紧急辗转传递着军情，告之于全军，最终也是尽快传达给军事指挥机关。

从烽火台另外的多重称谓里，我们依然能揣度出它们的多元作用和对战讯传达的至关重要——亭、障、侯望台、传烽、行烽、边墩、边冲台、火路墩、接火墩、烟墩、烟岗、马面、腹里接火墩、烽堠、狼烟台、望火台、骑墙墩、旗墩、边台、敌楼、敌台、箭楼、塞上亭、建橹侯望、举烽、亭燧、列燧……

在左云，依了长城和一座座烽火台行走，三五里、七八里地，便会有一个个小小村落，或在长城脚下，或在烽火台一侧，或干脆就在早已废弃的古堡里。村落很小，一律是古旧低矮的房屋，也偶尔有较新的屋子，但不住人了，估计屋主是较年轻的人，在外打工或搬离了村落。古旧倾斜的老屋自然居住着苍老婆子与小老杨树般的老汉，老汉们在墙根或树的荫凉下坐着，抽烟、闲聊，或木然地看向远处。

历史上，无论哪种样式的烽堠，都要安排士兵守台。一些重要军事地段的烽堠，多数还筑有羊马墙和站房，为的是守台士兵们长期居住。随着时间的推移，岁月的流逝，战事地点的转移和战争的推延以及消弭，这些烽台城堡自然就闲置起来，羊马墙里便住上了本地乡民或外地移民，人口愈来愈多时，就形成了自然村落，村落的名字大多就是这座城堡或墩台的名字。长城研究专家李日宏先生说，在左云，特别是沿长城一线的村落很多，村落的名字取墩与台字的很多，这肯定是根据古时候这个地方的墩台而叫的，现时的村庄里即使看不见墩台，但在村落周边肯定可以寻找到昔日墩台的旧址。在当时，战争一旦停息，战线一旦转移，这些闲置起来的羊马墙便有附近的贫苦村民迁来，同时也有外地游民选择附近可以居住的墩台作为家园。

笔者曾在助马堡见到一位老者，他正在自家小小的院落里给蔬菜浇水。70多岁的样子，驼着背，矮小结实的身材，一张如同助马堡附近烽火台一般沧桑的布满皱褶的脸。对我的突兀到来，他表现得异常平静，似乎在平常的日子里经常有如我这般的不速之客。语言的交流并不困难，几乎是一问一答式的。他的先祖最早就是这座助马堡的士兵，战事停息后，由于身体有了残疾，不能跟随队伍到别处去作战，便就地留了下来，成家立业，一代一代，一辈一辈，就成了助马堡的老户人家咧……

哦，原来长城沿线的古老村落里，有相当一部分村民，就是当年士兵们的后人，先祖用鲜血和生命战斗厮杀过的地方，成了其后他们切切实实的生活家园。养牛放牧，躬耕农事，狼烟烽火已成为渐次遥远的传说和传奇。当下的玉米和荞麦的生长状况，才是他们所操心的日月。

从老人那一面弯曲却硬朗的脊背上，我感受到晋北农民的执着和柔韧，顽强的生命力犹如山坡上的一株又一株的小老杨。沙土地的干旱和晋北山地的朔风难以阻挡它们枝干的坚硬和叶片的浓绿，即使从坚硬的石缝里生长出的松树，也以匪夷所思的顽强和倔强，将根须深深扎进每一道细小缝隙里，生长着，存活着，向故里的苍天倾吐一团爱的碧绿。

二

一步一步，走向了摩天岭长城段。

这是让人仰慕已久，心向往之的晋北长城。

来到晋北，来到左云，不登摩天岭长城，是一大憾事。民间素有"东看八达岭，西看摩天岭"之说。

山地的风里，有了冷意，风中还夹着少许雨滴，雨滴敲打着人的脸，给人冰凉的快感。

一条曲折弯曲的山路，通向摩天岭，那是游人的脚步踩踏出来的，是寻圣者的执着开辟出来的。摩天岭的巍峨山势和其上雄伟的长城如一块巨大磁铁，吸引着和诱惑着一批又一批仰慕者。

摩天岭是黄河水系与海河水系的分水岭，两河文化汇聚于此，并

左云摩天岭长城

通过这里传输出去，形成了人类最早的古道；摩天岭又是北地的草原游牧文明与其南部的中原农耕文明的分界线。千百年里，摩天岭一带修筑了赵、秦、汉、魏、齐、隋、明共七个时代的古长城，南北两地的不同文化通过这里碰撞、交融并且输送出去，由是才产生了左云的茶马古道与丝路。不断发生的战事和战事之后的相对和平，使左云积淀了民族多元之下的文化多元，多民族碰撞之后又带来了多民族融合的喜人状态。

　　登临海拔2000多米的摩天岭，只见横亘山岭的古老长城遗迹斑驳，而明长城却墙体完整，如一条巨龙蜿蜒起伏在山岭之上，堞垣崇隆，既有雄险壮观之美，又有峥嵘参差之奇。站在这方蒙古高原与晋北黄土高原的结合部，极目四野，莽莽苍苍，夕阳与残云共晖，山峦与雾霭交融，此时的明长城，横亘莽原，更显其巍峨雄峻。

小心翼翼地走近摩天岭上的这一段明长城，立时便被它固有的气势震慑了。高大、完整、古旧、沧桑，透过它斑驳的一眼眼弹洞一般的大小窟窿，它扩散的却是凛然不可侵犯的威严和令人敬畏的气质。

探出手来，轻轻地抚摸这一片城墙表侧，像在抚摸一段深沉的历史。原来用沙土夯筑起的墙体，历经六七百年的狼烟烽火与风霜雨雪，它依然坚硬得如摩天岭上的山石，这让人想到边塞将士抗击敌寇的坚强意志和寸土不让的勇武之心……已是夕阳西下了，山岭上空祥云舒卷，朔风劲吹，长城的沙土却保存着一整天太阳炙烤的余热，温热到人的心里，就如同耿直而热情的左云人一样，让人的心里久久存留着甜蜜和温馨。

高耸、苍凉、雄浑、古朴、凝重、巍峨、开阔、旷远、吸纳、包容。

这是站立在摩天岭长城脚下的感受。

作为古代游牧民族与汉民族的分界线，形成这里独特的边塞文化，也无疑成了中华民族长城文化中的瑰宝。

其实，在登越摩天岭之前，在八台子大单巴一带，这种吸纳与包容的文化气息，早已通过它的自然景观和人文景观显现了出来。

远远地，在起伏不平的八台子山坡的某一处，凸显出的是一座高耸入云的天主教堂的遗存，这充满异域风情彰显基督信仰的教堂与周边蜿蜒起伏的古老长城相衬相伴，自然形成一道引人注目的独特风景。

八台子是一个幽静的小山村。八台子村名本身就是源于长城的某一座墩台。从左云的威鲁口到宁鲁口段均有墩台、沟谷、坡梁等一些景观，长城学会的专家刘志尧、高海泉、李日宏先生将它们称之为一台、二台、三台边、四台沟、五台梁、六台凹、七台泉、八台子，其中三台边和八台子处建有村庄。而此时的古长城就静卧在八台子村北面的山梁上，我们看到的这道雄浑蜿蜒、苍凉古朴的明长城就静静卧在八台子村北山坡上。放眼看去，八台子村庄的不远处，也点缀着不少的古老墩台，使得小小村落更显古朴、宁静和神秘了。

这座别开生面的教堂虽然仅剩下门脸外端的残存建筑，依然能看出颇有气势的哥特式建筑的特质，雕刻精美的塔楼，设计大方的构图。之后查阅资料方才清楚，天主教堂的落地生根，其文化背景在于清朝与欧洲的外贸往来和文化交流的日益增多。这座教堂始建于1876年，1900年被义和团烧毁，于1914年重建，之后又先后毁于自然与人为的灾难中。

在不多的资料翻阅中，知晓这是一座哥特式教堂，原名叫圣母堂，石砌砖雕，气势宏伟，充盈着异域风格。在残存的钟鼓上，依然可见雕梁画栋，其西方风情毕现，曾一度是左云、大同城、凉城、右玉等地教徒们的活动中心。

仰望仅存的钟鼓塔楼，它彰显着哥特式建筑的典型特征，空灵、纤瘦、高耸、尖峭，具有刺天之冲力，交线分明，外观精致，利用修长的束柱、尖肋拱顶和飞扶壁，营造出轻盈修长的飞天之感。在大门之下，向上仰望，建筑的多种形状交织成的穹顶极具美感，两侧拱形门洞与蓝天白云相映，形成一道别样景致。

曾在相关文献资料中，笔者看到两幅摄于20世纪30年代的黑白照，照片还十分清晰。一幅为身着旗袍的八九位青年女学生，着装入时，仪态娇美，她们轻松自然地站立在教堂大门之前相对开阔的场地上，知识女性富态的面貌上是自信满满的表情，她们是教堂里的信徒么，或是来此地参观学习的取经布道者？从她们的神态气质上，我看到了近一个世纪之前左云知识女性秉承传统吸纳外来文化的果敢与超前、开放与内蕴。

第二幅照片是教堂之前的一条土路上，正值隆冬季节，大地白茫茫一片，路上也残留着积雪，几辆马车在雪路上作短暂停留小憩。马是那种高头大马，气宇轩昂的样子。除车夫之外，几位男士一律穿着长袍，戴着礼帽，修长的身材在冬日下投出长长的倒影。男士中，分明有两位西方男子，他们是传教士么，或是其他文化使者，他们看着左云这片苍凉而贫瘠的土地，思虑着什么，交流着什么……

左云山地的开阔犹如左云人心胸的豁达一样。战争，是不得已的自我护卫，而和平，才是边塞人的毕生追求和繁衍生息的保证。在千百年来的岁月风雨里，不仅草原文明与农耕文明交融汇合在这片古老的山地上，也有西方更先进的文化在这片土地上氤氲和熏染、传播和吸纳。

八台子教堂

虽然八台子大单巴历经了多次自然和人为的灾难，经过了粗暴野蛮的焚烧打砸和拆毁，那倔强的文明气息一刻也不曾消散，从高高的考究的哥特式的建筑顶端，看出了卓尔不群直刺青天的魅力和气势。

八台子的人文景观就这样奇妙而协调地组合在一起。古老的长城，随处可见的墩台，对左云人，对来此处的观光者并不新奇，但作为古代的边陲之地，能将断壁残垣的西式教堂与古老荒凉的大长城体现在一处，绝对是一个奇迹，是包容心态之下大美的奇妙体现。

八台子的自然景观更令人称奇。

从大单巴往西沿着平缓的山坡步行200余米，一潭圆圆的圣泉进入人们眼帘。在这干旱的晋北地界，在这距离摩天岭并不遥远的半山坡上，在满眼的野草沙石和黄土的山地上，就奇迹一般出现了一潭清凌凌的泉水！

那是泉水么，分明是大山之眼！

在看到她的那一刻，我着实愣怔了一下，如同被电击了一般。

怎么会？她出现得也太突然了，完全在思维的应对之外。

如一位优雅美丽的少女，她就那样娴静和淡雅地泊在这一处山梁上，自信而高贵，还有少女一般的单纯和天真。

正因了圣泉小天池，她的周边才长满了，不，是环绕着茂密的树林和葳蕤的草木，有粗壮的垂柳，这个季节它把千条万条的柔丝倒垂下来，仿佛在回报圣泉对它无以复加的厚爱。让人感动的是晋北山地永远也无法长大的小老杨，在圣泉旁侧，几棵小老杨也汲取了圣泉之滋润和山风之灵气，居然出人意料地长成了参天大树，长成晋北山地的一面面旗帜。此时，山风兜着它们像一团团绿色的梦幻，在山间招摇，而叶片们巴掌一样在向来客热情鼓掌。

内心还是担忧着小小天池，如同第一次看到月牙泉一样，对她的柔弱、她的忧郁、她的内敛，她面对的逼人的山岭，她面临的风沙的侵袭，无不忧心忡忡，这种强悍与孱弱，阳刚与阴柔，巍峨与纤细，亢旱与湿润的强烈对比，更进一步加深我的困惑和迷茫……

在这片浑厚凝重、苦寒且干旱的山地上，小小天池以圣泉的品格和无法想象的柔韧，以一枝独秀的果敢就这么形只影单地深嵌在山地上，以她特有的明净和清洌，点缀成山岭上美丽的眼睛。这是摩天岭的奇迹，是左云边塞的造化，是如我等凡夫俗子的想象不可能企及的现实。

小天池就这么孤独而自恋地汪在这片荒蛮苍劲的山地，泊成摩天岭和八台子一带的自然传奇。

靠山者仁，近水者智。

左云人拥有仁与智的特质。

在左云，有着让人惊异的河流与河湾，这些河流皆因了山岗丘陵的众多而滋生出来。尽管多是季节性的外流河，不可能形成大的沼泽和水泊，但她们始终是左云人赖以生存的母地和摇篮，所谓河、海有润，然后民取足焉。

品读左云地图，不难发现，让人眼热的河流的涌动：黄水、圣水、肖画河、大河湾、十里河、孙家河、牛道沟河、兔毛河、羊河、淤泥河、大峪河、山井河、源子河、马家河、陈家河、大河口河、施家口河、欧家村河、三道河、双泥河、清水河、夏家河、平川，还有藏河湾、铺龙湾、水磨湾、高崖湾、宋家湾、孟家湾……

正是因这些山岳的矗立与河水的滋养，左云才能英雄辈出、才子云集。古时的白羊王，宋朝名相毕士安，英雄式人物于什门、朱长生。一个仅11万人口的小县，而今居然有近50名省作协会员，成为一个名副其实的文学大县。从左云走出的至今仍活跃在文坛的作家有哲夫、吕新、侯建臣等朋友，还有造诣深厚的地域文化和长城文化研究专家刘志尧、李日宏、高海泉等先生。是山岳赋予他们沉雄，古长城给予他们内涵，而生生不息的河流则给予他们以智慧……

三

登临宁鲁堡的镇宁楼（箭楼）及其他古军事遗址，与走进马市马场遗址的感受，是截然不同的。

登上箭楼，有悲壮豪放、英武不屈、大义凛然、同仇敌忾之感；而走进马市，则有和平交流、祥和贸易、互通有无、平等交换的温馨之感。

战争是儿子的血和母亲的泪；

战争是孤儿和寡妇；

战争是乡村的残破和田园的荒芜；

战争是流血的政治，在这种政治的阴云覆盖之下，则是政治家的胜利和一个民族的灾难。

我们常说的衣食住行，是人们繁衍生息的最基本条件和安全保障，人类的最基本需求在不断催生着屋舍、城堡和我们壮观的长城，人类的生存发展自然而然形成一种群居行为，群居的渐次扩大便一步步有了部落，有了聚落，有了村落和城市，然后就形成了国家，就有了祖国与国家的具体概念。

祖国，是一个非政治的地理文化概念。清魏源《圣武记》卷六记载："巴社者，回回祖国。"祖国就是祖先所居之地。简言之，祖国就是祖先开辟的生存之地，人们崇拜、热爱和捍卫的这一大片辽阔广袤、生生不息、代代相传的土地。中华民族传统文化的认知中，人们把"一片固定疆土"称之为祖国，并赋予这片疆土生生不息和传宗接代的特殊含义，从而给予崇拜、热爱和捍卫。通俗地说，爱祖国是一种没有政治含义的人性本能的主张。

国家则是一个政治概念，是指由政府或国王控制下的一片疆域，它由国土、人民（民族）、文化和政府四个要素组成，是政治权力与领土、人民的统一。

长城沿边的城堡，无疑是偏重于军事防御功能的。

每每以防御外侵和自我保卫为主旨的较为惨烈的战事之后，或长或短便可赢得相对稳定与和平的日子。左云长城，不仅仅承载了边塞儿女的悲欢离合，也涵纳了民族融合与边贸文化的史事，记载了民族关系史上的战争与和平、纷扰与交易。

长城的意义远远大于它本身的存在——

长城抵御了北方各游牧民族的入侵，使中原地区的农耕文明发展获得较为安定的社会环境；

长城成为保护北方边远地区屯田与开发的保护性屏障；

长城成为农耕区域和游牧区域的自然分界线，却没有阻隔两个区域的经济贸易交往与流通，而文化的交流也随着经济的交流，飞越了长城，渐次深入到两地民间；

长城沿线成为北方游牧民族和汉民族相互融合的纽带和桥梁。

左云恰恰处于中原与北方游牧民族的交叉地带，这种物质与文化的碰撞、交流、融合、互纳更为激烈和显著。

带着亲切与好奇的心，一步步走向了这片马市的遗迹。

这是保安堡的马市。

这里有一个村落叫保安堡村，村子在长城脚下。长城西北边，便是内蒙古凉城县的水口村和大泉村。保安堡村之南，白羊河在不舍昼夜地流淌。郦道元在《水经注》里，称之为羊河。

白羊河的流淌中，清冽的水花激溅出一首古老的歌谣——

四四方方一座城，
城门开了跑马城。
跑马市，马市开。
换甚哩？（蒙）
就换你两岁大青马。（汉）
拿甚换？（蒙）
五斤茶叶五斤盐。（汉）

四四方方一座城，
城门开了跑马城。
跑马市，马市开，
换甚哩？
就换你二岁牤牛蛋（公牛）。
拿甚换？
一斤烟草足够哩！
……

这是古老的《马市歌》，早在左云民间处处流传，也是一代代左云人在童年时代游戏中所吟唱的歌谣，当然还伴有肢体的动作。这很让人自然联想起晋南一带具有4300多年历史的《击壤歌》来。当然，地域、时间和文化都不一样。这里，通常是多个孩童每人手里拿一些物件如核桃、杏核儿，或干脆是光亮的小石头、打磨过的小瓦片等，以两人为一组，象征性地做一些交易动作……也是生活在长城脚下特别是

古风遗韵 / 113

边关马市附近的孩童们，常玩常新的童稚乐趣。透过这种玩耍的举动和歌谣的内容，生动地传达出当年马市的蒙汉交易场景，氤氲着相对和平的年代里，马市的繁荣和人们平等交易以物换物、各取所需的文明氛围。

据查考，保安堡在明代隆庆和议后初设有马市，它的贸易对象当初是阿孙倘不浪部落，蒙汉互市贸易兴起后，成群结队的蒙古牧民携带物品，牵拉着马牛羊们纷纷来到马市，且渐次拓展了马市，自发地开始了私市，又形成了之后颇有规模的民市了……

马市的确是四方形状，四周古墙也已残破风化，当年交易繁荣时，沙土铺就的墙体外侧是砌了厚重大砖的，岁月不仅风化沙土，也在拆除崩坍着砖石。在高达五六米的墙基上缓缓行走，我分明听到了纯净而悠扬的马市谣——

　　四四方方一座城，
　　马市开了跑马城。
　　跑马市，马市开，
　　换甚哩？
　　就换你二岁老羯子（公羊）。
　　拿甚换？
　　谷米、豌豆、玉米随你哩！

　　四四方方一座城，
　　城门开了跑马城。
　　跑马市，马市开，
　　换甚哩？

就换你双峰白骆驼。

拿甚换？

丝绸织锦和棉布。

……

无论如何，蒙人的物品是单一的，双峰白驼、羯子羊、公牛、大青马，他们游牧的生活中，更需要盐巴、茶叶、烟草、稻米、豌豆和丝绸织锦、棉布之类，而关内农耕者，更多的是需要双峰驼、大青马和羯子羊……

可以想象得出，当年宽阔方正的马市里是何等的热闹红火，却又井然有序，如现时的小商小贩一样，马市里是有固定摊位的。这些摊位可以在一段时间内固定，也可以灵活机动一集会一换。蒙汉的摊位地段应有明确划分，蒙段简约，大都是待价而沽的牛马驼羊以及各类兽皮、毡毯、麻布、毡靴、马尾等。而汉人摊位则样式繁多，物品繁杂，令人眼花缭乱，除茶叶、绸缎、布帛、棉花、针线梭、梳篦、瓷器、木制家具外，居然还有高雅的字画成品、剪纸……

蒙人坦率，汉人含蓄，两种不同的地域物品和不同的地域文化在这片浩大的马市里和谐交织，平等交流着，有直率亮出价格的，也有含蓄讨价还价的；有蒙汉商家直接洽谈价格的，也有二人推出第三个媒人说客，从中斡旋说合，协调双方，促成一桩买卖和物品交换的……

以盛产小麦、棉花著称的晋南运城、临汾一带的商人们，是有着精明而超前眼光的，抓住商机，他们在雁门关外大量种植桑树养蚕，引进纺棉织布。时至今日，在左云多地随处可以看到明清时代因养蚕织布而一代代留下来的由晋南移植到晋北的桑树。

明代《浑源州志》记载："男子力耕，不事商贩，妇女无蚕桑缝纫。""惟是布帛蔽体，棉絮御寒皆取资于商贩，询织于女红，则懵懵然。"

《应州志》记载："应州人专务稼穑，不知纺织。"《广灵县志》则记载："民贫，衣布不衣梭，间有用者，多取之境外。"

从这些记载，可以看出，自设有马市和民市之后，大量的晋南客商走进在他们看来是苦寒之地的左云一带，于是晋南与晋北两个不同区域的文化也有了交流与互补。

四四方方一座城，
城门开了跑马城。
跑马市，马市开，
换甚哩？
就换你毡毯和乌拉（毡靴）。
拿甚换？
青花五彩景泰蓝。

四四方方一座城，
城门开了跑马城。
跑马市，马市开，
换甚哩？
就换你酪奶肉炒面。
拿甚换？
铁锅铜勺马掌灯。

四四方方一座城，

城门开了跑马城。

跑马城，马市开，

换甚哩？

就换你貂皮驼绒和牛皮。

拿甚换？

烧酒当归跌打药。

……

  悠悠歌谣在古老的马市周边萦绕着，回荡着，飞越古老的长城，在童稚清脆纯美的歌声里，我的脑海中却固执而奇特地显现出一个历史的镜头，在人头攒动、熙熙攘攘且热闹非常的马市里，一个蒙古族大汉和一个汉族老者交换物品之前，进行着一个手语交流。蒙古汉子戴着狐狸皮做就的礼帽，汉族老者则戴着一顶由麦秸编织的草帽，两顶帽子同时卸下来，重叠着扣在二人握着的右手上。准确地说，两只不同民族的手，在一起轻轻捏着，五根手指在变化着，那是手指指向价格与数目的变化，好让对方忖度思考。

  那仅仅是两只捏揣着指数、揣摩着价格的手掌么？之前的岁月里，那手掌可能在战马上拿了弓箭和战刀，飞奔在草原上，横刀立马朝了草原的南端，飞越长城进入中原；而另一只手掌则点燃了墩台上的狼烟烽火，又疾奔到箭楼里，点燃了火捻儿，朝北方打响了自卫和反击的土炮……

  马市之内的两只手捏握在一起的时候，战争的嘶喊已经远去，浓重的烽烟渐次消散，和平的安乐景象和汉胡民族的友好交往、平等贸易的繁荣场面，就定格在两只友好的手掌里，就回味在悠远的马市谣中……

时间的瞳孔

唐晋

  光向着云冈疾驰。这是一道在黑暗的极微之处翻动酝酿了漫长时刻的光芒，为了一次特殊的临照，它诞生了。最初被映亮的是它挣脱而去弃掉的幽冥之壳，不需要多久，时间之路也被这枝遽然划过的金箭一片白炽地擦燃——大地呈现在眼前：光为大地的事物勾勒着既定的轮廓，模糊然后清晰，然后是立体的浮凸，直到事物生长出广大的阴影，似乎仅仅在瞬间。

  事实上在照耀之前，云冈仍然处于永劫的沉睡中。流沙充斥了这场悠长的睡眠，这些世界上最小的元素在混沌的状态里游荡着，直到光芒的出现。正如一架巨大的针孔相机所做的那样，它静静地，满怀信心和耐心，满怀对预置之物的焦渴，时复一时，日复一日，就像轻柔的呼唤，云冈就在呼唤中渐渐成形……这时的云冈还没有被命名，就像事物还没有被擦亮。光芒不停地叩打着这片黄褐色的土地，叩打着众沙之城的开启。光芒有如一只巨大的手掌，将这里整体地笼罩，往来抚摸。今天我们看到了抚摸叠印的痕迹，难以计数的佛像依旧散放

祥云福冈

着指缝间的芬芳——它们被从母体上截取下来，成为永久的尘世之明。

壹

  在法果和尚的眼里，武周山并不寻常。他相信事物以不同的形态隐藏在时空中，最重要的接触方式就在于心灵的发现。他认为只有自己站在武周山的面前，那些看不见的事物从此才会得以映现。

  这位固执的和尚寂然坐了很久，身边是武州川粼粼的波光——此情此景，有如佛成道日的再现。一个人开始触及那些隐匿在深处的已被我们消耗掉的时日，经过长时间的注视与聆听，他认定这是一场机缘：他由光化身而来，势必要努力将暗淡了的一切重新照亮。他的呼吸因为内心难以抑制的兴奋急促且剧烈，瞳孔变得异常明亮——看上去，使事物显形的光芒简直就像出自那里：正是和尚恒久的凝视，佛的衣袂才会从那些坚硬的石壁、黝黑的缝隙，以及被泉水的回声震响的石洞中飘逸而出。

这是在公元 398 年。

大约 1500 年后，1839 年，摄影技术发明。尼普森与达盖尔的同类们通过对金属板的曝光期待，将对这个世界进行观察的崭新角度带给了我们。有如一枚受精的卵子，金属板面对它所倾心的对象，任由光线反复涂抹，直到那些庞大的、不可捕捉的世界成为可以握放在我们掌心的小小一叶。

遗憾的是，一经摄影的捕获，一切就成为昔日。这种由人类瞳孔启迪的现代技术将瞳孔的缺陷放至最大，那就是我们所看到的都是事物留下来的影子，我们自认为置身于现在，然而抓住的却仅仅是过去。因为瞳孔微不足道的反映误差，我们似乎会有如此的骄傲：我们能够和光芒一起抵达事物本身。不幸的是，只需通过一张普通的摄影底片，就会看到那些已将我们抛下有多么远。

石窟开凿的过程无疑是一场曝光的过程。它既是一次尤为漫长的曝光，置身时间历史，也是一次瞬间的成像。法果和尚多年的冥思经验证明，早在光芒抵达之前，石窟已预置在那里，石窟早已存在。我们所做的只是对存在本身的挖掘，使之在光芒临照中露出匿藏的形迹。借助天然溶洞，和尚很容易完成了脑中佛像的现实再现，并由此铸造了五级浮屠、耆阇崛山、须弥山殿三大功绩，武周山因此披上了神山的灵衣。但是，和尚最终发现，自己所做的一切只是过去的重演，只是对佛时代的模拟，而佛时代已经一去不复返了。

贰

正如我们坚信我们看到的是真实的，在法果和尚孤独的身影后，几乎所有人都毫不怀疑这样一个事实：神山已经来到我们中间。它并非从天外飞来，披着俗世的躯壳，神山隐匿了多么久，而今天借助天子的机缘——而非和尚的慧眼——从我们的俗世经验和庸常生活中突然绽开，有如一场伟大的旷世的顿悟。它让我们等了这么久，让一个盛世以及无数位明君坐立不安，苦苦相盼。它确凿地展现在我们面前，而飞来是不真实的。飞来意味着我们对过去了解甚少，甚至暗示着人类整体的无知。通过和尚对石窟长时间的"曝光"，庞大且易逝的事物回到了我们手中——难道神山不是依凭消失存在的吗？光难道不是重现过去的直接力量？现在难道不是无数过去的重叠？

然而，依旧有人在悄悄地思索。法果真的看到了神山的原始存在吗？为什么身边有这样大规模的时间堆积，我们在生活中并没有感到惊心动魄？提出疑问的是一名普通工匠，他是众多凿刻者之一。他清楚地记得一尊佛像连同那些供养人在自己的锤击中逐渐显出形貌来——佛像与他头脑中的样子别无二致，日久天长里，佛像时时在他脑海中浮现，有时是他的弟兄，有时是他的邻人，有时是一位普通的鲜卑士兵，有时也许还叠印着他妻子的面容。这是他熟悉的生活局部，在他看来，也许远比自己所干的活儿还要重要。佛像，不，应该说是熟人的结合体完工了，这分明出自一名工匠的创造，怎么会与法果的慧眼有关呢？

工匠带着盛满工具的负囊踏上归乡之路，来年的早春，一场更大的造像工程等待着他，他必须回到熟悉的现实中去，为越来越多的佛像寻找摹体。石窟转到山的后方，阳光使森林涂上了一层明绿，风让最表端的林海浮荡起来。工匠盯着望了很久，忽然想到，难道不是虚空刺激了法果的想象吗？

工匠无意中发现的也许是和尚内心的秘密。虚空等同于不断流逝的时间，使得过去的意义无比重大：和尚的想象是建立在过去的基础上的，他根本不信任自己的眼睛，而对一个和尚来说，对过去的怀念，对佛时代的幻想，有这些已经足够了。

因此和尚开凿石窟的过程，其实正是对自身幽冥脑海漆黑世界的一点一点呈现。由于不停进行的追踪、捕捉和纠正，开凿变得漫长，充满连续性和扩大的趋势。随着洞窟规模的展开，和尚渐渐显得木讷、呆滞、不可思议——他完全进入脑中世界，就像摄影机器投身于被摄体，最终成为呈现的一部分。

在长久的曝光中，他和石壁共同忍受着凿击。

叁

光把佛像显现出来，在一些地方，在与黑暗的接壤处，形体的某一部分依旧保持着长夜里的形态——照亮更让人感到那种深潜的力量。我们知道，我们不能长久地凝视这些明灭之际悄然升降于虚空的神灵，即使有时候曾经整夜整夜地把目光投入夜幕。所以，与其说它们是从虚空中显现，不如说那些干脆就是光的自身影像：佛就是光影像的无限次地叠加。

在我们眺望的目光极处，时光的大塔穆然肃立，它既被尘土封存，又被香油灌溉；既饱受着毁损与颓圮的残缺，又一次次在青烟缭绕里奇迹般复原。这是人类世界一切过去的遗存之地。佛就是一个与此类似的时间概念。

通过对浩瀚史籍的检索，我们从众多的影像中找到了这一个：释迦牟尼。轻而易举，我们便掌握了他在漫长一生内所发生的全部事情，包括他的父母，以及他身后的无数弟子。我们甚至可以看见他的神奇活动：掷象出城，目睹生老病死，离家求道。在一株毕钵罗树下，他枯坐七个昼夜，吃尽了牧女送上的一大罐乳糜，跳入尼连禅河中浸浴，久久不愿出来。如果不是时间的原因，我们完全有理由这样认为，正是河水隐去了他的容颜。所以，在我们仰望的过程中，他的面目始终模糊不清，令缅怀者无法确定。就连那些生活在他周围，离他最近的人也始终难以完整地讲述他，有时他是孔雀王的影子，有时他是鹿王的影子，有时他又是一只在高处体察的大雁。一些失望的记录者只好感慨道，我们无法记住他的样子，是因为他总将自己的身体舍弃出去，他有 1000 次生命，在 1000 生里，他 1000 次地舍掉自己的身体。

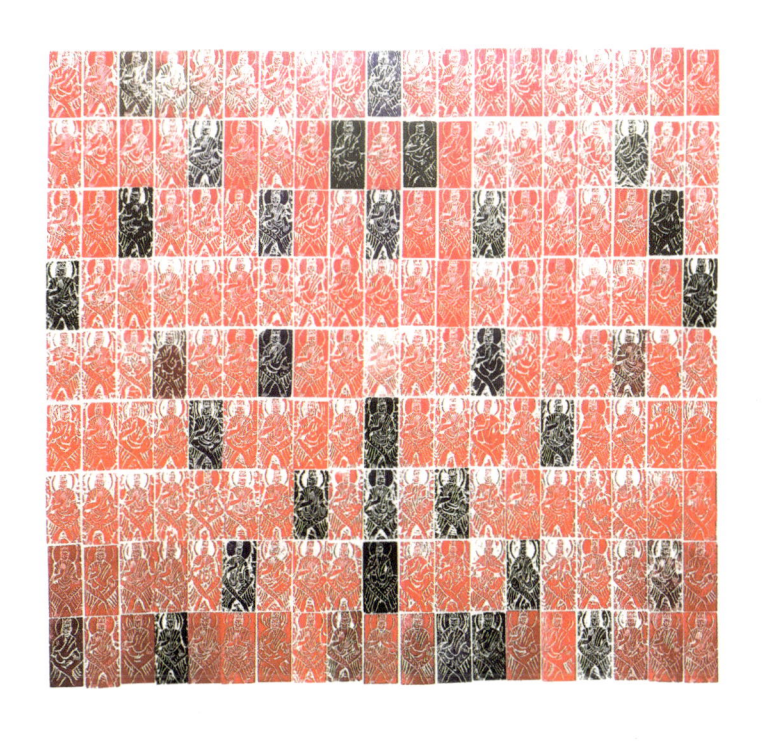

唐晋篆刻

古风遗韵 / 123

唐代的玄奘在佛遗址上多次目睹到释迦牟尼舍生的痕迹。因为老虎饥饿濒死，他用竹刺释放躯体的血肉来让老虎吮食。玄奘来到这片土地上时，那些褐红色的血迹已存在了1000多年，仍然触目惊心。一次次的舍生使一个人的面貌逐渐虚淡下去，又在世间万物中同时庞大起来，最终他由人的面貌丰富上升为世界的面貌，成为理想的化身。当涅槃之日降临，他的灵魂浓缩——舍利——被分成象征无穷的48000份，散放在四大洲。随着小塔在大地上的不断生长，更多有形的纪念物开始出现。塑造者希望建造这些能够使一个处在辐射边缘的小塔最大限度地接近佛本身，而膜拜者则坚信，纪念物将会带来佛最直接的垂注以至现身——膜拜者并不承认佛的远去，同他的舍生一样，他最终实现了灵魂在万物中的寓藏。不少人甚至在梦中、在最无助的死亡前夜见到过他的金光，并得到他的抚摸和引领。人们纷纷在纪念物面前低下头来，俯身敬献：白象象征着佛的诞生，铁钵象征着佛的巡锡，菩提树象征着佛的成道。它们已接近了佛隐入虚空的形体。

　　一些时日在满足的人心里过去了。可能有一天，一位商人，或许是一个俘虏，他们从开俄斯岛返回或从克利特岛逃离，带回了美酒或噩梦，以及在遥远的海岸线以外仍能回想起的那些在地中海阳光下闪耀着的众神的雕像。夜晚无一例外地到来，或因兴奋，或因恐惧，他们辗转反侧，久久不能入眠。风吹树木，有如一个人沉湎难忘的舞女环佩，和另外一个人苦涩心悸的青铜锁链。这时，强光照彻了他们各自的梦境，那既不是橄榄油烛的红艳之光，也不是松明火把的惨白之光。金色的毫光笼罩着他们，他们睁大了眼睛，从朦胧中坐起疲惫的身体。他们看到金光中站立的人，螺髻白毫，慧目如水，面孔慈祥又异常清晰。刹那，他们领受了平静之心的沐洗——他们忍不住跪倒礼拜，亲吻面前被照亮的虚空。光芒很快消失，他们在顿显的黑暗中怔忡呆坐，怅然若失。一个人取笔画下梦中所见，一个人则向一位有名的工匠细细描摹：他们坚信自己看到了佛的本相。

于是，第一尊佛像诞生了，就像他们在夜里见到的样子，尽管记忆与再现的过程中出现了小小的误差。佛像被纳入城中最大的伽蓝，膜拜从此达到顶点。越来越多的佛像随之现出，正如连绵不绝的小塔——寺院中，山崖间，木板上，甚至在塔壁上和塔基周围，以及金属器皿、国家的货币、书籍、布帛上。每个挖掘者都认定自己这一个最接近，甚至就是佛本来的样子。于是，在扩大蔓延着的造像活动中，佛与真实的容貌相去甚远，而看上去，这些佛像既不是释迦本人，又不是他的弟子，也不是那个时代的人。经过不断地补充、变化和汇集，造像形成一定的仪轨，并且在仪轨中统一起来，体现出各式面目与等级。即使如此，浩瀚的佛像仍然有着细微的差别，宛如波涛依在水上。犍陀罗的工匠雕塑的佛像，波斯萨桑工匠雕塑的佛像，摩揭陀人雕塑的佛像，以及梵延那人、滥波人、劫比他人、恭御陀人……依据自己的技艺，将佛像修成具有本地特征的神圣国民的象征。在一些游历者的眼中，佛像的世界与我们的世界是对等同构的；它们必须获得与世俗一致的相貌，才能获得世俗大众的亲近。而佛像因此便成为人类集体面容的总和。

肆

在史料记载中，云冈存在着这样一尊佛像。北魏兴安元年（452），文成帝诏令恢复寺庙，指派和尚师贤造佛像一尊，言明要"如帝身"。和尚于是依照文成帝的形貌神态雕刻，并在文成帝像的脸部与足部镶嵌了黑曜石，以与现实中的胎痣吻合。细节是无可辩驳的，恢复佛教活动的大功德无疑只有佛力和帝力才能具备，从灰烬中立起的佛像，第一尊势必要成为二者同一的体现与象征。没有人否认佛像的成功，而对师贤和尚来说，最难把握的恰恰就是对帝德的赞美度。在拣选材料的每一刻，和尚都在不停地思索这个问题。武州河水映衬出即临的夜晚，那就是和尚近几年来流浪生活的全部镜像；一旦光明出现，眼前的黑暗便一扫而光。对于佛教，对于每一名饱受异变之苦的佛徒，文成皇帝不正像这片光明么？难道不是幽冥之上的佛祖假借皇帝之手实现这一场解救么？那么，"如帝身"不正是说明万能的佛祖之光抵达并贯注了皇帝的身躯吗？在万众欢呼、膜拜之时，和尚的内心非常平静，他明白皇帝之身仅仅是一个替代品。这样的同一其实属于和尚的计谋，必须从根本上完成皇权与佛教的联系，甚至结合。

现在看来，第一眼看到这尊佛像时，文成帝的内心应该有一番不安。依他的本意，也许是安排师贤造一尊帝释天像。出于内在的尊严，他既不能指责祖父的灭佛行为，也不能解释自己的这场背叛，他必须找一个堂皇的理由。经过长久的缅想，文成帝发现了事物彼此之间的秘密：正是西方佛世界的崩毁，最终导致了东方的佛灭。正如地震的波及，大势所趋，非人力能为。而此间大法的复兴，得益于镇东方神帝释天的重建之功，造像合乎情理。他没有想到和尚呈现的几乎是一面镜子，更没有想到大众的理解力如此之强，片刻之后，皇帝释然了。由于这样的善因，最后结成成佛的善果，每个人都认可奇迹的显现。文成帝喜悦之余并不忘为自己的先祖再造五尊金佛，包括自己逝去的父亲，以使自己混迹于内，减轻来自上苍和民间的责难与注目——就像种子开花，难道佛缘不是一代一代传承而下的吗？

如果没有记录，我们眼中的佛像无疑属于佛千万种样态之一：一切都是佛的化身。佛最终化金光而去，成像的只是不同岁月里工匠们熟知的人——他们有幸被从历史的黑暗中掘出，以一种统一的称谓短暂地闪亮。

伍

冬季的一天，一个人走进了云冈石窟。寒冷的天气使得曾经喧闹一时的景区冷清下来，阳光灰暗地附在砂岩表面，周围的物体甚至没有在地面留下影像。他独自穿行于洞窟之间，几乎没有另外的游人——他是时间遗址中唯一的出没者。窟的深处比较阴暗，一些壁上露出菩萨微小造像的组合，因为光线的变化，宛如沙尘覆盖着的残片。他最初被这些吸引，直到处于某个特殊角度，望见朝一方空间施掌静观的巨大的佛像。尘雾蒙蒙，光线纤细且幻化不定，轻盈的灰絮在光的通道内浮沉翻卷，恍惚间，仿佛石像在无声地漂移。他对此感到不解。大群的佛像依山伫立，他们想看到什么？即使他们保持了凡俗的视线，而时代已越离越远，所看与所在犹如金箭相背而射，那么，对虚空的凝视又有这么久的必要吗？

他相信他们是在沉思，对眼前一切视若无物。光线从此端转向彼端，他忽然感到自己不知所往，身边是由无数巨石和带着裂纹的残壁组成的世间荒穴，好似与世隔绝的黑洞。黑洞难以触摸，仿佛高不可及；满掌的尘土不觉其重，如同触者身体的一部分。静谧不断扩大着，所有的声响都彻底消失：寂灭的感觉突如其来。他开始怀疑周围的佛像是否像自己一样慢慢在苏醒，甚至认为这片死寂就是封锁身心的石质外壳，亟待光明的提升。他和他们一起沉默，到后来，他与身边的现实渐渐成为一体，已无暇胡思乱想。

他试着坐下来——过去的内容依旧在佛像的核中储藏着，就像一颗活跃的种子；他合上眼，任凭阴冷的地气贯通了手足——这一片黑暗里可以看到什么，那些隐约中如闪电般迅捷奔跑的事物吗？

这时，一束强光攫紧了他，令他再度有了形体之感。然而这种开

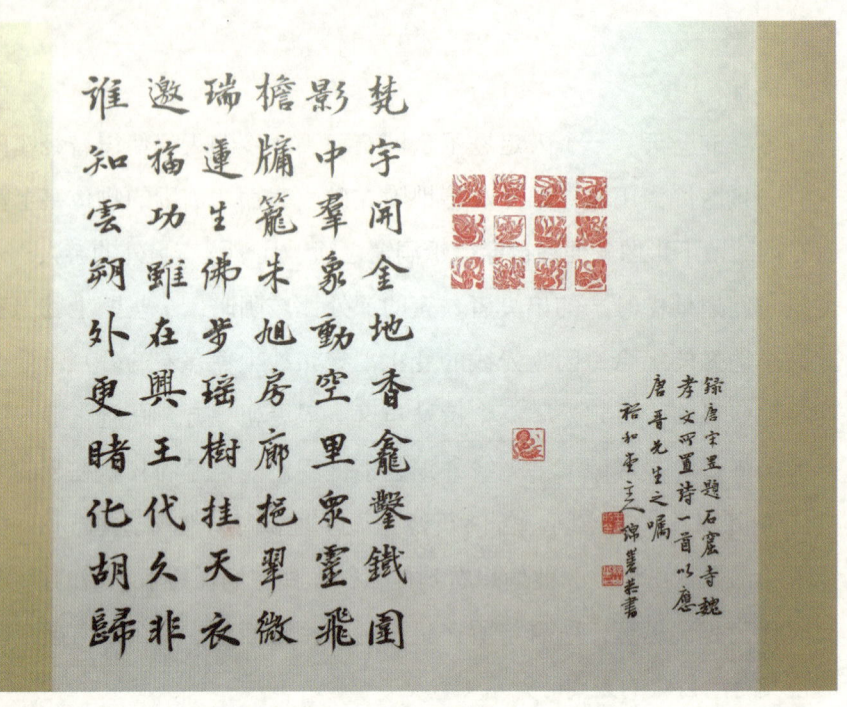

唐晋篆刻

解是极其缓慢的,正如雪化冰消。那些石柱、石基、石壁以及裸露的岩石与他之间开始有了距离:他最终被突出,获得在幽冥中环顾的资格。如此的等待何其漫长……

陆

我曾经在一位摄影家的暗室中,观察他洗放照片。在他不经意的描述里,照片的内容是关于黄土高原的——一个庞大的空间概念被浓缩进这样一个封闭的小小的轴卷,就像幻想的世界吸纳入所罗门王的瓶子。他把轴卷放入袋子，从一只手传递到另一只手：轴卷的启封必须要在黑暗中完成。印有商标的铝塑外壳很快便丢弃了，取代它的是一只环形铁匣，胶片转移到这个新鲜的保护体中，无疑享受着更为牢固与稳定的黑暗。无形之中，轴卷模拟了那些在历史的永夜中存活的事物，它承载的内容目前人的眼睛还无法读取——它将我们的所视从昨天拿出；或者说，它无一例外地从属、混同于昨天，因为有我们的希望寄寓和记忆读取，而悄然蠕动，不停地发生着变化。我问这位摄影家，你知道你拍下的是什么吗？实际上我是在问，你真的记得那么清楚吗？他在忙碌中似乎有些不屑地回答，怎么会不知道？是的，轴卷此时的尊贵由他完成，他也许对昨天发生的一切历历在目，一些场景或者一些闯入镜头的时间里的序列甚至令他内心狂喜，激动不已。我默默地注视着那个浸满药液的小匣，药液已涂满并包裹了胶片的每一面，就像一群没有面目的发现者、挖掘者、描绘者，它们熟练地找到从摄影家记忆中迁徙而来，试图永久归于黑暗过去的事物本身，将这些僵死者一一凿击而出。对记忆、对死亡物质的唤醒和催生是一场惊心动魄的搏斗，只是这样壮观的情景我们无法看见，它同样属于黑暗的一部分。一段时间过去了，最新接续的时间几乎覆盖了昨天这个整体，成为我们这个世界最新的讲述者——这恰恰是胶片从药液中被取出的时候，它由一双手拎着，小心翼翼地移进水泥槽，接受流水连绵不断的冲洗。

武州川的流水也不停地流过佛像的倒影，而使佛像在水面更加清晰。因为有时间的流水，那些在开凿之日起就遮蔽了天日的尘灰与石粉才会早早被荡涤干净。460 年的昙曜也同样面临着这样一个问题：你如何知道那些隐于黑暗中的事物？它们在漫长的昨日被纳入群山，你如何与它们的昨天、昨天里的一切往来变化贴近？无数个时日里，昙曜漫步田原郊野，出没于市井，苦苦对自己追问。他进入五级大寺，目睹并礼拜了师贤所造的五尊金像。他认为，师贤的功德仍然谈不上圆满，就像那些高处的大阿罗汉，身上免不了存有凡俗的品质。师贤对皇帝世家的恭敬通过造像来表达，造像的过程，又是已逝之躯在佛身份里的还原，那么佛的因素明显地让位于世俗的因素，我们眼中的哪里还是什么耆阇崛山呢，难道不是一座放大了的皇室宗庙么？昨天，我们看不见的黑暗道路上不断有异化的物质出现，它们已使消失的过去变得不真实，混乱不堪。造像倾向于世俗正是异化之果，它们令今天与昨天失掉了联系——难道寂灭便意味着隔绝吗？

一枚金币在虚空中被抛起，翻转，旋动，然后倏然消失。那是迦腻色迦王的金币，昙曜似曾相识，它的一面是王的立像，另一面是佛的立像，一行文字犹如闪电映入他的记忆：与佛为同一身份。这是从黑暗中传来的一道亮光，一下子让昙曜醒悟：这难道不是对佛性的最好表述么？种子在永夜中长渡，而生活的影像早已消逝，我们拼力开凿的不是深置于虚幻形体内部的那些种子吗？昙曜近乎疯狂地奔跑起来——种子，种子，我看见佛在向我微笑，在那缥缈幽远的云深处，佛在向我微笑！

于是，著名的昙曜五窟在武州川畔凿成。一切就像迦腻色迦王的金币，它们与五尊帝身相邻，在不同的层面闪放着光芒。

柒

一位年轻的摄影家风尘仆仆地走进了昙曜五窟。

在他携带的东西中，有一个不算很大的匣子。匣子是密封的，在冬日的映照下色调十分柔和。翻转匣子，会看到带有细小孔洞的那一面，匣外的事物就要通过这个孔洞而将它们庞大的身躯装入匣中——这就是古老的针孔相机。他长发披肩，抱着这个奇特的匣子，进入窟中。整个云冈因他突然的消失而重归平静，只有落叶偶尔向前翻卷。

外界的明亮转化为窟内的昏暗，阳光从藻井以及隙缝间照入，凭借石像之间微弱的反光而折转，使那些原本不被照耀的壁雕和彩绘也模糊地显现。只有大佛能够享受到从明窗泻入的大面积阳光，即使如此，被照亮的也只是一面和一面中的某个部分，其余的反而被黑暗加重，成为凸显佛像形体轮廓的阴影。仿佛对此刻时间的喻示，佛像横亘于阴阳两极，它用静止暗示着消逝——针孔相机就是观察揭示时间消逝之谜的神器。

他反复在阴阳之间出现，利用手中的测光表寻求瞬间的差值，他试图抓住极亮与极暗。长时间的曝光开始了，匣子被预置到一个神奇的高度，它能使人眼无法追踪的事物无一遗漏地留下痕迹。依次在他面前滑去的是释迦立像、交脚弥勒坐像、三世佛像、结跏趺坐成道佛像和法身大佛像，无数小佛像和飞天仿佛干花一样散落在它们周围——香气依然在时光中流转。佛像有着超越世俗的高大，在仰望着深邃时空的同时，也用那直逼人灵的默想神态获取安居之地的宁静。他不敢发出丝毫的响动，在这佛境与人境的临界点，还有什么异象不会出现，被目睹、被记录、被再现呢？他无声地坐下来，久久望着离自己最近的石像、莲台、佛脚、衣褶出神。最初完全是一种习惯了的等待，然后成为一种谛听，直到冥想的时刻降临。像一名僧侣那样禅坐，像一名俗众那样膜拜，像一个痴人一样说梦，匣子和几小时前没有什么不同，而人已经历了众多的变化：

"当我独自一人站立在佛像身边静静地等待，想象着千百年以前这未知世界的模样，不禁感慨万千……"（史国瑞语）

一位古希腊哲人在观察之后说道，人不能两次踏入同一条河流。

这条著名真理的发现并非来源于对河水的涉入，而是由冥想产生。我们相信，正是对自己影像的观察，才会发现波纹最微妙的变化。云冈也是这样，在漫长的等待中，佛像在不停地改变，此时看到的早已不是刚才那一个。"因为光线总是变幻的。而针孔摄影的独特魅力在于它能够把移动的光线记录在胶片上，那柔和的、弥漫着时光印迹的影调诠释着我对这个世界的感受。"（史国瑞语）离开云冈后，年轻的摄影家写下了这段话。然而真正使他沉静的正是光线一层层叠加中对时光序列的反映，佛像消失又再现，再现又消失，此起彼伏，光线赋予了它们任意出没的可能。长夜是永恒的，黑暗中储藏着我们的一切经历和一切智识，佛像目的在于唤醒我们。

年轻的摄影家明白最终被映亮的是他自己。洞窟有如一座更大的针孔相机，黑暗像药液一样包围着他，他就被预置在那里，安然享受着曝光之痛。

捌

以下是中国古籍中对针孔成像术的最早记载：

齐王的爱妃死了，不可避免。齐王悲痛欲绝，思念成疾。墨子设计了一间漆黑的屋子，挂起一方帷幕，并在幕上穿孔。他又依照王妃的形象剪成纸人，用线绳操纵，然后将光线引入，将纸人影像投上幕布，牵动四肢，使之翩翩起舞，以慰藉齐王内心。

死亡意味着过去，意味着不为人知的黑暗世界。通过一束光，这个世界被照亮了，昨日重现，成为与我们并行共存的又一方土壤。佛包含了全部的生与死，囊括了我们的过去、现在和未来，而对古老技术的采用，无疑更容易接近过去本身，接近一切事物的源泉和初始。

对于摄影来说，呈现过去，呈现已逝事物是有意义的，同时也无比艰难。这种艰难并不在于对世界的平行记录，而在于向来处的追溯——就像成千上万的工匠对着虚空凿击，以凸现隐藏已久的过去的相状。奇特之处往往在此，一方面是摄影从器材到技术的不断革新跃进，一方面是最成熟手段对过去历史表达上的尴尬姿态。不过容易被忽略的也在于此，对于历史，谁来承受那漫长且寂寞的面对？

……叮叮，叮叮，一个工匠在雕刻着大佛的眼睛。也许一个月，也许两个月，也许更长的时间，他一直默默地敲碎岩石，用来唤醒沉眠者。从远处望去，他的右手紧握斫凿，支在石棱上方，左手的锤子有节奏地落下去——发出的声响来不及辨清，便混入嘈杂庞大的铁器交响中。在放牧者的眼里，或者在洗涤者的眼里，或者干脆昙曜本人，悬于空中的这位工匠更接近一尊雕塑。他浑身上下被石粉笼罩，每一挥臂，空中总会漾起淡淡的白雾。偶尔休息的时候，他俯瞰脚下，脚下成堆的石料和数不清的人众，还有佛像身体上流畅的衣褶垂降到地面——那是出自一名民间高手的杰作，他发誓要超越他。更多的时候，他习惯顺着大佛眼睛所向眺望，他第一次看到如此深远广大的现实，河流，树林，村庄，大片的果园，望不到边际的田野，以及幽微浩瀚的虚空——他和佛眼看得一样远。瞳孔完成的那天，奇迹发生了，他听见虚空里传来悠扬的佛乐，鼻际闻见浓郁的香气，伞盖在划动空气。他回过头来，什么也没有看到，但祥光包围了他。祥光令他充分获得了等待的快乐。

一切都被佛像的高大所隐藏，当它们完整地浮出黑暗，我们对过去的注目暂时中断；我们通过佛像在与过去接壤，那片飞翔之地正是由时间的瞳孔挖掘而出，然后交还到人类手中。没有什么可以永久地隐匿起来。

走雁北，且说"胡服骑射"

张石山

"灵丘"的由来

　　山西省雁北地区，有个灵丘县。灵丘，说来与中国历史上著名的典故"胡服骑射"有关。胡服骑射，由战国时代赵国的赵武灵王赵雍所倡导发动，并且取得了巨大的成功。其影响，波及当时的整个中国，引发了全社会的深层变革。

　　后来，赵武灵王驾崩，其陵墓就在今天的灵丘。

　　胡服骑射，是中国历史上最伟大的一次划时代变革。这次发生在战国时代的变革，充分体现了华夏母体文明的胸襟开敞，勇于善于吸纳异质文明，取精用宏，终能成其博大浩瀚。推进"胡服骑射"这一伟大变革的赵武灵王，不啻开天辟地，功盖千秋。梁启超甚至将赵武灵王比之于俄国的彼得大帝，盛赞其为华夏文明史上"黄帝之后第一人"。

　　胡服骑射，为赵国赢得了赫赫武功，同时也开创了我国古代骑兵史的新纪元。中国军事史上，在车兵、步兵与舟兵之外，自此出现了

赵武灵王胡服骑射雕像

骑兵这一崭新兵种。而且，更伟大的意义在于：胡服骑射以对异域服饰文明的吸纳交融为标识，奠定了中原农耕文明与北方游牧文明融合的基础，继而推进了东亚板块上的民族大融合。华夏族群从那时直到近代，能够融汇百族、和合万邦发展壮大，胡服骑射当居首功。

而且，胡服骑射没有动摇华夏文明的仁道根基。我们的文明基因，没有发生变异。这一点，尤为值得称道。

当然，深刻的变革，同时也必然地遭遇了传统观念、守旧集团的顽固抵抗。赵武灵王的结局是悲剧性的，在他的两个儿子争夺王位的斗争中，最终被困死在沙丘行宫。史上的沙丘宫，在今河北省西北部靠近山西的地界。赵武灵王驾崩后，安葬在山西的灵丘县境。

汉朝初年，此地正式设县，县名灵丘。

所谓"灵丘"者，正是指赵武灵王死后安葬的墓穴陵丘。

可以说：倡导与推进改革的赵武灵王，虽然个人的结局令人扼腕，但他所倡导推进的伟大变革不可逆转。"胡服骑射"最终成为华夏文明史上改革开放的伟大标识而光耀千古。

灵丘，这一名称留存保全了华夏民族对赵武灵王的永恒记忆。

改革前赵国面临的严峻形势

春秋战国时代，是中国历史上最伟大最生机勃勃的时代。百家争鸣，思想最为活跃；列国竞争，比拼激烈。形势推动之下，唯有变革才能立于不败之地。其间历史名人辈出，各种变革此起彼伏。鲁国的"初税亩"，晋国的"作爰田，作州兵"，郑国的"作丘赋"等等，皆是所有制的改革。改革大潮可谓风起云涌。

到战国，列国竞争愈加激烈。因"商鞅变法"，边鄙秦国终成"虎狼之国"。其军队按照斩杀敌军首级来论功行赏，真正变成一架恐怖的战争机器，对中原各国形成了极大的压力。面对咄咄逼人的秦国，赵国可谓首当其冲。

当时，赵国的首都已经从古晋阳迁到邯郸，而其辖地则从河北南部、山西东南一带拓展到山西北部。从地理位置上看，赵国除了西面是节节进逼的强秦，南面是宿敌楚国，东有齐国，北有燕国，处于所谓四战之地。而且，有一个狄族人建立的中山国，恰恰就嵌在赵国的版图之中，赵国与中原各国凡有战事争端，中山国必然作乱掣肘。中山国曾经屡次袭扰邢台，逼近邯郸，大肆掳掠，确实成了赵国的肘腋之患。

赵武灵王赵雍的父亲赵肃侯赵语，堪称赵国的中兴之主，然而天不假年，于公元前326年赍志而殁。太子赵雍出生于公元前340年，此时刚刚14岁。

趁赵国国丧，秦齐魏楚燕五国，以吊唁为名，各派精兵万人逼近赵国边界。五国使臣，乘人之危，气势汹汹，有左右赵国政局甚至瓜分赵国之图谋。赵肃侯尸骨未寒，不曾落葬；邯郸震动，朝野恐慌。赵国客卿，萌生去意。公族少年，叫喊鱼死网破，却无万全之策。众多国人怀疑赵雍年少，恐怕不能应对如此难局。

少年赵雍，在前朝老臣和叔父安平君赵成的辅佐之下，勉力应对当下局势。先是派出客卿田不礼为使，重贿越国从侧后进攻楚国；而后以大臣楼缓为使，重贿北面的林胡部族，请他们猛攻燕国与中山边境。如此，楚国、燕国一时自顾不暇。

赵雍还亲自接见韩国、宋国使臣，巩固韩赵宋三国的固有联盟。秦国、魏国、齐国，对此顿生忌惮。

同时，赵国调动太原郡和代郡的兵力，陈兵边境，严阵以待。

然后正告五国：真的是前来吊唁，只许使臣入境。五国见状，只好退兵；使者收敛气焰，前来依礼恭敬吊唁。

次年，赵乃祭祀宗庙，有韩国、宋国、魏国等国的国君、使臣前来致贺。年方15岁的赵雍，正式登位。此时，先君去世的危机，总算平安度过。但赵国的处境，依然令新君赵雍倍感压力。

可以说，改革不是谁的突发奇想，而往往都是形势所迫，被逼出来的。对于赵国，改革成为决定其存亡生死的必然抉择。

胡服骑射，势在必行

赵雍登位之后，决心继承其父遗志，首先解决中山问题。

他将国事交给叔父赵成，令其坐镇邯郸，赵雍亲自带兵出征中山。

那中山国本是夷狄国度，领土多在太行东侧的山区（今河北平山、阜平、获鹿一带）。

中山国虽是夷狄国度，但夷狄国度就没有存在的权利了吗？其实，这并不是一个简单的"夷夏之防"的问题，其实质是生产生活方式与制度文化的冲突。如果中山国服膺华夏文明，实行农耕生产，力争自给自足，相信它能够与周边各国友好相处，渐次融入中心文明。然而，中山国依然停留在游牧文明阶段，对于周边华夏国度，不断袭扰劫掠。这才是中山国不能长久存身的根本原因。

但该国地处山区，易守难攻，而且向来注重骑兵，奔驰往来如风。赵国使用传统的兵车作战，受地形阻碍限制，转动不灵。双方交战，赵国难以占得上风。赵雍也曾率军寻找中山国的主力决战，对方却往往化整为零，出没无定。

这场战事，赵国大张旗鼓，结果却是劳民伤财，损兵折将。征伐中山，终无功而返。

赵国所面临的整个局面，中山国这个肘腋之患的事实存在，摆在了青年国君赵雍面前。改革，已然势在必行。首先，必须进行军事改革，建立一支强大的骑兵部队。否则，莫说雄霸中原，仅仅是中山国的问题，亦将无法解决。

荡开一步说，战国时代的各个国家，皆有各自面对的实际问题，皆有进行改革的必要，胡服骑射这样惊世骇俗的改革，如何就单单发生在赵国？

可以说，赵国除了必须面对的实际问题，迫使其必须改革之外，还有进行改革实行胡服骑射的天然优势。

史书记载，晋文公重耳本身就是狄族母亲所生。重耳流亡去国19年，曾经在狄国居留长达12年。重耳与他的追随者赵衰，还曾经一道娶了属于狄族别部的女子季隗与叔隗。赵衰与叔隗所生的儿子赵盾，正是赵氏孤儿赵武的祖父。史书上极其简略的记载，还透露出这样的信息：赵氏的封地之一北原，与古代赤狄、白狄等北方游牧部落建立的邦国接壤。

到三家分晋前夕，晋国智伯用赠送大钟的谋略，兵不血刃进入了狄族人在当今盂县一带建立的古仇犹国。后来，这里成了赵国的属地。

在此之后不久，赵氏又攻取了晋阳古城以北的代国。代国，同样是一个游牧部族国家。

到三家分晋之后，赵国除了拥有仇犹国、代国原有的土地，其疆域继续向北拓展，与娄烦、林胡等部族活动的区域接壤。赵国向来与游牧部族有着种种往来。

可以说，相比其他诸侯国而言，由于地缘的原因，赵国与北方游牧部族的接触交往历史最为悠久、最为频繁，也最为深入，他们对所谓胡人的生活习俗、军队构建、骑兵作战方式，也最为了解。事实上，赵国在占有了仇犹国、代国等地之后，已经在赵国内部有过民族融合，有过农牧文化相互吸纳交融的种种实践。

以上这些，确实成了赵武灵王得以推进胡服骑射重大改革的地缘优势和先决条件。

强势推进改革

公元前306年，赵雍登基已经20年。15岁继承王位的少年国君赵雍，已成长为一个雄才大略的中年君主。这一年，经过深思熟虑和各方面的准备，赵雍开始强力推行改革，响亮地提出了"胡服骑射"的改革口号。

关于推行胡服骑射，《战国策》对之有过最早的记载。

针对国人、朝臣以及王族人等因循古法的守旧心理，赵雍思考有年，已经形成了必须推进改革的完整理论。"法度制令，各顺其宜，衣服器械，各便其用。""先王不同俗，何古之法？帝王不相袭，何礼之循？""势与俗化而礼与变俱，圣人之道也。"并且理直气壮地提出"便国不必法古，圣人之兴也不相袭而王"的革命性口号。

事实上，任何重大改革，必须有倡导主持者的强势推进，方才可能成功。同样在事实上，任何重大改革，也必然会对国家政治体制和人们的习惯心理形成极大的冲击，必然会引发守旧势力的顽强抵抗。

当时，赵雍甫一提出改革，赵国上下简直是炸了窝。莫说群臣国人，便是赵氏王族，以叔父安平君赵成为首的若干朝廷重臣，也公然坚决反对。

在朝堂上提出反对意见之余，赵成看到无法让国君赵雍收回成命，于是采取"称疾不朝"的办法，软磨硬抗，消极怠工，坚决拒绝合作。

在改革遭到顽强抵制的情况下，赵雍抓住了问题的关键，亲自登门说服安平君赵成。

史书《资治通鉴》，对此有过言简意赅的介绍：

（胡服骑射）国人皆不欲，公子成称疾不朝。王使人请之曰："家听于亲，国听于君。今寡人作教易服而公叔不服，吾恐天下议之也。制国有常，利民为本；从政有经，令行为上。明德先论于贱，而从政先信于贵，故愿慕公叔之义以成胡服之功也。"公子成再拜稽首曰："臣闻中国者，圣贤之所教也，礼乐之所用也，远方之所观赴也，蛮夷之所则效也。今王舍此而袭远方之服，变古之道，逆人之心，臣愿王孰图之也！"使者以报。

王自往请之，曰："吾国东有齐、中山，北有燕、东胡，西有楼烦、秦、韩之边。今无骑射之备，则何以守之哉？先时中山负齐之强兵，侵暴吾地，系累吾民，引水围鄗。微社稷之神灵，则鄗几于不守也，先君丑之。故寡人变服骑射，欲以备四境之难，报中山之怨。而叔顺中国之俗，恶变服之名，以忘鄗事之丑，非寡人之所望也！"公子成听命，乃赐胡服，明日服而朝。于是始出胡服令，而招骑射焉。

事实上，赵国若不改革，面临的将是失败乃至灭亡，祖宗基业将尽数丢弃。安平君赵成又安能礼乐玉帛展现贵族风度？邯郸又安能保持衣冠上国文明？

说到底，希冀赵国强盛，继承光大祖宗基业，叔侄二人包括朝臣国人，大家的根本目标是一致的。

另有一种说法：建立骑兵，或可胡服骑射；日常服饰，何必也要改穿胡服？

赵雍认为："衣服之制，所以齐常民，非所以论贤者。"之所以要全民改穿胡服，其实是一种极大的文化远见。提倡胡服，可以减弱华人鄙视胡人的习惯心理，同时可以消除减弱胡人抵触华夏文明的心理。

后来的事实证明，惊世骇俗的伟大改革，果然带来了令人惊诧的超乎预期的卓著成效。

这些成效，有的是显见的。比如军队战斗力、整体国力，包括领土的拓展、人口的增加等等。

而另有的隐性成效，则更加具备极其久远的文化意义。胡服骑射，给我们华夏民族树立了一个勇于改革的永恒榜样，树立了一个倡导民族融合、和合万邦的光辉榜样。华夏文明因而成为一种善于吸纳异质文明、不断吐故纳新的伟大文明，成为一种雍容博大并且永远充满勃勃生机的长生不老的文明。

改革，成效显著

赵武灵王推行的伟大变革胡服骑射，很快显现出巨大的成效。

军队改穿胡服，建立骑兵部队，将士们练习骑马射箭，赵国的军力得到了极大的提升。

而赵国原本与楼烦、林胡等游牧部族土地接壤，有着种种交往，赵国军人与民众一律改穿胡服，果然减弱了华夏民族鄙视胡人的心理，同时增强了游牧部族对华夏文明的认同与归依心理。

史书有载，公元前300年前后，赵国与楼烦、林胡的关系发生了巨大的变化。几乎是兵不血刃，双方化敌为友。林胡部族向赵国献出了本地出产的良马；而楼烦部族，则是"致其兵"，也就是其部队归赵国统率。

虽然史书上没有更多的明确记载，但我们可以察今知古，可想而知，由于推行了胡服骑射的变革，赵国与楼烦、林胡这些游牧部族之间，不仅实现了和平共处，而且逐渐实现了民族融合。

在民族融合的基础上，短短几年间，赵国于代郡以北，拓建了雁门郡、云中郡和九原郡三个新的行政管理机构。赵国的领土，不仅推进到如今的朔州、大同地区，而且跨越了黄河在如今的内蒙古高原上的大弓背，一直拓展到阴山以北。单从领土面积而言，赵国一跃成为仅次于楚国、秦国的北方大国。

从公元前306年倡导胡服骑射，在国家整个军力提升、国力大增的基础上，特别是建立并不断扩充了骑兵部队之后，赵国开始再次解决中山国的问题。赵国的改革过去了五年，公元前301年，赵武灵王亲自率领大军，攻克了中山国的都城灵寿。然后，又过了五年，到公元前296年，赵国在胡服骑射改革10年之后，终于彻底灭掉了肘腋之患中山国。

就"胡服骑射"本身所折射的意义而言，从赵国处理与楼烦、林胡关系的事实而言，中山国虽然是赵国的宿敌之一，"灭掉中山国"，绝不会是一场血流成河的种族杀戮和血腥报复。

晋国，曾经灭掉过仇犹国；赵国，曾经灭掉过代国。只是这些地方不再叫作仇犹国、代国而已，这儿的人民，从此渐次融入华夏族群。这是历史上曾经的事实。赵国，在民族融合的基础上，拓建了雁门郡、云中郡和九原郡，是刚刚发生过的历史真实。中山国在其后的灭亡，同样是华夏族群融汇壮大过程中的一个篇章而已。和合万邦而不是赶尽杀绝，这是华夏文明的一个根本特质。

胡服骑射的文化意义

要说胡服骑射的文化意义，这真是一个好题目，也是一个大题目。本文难以展开来长篇大论，只能依据个人的粗浅理解，简单一说。

赵武灵王推行胡服骑射改革，取得了显见的成功。于是，华夏各个诸侯国纷纷起而效仿。各国先后建立了骑兵部队，而且整个社会都出现了一个衣冠服饰变化的大潮。可以说，胡服骑射引发了全华夏社会的观念变化。

在赵国推行胡服骑射变革50年前，秦国有商鞅变法。

关于商鞅变法，后人多有议论。商鞅变法的内容多多，简略而言，主要有两点。

一点，对外作战，推行首级军功制度。多多杀人，根据砍下敌军首级数量，决定赏罚。一场战争，一个100人的军事单位，砍杀敌军头颅达到33个，即三分之一，才算完成任务。超出标准，军官士兵能够晋级；否则，就要降级，甚至变成奴隶，更甚至被处死。由之，秦军变成了一架疯狂的杀人机器。

一点，对内实行十五连坐的保甲制度。整个国家刑法严苛，几乎是全民奴隶化。民众要互相监督，鼓励告密。犯了秦国法律条文，按律要判刑三年者，如果知情不报，则要判处无期徒刑甚至是砍头腰斩。而且，秦国法律还规定亲人之间必须告密，这简直就是对天理人伦的极端践踏。同时，前方一旦有军士逃亡或者投降，甚至只是打了败仗，军士的家属就要受到严惩。也就是说，军士的家人变成了国家手中胁迫军士卖命的人质。

严刑峻法之下，秦国变法的效果几乎是立竿见影。但它的军功首级制度，对内绝对控制压榨，对外一味武力侵略，是否可以全盘照搬？这在当时就引发了各国思想家、政治家深刻广泛的争论。

事实上，其他诸侯国家，尽管看到秦国的变法效果，却并没有起而效仿。秦国是一个彻头彻尾的虎狼之国，华夏诸国坚守文明底线，坚决拒绝变成虎狼之国。

"上古竞于道德，当今争于气力"，这是战国时代出现的罪恶理论，不幸也是当时曾经的现实。虎狼之国秦国，绝对崇信武力，最终一统华夏，也是确凿的历史真实。

但是，秦国虽然暂时一统华夏，却忽忽焉二世而亡。秦国灭亡的时候，绝对没有出现一个誓死捍卫秦国的忠臣。"天下苦秦久矣！"这是整个中国的呼声，也包括了秦国民众的呼声。一个小小亭长出身的刘邦进了咸阳，立即废除繁苛的秦法，与民约法三章：杀人者死，伤人及盗抵罪。结果"秦民大悦"！秦国完蛋，恐怖的繁苛的刑法得以废除，老百姓简直是欢天喜地！

华夏文明自古以来，对内要实施仁政，对外则奉行和平共存。我们的文明，追求的是"远人来服"，而绝非武力征服。

事实上，赵武灵王的胡服骑射，这一强军强国改革，并没有动摇华夏文明的根基。它恰恰是我们华夏文明的一个成长节点，拓展了基础文明的内涵与外延。我们可以这样来认知：当时，北方游牧部族逐渐和平融入华夏族群，实在就是一种华夏文明的感召和吸引所致，实在就是具体化的"远人来服"。

或有一问：胡服骑射固然好，赵国最终却是失败了，商鞅变法有种种弊病，秦国最终却是胜利了，这又如何说？

这样的发问，其实还是成王败寇的那一套。

历史是那样无情，那样沉着，那样自信，那样具备说服力。

成吉思汗和他的子孙们，不是更加厉害吗？他们曾经打遍天下无敌手啊！然而，到头来，他们的几个不可一世的什么"汗国"哪里去了？某些人鼓吹备至的大秦帝国，痴心妄想要"始皇、二世、三世"传之万世的帝国，却忽忽焉二世而亡。它曾经"收天下之兵聚之咸阳，销锋镝铸以为金人十二"，不许老百姓手中有武器，而陈胜、吴广揭竿而起，举着农具就造了它的反；它曾经焚书坑儒，而灭亡大秦帝国的刘邦、项羽，后人有诗曰"坑灰未冷山东乱，刘项原来不读书"。

依靠杀戮来征服世界，或可得逞一时，但历史终将给反天道反人类的倒行逆施以绝对无情的严惩，暴君暴政，必将被钉上历史的耻辱柱。

只有文明之河滔滔汩汩，永恒流淌。

让我们把眼光从久远的历史深处拉回到当代，中国当代伟大的改革开放举世瞩目，中国发生了天翻地覆的变化。古老的中国、传统的中国，在现代化的道路上疾步飞奔，质言之，这不啻发生在当代的"胡服骑射"。也可以说，发生在战国时代的胡服骑射，是一次伟大的变革实践，"改革"与"开放"，从此成为我们华夏文明的一个特质。这样的特质，使得我们的文明，成为一株长青之树，成为一条永不枯竭的文明长河。

伟大传奇

赵武灵王赵雍，生于公元前340年，毕命于沙丘宫在公元前295年。盖世英豪可惜只活了45岁。

从公元前306年推行胡服骑射，到赵雍去世，满打满算不过10年。赵国变革，取得了令人炫目的伟大成就。

当赵国通过胡服骑射变得强盛起来的时候，赵武灵王胸中其实已经在酝酿着一个更大的战略目标，那就是彻底解决秦国问题。

秦国，依托大西北，拥有关中和巴蜀、汉中几大粮仓，其东进的势头几乎难以阻挡。关东各诸侯国，有过联合六国兵力一道抗秦的设想，并且曾经数次付诸实施，史称"合纵抗秦"。然而，除了兴师动众、劳民伤财之外，只是某种程度上阻遏了秦国东进的步伐而已，并没有根本解决秦国问题。

于是，强盛起来的赵国，肩负起大国责任，雄才大略的赵武灵王，决心措手解决这一问题。

由于赵国的国力军力得到极大提升，隔着秦晋之间的黄河大峡谷，两国对峙，赵国已经不落下风。但西渡黄河，或者沿着传统的路线去攻打函谷关，所谓"叩关攻秦"，事实证明，并不是最好的选择。

赵国在拓建云中、雁门二郡后，接着拓建了与秦国北部接壤的河套一带，增设九原郡，因之从北方形成了对秦国的压迫包抄之势。公元前298年，雄才大略的赵雍，竟然亲自跟随商队，从九原郡出发，由秦国的北部入境，一路向南，抵达了秦国首都咸阳。

沿途，赵雍考察秦地风土民情与军队建制等情况。可以说，就像后来的小说《西游记》中的典故一样，像是孙悟空钻到了铁扇公主肚子里。一个诸侯国王，一个大国首领，能够如此行事，无论如何说，都应该评价为一个伟大的传奇。

而且，在赵雍的设计安排之下，赵国的大臣楼缓作为使臣，这时也从赵国来到咸阳。赵雍与楼缓碰头后，自己又隐藏身份化装成使臣楼缓的随从，跟着使团一道进入秦宫。这次赵雍亲自深入秦国王宫，见到了执掌秦国朝政的宣太后芈月和秦昭襄王嬴稷。

虽然一方在暗处，一方在明处，但这样的会面，确实堪称"历史性的会面"。

会面之后，赵武灵王说：宣太后与昭襄王母子"均非寻常人也"。

而阅人甚多的宣太后，也看出楼缓的那个随从绝非凡人。于是，再次召见楼缓，存心要诛杀其人。

赵雍何等样人，棋高一着，已经快马轻骑离开咸阳。待秦国追兵赶到边界，赵雍一行刚刚出关。

直到此时，秦国方面的怀疑方才得到证实：楼缓那位随从，竟然是赵国国君赵雍！

赵雍亲自入秦窥看秦国朝野情势，一国之君冒险深入虎穴，此举堪称前无古人。如此气概，极大地震慑了秦国太后、君主及满朝文武。

心雄万夫的赵武灵王赵雍，非常遗憾，在他冒险进入秦国咸阳之后，仅仅过了三年，到公元前295年，就不幸崩殂，活活饿死在沙丘宫。

春秋战国时代经常发生的权力争夺闹剧，同样发生在赵武灵王身边。他的两个儿子争夺王位，赵武灵王不幸成了这个闹剧的牺牲品。这样令人痛心的牺牲，并非"天妒英才"这样一个现成的成语所能够涵括，或者说，是"权力"这个人类政治体制的恶魔杀死了赵武灵王。

历史无法假设。

假设，赵武灵王不死，他的雄心勃勃的计划能够得以实施，中国的历史走向，将会是另外一个样子。

那样的话，或许就没有"秦王扫六合"，嬴政也不会称帝，中国也就不会出现集权帝制，不会有两千年的帝制绵延。

孔子曰："如有用我者，吾其为东周乎！"中国，可能像东周一样，出现一个"虚君共和"的仿佛联邦制一样的政治体制。和合万邦，远人来服。

然而，历史无法假设。

尽管如此，赵武灵王赵雍仍然值得歌赞；他所推行的惊世骇俗的胡服骑射，仍然在历史的册页上放射着永恒的灼灼光华。

《木兰辞》、木兰与大同明堂

要子瑾

自从北朝民歌新乐府《木兰辞》问世以来，一位集忠、孝、仁、勇美德于一身的中国女杰的形象便深入人心，千百年来历代传唱。新中国成立后不同版本《花木兰》的影视作品更使木兰成了家喻户晓、妇孺皆知的民族英雄。美国卡通大片《花木兰》的问世，则直接把花木兰推向了世界。

明堂

近些年来，随着人们文化旅游视野的开阔，一股木兰热正在悄然兴起。河南、湖北、陕西、安徽等地都在大张旗鼓地大做文章，或著书立说，或斥巨资打造与木兰有关的设施，不遗余力地打木兰牌，为"抢夺"木兰造势。面对这样一种激烈的竞争，作为花木兰故事的发生地和花木兰真正出生地的平城（即今日大同）岂能默默无闻。为此，我们再读这篇伟大的史诗《木兰辞》，为木兰是大同人正名，进而为振兴大同的文化旅游事业打出一张响亮的名片。

一、历代花木兰研究概览

最早收录《木兰辞》的是南朝陈的《古今乐录》，宋代郭茂倩将《木兰辞》收集到《乐府诗集》。明代文学家徐渭据《木兰辞》改编为《雌木兰替父从军》。剧本中这样描写道："妾身姓花名木兰，父名孤，字桑之，姐姐叫花木莲，弟叫花雄……"这是"花木兰"在戏剧中的首次亮相。

祖冲之的《述异记》和李亢的《异志》中也都记载了花木兰的事迹。唐代大诗人白居易、杜牧，南宋学者程大昌，明代学者徐文长都有作品歌颂花木兰，而且都认为花木兰历史上确有其人。

除历代文人学者的唱和之外，方志中有关木兰的记载也不少。清代《大清一统志》中就明确地记载道："木兰姓魏，亳州人，汉文帝时，匈奴寇北边，发内郡戍之，木兰代父为戍卒，以功为小校，所戍是完县，故完人祀之，孝烈将军，唐所封也。"《大清一统志》的这段记载，因《大明一统志》而来。《大明一统志》是这样记载的，"木兰姓魏，亳州人，尝代父戍完（县），唐封孝烈将军"。大约因为这两部《一统志》的影响，明清以来《亳州志》《凤阳府志》《颍州府志》都有内容完全一样的记载。

这些记载的根据是从何而来的呢？我以为均源于完县木兰祠的元代碑刻。这块刻于元代的《汉孝烈将军记》中写道："神姓魏，字木兰，亳州人。"这应该是"亳州说"的源头。无独有偶，与亳州一样，在河南商丘虞城也有一座木兰祠。据云是隋朝木兰故居，该祠始建于唐代。虞城缘此将娘娘庙改为木兰庙。

湖北黄陂也不甘落后，声称木兰是黄陂人。他们的依据是焦竑《焦氏笔乘》里的一段记载："木兰，朱氏女子，代父从征，今黄州黄陂县北七十里，即隋木兰县，有木兰山、将军冢、忠烈庙。"

陕西延安更于1984年修复了木兰陵园。他们认为花木兰出生在延安南万乡花塬村。

山西省大同地区有关花木兰的传说也不少。

新荣区杨勇先生根据民间传说，认为木兰不姓花而姓穆，现在新荣区郭家窑乡穆家坪就是穆兰的真正故乡。

大同学者力高才和曹杰两位先生也先后著文考证，他们认为花木兰故里应该在武州川内。

笔者于20世纪70年代在右玉县采访时，在该县庄窝坡乡花甲寺村发现了一个村民引以为豪的花家祠堂。据村民们说，这个祠堂是花家祖祖辈辈供奉他们祖先的祠堂，花木兰便是这个祠堂内最受尊崇的老祖宗之一。他们供奉木兰，香火不断，他们坚信，花家寺才是花木兰的故里。

方志记载、文人唱和、民间传说，千百年来有关花木兰的故事可以说不绝于耳。戏剧和影视中花木兰的形象似乎更具体生动。迄今为止，昆曲、京剧、越剧、豫剧、汉剧、评剧、黄梅戏等20多个剧种都上演过花木兰。我们不妨把这叫做"木兰现象"。

综上所说，迄今为止关于木兰的出生年代、出生地及姓氏，有以下几种说法：

出生年代：汉代，北魏，隋代，唐代。

出生地：安徽，湖北，河南，陕西，山西。

姓氏：姓朱，姓韩，姓任，姓魏，姓穆。

面对这么多众说纷呈的"木兰现象"，想要澄清深知其难。然而面对这么一个有血有肉活生生的女英雄，欲罢不能。为此，想从《木兰辞》产生的源头上做一点研究，还木兰以本来面目。

二、《木兰辞》的史诗性质

我们在梳理历代对花木兰研究的概览过程中，发现了一个问题，亳州说也好，黄陂说也罢，其依据大多是地方传说或地方文献。他们并没有从《木兰辞》产生的源头上去寻找答案，以至于诸说纷起，莫衷一是。

我国著名学者郑振铎先生，在他的大作《中国俗文学史》中，从《诗经》《汉乐府》到六朝《新乐府》都做了极为精详的考证。

郑先生认为："中国古代的文学，其内容是很简单的，除了诗歌和散文之外，几无第三种文体。那时候没有小说，没有戏曲，也没有所谓讲唱文学一类的东西。在散文方面，几乎全都是庙堂文学，王公贵族的文学。民间的作品，全没有流传下来。但在诗歌方面，民间的作品却被《诗经》保存了不少。"（郑振铎《中国俗文学史》第 13 页）

《诗经》中"生民""公刘"就是记叙周朝祖先发家史的宏大史诗。以"生民"为例，其所记周朝始祖、姜嫄、后稷的故事，与《史记·周本纪》如出一辙。其最大的特点就是它的"纪实"性。

秦汉以来，《诗经》的四言体不复流行，民间渐渐有另一种新诗体在抬头，这便是五言诗。建安以后，五言诗大行于世，汉武帝时曾采赵代之讴入乐，为汉乐府注入了生机。

据《汉书·艺文志》载："燕代讴雁门、云中陇西诗歌九首。""赵代之讴，秦楚之风，皆感于哀乐，缘事而发，亦可以观风俗，知薄厚云。"为了采集这些民歌，汉武帝专门成立了一个机构——乐府。由当时著名的音乐家李延年任协律都尉，领导乐府，编制800人。到成帝时，乐府已达1000余人。

除了政府的重视，文人和史学家们也起了推波助澜的作用。班固就率先把《咏史》这首歌收集到他的巨著《汉书》中，该诗全篇共20句100字，写的是汉文帝时少女缇萦上书救父的真实故事。这篇《咏史》，开了叙事诗的先河。叙事即记事，是以诗歌的形式记叙朝政、村野等事件的史诗。其特点是写实，把真人真事用诗歌的形式表现出来。这个时期的作品有代表性的当属蔡琰的《悲愤诗》和乐府民歌《陌上桑》了（一作《日出东南隅行》）。前者写了汉末董卓专权、民不聊生的大事件，后者则描写了一位叫"罗敷"的秦氏女。

《悲愤诗》一开始便直白道："汉季失权柄，董卓乱天常。志欲图篡弑，先害诸贤良。"全文600余言，与《后汉书》和《三国志》中对于这一大事件的记载是完全一致的。

《陌上桑》则是对一位美丽贤惠，忠于爱情的采桑女的生动描述。无论朝中大事还是市井小事，都是以诗歌形式记叙历史的史诗，是文学化了的信史。"纪实"是这两部作品的主要特点。

汉魏乐府，到六朝又形成了新乐府。这新乐府大致可分为三种，一是吴声歌曲，二是西曲歌，三是横吹曲辞。横吹也叫鼓吹，"有鼓角者为横吹，用之军中，马上所奏是也"。据说李延年因胡曲更造新声二十八解,即是横吹的代表作品。待六朝新乐府诞生,《木兰辞》问世,则把横吹曲推上了一个历史的巅峰。

北魏迁都平城的近一个世纪里,宫中流行鲜卑民歌《真人代歌》,也叫《北歌》。"梁鼓角横吹曲"保存了不少《北歌》。《木兰辞》即是这种横吹北歌最优秀的代表作。

《木兰辞》与《孔雀东南飞》在中国文学史上有极高的价值,号称六朝新乐府"双璧",也是那个时代的史诗。

我们之所以说这两首新乐府民歌是史诗,是有根据的。

《孔雀东南飞》又名《古诗为焦仲卿妻作》。这部长篇叙事诗开篇引言中明确写道:"汉末建安中,庐江小吏焦仲卿妻刘氏,为仲卿母所遣,自誓不嫁,其家逼之,乃投水而死,仲卿闻之亦自缢于庭树,时人伤之,为诗云尔。"

这是一个有名有姓,有时间有地点的催人泪下的真实故事。焦仲卿和刘氏为爱殉情。一个"举身赴清池",一个"自挂东南枝",他们对爱情的坚贞,为后世留下一个感天动地的故事。那个庐江小吏和不知名的刘氏,千百年被人们传颂着、惋惜着、伤感着。

与《孔雀东南飞》异曲同工的另一"璧",就是《木兰辞》。这是北朝一位女英雄代父从军的故事,遗憾的是《木兰辞》没有《孔雀东南飞》这样的诗前引言,这就为后世考证木兰留下了纠缠不清的历史旧账。但是,有一点是可以肯定的,这便是两首叙事诗都是真实历史的纪事诗,是毫无疑问的史诗。

三、《木兰辞》产生的历史背景

要真正读懂《木兰辞》这篇伟大的史诗,我们首先应了解产生这一作品的时代背景。

由汉乐府发展到南北朝的新乐府形成了两个流派,即南朝乐府和北朝乐府。前者的特点是清新自然,柔媚缠绵;后者则是粗犷质朴,多为慷慨的战歌和悲壮的行役之歌。北朝乐府民歌现存60余首,都保存在《乐府诗集》之"梁鼓角横吹曲"里。《木兰辞》便是这60多首北朝乐府民歌的代表作。

前面我们曾讲到,这个"横吹曲",其实就是北魏时在平城十分流行的《北歌》,也叫《真人代歌》。泽田总清在他的《中国韵文史》一书中,批判了胡应麟的"晋朝说",认为"《木兰辞》的产生年代还是六朝中叶的作品比较稳妥些"(《中国韵文史》第218页)。他的这一见解得到了多数学者的认可。即是说《木兰辞》的产生年代应是北魏建都平城的后期,体裁是北魏鲜卑族喜欢传唱的《北歌》,或者叫《真人代歌》。在中国文学史上占有一席之地的那首脍炙人口的《敕勒歌》,也属于鲜卑语传唱的《真人代歌》,只不过《敕勒歌》产生在北齐,比《木兰辞》要稍晚一点。

要而言之:《木兰辞》的问世应在北魏后期的平城。换言之,平城(今大同)才是《木兰辞》的诞生地和源头。

任何一部伟大作品的产生都是与当时的历史背景息息相关的。下面我们就《木兰辞》产生的历史背景,走进《木兰辞》,体味一番这首史诗的真实韵味。

公元398年,北魏将首都由盛乐(今内蒙古和林格尔)迁都到平城,经过近一个世纪的征讨,形成了南北朝对峙的局面。当时,北方还有一个强大的部族蠕蠕,其首领车鹿会当政时改号曰柔然。

柔然当时可谓与南北朝三分天下,领土范围"其西则焉耆之地,东则朝鲜之地,北则渡沙漠,穷瀚海,南则临大碛,其常所会庭则敦煌、张掖之北，小国苦其寇抄，羁縻附之"（见《魏书·列传第九十一·蠕蠕》）。即是说现在的贝加尔湖以南，朝鲜以东，大青山以北，尽为柔然所居。小国家害怕侵扰寇掠，纷纷归附。这便更使柔然野心膨胀，对北魏王朝虎视眈眈。从拓跋珪迁都平城到孝文帝迁都洛阳的近一个世纪里，北魏和柔然的战争不绝于书。且看：

"天兴五年（402），社仑闻太祖征姚兴遂犯塞，入参合陂，南至豺山及善无北泽。"（《魏书·蠕蠕传》）兵锋已经到了今天内蒙古兴和和山西右玉县一带。

"太和九年（385），蠕蠕犯塞，诏任城王澄率众讨之。"（《魏书·高祖纪》）

"孝文帝延兴二年（472）冬十月，蠕蠕犯塞，及于五原，十有一月，太上皇帝亲讨之，将度漠袭击，蠕蠕闻军至，大惧，北走数千里。"（《魏书·高祖纪》）

据我们粗略地统计，在北魏迁都平城的一个世纪里，北魏和柔然的大小战争有30多次，规模最大的当数延兴二年（472）冬十月的这次由太上皇献文帝御驾亲征的这场战争了。

这次由献文帝亲自挂帅讨伐柔然的战争看似以"蠕蠕闻军至，大惧，北走数千里"而结束。事实上，这仅仅是柔然的战略退却，更大的战役由此拉开了序幕。

南朝的刘宋一直关注着北魏和柔然的战事，就在蠕蠕"北走数千里"的五年后，宋顺帝升明二年（478），刘准派骁骑将军王洪范出使柔然，双方约定南北夹击，共同伐魏。王洪范于次年到达漠北游说柔然可汗。双方一拍即合，柔然遂出兵30万骑（一说10万骑）进攻北魏，兵至塞上。柔然大军陈兵塞上，一面不断"犯塞"，一面加紧与南宋的联络。从这时起，直到太和十六年（492）的10多年间，战事不断。太和十一年（487），孝文帝专门召开军事会议商讨对策，"进策者百有余人"（《魏书·高祖纪》），足见会议之庄重、热烈。最后决定由左仆射平原王陆叡挂帅出征。陆叡率兵至塞上，两军相持到太和十六年（492），孝文帝又派阳平王颐"率十二将七万骑"增援陆叡。

以上这段历史清楚地告诉我们，从北魏延兴二年到太和十六年的20余年间，北魏和柔然一直在塞上对峙，双方投入的兵力都相当可观。北魏实行的是府兵制，其特点是兵农合一，平时务农，战时从军，所有府兵都登记在册。遇有战事，随时待命，自备武器、马匹奔赴疆场。

我们了解了以上的历史背景，回过头来再读《木兰辞》就十分了然了。

四、从《木兰辞》的字里行间还木兰本来面目

通过以上对《木兰辞》史诗性质的论述，对《木兰辞》产生的历史背景的梳理，我们完全可以得出这样的结论：《木兰辞》是对发生在北魏平城的一个真实的历史事件的记叙。谓予不信，我们一起重读《木兰辞》，从该辞字里行间寻找木兰的蛛丝马迹。

我们知道拓跋鲜卑是一个能骑善射、英勇尚武的民族，女子也从小习武，不乏豪爽之气。在这个民族建国立都企图问鼎中原，战争频繁的年代，一批又一批的府兵为这个王朝前仆后继，立下了不朽功勋。太武帝时代东征西讨，基本上奠定了北魏的版图，只是北方的柔然一直是北魏王朝的边患。这个"边患"在北魏定都平城的近一个世纪里，一直没有停止过侵扰。太和年间，由于南朝刘宋和柔然的勾结对北魏王朝构成了极大的威胁。从延兴二年到太和十六年的20余年内，双方对峙塞上，剑拔弩张，战事频仍。木兰就是这一时期涌现出来的一位

杰出的女英雄。北朝民歌《木兰辞》生动而翔实地记叙下了这段故事。且看："唧唧复唧唧，木兰当户织"，这是《木兰辞》的开篇之句，也是木兰生活时代的真实写照。

北魏迁都平城后，大大加快了汉化的步伐，重视农桑便是重要标志之一。北魏除在泰常年间完成了宫城和周回32里的郭城建设之外，又在鹿苑北面修建了薄城（即今大同市古店镇）。这座薄城是北魏宫女们专门从事种桑麻、织布帛的所在。所生产的产品除供宫中消费外，大部分要拿到集市上去卖。当时平城的南部"悉筑为坊"，开辟了一个十分广阔的市场。繁荣的市场刺激了手工作坊的能动性，当时京畿之内纺织几乎成了每个家庭主妇和女孩子们的功课。她们不但要织出布帛到市场上去交换所需的产品，还要缴纳国家的赋税。据《资治通鉴》载："魏旧制：户调帛二匹，絮二斤，丝一斤，谷二十斛。又入帛一匹二丈委之州库，以供调外之费。"太和八年（484），孝文帝又下诏曰："户增调帛三匹，谷二斛九斗，以官司之禄增调外帛二匹。"这些都是当时京畿内机杼声不断的原因。木兰便是这千千万万个"织女"中的一员。

这平淡恬静的耕织生活，有一天陡然起了波澜，献文帝（可汗）要亲自率兵讨伐柔然。战前在全国范围内普遍征兵，《木兰辞》中的"可汗大点兵"说的正是这件事。为了尽快动员兵员，朝廷向各地下发了"军帖"。"军帖"接连下发了"十二卷"，每一卷上都有原本登记在册的木兰父亲的名字。所谓"军书十二卷，卷卷有爷名"。

木兰看到这12卷军帖，放下手中的纺车，叹息不已。她非常清楚自己的父亲已经年迈，不能上阵杀敌，弟弟年幼不到从军的年龄。军令如山，这可急坏了木兰。虽然自己从小跟父亲练就了一身武艺，论本事不让须眉，怎奈是女儿身，不能为国分忧，为父解难。就在愁肠百结、叹息不止的时候，猛地一个念头袭上心头。我何不来一个女扮男装，替父从军呢！这个大胆的想法对这个家庭，当时应该是个不二选择，既没违反了"军令"，又报效了国家。于是乎木兰便立刻行动起来，"东市买骏马，西市买鞍鞯，南市买辔头，北市买长鞭"，打点行装，准备应征。

读者诸君，你读到这几行诗句的时候，千万不要单单地理解为这是文学作品中的一般的排比，同时也是真真切切的写实。

北魏首都平城到孝文帝太和年间，已经是个上百万人口的大都市，可以说是那个时代世界上最大的城市，同时代的罗马人口不过30万，只有平城的五分之一（平城人口最多时达150万人）。这个大都市经济繁荣，市场有规划，有秩序。诗中的东西南北市固然是文学语言，同时也是对平城市场的真实描写。即是说，木兰的从军装备都是在平城（今大同市）置办的。

同样，接下来的诗篇也是真实的记述。且看："旦辞爷娘去，暮宿黄河边。"如果从武州川云中城（即今左云旧高山镇）出发（我们姑且认为是武州川内云中城），一匹快马一天300华里，正是现在的旧高山镇到内蒙古清水河县老牛湾黄河边的距离。第二天从黄河边起身到达"黑山头"，又恰好是快马一天的路程。"黑山头"又名"杀虎山"，蒙古语为阿巴汉喀喇山，在今内蒙古呼和浩特市东南百里。燕山这里指燕然山，俗名大青山，正是柔然陈兵"塞上"之所在。所以"旦辞黄河去，暮至黑山头，不闻爷娘唤女声，但闻燕山胡骑鸣啾啾"，都是木兰从军路上的如实描述。据《魏书·世祖纪》载，太武帝始光六年（429）秋七月，拓跋焘曾"车驾东辕，至黑山，校数军，实班购，王公将士各有差"。黑山是北魏时期的军事要地。献文帝这次亲征，在黑山集结部队，是有案可稽的。

《木兰辞》的迷人之处，是在"写实"的同时，以"写虚"来烘托气氛。接下来"万里赴戎机,关山度若飞,朔气传金柝,寒光照铁衣"是对这次战役宏观的虚拟描写——全国各地的府兵们,接到"军帖"后,从四面八方向指定的集结地黑山行进。木兰从京畿出发,两天即可到达指定地点。山东、淮北、西北的府兵们可真是"万里赴戎机"了。为了按照指定时间到达指定地点,将士们马不停蹄,"关山度若飞"。这种虚实相间,宏观微观的巧妙结合,便把整个战役的气氛很壮阔地烘托出来。"朔气传金柝,寒光照铁衣"则寥寥数语,把这次战役中将士们的艰辛、战场环境的艰苦很生动形象地展示了出来。

从献文帝御驾亲征,到孝文帝随后的增兵,前后长达10多年。在这10多年间,大大小小的战争不可胜数,很多将士为国捐躯,木兰是这次战役的幸存者,也是立下了赫赫战功的"壮士"。《木兰辞》中只用了10个字便把这么大的战争场面和战争的惨烈程度高度概括了——"将军百战死,壮士十年归"。惜墨如金,画龙点睛,真是神来之笔。

"归来见天子,天子坐明堂。策勋十二转,赏赐百千强。可汗问所欲,木兰不用尚书郎,愿借明驼千里足,送儿还故乡。"在解析这段诗句之前,我们首先对"壮士十年归"作一个解读:北魏延兴二年(472),献文帝决定御驾亲征,并接连向全国发了"十二卷"征兵的"军帖"。木兰正是这一年,替父从军,从平城到达"黑山头"集结。孝文帝太和二年亦即宋顺帝升明二年(478),柔然和南朝宋趁献文帝去世不久,结成军事联盟,以30万大军陈兵塞上。这段时间内,边境战事不断,"将军百战死",持胶着状态。

太和十六年(492),孝文帝又增兵7万,由12名将军率领,赶赴前线。新兵的到来,替回了长年在一线的老兵。木兰就是在这一次新老交替时由前线返回后方的,冬去秋回,木兰从军长达十几年。《木兰辞》里"同行十二年",极言其从军年代之久,这是文学语言,凝练概括，当然也不失其真。

木兰回到首都平城，孝文帝在明堂接见了她，为她记功（策勋）"十二转"。按照当时北魏的规定，凡立军功者，军功增多一级，官爵也随之升高一级，谓之"一转"。按木兰10多年在前线累建的功勋，有十二转，官爵应做到尚书郎。孝文帝征求木兰意见，问她还有什么诉求，木兰说："木兰从军旨在抗击外患，报效国家，我不想领受您封我的尚书郎，只希望您能借我一明驼，早日送我回到故乡。"

北魏明堂始建于太和十五年（491），是北魏王朝演礼、布道、议政之所在。按照礼制，只有首都才可以建明堂，所以北魏明堂是北朝唯一的明堂。20世纪90年代，大同的考古工作者在大同市内发现了北魏明堂遗址，规模宏大，与《水经注》中所描绘的明堂完全一致。木兰于太和十六年（492）从前线回到平城，正是明堂落成的第二年。孝文帝在明堂接见木兰，其规格之高，可见一斑。

感谢《木兰辞》的作者为我们留下了"归来见天子，天子坐明堂"这极为珍贵的10个字。这是1500多年前发生在首都平城的一次重大事件。它足以雄辩地证明木兰从军的故事就发生在平城，面对明堂，任何企图"争夺木兰"的说辞都显得苍白无力。孝文帝明堂接见木兰，这才叫大有"名堂"。《木兰辞》有名堂，名堂就在于"明堂"，木兰故事的真实性在于"明堂"，唯一性也在于"明堂"。一句"天子坐明堂"足以说明一切。

说到"明驼"，我们这里不妨多说几句。骆驼有沙漠之舟的美称，是古代重要的交通工具之一。明驼是骆驼中的珍品，据说骆驼中若有睡眠时弯曲着腿，腹部不贴地面，腿部弯曲的地方还留有空隙能透过光线的就叫做"明驼"。这种明驼能日行千里。木兰向孝文帝提出"愿借明驼千里足，送儿还故乡"，表达了她急切想回故乡与亲人团聚的愿望。

为了更好地说明骆驼是当时主要的交通工具，我们可看一看下面这则史料：公元383年，前秦大将军吕光出征西域，西域各国归顺。吕光班师还朝之时，用两万多头骆驼载西域珍宝及乐舞艺人东归（见《中国全史·音乐史》第432页）。这是何等宏伟壮观的场景啊！

接下来的故事就欢快得多了。《木兰辞》的作者用白描的手法将这个过程描绘得如临其境：父母亲听到女儿木兰要回来的消息，"出郭相扶将"。这里"郭"指外城，北魏时期只有武州川内的云中城（即今旧高山镇，遗址尚存）才有郭城，这也是我们认定木兰的故乡即今日之高山镇的重要依据之一。

姐姐听到妹妹木兰要回来的消息，对着镜子打扮起来。弟弟听说姐姐要回来，高兴得磨刀霍霍杀猪宰羊。全家都沉浸在幸福的欢聚中。

回到故乡的木兰，喜悦的心情更是难以言表。开"东阁门"，坐"西阁床"，脱战时袍，着女儿装。她把老屋的里里外外看了个遍，然后在她当年居住的房间内，对着镜子在额头贴上可意的花黄（注："花黄"是南北朝时期妇女流行的一种装饰，即用金黄色的纸剪成星月花鸟等多种图形，贴在额头上，谓之"贴花黄"）。

木兰这样刻意地打扮，是想给护送她回故乡的战友（伙伴）们一个惊喜。当身着女儿装，贴着花黄的木兰走出门来，看望她的"伙伴"们的时候，"伙伴"们一个个惊异得目瞪口呆。他们不由得惊呼：我的天呀，"同行十二年，不知木兰是女郎"。

行文至此，戛然而止，余味无穷。这正是《木兰辞》的魅力所在。

<h3 style="text-align:center">五、简短的结论</h3>

前面我们论证了《木兰辞》的史诗性质，考证了《木兰辞》产生

的时代背景，并且从《木兰辞》的字里行间重新仔细阅读了这篇纪事体史诗。通过以上三个方面的认真梳理，我们完全可以得出这样的结论：

《木兰辞》是北魏晚期鲜卑民歌横吹北歌最优秀的代表作。它是以北魏延兴至太和年间，北魏和柔然之间的战争为背景创作的一首叙事辞，是一首大气磅礴的史诗。该辞的人物原型是生活在当时首都平城京畿内，府兵册里登记在册的一位老兵的女儿，她的名字就叫木兰。木兰之所以千百年来成为人们传唱不休的女英雄，就是因为她在延兴年间朝廷紧急征兵之时，毅然女扮男装替父从军。十几年军旅生涯，木兰立功无数，却不愿做官。最终回到故里与亲人团聚，重新过上温馨的耕织生活。

前人在评价《木兰辞》所描写的故事时，是这样说的——"事件也奇，诗也奇"。这个"奇"字的评价真可谓一语中的。木兰确实是一个奇女子，她在国家用人之际，能想到女扮男装替父从军，是思想奇。从军十几年，大小战争无数，许多将军战死沙场，木兰却因军功卓著，由士兵晋升为将军，是武艺奇。立下赫赫战功，却不愿做皇帝封赐的尚书郎，只求回故乡与亲人团聚，过普通老百姓的生活，是品格奇。

木兰的这三奇，引起人们极大的兴趣，这正是千百年来人们传唱不断的原因所在。华夏民族传统美德忠孝节义、勇武仁爱等诸多高尚品德在木兰身上都有集中体现。这些优良品德集于一身，真可谓锦上添花，因之后来人们在把木兰的故事搬上戏剧舞台之时，在木兰前面加了个"花"字。从此，花木兰便成了一个响当当的名字。

至于我们前面提到的湖北、河南、陕西、安徽等地，纷传花木兰是他们那里的人，我以为此举无可厚非。《木兰辞》从北魏年间唱起，千百年来流传各地，英雄的故事引起人们共鸣，是情理中的事。因共鸣而找些口实把英雄留住，也是有缘由的。这种留住英雄的情怀，反映了我们这个民族的精神世界,他们崇拜英雄,歌颂英雄,都希望自己的家乡是英雄故里。然而,我们通过前面的论述,应该说比较清晰地澄清了木兰从军故事的来龙去脉,还原了木兰的本来面目。

再读史诗《木兰辞》,木兰本是大同人,这就是结论。大同明堂部分还原了这首古诗的历史真实。

大同，北魏的音与色

杨刚

北魏，声去音未了

走进云冈石窟，尤其第 12 窟、第 38 窟、第 6 窟你又会听到什么？端详大同博物馆司马金龙墓出土棺床石刻图案和柱础人物造型，你又会听到什么？

确实，这一切都不会发出物理学意义上的声音，无论是公元 5 世纪它们成型的时候，还是 21 世纪成为公众的视觉焦点之际，表象上它们都是静默的。不过，当我们用心去观照它们的时候，就会在无声中听到远去的时代之音——其实在过去的 15 个世纪里一直余音未了，生息在中华文化的血脉里，甚至成为公众生活的一部分。

日本讲谈社出版的《中国的历史》丛书第五卷《中华的崩溃与扩大：魏晋南北朝》中说："到了北魏，胡汉之间的对立逐步让位于文化融合……北方汉族的血统，在这一时期混合了北方胡族的血统。这一融合过程，一直延续到隋唐这样的统一帝国。"

在"夷夏之辨"的历史思想禁锢下,一些人注定是要用汉族中心的眼光来看待北方草原族群的。在这样的政治、文化语境中,走出东北茂林的拓跋鲜卑在迁徙的过程中建立帝国政权,追求天下一家,"作为一个胡族政权,能统一北方且延续超过百年(之后是宗室内乱而分裂为东魏和西魏),而且被正史承认为正朔",无疑是非同寻常的。

没有受困于"华夷之别"的日本学者川本芳昭说:"北魏真是一个在历史上很有存在感的朝代。"川本芳昭面对公元3世纪到5世纪的历史时,超越国别的限制,以"东亚世界"的眼光解读这段被部分人视为"黑暗历史"的岁月及其文化,认为在魏晋南北朝中华秩序崩溃的同时,中华文明却传播到东亚其他地区(包括朝鲜、日本、越南等),从而形成了后世所说的中华文化圈。这些国家从中国学到了制度、律令、艺术,对中国屈膝求封,自甘藩属;但对其他更小的部族,则以上朝自居,俨然"小中华"。如是观察这段大变革时代,《中华的崩溃与扩大:魏晋南北朝》一书断定,这是"一个绝非用黑暗可以概括的时代",而是"一个文化上风流竞逐、异彩纷呈的时代"。

走进云冈石窟、大同博物馆,诸多文物很显然就是这个文化异彩纷呈时代的绝世符号。历经了15个世纪的石刻造像虽然没有温度,但是那些鲜明的人物用他们的动作和表情传达着内心的温暖;虽然那些乐伎造型不会发出声音,但是这个职业群体曾经奏响了人间全新的交响,将西凉、龟兹、天竺、康国、疏勒、高丽、江南等地的音乐在北魏平城演奏、传播,迎接即将在隋唐盛大登场的华夏强音。

著名史学家吕思勉说,南北朝"实为外国音乐流传中国之世"。鲜卑兴起于大兴安岭地区,本有歌舞基因,迁徙与战争的同步进行客观上不断强化了游牧民族的歌舞习俗。《三国志》中就说,鲜卑之俗"贵兵死,敛尸有棺,始死则哭,葬则歌舞相送","常以季春大会,作乐水上"等等。

拓跋部进入中国北方草原后,更是实现了音乐创作与演出上的一次突破,完成了国家工程《真人代歌》。这一超越朔漠土风的作品在《魏书》中有这样的记载:"上叙祖宗开基所由,下及君臣废兴之迹,凡一百五十章,昏晨歌之,时与丝竹合奏。"《旧唐书》中也说:"后魏乐府始有北歌,即《魏史》所谓《真人代歌》是也。代都时,命掖庭宫女晨夕歌之。"

遗憾的是,《真人代歌》这些"歌辞虏音"之作没有完整地流传下来,其中原因虽然多样,但是很显然北魏孝文帝改革中"断诸北语"

大同戏台

是一个关键因素。当鲜卑语使用功能丧失后，鲜卑歌曲也就失去了演出、流传的基础，随着政权的更迭在后世就成了文献中的记录。

拓跋鲜卑的音乐作品没有传世，不再演奏，但是曾经的音乐创举留在了文字里，更凝固成崖壁上或深埋地下的石刻造像，余音袅袅，甚至在无声中更显雄浑、震撼。云冈石窟的多个洞窟都雕凿有乐伎形象，至今保存完好者74身，其中有乐器演奏的占到四成，可辨认的乐器有28种530多件。大同博物馆展出的众多北魏歌舞陶俑、石刻乐伎形象，以另一种形式在辉映着那个时代的音乐成就。

走进云冈石窟第12窟，恍然间穿越时空重回当年的音乐盛典。仅前室北壁最上层就是14个天宫乐伎，分别用鼙鼓、埙、篪、细腰鼓、筝、箜篌、筚、曲项琵琶、筑、羌笛、五弦、排箫、羯鼓、贝14种乐器演奏。炫目的洞窟内还有类似于17人的乐伎组合演出，甚至有一组乐队使用了三只大小不同的细腰鼓。这种经过丝绸之路传来的西域乐器就是在中国北方大放异彩的，也正是北魏时期对鼓的使用形成了更多配置，考虑音色的搭配。

在这个被后世称为"音乐窟"的梦幻世界里，除了众多乐伎和乐器，还有若干随着音乐翩翩起舞的舞伎形象。其中一位看上去像乐队指挥的舞者实际上是在表演弹指，也就是用拇指和食指的指头强力捻搓而发出明快的声响。这种西域风格浓郁的歌舞动作至今在新疆维吾尔舞蹈、乌兹别克舞蹈中依然频繁出现，公众对此并不陌生，许多人还不忘模仿一下。

置身乐伎、舞伎的包围中，中国旧乐和龟兹、波斯、天竺等地乐器同台上演的盛大场景足以让人在静谧中听到非凡之响。这是来自公元5世纪人间的音乐交响，也是那个时代的政治、经济、文化繁盛的交响。虽然《老子》中的"大音希声"用到这里未必人人认可，但是这个超越时空的音乐世界绝对是无声胜有声。

15个世纪前的音乐奇迹源于鲜卑人的天然音乐感情，更源于制度化的创造。魏晋以来，中华音乐面貌发生重大变化，金石之乐向丝竹之乐转型。音乐史学家夏滟洲在《伎乐与乐伎》一书中说："这一时期的中国艺术在受外来文化影响的同时，又借外来文化的刺激，扩大和影响了自身的生成与发展……形成了迥异于秦汉时期的文化风貌。"

北魏建政，音乐纳入王朝框架，天兴六年（403）设立乐府，其后政府对乐人实行户籍管理，中国历史上首次出现了"乐籍"，直到清朝雍正元年（1723）才被废止。这一制度的创立呼应了音乐新时代的到来，也加速了音乐文化大变革。军事力量的加入则让北魏加速扩充着乐伎队伍，乐籍人数大增，音乐作品不断丰富。始光四年（427），北魏击败赫连昌，缴获音乐作品和乐伎，其后将疏勒乐和安国乐带回平城。太延五年（439），平定凉州，迁徙"凉州民三万余家于京师"，西凉乐在平城盛极一时，至今在云冈石窟、北魏墓葬都有其石刻余音。

华戎兼采，不限南北，鲜卑之风杂合四方之声，一种新型的音乐文化在公元5世纪流播开来并成为华夏正声。今天，无论是仰望巍巍云冈，端详呈展文物，还是透过媒介凝视，可以确定的是，15个世纪前融合外来民族音乐而形成的时代新声，不仅奏响于北魏庙堂，而且外溢到广泛的社会生活中，直接开启了隋唐音乐路径——一场惊世的乐舞文化即将启幕。

北魏，花谢香未绝

站在云冈石窟看着余秋雨题写的那块石碑，我也和很多人一样骄傲地说，隋唐盛世的源头在哪里？就在北魏，"中国由此迈向大唐"。

很多时候，我们习惯就一段时间而看历史，就一定空间而审视文明。于是，我们在很长的时期里没有建立起"从何处走向大唐"的思考，更没有思考北魏文明对封建国家体制、中华民族乃至更广时空的影响。于是，面对惊世的石窟艺术，面对博物馆里的司马金龙墓漆画、石雕柱础、棺床、俑阵、北魏玻璃器、北魏首饰、北魏配饰、早期魏碑墓志铭、瓦当……有时候会"熟视无睹"，而忽略了表象背后的力量和趋势。

学术名著《草原帝国——游牧民族与农耕民族三千年的碰撞交融史》一书中说，公元3世纪到4世纪，中国北部游牧部落建立的政权层出迭见，却又都在短时间内一个接一个崩溃，唯一没有昙花一现的只有拓跋部。一方面是它自身的力量不断增强，另一方面是它又持续吸收着其他部落的力量，从而在北方维持了较长时间的统治。

勒内·格鲁塞这位以研究远东史和中亚史著名的法国学者认为，拓跋鲜卑"与法兰克人的情况非常相似。勃艮第人、西哥特人和伦巴德人所建立的王国先后消亡，在他们的废墟上，幸存的法兰克人建立起了加洛林王朝，这是一个注定要把古罗马与日耳曼民族的当下联系在一起的王朝。拓跋部取得了和法兰克人相似的成就，当拓跋部统一了华北地区和其他突厥—蒙古政权之后，他们已经在很大程度上汉化了，以使自己的民众和政权融入汉人群体之中"。

日本学者三崎良章也将拓跋鲜卑与法兰克人相提并论，他在《五胡十六国——中国史上的民族大迁徙》一书中说："日耳曼民族建立的诸部族国家中的大多数最终被其中之一的法兰克王国统一，西欧世界逐渐形成。因此，日耳曼民族的迁徙被评价为关系到现代欧洲格局的成立。"

某种意义上可以说，三崎良章注解了勒内·格鲁塞关于拓跋鲜卑与法兰克人的相提并论，让公众明白了在一些国际汉学家视野中拓跋鲜卑建立政权、统一中国北方的价值——不仅仅是建立了一个帝国，而是影响到了国家体制的走向、中华民族的发展甚至是历史上亚洲的格局。

著名北朝史研究者李凭在《从平城时代到洛阳时代》一文中说："由于不断高涨的中原与边镇民族交流互动，形成了民族大融合与文化的大融合，确定了中华特色的多民族发展的历史方向。北魏迁都洛阳以后的经营，奠定了整个社会经济发展的物质基础。发轫于这个时代的均田、府兵等制度，成为后世相当长时间内遵循的典章。北朝是中国社会从东汉以降的分裂动乱走向隋唐统一兴盛时代的关键阶段，是中国历史上值得重视的篇章。"

云冈石窟比丘尼昙媚碑

这个值得重视的篇章，近些年来在有识之士的推动下确实呈现出不一般的研究势头。一批内地史学家、文学家的大名进入了大众的视野，诸如严耀中、何德章、田余庆、罗新、楼劲、阎步克、张金龙、张鹤泉、梁满仓、张庆捷、殷宪、余秋雨等，另有来自我国台湾及日本、法国、美国学者的著述也不断进入人们的阅读视野。

不过也有人指出，对于北魏的学术研究和大众认识有点"墙外开花墙外香"的感觉，意即北魏平城故地有分量的研究成果还不够多，影响不够大；当地居民对于拓跋鲜卑公元5世纪创造的辉煌文明缺少足够的认识，更没有建立起相对应的文化自豪感。

我想，重建对北魏的认识是一个过程，传播北魏的文明也是一个系统工程。近年来越来越多的认识倾向于北魏建政时是以"传统王朝"自居的，人们在逐渐放弃鲜卑立国是"异族政权"的潜意识。传播媒体也开始用更专业的眼光、更有创意的方式展现那段辉煌文明。

放弃"夷夏之辨"的历史陈窠，当我们理性地在"王朝框架"下仰望云冈石窟、凝视大同博物馆里的珍贵文物时，就可以用更开阔的视野看待历史上的民族关系、民族矛盾——"普天之下""率土之滨"是多民族的统一帝国，无论是来自北方的拓跋部，还是从南方而来的司马金龙家族，抑或是从西凉、后燕等地迁徙而来的大批人口，他们都纳入了一个王朝体系——北魏帝国，共同建构了"天下一家"的政治格局。

无论是在博物馆直接面对出土于大同司马金龙墓的木板漆屏、棺床、柱础、俑阵等，还是通过传播媒介聚焦这些绝世精品，我们在这位由南向北而来的琅琊王的墓葬里看到的就是文化交流、民族融合的王朝格局。木板漆屏所绘人物衣着打扮都是中原士人形象，木框边缘所绘环状缠枝忍冬纹又是典型的北魏纹饰。画面上的班婕妤不仅像东晋顾恺之的《女史箴图》，画法也酷似这位绘画名家。至于漆屏上的书法，圆润俊秀，气势舒朗，被认为比较典型地反映了汉隶向唐楷演变中的魏书发展面貌。

王者无外，天下一家。我们从这些北魏文物珍品中可以读出如是政治理念。其实，这些文物一直明晃晃地告诉我们，中国历史上的民族迁徙与同化是双向的，他们对中国的政治、经济、文化、社会发展作出重大贡献，造成深远而巨大的影响。拓跋鲜卑一路迁徙南下建政，绝没有将自己当成"外来户"，而是自觉地纳入中国历史传统之中，成为中华文明的一部分。

诚如史学家楼劲在《北魏开国史探》一书中所说："拓跋部族及其创建的北魏不仅空前深切地影响了中华民族和中国历史的进程，影响了东北亚这个世界史上著名的民族迁徙策源地中各族存在、发展和相关联的大势；而且也在北方部族中成功地树起了一个扎根塞北而统治中原地区的样板，也就不可避免地构成了影响和改变各部族传统迁徙格局和今后发展的重大因素。"

在一个以数字生存为特征的年代，我们可以通过更多的途径接触到陈展于博物馆的珍贵文物，而且能够反复端详，深入观察，进行超链接，走进历史的深处。无论是《国宝会说话》还是《博物馆之夜》，抑或是《发现大同·品鉴文物》，都在让公众看到"宝贝"、连通历史，更是让人们科学、理性地评价过往。就像北魏，花谢了但花香不绝，它在中外研究者眼中的地位竟然是如此重要，而且研究力量、传播势头还在上升。

平城：一个远去王朝的背影

崔莉英

　　登临气势巍峨的古城墙，站立在千余年不变的城市中轴线上，你会读懂这座古城历经千年历史兴衰、朝代更迭后呈现出的沧桑与内敛的气质；登临悬挂在峭壁之上的悬空古寺，可读懂古人渴望"上延霄客，下绝嚣浮"的智慧与虔诚；仰望云冈大佛，很自然地会沉浸在武周山麓那旷远而恒久的佛国梵音之中，心生宁静；太阳照在静水流深的桑干河上，体味着古人"逝者如斯夫，不舍昼夜"的心境，更可以读懂河畔二猴疙瘩的孤耿和寂寥，想象着那处曾经的北魏道家宫观台榭高广的模样，如今只留下雨打风吹后的屹立与坚强……古平城，有一个远去王朝的背影。

　　曾经有一个民族叫鲜卑，有一个王朝称北魏。在中国历史上政权更迭最频繁的三国两晋南北朝时期，鲜卑人以"金戈铁马，气吞万里如虎"的彪悍气势从草原深处飞奔而来，入主中原，定都平城，称雄北方，他们在平城营宫室，建宗庙，立社稷，开启了属于一个王朝的宏图伟业。大同作为曾经的北魏都城，遗留下众多北魏王朝的遗迹遗存，北魏那是平城最瑰丽的光阴，站在那些遗迹遗存前，可以感受到一个远去王朝疏朗的身影。

石窟寺群：一个王朝的密码

来大同，自然少不了去看云冈石窟，否则会有深深的遗憾。云冈石窟可以说是大同的一个符号，那是雕刻在石头上的王朝，也是举北魏国家之力修建的传世工程。虽然鲜卑人早已消失在历史的风烟里，而他们留下的石头上的王朝却穿越岁月的罡风保存了千年之久。

关于云冈石窟的开凿时间，《大唐内典录》认为："始于神瑞，终于正光。"曹衍撰《大金西京武周山重修大石窟寺碑》有"明元始兴通乐，文成继起灵岩""肇于神瑞，终乎正光，凡七帝，历百一十一年，虽辍于太武之世，计犹不减七八十年"之句，营建主要洞窟45座，计59000余尊大小佛造像。目前学者们认为，大规模的石窟开凿，首期当开凿于北魏文成帝时，中期开凿于献文帝时期至孝文帝迁都洛阳之前，晚期开凿于孝文帝迁都之后至孝明帝正光年间。前期的造像深目高鼻，带着明显的异域风格，中期的造像褒衣博带，融入了汉民族的审美，晚期的造像呈现秀骨清像的汉化特征。这些风格诠释了早期的造像多为凉州能工巧匠的鬼斧神工之作，自然糅合了奇异瑰丽的异域色彩，到后来的开凿中又融入了中原工匠的技能，流露出华丽繁复的中原气质。云冈石窟的开凿史也是一个王朝的融合史，更是一代又一代工匠们以"情专穿石之殷，志切移山之重"的意志，凿山为窟、因岩镌佛才完成的史诗工程。在石窟中雕凿的诸多以佛、菩萨、弟子、飞天为主的雕塑艺术王国里，也深藏了一个音乐、美术、书法的世界，是那个时代的艺术气质。

除了云冈石窟，武周山麓还有众多的小石窟寺，构成了硕大的北魏石窟寺群。2019年，吴官屯石窟、鲁班窑石窟并入第一批公布的全国重点文物保护单位云冈石窟序列，终使这些小石窟寺归入了云冈石窟的大家族。吴官屯石窟东西相连200余米，多为小型窟龛，现存窟龛32个，其窟龛形制、造像组合、题材及风格与云冈石窟相近。鲁班窑石窟开凿于北魏中期，现存洞窟三个。焦山石窟寺位于云冈石窟西十里河北岸的山坡上，一、二层为石券窟洞，三、四层开有石窟，现存多尊北魏石雕造像，山顶还矗立有三层六面砖塔，砖塔为明代遗存。近年来，学者们认为焦山石窟寺是北魏立国之初法果和尚所建须弥山殿，为北魏早期开凿的石窟寺。这些横亘在武周山麓的石窟寺群，可以说是绵延30里，呈现着《大唐内典录》所记载的盛景，"恒安郊西大谷石壁，皆凿为窟，高十余丈，东西三十里，栉比相连，其数众矣"。

鹿野苑石窟在小石子村大沙沟北崖面上，依山而建，1980年文物普查时发现，现存大小洞窟11个，其中居中的第6窟为造像窟，平面呈马蹄形，窟顶为穹隆状，造像组合为一佛二菩萨，正中佛像为结跏趺坐，窟口外两侧各雕一力士，其余两侧均为禅窟。北魏老臣高允曾作《鹿苑赋》称赞鹿野苑，如今的鹿野苑石窟虽然没有了当年的风采，但还可以从文中窥见鹿野苑曾经的气度和秀丽景色。《魏书·释老志》说鹿野苑石窟开凿于献文帝逊位期间，献文帝远离权力中心后，曾经在鹿野苑参禅悟道。

左云还有睡佛寺石窟、雕落寺石窟、洞儿山石窟、浮石山石窟等石窟寺，这些石窟寺由当时的官僚和信众开凿，部分石窟存有佛像和壁画。

石窟寺荟萃了先人的智慧，是古人留给后人的穿越千年的艺术宝库，石雕造像赋予了石窟寺鲜活的生命力，通过一石一像可以解锁其中的深意，可以鉴赏古人的心境和蕴藏其中的文化艺术功底，可以说是一个远去王朝遗留给后人的解读密码。

魏碑书法：一个王朝的风骨

魏碑书法是北朝文字刻石的通称，源于平城，存有碑刻、墓志、造像题记等。康有为认为魏碑书法有魄力雄强、气象浑穆、笔法跳越、点画峻厚等十美。大同作为魏碑故里，现存有众多的碑刻遗迹，那些魏碑书法有的端朴若古佛之容，有的苍劲似强弓劲弩，从魏碑书法的撇捺之间可以看得出一个王朝棱角分明、方峻雄强的风骨。

现存的平城时代的魏碑书法珍品其一在灵丘觉山寺。灵丘觉山寺是一座始建于北魏太和七年（483）的山中古寺，是孝文皇帝为报母恩颁帑敕建的皇家寺庙。寺内有一通《皇帝南巡之颂碑》，碑石原立于灵丘道旁一块高地上，20世纪80年代

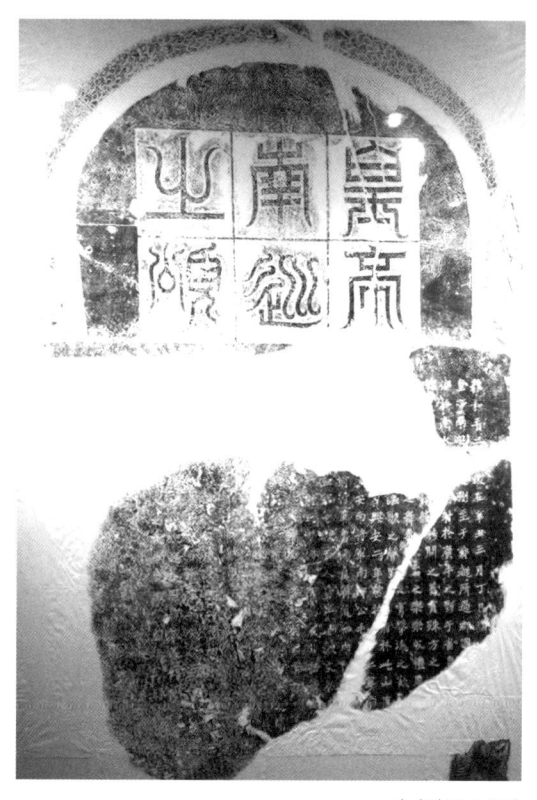

皇帝南巡之颂碑

被发现并将残碑黏合后移到寺庙内保存。碑是北魏文成皇帝拓跋濬出平城，巡视太行山东麓诸州，返经灵丘时与随从在笔架山比试竞射后"刊石勒铭"的纪念碑。碑额阳刻"皇帝南巡之颂"为鸟虫篆，碑文字体古拙、苍劲，用笔纵肆直率，被书法界称为北魏"平城第一碑"。

云冈石窟现存洞窟中，存有北魏造像题记或者发愿文30多题，可以说云冈石窟也是魏碑书法的艺术宝库。《比丘尼昙媚造像题记》出土于云冈第20窟前，被称为魏碑书法的"盖世神品"，字体宽博雄浑。《比丘尼昙媚造像题记》现存于云冈博物馆。位于云冈石窟第11窟东壁上层南端的太和七年（483）《邑义信士女等五十四人造石庙形像九十五区及诸菩萨记》，是云冈石窟现存时间最早、文字最多的造像题铭。第18窟窟门西壁有《大茹茹可敦造像记》，第4窟有正光年间造像题记，是窟中晚期的魏碑书法珍品。这些题记或者发愿文字体刚劲古拙，用笔以圆笔为主，偶杂以方笔，是平城魏碑的重要实物。

北魏明堂是北魏帝王举行朝会、祭祀、庆赏大典的地方，北魏明堂遗址是重要的北魏文化遗存，近年来复建成为明堂公园。明堂公园内的北朝博物馆中有众多的北朝遗珍，博物馆中有"魏碑风骨"单元，展示的刻石均为从北魏至隋代的馆藏墓志，墓志主人的身份以皇室贵族、世家大族、达官贵人为主，反映了北朝各时期书法的特征及演变发展规律，是魏碑书体的集中体现。代表性的魏碑书法有北魏皇兴三年（469）韩受洛拔妻邢合姜墓志，北魏延兴四年（474）建康长公主墓志。墓砖类的有"乙弗莫瓖墓砖铭""乙弗乾归墓砖铭"等，不仅记录了北魏西平王乙弗莫瓖家族的哀荣，还可以看到魏碑墓砖书法珍品。北魏明堂遗址陈列馆里还有众多的瓦刻文和戳印文字，这些文字布局疏朗通透、极有章法，由建造明堂的工匠们书写，笔墨间闪烁着自由率性的民间书法。

帝后陵寝：一个王朝的叹息

几抔荒冢掩帝王，帝王陵寝是帝王的归息之地，体现了中国传统建筑的思想。帝王陵寝是一个王朝的标本和缩影，一座座皇家陵墓，更像是一个王朝一声声沉重的叹息。大同现存的北魏墓葬不少，最具代表性的莫过于新荣区的方山永固陵，那是叱咤风云的北魏冯太后的最后归宿。

方山四周群山耸峙，远远地便可见到一个高大浑圆长满青草的坟丘永固陵，坟丘内埋藏着一个两度临朝听政的汉家女子。曾经方山附

方山永固陵

近修建有灵泉宫、灵泉殿等豪华的皇家行宫，殿宇参差，亭观相连。在陵园周围还修有陵园门阙、思远佛寺等一众陵园建筑，无论风水还是风光绝对是绝佳的不二选择。永固陵不远处有一座突起的虚冢，称为万年堂，体型较永固陵小了很多，那是北魏王朝的当政者冯太后的孙子孝文帝给自己预留的虚冢，想来晚年的冯太后对于这样的安排十分惬意，一大一小两个坟冢是国人心中对于两个当政者的分量，而且坟冢的距离不远不近，恰恰好，在那个世界可以晨起便嘘寒问暖。这样的安排自然让老去的冯太后满意，且放心把手中的权柄全部交给孙子孝文帝，并让自己的一干侄女把持后宫，这样北魏的江山社稷自然会按照她预料的步伐前行。

  如今的方山只余芳草萋萋，瓦砾遍地，站立在那里，只能看着一大一小不远不近的两个坟冢，看着只剩下遗址痕迹的思远佛寺，让人觉得意味深长。感觉到虚冢万年堂镌刻着一个虚与委蛇的少年皇帝所有的狡黠和隐忍，那思远佛寺的"思远"名称本身就耐人寻味。拓跋宏为皇祖母冯太后修建了豪华的陵寝，并预留了一个自己百年后的虚冢万年堂在旁边作陪伴，那格局就像冯太后活着时候祖孙在宫廷的样子。而事实上，当他独揽朝政后，内心冷冷地从永固陵旁边大步流星走了过去，再没有驻足，更没有回望，那个已经摆脱了桎梏的少年皇帝踌躇满志，无一日不在寻思远方。终在冯太后故去的四年后，拓跋宏挥挥手不带走一丝云彩地走了，他以向南征讨的名义，在众人的惊疑且反对声中把北魏都城从平城迁到了洛阳，把高高方山上的永固陵甩在了身后，把曾经的祖宗基业留在了平城，青春年少的皇帝终于摆脱了他的祖母营造的势力圈子的所有桎梏，并全力推行自己的方略，拓跋宏最终做到了活着不归平城，死后远葬洛阳长陵。方山上留下了一虚冢万年堂任由后人揣测和想象。

城　迹

紫箫

许多好听的名字在风中散了，就像好看的花儿在枝头谢了。

一座城，它不会自生也不会自灭。它紧紧攥住时间，攥成流沙，埋住故事。

站在它的北面与它相对，脚下是修葺一新的平整方砖。午后耀眼的阳光像打在头顶的华盖富丽堂皇。逆着光，我看到城楼券门门楣上刻着砖雕的大字：广智门。正下方是 20 多米长的拱形门洞从北拉向南，望向对面只剩下一个白亮亮的圆，像一面凸透镜。一阵风起，门洞里的青石砖轻尘浮荡，穿堂的风呼呼作响。这满面含春的风声，北魏明堂听见了，笑而不语的大佛听到了，华严寺的钟声听到了，仿古街的风铃听到了。

　　桑干河拥抱住 1600 多年前你想象不到的繁华。这里是北魏都城叫平城的地方，丝绸之路的起点，是一个人口占地球总人口 1% 的国际大都市。贡使往来不绝，商贾经年盈路，这里成为五胡十六国、西域各地、欧亚朝拜之城。那时外迁入城的人口达 30 万人，艺术家、能工巧匠就有 10 万，熙来攘往，平城享有了高度文明的优渥地位。历史是一本书，很薄，内容却很丰富。及至 1000 年前，坚固的城墙像飞将军坚实的臂膀环绕住辽京时代的平城，这里成为陪都的国子监，琅琅的书声、尊贵的服饰、儒雅的揖礼，每一块方砖都渗入了马蹄与书卷融合的气息。600 年前，这里又在礼乐之风拂过的原址上矗立起了象征王权的代王府。之后的 200 年又在城楼上建起玄真观。这不断更迭的建筑是争夺社稷江山的商标。烽火燃起又熄灭，犹如日月的交接，如今代王府只留下最北的广智门，最南的九龙壁。历史老人像个押面大师，他把每一段历史掺水和面，面与水的纠缠中揉成圆团，然后按压，押起，不断拉长，渐渐断成零散⋯⋯

　　从脚下的地面抬高目光到 6 米高的青色砖包砌的台基上，那上面的一切熟悉而陌生，陌生又熟悉。这里是我公婆苦心经营了 31 年的家，也是我生活了 20 年的家。在我们的眼里，这里只是一个实实在在柴米油盐、遮风挡雨的家。虽然它 600 岁的高寿，但我也只是把它看作一个朝夕相处的和蔼老人，从来没有想到有一天我会离开它。再归来时已是七年之久。我回来了——我在心里对它轻轻倾诉，我能感到它骨子里的颤抖与期待，甚至我感到它因此为我而老泪纵横。它满腹故事，在这 30 载的光阴里，一个大家庭，有为经营生计而任劳任怨的，有为儿女而布衣蔬食的，有承欢膝下福祉天伦的。如今，曾经健壮的步伐渐已蹒跚，挺拔的雄姿已近佝偻，学语的孩子都健步如飞，可爱的笑脸长成春风桃李。多少个 30 年细雨檐下，多少处飞鸿尽处荡起炊烟？

穿过门洞我不敢说话，感觉每一块青砖的夹缝都存留着说过的话，女人们的胭脂香是不是都沉淀渗透进砖缝里了，否则怎么风一来就那么香呢？一些地方斑驳不堪，有些地方抹了新的水泥，我的手指顺着墙体一路划过。青色砖尘化成齑粉像炊烟袅袅升起，青石条路闪着光泽接住这些微尘，清脆的鸟鸣让这个午后有了舒爽的精神。

出了门洞，站到南面，广智门楼坐北朝南，上楼的门就在东南边。门前新搁置了两个石狮，一雄一雌各司其职，威武霸气与慈祥庄重并存。朱红的门漆闪着水亮亮的光泽，像徐悲鸿笔下的骅马首昂鬃飞，神采灵动。

抬起头首先看到配殿山墙（南墙）那个直径一米的圆窗，这是一个很艺术的砖砌圆窗，玻璃依然透着皂青的冷静，褐色木格分割成几何艺术图案。它乖巧地看向远方，新建的代王府就在对面，光鲜夺目的颜色与它形成鲜明的对立。这份朴素似乎是对陈年坚守的证明，这里曾经是我们的饭厅，我常常在一粥一饭之余，拉长思维去聚焦那些 400 年前的玄真观道人，也漫想 600 年前代王府的贵胄及兵将在城上城下的进进出出。但是这个窗却是我生命中的一种暗示，我现在都不知人生是否都在接受一些梦的暗示。待字闺中的我曾做过一个奇怪的梦，梦到穿着白裙路过一处高大的寺宇，无意中一抬头，看到了高高的台基上一扇圆窗飘出白色的窗帘……梦本无奇，迅乎而逝。直到那一年，被执手一生的人带回家。那个难忘的冬日，前一天大雪覆盖了整个平城，第二天，天突然放晴，晴朗朗的明快直接把宇宙上下四极八荒打通，呼啸的北风停止了，头顶蓝盈盈的天空像块巨大的水晶，满眼洁白的雪，堆满山间树丛巷里街道。蓝水晶映衬得满世界干净，仿佛冰山的消融，一切都是晶莹亮烁的，人的心情也因此朗润而欢欣。

就在那个腊月明亮的上午，我像一株漂移的红梅与他从巷口往里走，雪在脚下有节奏地打着小鼓。猛一抬头，我看到了那扇贴着大红喜字的玻璃窗，猛地一惊，多年前那个奇怪的梦像两个胶片骤然重叠在一起，我那时惊诧地叫了一声。像有所牵引似的，一个台阶一个台阶迈上32个台阶，融入了一个新的家庭。那时我只知道这里曾是一个王府旧址，此时迈进的房门，原来是用了近20年的时间圆的一场梦，并用一生去驻守的生命驿站。

春色乍开似乎是一夜的事儿。一声春雷，叶子还在迟疑，各色花儿以迅雷不及掩耳之势，冲出"战壕"抢占枝头，密密匝匝的花你不让我我不让你，一团团一簇簇，铆足了劲儿爬高上梯，丝毫不给绿叶可乘之隙，鲜嫩的桃花让人穷于辞藻表达，是"夹岸桃花蘸水开"还是"阆苑花开不夜春"？从省城太原到大同几乎差一个节气，这一路春花喷吐着温馨从天到地，让我也不由应景随令心花怒放。

一树繁华呀！一城繁华！披着花影逆光伫立，望着南面修复一新绿瓦红墙的代王府，心潮涌动。600年时光痕迹似乎被一把犁一下子从春天的土里翻出来。我恍惚在光影中，这是历史还是现实？我是游客还是游子？满眼明媚的风轻描淡写地附在耳边给我讲着故事，这些故事早已耳熟能详，早已在发黄的书籍中安详地躺着……

600多年前坐镇大同的那个王叫代王，他是明太祖朱元璋最宠爱的第十三子。历史上大同的军事地位是骄傲得不得了，被称为"北方锁钥"，一座城就是一个铁将军，漠北蒙古族的铁蹄任是飞扬跋扈，也撕不开高大雄伟、坚固险峻的大同城墙，大同在拱卫京师上是固若金汤。朱元璋派大将徐达修建了大同城，并把全国兵力的十二分之一驻守大同，把他的宠儿派到这里可见是极为器重。代王朱桂与后来成为明成祖的朱棣，各娶徐达女儿为妻。所以二人既是兄弟，又是连襟。这样的关系他不飞扬跋扈都没道理。所以他极尽奢华地建了气势恢宏堪比北京故宫的"小故宫"代王府。后来某一天，他去燕地拜访朱棣，看到燕王府前新修的琉璃九龙壁龙举云兴、气势磅礴，于是任性发作，嚷嚷着也要在代王府前建一座九龙壁。他的王妃徐氏更是了不得的霸气，直接告诉丈夫"要建！一定要建"，而且要比燕王府的龙壁长出二尺，高出二尺，厚出二尺！这样恢宏雄伟的代王府、金碧辉煌的九龙壁名满天下，当时被称为"天下第一王府"，比北京的故宫还早25年呢。九龙壁也被称作"天下第一壁"。这样的盛气凌人，朱棣毫无脾气，君宠无是非呀，这在当朝和后世也是绝无仅有的骄横。

  九龙威武于碧水蓝天中，长城屏障于游牧民族与农耕民族的壁垒间。九条龙和坚固的长城保护了代王府11位王室后裔，明朝终于老态龙钟。李自成的宝剑挥向府门，姜瓖反反复复在反清与归清中玩着不厚道的阴阳游戏，最终代王府为这没有定数的游戏买了单。代价是一把火。大火亮彻天宇，可怜的黎民惶惶不如走兽，大火隐天蔽日，不亚于楚人一炬阿房之殇。灰烬之后尘埃落定，九龙壁与广智门一南一北，隔着废墟颓然相望，那是怎样的毁灭与痛心呀！

  后来为了防止反清势力死灰复燃，玄奥的巫觋被重视，于是楼上建起了玄真观。玄真观的登场，标志着一个煊赫王府的消失，一个强大帝国的陨落。大殿雕栏画栋十足气派，道士们在这里晨钟暮鼓，修身养性。这也成了历史上绝无仅有的一处在城楼上建道观的先例。无为而治、清心寡欲终于压住了利欲熏心、荣华富贵。太阳每天抚摸着正殿的檐脊升起，城楼上的每一块砖都在钟磬鼓、木鱼、云锣交织的音乐中接受神圣的洗礼。

我的公公曾经在无数石碑上刻录过这座城市的历史。他的手抚摸过云冈佛龛的细丝薄缕，他的目光甚至比月光还多地照耀过华严寺、善化寺的大佛。他用一生与这些石头对话，他也为能成为刻在石头上的民族一员而感到无限荣光。那一日，他抚摸着内墙的壁画，看着日渐颜容消失的木雕，主动请缨，合家入住玄真观，一方面缓解居住紧张，另一方面是他职业敏感的良心吧，他要承担起保护的义务，这一住就是31年。那些壁画被老人用厚厚的麻刀灰砌在墙体内，房顶打了隔断，隐藏了屋顶的壁画又起到保暖作用。堂屋分成三间，我们与二哥一家门对门，厅共用。

大殿彻彻底底隐藏于闹市了，但是它又亭亭玉立，周围的平房像荷叶一样托举起它。它每天透过袅袅炊烟，与南面的九龙壁遥遥相望，多情似故人，忧伤而又甜蜜。北有后宰门，南有正殿街，东有大有仓，西有钱局巷，这些名字或见证它的功用或显示其内涵。每天，婆婆鸡鸣即起，劈柴浇花准备早餐，琉璃鸱吻静静地挑亮曙色，拓展出昊天罔极，与白云朱雀和悦传情。

600年的广智门，400年的玄真观，历史把经纬合于一点，绣出一颗闪着宝藏光芒的红碧玺，我不知道该称它什么。我从古老的记载中还原玄真观的真面目：它原有山门、正殿、东西配殿。正殿一层为砖券窑房。窑门高4米，入窑洞分为左右两窑，窑洞内分别供奉三清（玉清、上清、太清）、三官（天官、地官、水官）等。二层正殿建在长21米、宽10米、高5.3米的砖石台上，面阔三间，进深一间。600年的风风雨雨过去了，除却山门不在，其余依然如初。大殿出檐为1.2米，檐下柱头从左右次间起至殿角逐步加高，使大殿四角向上飞扬，大殿雄伟肃穆、美观洒脱。

在湛蓝的天空下，殿檐斗拱、额枋、梁柱装饰着青蓝点金和贴金彩画。额枋间是镂空的花鸟图案，有丹凤、喜鹊，有梅花、莲花、菊花等。正面是六根红色大圆柱，现在色彩已斑驳脱落，金琐窗、朱漆门依然美丽可观。

大殿前有左右两个配殿，两个配殿与女儿墙相连，中间是近40平方米宽敞的院子。倚在女儿墙上，周围景致一览无余。夕阳横陈之际，炊烟袅袅，黑色的燕子鸣叫着迅速地飞翔，一会儿穿入云际不见了踪影，霎时又从你的身边轻捷地扫过蹿上檐间；咕咕咕的鸽子整整齐齐地排在单脊的檐上，驱也驱不散，叫也叫不休。我常常久久地站在一个最敞眼的地方，让微风轻轻地抚着，看燕雀、闻鸟鸣、赏闲花，俯瞰烟火人间的芸芸众生，在碧甍映日之下，真是"无限凭栏意"。尤其月到中秋，这里的玉盘大而清澈，无论隙中窥月，还是庭中赏月，抑或台上玩月，这里竟全占了。持一樽酒，邀一回月，疏影横斜，对影成三，真仿佛置身松风泉音中，人鸟花月竟相忘了。难怪许多外国游人

旧玄真观

"遍拍栏杆"后也说，这里祥瑞隐隐，真是天然一幅好风水。

想来也真是有意思，兄弟两家共用的厅堂摆上了公婆供奉的佛像，鲜花簇立，瓜果飘香，袅袅檀香缭绕。四周的内墙里用麻刀灰覆盖保护的壁画，里面是参禅悟道的神仙和云游的高人。晚上望着天花板，那一块块用麻纸密密糊好的吊顶，想象里面是一个宽敞的空间，由一块块方形的古老花纹图饰的木质图案鳞次栉比。那些彩绘图案龙凤和鸣、吉鸟祥云、鹊梅凌空……无论是白天和晚上，它们在里面是多么的热闹啊！在这里，禅释道归为一体，朋友访客迈上台阶，就自带三分恭敬，晚上堂内笑语喧扬，大人小孩欢聚一堂，各说各的快乐，各说各的烦恼。

生活的旋律一年比一年悦耳，我的女儿在檐下追逐着小鸟，戏弄着小猫，聆听着街头巷尾的吆喝声，像一棵春天泛着青皮的小树茁壮成长。

多年后，吊顶的麻纸已作旧，像夜晚昏沉沉的灯影。有一次，安吸顶灯的时候剪下一块儿，里面的图案纹饰依然唇齿相依般不离不弃，这才是最长情的陪伴啊。我常常盯着天花板，耳朵逡巡着600年以来古老文明给现代社会传递的声音。我在普度众生的菩萨面前抚摸着他身后乳白的墙，用眼睛寻觅着一丝一芥的缝隙，想看到墙体里面那些仙风道骨的神仙们，并虔诚地敬上香，口里念念有词，希望他们能体察一颗平凡的心，保佑一家平平安安。

一株长势健壮的草从大殿檐前探出头来，大殿顶为灰瓦悬山顶，正脊两边曾有对称的琉璃鸱吻各一，在我入住时东边一个已渺无迹寻，只有西边的还高贵地昂首翘望，替失去的伴侣继续守候烟火红尘。正脊中间吉星楼上面有个造型新颖的琉璃小庙，其实是个小巧别致的格子。风沙掏空摆设，里面空无一物，听老人说，原来小庙门口立一小瓷人，作"欲入不入状"，不知有什么讲究，总觉充满生活情趣。刮风时，能听到砂石敲击琉璃发出清脆好听的声音。檐下住了好多鸽子和燕子。鸽子密密地并排在正殿屋脊上，咕咕咕一年四季叫不休，尤其午后，我们常常是伴着它们的声音睡，伴着它们的声音醒。这声音一听就是20多年。它们也一代代地繁衍，一代和一代的歌声仔细地听也迥然不同。燕子是典型的候鸟，每年春天迁徙归来，先有几只老燕上下翻飞叩着窗玻璃告诉我们它们回来了。没过多久，一大群落到窗前檐上，开始在大殿回廊空隙筑巢或是修葺去年的旧巢。鸟和人也一样，它们的巢就是他们的工艺品。有的精致细腻，有的粗枝大叶，和女人做针线活一样，针脚的细密也能看出性格与手艺的不同。

燕子，是个广义的名称，它们有74种不同的形体长相，穿"燕尾服"的是老百姓心中最常见的象征美好吉祥的一种。每到春天，燕子归来时，我们就像欢迎远道而来的客人，站在院子中间看着疾飞的燕子闪电似的出来进去，靠感觉分辨今年又增加了几对夫妻。

民间说燕子不进苦寒门。燕子是极其聪明的飞禽，它的眼睛断然识别不了贫富。但它对蛰居之巢确实要求苛刻，也知道我们视它们为宠物，每年春天呼朋引伴牵儿带女地回到北方落到我家大殿十几米的檐前屋角，数量逐年增加。它们知道在这里筑巢既牢固又安全，和下面的平房安全系数不是一个等级。做一个泥巴的巢既费时又费力，长治久安才是王道。况且燕妈燕爸懂得孟母择邻的意义，因此宁愿要一个安静的环境利于乳燕成长，所以对于吵吵闹闹的环境，燕子是不愿意去的。从这个意义上说，燕子檐前落，也是家庭温馨和睦的变相广告。

如今我又归来了，我渴望听到燕子的呢喃声。这里还未修缮完好，朱门紧闭，不见鸽子也未见燕子，我们对着楼上大声呼喊。有个工作人员从女儿墙探下头来，我们说明来意，他给我们特例开了门。他是主人，我们是造访的香客。尽管心情复杂，大门一开一种近乡情更怯的情感涌上心头。

　　进了第一道门，踏上的台阶整齐而单调，原来台阶的断痕与磨损的凹凸不平不见了，我却还不由自主地走到原来的残缺处，停顿、换脚、找平衡，似乎还要恢复原来的感觉。太熟悉了，每一个台阶的伤疤我们都能感到，但是现在它被整容了，它的伤疤没有了。进二道门的时候再回头，整齐的台阶像钢琴的排键，有种空虚的感觉，说不上好也找不到不好之处。所幸的是大殿三面的廊柱未变，百年风霜让它们失去原有脂粉，光滑的面容，仿佛百炼成硬汉胡杨，虽然伤痕累累但精神矍铄地挺立，支撑着沉重的殿檐。我轻轻摸去，竟轻叫一声，指头被扎进细小的木刺，心底紧收一下，它是在怪我离开太久了吗？

　　仰望殿顶上面的雕花，喜鹊、如意、梅花依然在，殿顶举折很是平缓。我记忆中前檐的琉璃瓦中间是黄色的一块正方形，四周是绿色，黄绿相间，与蓝天相映成趣。殿顶有两个彩绘龙凤图案的琉璃鸱吻，东边的保存完好，图案清晰，西边那个已残缺一半。这次归来，那脊顶上魁星阁的小庙没有了，琉璃鸱吻不见了，两个青石雕刻的线条笨拙的砖雕鸱吻取而代之，没有光泽，殿顶的金黄琉璃也换成了青砖，一派面目冰冷不近人情的样子。阳光再怎么炽烈，我的眼睛里还是没有光泽。那些鸽子呢？那些燕子呢？往年它们早该儿女成群了。

　　匠人们的身影，匠人们的指纹，匠人们把生命一寸寸刻进的激情都荡然无存了。我仅存的记忆呢？它们冷冰冰的全让机器雕刻代替了，我的鼻子发酸，看着地下完好无损的方砖，忽然觉得我的公婆坚守了31年的光阴，成了轻描淡写的风，一切的付出都在真爱与懂得中延续，在粉饰与无知中遭涂炭。

　　是谁让古朴显拙的古殿变成了现代粗糙加工的模具？门口的两根柱前，豢养过的两只小狗和一只猫咪，似乎还慵懒地伏在地上晒太阳，我们妯娌也似乎还坐在檐下的椅子上聊着外面的世界，紧靠椅背，头向后扬，躲开太阳隐入檐下的阴影，腿脚正好交给火辣辣的太阳，不一会儿浑身暖洋洋的。午后的太阳哂笑着一切没有光泽的东西，万物都像被波光穿透，从天到地一片白亮亮的干燥，热风塞满空气缝隙，汗黏在皮肤上，令人无所事事的颓唐，唯独把凉爽送到大殿四周。难得浮生半日闲，自然不觉夏日长。每年夏天，这里是天然的避暑山庄，也是接受阳光沐浴的最好海岸，槛内槛外别有洞天。

那些年院子里种的是瓠瓜、葫芦，排满女儿墙的是姹紫嫣红的花，楼下平房里的人们抬头就能看到天上有个美丽的"空中花园"。葫芦爬满藤架，有一年葫芦长得发了飙，一个葫芦竟有四五十厘米长，分给了房前屋后的邻居们，他们快乐了好长时间。平凡人自有平凡的快乐，现在那些邻里依然在时空的某个点上为生活打拼，只是快乐彼此不能再共同分享了。

那一年，代王府要重新修建，恢复古城的计划如火如荼。我们家周围平房的邻居都搬走了，似乎是一夜之间，房子都被推倒变成了废墟，人是流动的水，置于方则方，置于圆则圆，无论清浊都得顺流而下。几次安置房登记时，公公都一言不发，先搬走的先分到地理位置好的房子，老两口伏在女儿墙上往下看，栋折榱崩，凌乱不堪，断瓦残垣死死压住一处处曾经叫家的地方，那点烟火色是黑漆漆的碎砖，它们和夜一起将沉溺于大地深处，甚至踪迹也无处可觅。没有了热闹的谈天说地，寂静的房前屋后听不到家长里短，见不到婆婆兴高采烈地把东家送的肉西家给的菜在孩子们面前炫耀，她蒸出的小米面馒头在笼屉里蜷曲着身子打盹。两位耄耋老人坐在炕上，无语地望着窗外，一辈子摸爬滚打，这时才感到江湖夜雨十年灯。代王府地基挖掘开始，名噪一时的皇城街正殿街正式从地图上消失，广智门周围夷为平地。

有一天，突然来了几个俗家人，在地上竖起石碑：玄真观。他们在下面已快成废墟的残垣上用废弃的砖恢复起三间房，还圈起个院子，加了大门。于是，我们一家人出来进去都要和下面的道士们共用一个门。之后来了几个道士，信徒香客渐渐多了，高级小车出来进去也多了，香雾缭绕，烟火也越来越浓，于是常有下面的人来楼上游说老人们让腾出这个地方，好恢复正式的玄真观，毕竟，神仙不能住得太寒酸。楼上的两位老人不堪其扰，于是免不了发生口角冲突，有时因为共用一个门，那些道士也试着用些供果和老人们拉近关系，以求和平共处。这样，在两位老人的寂寞时光里，楼下的香客与道士成了他们俯视的唯一风景。但香火太旺时烟顺风上天，老人们被熏得也受不了，于是战争与和平交替进行，但是就这也动摇不了老人们坚守的勇气和决心。儿女们常常因为老人的固执而与之发生争执。但是这座楼像一棵根深蒂固的大树插在这片土地上，老人的执念比根深蒂固的大树的根伸得还要远抓得还要牢，谁也撼动不了他们对一座残垣的坚守。老人依然每天晨起洒扫庭院，注视着檐廊之间的木刻雕花一看就是大半天。鸽子恬淡，庭前庭后顾影自怜；燕子无意，幽窗下专注地讴歌它们的幸福生活。

后来，道士们搬离了，儿女们由于工作原因也搬出来。每次回来探望老人，得到讯息的老两口早早立在楼上眺望，坐在车里，远远就看到孤零零的一座城在苍茫茫的天空下悲怆孑然地伫立着。这常常让我想起电影《新龙门客栈》中的龙门客栈，甚至比那还令人心慌。大型挖掘机昼夜通宵的灯光引来不少闲客造访，有图谋代王府地基下的宝贝的，也有在玄真观上打歪主意的。有的甚至趁老人们不注意，顺手牵羊带走一些东西。那里的一石一木成了老人的心头肉，他们宁愿不下楼也要照看好它们。那些被他们卸下存贮的雕花门，那屋顶上的彩绘图案，之后不知有没有用武之地，但当时那些却是他们的孩子，他们不离不弃一直护着它们。他们那瘦削的身子硬挡在门口，不让瞅空子的人上来，有时愤怒的眼神像鱼鹰一样不放过任何猎物。那些门柱檐枋上的雕刻，那些隐藏的壁画，老人的倔强让人们都知道楼上有一位倔强的不可理喻的老头，这种倔强比一座城还要稳固。

后来断水，儿子们轮流从工地上担水，一担水担上来，一路水线透迤，台阶上是吃劲的哼哧声，这种在城市里已陌生的取水方式让他们不适应，一点也没有戴月荷锄归的田园惬意。但儿子们一边发着牢骚，一边还是以遗传的固守意念支援着这座孤城。及至最后断电，自制发电系统。及至后来挖掘机挖出的泥土堆得几乎与城楼齐平，城楼上两位老人的影子只剩下两个黑点在空旷的空间停滞不动。俯瞰的身影是守城的身影，是一种骨子里的信念，是一种传统意识无法迁移的执念。这一坚守就是两年。

代王府破土而出，越来越高大，越来越威严，而对面的玄真观却越来越显得孤单渺小。大量的城建椽木都堆砌在房前屋后，甚至一度出入都成了困难。一直到对面的代王府几近完工，闲杂人员渐渐少了，我的公公才如释重负。

寸阴若岁，临走那一年的春节是最难忘的。房子自带彷徨，处处显示即将人去楼空的迹象。人的心里有些虚空飘动的东西四处游荡。四家儿女，全家14口人全回来了，公公在院子里搭了一个拔地参天的旺火，大年三十站在楼上，深邃的夜空礼花四溅，四周灯火交辉，花炮声此起彼伏，一波过后一波起，烟花忽明忽暗，一会儿是天堂倾泻下瀑布，璀璨迷离让人身心神往；一会儿是万千银蛇妖娆地冲上天去，让人惊叹不已，千朵万朵的烟花，如同在星河绽放。城市的每个角落都在开花，绚烂而奔放。每个人举头就看到了，时而如吹影，时而如镂尘，生命有的璀璨有的阑珊，如同烟花，也在不同的角落点燃绽放。

一排排的鞭炮像首尾相接的赤练蛇，爬满院子，孩子们兴致极高，还没见过这么多的炮仗，"噼里啪啦"的炮仗好像和传说中的怪兽"年"击搏挽裂。我们都躲进屋里，从玻璃窗往外看，穿云裂石，震耳欲聋，硝烟弥漫的庭院，红尘久久不散。老人孩子的笑脸在红灯笼的映衬下，比烟花还璀璨。

交夜时，旺火烧得透亮，旺旺的，一家老老小小开始转旺火，火焰越燃越高，像昂首一跃的野马，像展翅高飞的凤凰，一家人首尾呼应围成一个旋转的圆圈，笑脸被照得红扑扑热辣辣，欢歌笑语洋洋盈耳，一股感动在心里搅动，新的一年又开始啦，新的希望来啦！

家都搬腾空了，更完整的东西原原本本地留了下来。两位老人站在楼下仰望着，有些悲痛，有些悲壮，有些悲惨。这是他们生活了31年的家啊，它承载了太多太多，有先人的足迹，也有他们良心的守望。老人们目光一致地向上望，再向上望，谁也不说话，默契地停留了很久很久，又默契地一同转过身离开。那座城的影子追了他们很远很远。

一座城可以旧貌换新颜，但心中的一座城已经雕刻进骨头里。

雁过，留痕；人过，留下半条命。

修复后的代王府广智门

致咏华君

成向阳

一、登城记

咏华君：

很多时候，常识总要迟到一小会儿，就像你曾说过的那样。

是的，常识并不总是与血流同速。可是，我们把常识隐藏在自己的血液里，不就是为了在敏锐感受的时刻，能得到它的佐证与呼应么？但在一些特殊时刻，当感觉一瞬间抵达，那本应迅速提供理性支撑的常识却并不及时呼应，它姗姗来迟，总是落后一步甚至几步。

行走在大同的古城墙上，我就遭遇了这种常识迟到带来的尴尬。

我忽然忘记一座城为什么是一座城，它诞生的理由与存在的意义，它本应具有的特征与必要性。一瞬间，全都忘了。我只是傻傻地像感受一个建筑模型那样去感受它，然后我错了。

我其实一开始就错了。面对这样一座在漫长的历史经过之后重建的古城，我的身份是可疑的——我兼具一个猎奇的游人、一个怀古凭吊者、一个因过分仓促而毫无准备的茫然采风者的三重性。而它，就站在那里，岿然漠然，任我在它庞大的顶端徘徊与触摸，却分明一再拒绝着我的含混。

咏华君，面对平均高度14米、周长7.24公里的这座城池，以及它之内的一切，无论从哪一个点探进去，我的感受力都是无效的。丝毫撬不动它，每一次暗自咬牙，我都只感到一阵阵清晰的渺小、茫然与无力。

咏华君，中午你从微信里看到我在大同古城墙上拍的一张持戟照片，问我登城究竟有什么感觉，当时我默而不言，此刻却可以慢慢告诉你了。那张照片中的持戟者，如果换成是你的话，我想可能会更好些。你的飒爽与英挺，与这柄两米多高的铁戟似乎更为般配。

我其实已有两三年都不拍照了，而在大同古城墙上，尤其是面对那根红缨飘飘、傲视高天的铁戟，我竟然那么想走上前握住它拍一张试试。这里面的一点小心思，作为冷兵器的同好者，你应该是懂的。

但我想说的其实是，迈步走在大同古城墙上，作为一个猎奇的现代游客，我突然觉得有一点异样。平生第一次，我发现城墙顶上原来并不是平的——从外向里，它呈现出一个相当明显的坡度。当发现这一点的时候，我立即蹲下身来观察，没错儿，砖石铺成的城墙顶的确不是水平的，外面一侧显然更高。我又站起来以身试城，向内一侧的护墙高度只到我的胯骨位置，而紧走22步，抵达城墙朝外的一侧，城垛的顶端竟高出我一头开外。这样看来，城墙外侧至少要比内侧高出一米以上。

大同古称平城，但"平城不平"。这是一瞬间跳到我嘴边上的四个字，但我没有对同行的当地朋友说出来。我怕他们笑我竟连这样的常识都不懂。

城东记忆

    咏华君，古代的城墙外高内低，这是一个军事建筑学的常识问题啊，只需稍微动脑想一想就会明白，一座古代的城池，它的防御功能理所当然是向外的，外侧的城墙高于里侧的城墙，不正是理所应当的吗？同时，作为一座建筑物，它必然要具备便利的排水功能，顶端外高内低，也是为了雨天排水的方便。

    但常识归常识，觉悟归觉悟。我奇怪的是，其他地方的古城，竟然从未让我有过如此认识。

    比如，那年初冬在福建长汀，黄昏时我们一起去看汀州古城。记得在城墙上，你忽然和我讲起元朝时停泊在泉州港口里的大船，水手们竟然在船上的木槽里种植蔬菜和鲜姜。你说这是摩洛哥作家伊本·白图泰游记中的记载，很有意思。那一次，我们是一起从北京经泉州到的厦门，然后又到的长汀。而那天晚上在这座唐时建造的古城上，你竟差一点走失。害得我城上城下找了那么久，却原来，你是去城根下一家鞋店里试新鞋去了。城墙顶上到底平不平，我当然是不得而知啦。

再比如，那年春天在西安，我们午时喝了酒，你一喝醉，便要去古城墙上醉卧。我和两个朋友扶着你登城，又跟跟跄跄行走上千步，最后让你躺在城楼下做一漫长的午睡。那时春风浩荡，我极目远眺，寻找着大雁塔和小雁塔，同样没有注意到城墙顶上是不是平的。

还有南京的台城，我曾经和你说过，我喜欢那里的城墙，尤其是喜欢出了鸡鸣寺一路贴城走过来，看城下人家晾晒在小树林里的床单与衣物，花花绿绿，倍感亲切。但是一旦登城，面对波平如镜的玄武湖，我依旧没有关照那城墙顶，究竟是平还是不平。

还有你心心念念的平遥古城，当然，还有我老家沁河边上的砥洎城，它们都是名胜，甚至可以说都是建筑学的典范，但是，它们都没有让我在一瞬间认识到"城不是平的"。咏华君，从常识到顿悟，看来也是要讲机缘的。在大同古城墙上，我的机缘大概是到了。

但咏华君，我的这点顿悟其实并没有什么意义。它事实上只是一个现代游客自以为是的小发现。对古代的筑城者，那些身份卑微却技术精湛的工匠以及他们的亲人，或者就连对作为建筑物本身的城池来说，这样的发现都像一个无关宏旨的笑话，有点野人献曝的意思。

说白了，大同，一个曾经的边城，一个军事重镇，它首先是一座为应对古代战争而存在的巨大堡垒。从里到外，它的每一个点，每一条线，每一个面，目的都是妥善保存自身，然后毫不留情地消灭敌人。

这座由砖石与灰泥构成的军事堡垒，事实上拒绝现代的目的含混的审美，尤其是游客式的审美。虽然，它的雄壮、险要，甚至冷然的酷烈，在现代游人的照相机取景框里都是美的，尤其是经过后期反复处理之后。但，一阵风吹来，总会有一阵寒气从它的根部升起，让登城的你打一个冷战——此乃攻防之处、生死之地，每一块城砖见过刀光剑影、流矢飞弹的眼睛，都对着照相机闭合了——它有些不耐烦。

咏华君，如果只是作为一个前来猎奇的游人，这座城的眼里根本不会有你，你在这座城里也找不到自己的在场感。在你杂乱的脚步声里，它阖上了眼睛，捂住了耳朵，像一个疲倦的老将，在一个打盹的间隙，等迷迷糊糊的时间过去，等你趴在它头顶上吹一阵风，就赶紧下去。

只有在历史过往的深处，它才睁着眼睛，竖着耳朵，保持一种绝对清醒，等待又一阵随鼙鼓动地而来的马蹄声。

咏华君，大同的古城墙我并不是第一次见到。与它的第一次邂逅，还是20多年前，那时的大同和现在很不同。一出火车站，视线稍一停留，就有一大群小孩从四面围过来，紧紧围住你的左右。他们都很瘦，脏兮兮的小手高举一只饭盆和你要钱。等一把硬币朝着地上撒出去，那些孩子就纷纷四散，小麻雀一样趴在地上争来抢去。那是我第一次来大同，从火车站打了一辆三轮摩的，去当时的雁北师范学院寻我的同乡。那摩的越开越快，城市就越来越远，颠颠簸簸中，穿过四起的烟尘，一些残破的土墙突然就从远处撞进了眼睛。我的第一反应，竟然是被那个摩的司机欺骗了，他难道是要把我拉到乡下图财害命吗？但，在从土墙的一个断口飞速而过时，我猛然间意识到这就是古代的大同城墙，一阵遐想立即就冲淡了我的忧思，然后不久，我找的那个学校就到了。

20多年过去了,就是在当年的断墙与荒草之上,大同人重建了如今的古城。

重建后的古城墙我其实也不是第一次来,但上一次是乘夜登城,同行的又有两位北京来的女性记者朋友,一路摸黑绕城行走,边走边说闲话,什么也没能发现,亦是理所当然的。但那一夜,透过城墙的垛口,看得到远处的点点星辰,以及星天下的万户灯火。我就摸黑在心里写了一句:"所有的星星都是时间的眼睛,透过这些小小的多棱的孔洞,你看得到过往的灼热与冰凉。露从今夜白,与君绕城行。"

对,那一夜正值白露。城上的风把衣服吹得啪啦啦响。我们绕了很长时间,才终于找到了下城的路。而今夜,透过云冈建国宾馆1718房间的窗口,远处灯火辉煌的大同古城就像一个亮闪闪的火柴盒。午夜时分,灯光渐次熄灭,微信里一个因看东京奥运会而失眠的朋友,忽然说此刻的月亮真大啊,又明又圆又大。我赶紧走到窗口看了一看,却没有看到天上的月亮,只是月光照着的古城墙明明灭灭的,有点像一幅春天时看到的广灵剪纸,而我的窗口,为它镶了一个合适的框子。

这一夜,是农历六月十五。城上月轮圆满,照出了历史依稀的轮廓。

咏华君,说真的,这夜半细微的一点历史感,让我很想邀请你来。在盛夏或者初秋,大火西流之前,我们一起在这重建的古城里走一走吧,不怀古,不凭吊,也不劳什子采风写小诗。我们只消暑,只呼吸,只话别来无恙。

这里甚是清凉,人人都是小鱼向着莲花刚刚出水的样子,就像我在城西的华严寺荷池里见到的样子。

这里时间是充裕的,当地人把多余出来的时间给了建筑,给了天地,给了墙头与檐角茂盛的青草。我想,再多一些时间,这里会重新长出片片更浓的古意,恰如我们经常想象的那个样子。

你如来日来，真可相见欢。我在王昭君遗留过一具琵琶的琵琶老客栈里等你。你一定得多住些日子，每日听听琵琶，梦梦不过长城的汉马。或者就住到老马甲客栈，我们一起吃牛羊肉，喝高粱酒，任这边城里过往的时间，在风吹墙头的青草时，慢慢幻化成我们眼前的一幅剪纸窗花。

二、在黄昏的火山下

咏华君：

你见过黄昏时分的火山群吗？

电影《江湖儿女》中廖凡与赵涛用一支手枪合力瞄准的火山群。此刻，我也想与你一起合力瞄准它。

此刻，在我眼前，橘色的夕阳正以柔软的手指触摸它锥形的山峰与绵延伸展开去的锯齿样山脊。我来到这里，像一只胆小的蚂蚁第一

火山艳

次试探着爬进冷却后的炉灶。四周多么寂静，寂静就像隆向天空的火山群本身。我蹲下身子谛听，甚至没有听到秋日山野低处的鸟鸣与虫唱，只有手指状的松果在风中相互摩擦着摇晃的声音隐隐入耳。

咏华君，你可知道，在火山群周围，万物似乎都已被过滤，被提纯，被施加了天然的镇静剂，而火山群在视野的尽头，正像隔世的隐者戴笠端坐。那曾经的砥柱天下，叱咤风云，那曾经的山呼海啸，疾火如流，都已是烟云过往。如今尘埃早已落定，它抱着一颗冷寂后的内心与世安然，只是默默无言，只是把寂静从高处垂落，垂向山下的葵花田与松树林，让那些灿烂而饱满的籽实携带天然的沉静。

咏华君，我其实从未想过，自己会在秋天的黄昏像此刻这样从远处走近一座火山，也从未仔细想过，一座黄昏的火山，在远处接纳我的抵近时会是什么表情。我甚至都从未产生过与火山有关的想象，比如在某一天，用手指写出火山这两个汉字，并认真想象一下它的边际、色彩与可能的氛围。

所以，你就可以明白，当第一次听到"大同火山群"的时候我的内心有多么惊讶。

哦，原来我竟是睡在火山边上的一个人类啊，也许，我的前世便是火山上飘下的一小粒尘埃吧，否则为什么当抵近火山时，我竟然有被吸附而回到原初之感？就像一粒带铁的心，重新回到了它黑沉沉的矿脉内部。

我是怀着怎样的心情在这秋日的黄昏背着一颗太阳走近这沉寂的火山群的啊！当拓宽的山道殷勤地延展下来，带着远路来看火山的我依次登高，当终于登上山野中心的平台，四面的火山便向我的眼帘涌来。一刹那间我很恍惚，只觉得自己正站在一个岛屿的边缘，看四面黑浪翻涌——当那蓝黑色的波峰向极高处隆起成形，迅即便被莫名的力量凝固为一座座火山的样貌。

咏华君，此刻我在火山的对面坐下来，让繁杂的内心向着火山下平稳的大地无声地诉说与汲取，让那大地的回音透过诸般绿色植物的枝干升上来拓展我灵魂的边际。直到最后，太阳最后的余晖一霎时覆盖下来，覆盖住火山，也覆盖住我。我看到，那即将陷入夜色笼罩的火山，忽然一跃而上，用山脊上淡蓝色的植被一把揪住了夕阳之光最后的红色发辫。

面对已经彻底陷落的夕阳，我是那么想看见火山骤然喷发，但它依旧是无言与沉寂的，就像一个耗尽了所有力气的英雄在它垂泪的暮年。

而从此，我将拥有一个难言的迷梦，在黄昏，在旷野，当风声响起，我便要登高持炬，等夜色来袭时，顺手点燃身后沉寂千年的火山。

三、一纹忍冬

咏华君：

在天国的恢宏想象里，我想做你身边的一纹忍冬。

那些壁上雕凿的石窟，是时间洞明一切的眼睛，在穹隆形升起的幽暗处，它正透过佛的面容垂视我过路的肉身。

咏华君，在云冈，仰面观佛时我的羞愧总是这样呼之欲出。

当几乎所有路人都将手机的摄像孔对准佛的时候，我感到了罪孽。我祈祷，石头高处大慈大悲的佛啊，请宽容，请允许我只用一双睁大的眼睛潦草地完成一次朝拜。

咏华君，你可以想象那些大佛吗？他们多么美、多么具体、多么神圣。他们在这云冈的石头内部托举成形的信仰，有素陶与年久的骨质一般慈祥的颜色，他们身上因时间而生的细密的小孔也与骨孔相似，都以一种神秘而温和的声音导引我的心跳。咏华君，我作为人的惭愧，正在一次一次的举目仰视中，以块状凝聚，以气态蒸腾。

当窟外的梵铃隐隐响起，当那两只白鸟将自身飞翔的影子朝着大地投掷，我消散的思绪又在瞬间上升，成为这大地之上蓝天深处云的一缕游丝。

而那些石头的粒粒微尘与佛无声的训导，已随呼吸导入我空洞的体腔，与那石板上溅起的足音一起，在象面石雕的凝视中被带往山岗之外。

咏华君，山岗之外，雁北的大地何其寥廓，而我过路人的一颗心啊，仍是软软一隅。

它依旧保持幽暗的本质，依旧被惭愧与人间的哀愁浸满，只是因了佛无声的垂视与温和的抚慰，它柔情的小孔开出了诸色的格桑花来。是的，当携带着佛的注视行走，咏华君，我的一颗心啊，已像莲池中游水近岸的鸭子小白一般，在云冈的蓝天之下嘭嘭嘭地拍着湿漉漉的翅膀，想被那得道的白云带走。

而云冈，正像这蓝绿辉映的大海中一艘崭新的大船，载着诸佛的慈悲与众生的希冀，带着我湿漉漉的内心，驶向极乐的彼岸。

塞上古城

赵本夫

在山西最北部和内蒙古交界的地方，有一座塞上古城。

这座古城坐落在内长城和外长城之间，历史上被称作"九边第一重镇"，历经两千多年风雨沧桑、金戈铁马，演绎了无数悲壮慷慨的铁血故事。毫不夸张地说，这座古城曾经深刻影响和改变了中国历史的格局和进程。1982年，国务院公布首批24座历史文化名城，这座古城赫然在列。它的名字叫大同。

20多年前，我曾慕名两次去过大同，匆匆数日，虽然看了一些地方，终是不能尽兴。大同可看的地方实在太多，而且感觉越看越觉得该看更多的地方。在大同，不仅有现成的历史文化景观，而且可以去发现景观、发现历史。说不定一个不起眼的小村，一道小河，一段残缺的土坎，一片荒芜的沙滩，就有一个久远而惊心动魄的故事。我骨子里喜欢这种充满野性的地方，多年来一直魂牵梦绕。今年8月，忍不住又一次去了大同。

古时，大同一带水草丰美，匈奴、北狄、鲜卑、乌桓等古老民族在此繁衍生息。他们是这里最早的主人。但在漫长的历史中，这里成了中原政权和草原民族争战的前沿，它一段时间属于草原民族，一段时间又属于中原政权，往来征战杀伐，大小战争上千次。至今大同境内尚有历代长城遗存约1000里，包括内外长城，分属东汉、北魏、北齐、明代。古长城翻山越岭，穿沙漠，过草地，经绝壁，其形如龙，其势如飞，加以内堡外墩，烽火相望，置身其境，似闻杀声震天，金鼓齐鸣。

壮哉！悲哉！

我们过去耳熟能详的一些帝王和名将，都曾在这里留下足迹，赵武灵王、李牧、秦始皇、汉高祖、冒顿单于、李广、卫青、霍去病、北魏太武帝拓跋焘、杨家将、常遇春、徐达、李自成、康熙皇帝等等，数不胜数。

其中，我最感兴趣的是两桩历史事件。

一是历史上有名的"胡服骑射"。

胡服骑射的故事发生在战国时的赵国。赵国由三姓分晋立国，位列战国七雄之一，但比其他国家相对弱小。其时，各国为图强争霸纷纷变革。魏有李悝变法，楚有吴起变法，秦有商鞅变法。各国日益强大，兼并征战不断。赵国屡被欺辱，又因地处北地，和胡人相邻，也是屡被侵扰。到赵武灵王时，已是危机四伏，痛感再不变革，必会亡国。他看到赵国及中原各国将士皆身着长袍，甲胄笨重，行动不便，加上以步兵为主，和兵车相混，战斗力大受影响。而邻近草原上的胡人则一人一马，轻骑短衣，人人精于骑射，呼啸而来，呼啸而去，锐不可当。于是决心学习胡人，抛弃传统的长袍服装，改穿胡服。这在当时，可是一件惊天动地、违逆祖规的大事，招致朝廷内外汹涌反对。但赵武灵王决心已定，居然第一个穿上胡服临朝，以身示范，并耐心说服大家，改变服饰已是强兵之必然。接着又号令全国"养胡马"，建"骑邑"，请来胡人教习骑射之术。如此三年，赵国已是兵强马壮，各国再不敢轻易对之用兵。赵武灵王趁机南征北战，开疆拓土，辟地数千里。仅往北方草原就"北破林胡、楼烦，筑长城，自代并阴山下，至高阙为塞，而置云中、雁门、代郡"，拓疆千里，把今大同及周边广大地区全部纳入赵国版图。胡服骑射的故事，成为"师夷长技以制夷"最早的典范，至今仍有现实意义。

我感兴趣的第二个历史事件是同样发生在大同的"白登之战"。

白登山距今大同古城东北七里，有一处汉阙式"白登遗址"纪念碑。西汉初年，刘邦因怀疑镇守这一带边关的韩王信叛投匈奴，亲率大军讨伐韩王信，并征讨匈奴。开始节节胜利，后来因误判形势而中计，被匈奴冒顿单于围困于白登山上。刘邦身陷绝境，率兵苦战七天七夜，终于用计脱险，回到长安。经此一难，让刘邦认清了形势——秦末楚汉相争，天下战乱，国力衰贫，民不聊生，不能再战了。从此开始和匈奴的和亲政策。这一重大决策由汉高祖刘邦延续至惠帝、吕后、文帝、景帝及武帝初年，70余年未变，换来军民休养生息，内外祥和，国力恢复，到汉武帝时达到极盛，才又开始重新征伐匈奴，成就了汉武帝一生的伟业。后人评价武帝，常常高于刘邦，其实武帝和高祖刘邦根本不可相提并论。刘邦是一位开国皇帝，以一布衣起兵，历经艰险，屡败屡战，终于一统天下。他善于审时度势，总结经验教训，不逞一时之勇，无论进退、谋略、用人，都堪称一位大政治家。汉初的和亲方略正是他心胸宽广、雄才大略的体现。如果没有延续70年的和亲政策，如果没有"文景之治"的积蓄，断然没有汉武帝后来的大作为。功不必在我，这正是后世政治家应当学习的。

《史记》载："高祖，沛丰邑中阳里人。"丰邑即今丰县。我也是丰县人，更巧的是曾在中阳里住了20多年，和刘邦算同属一个居委会。刘邦为讨伐韩王信被匈奴围困白登山的故事，我早就知道，史书多有记载。但直到这次去大同，才确切知道白登山就在大同附近，不由感慨万端。我来此地只是一游，长城内外一派歌舞升平景象。而我的那位老乡亲刘邦当年来此，却是爬冰卧雪，刀光剑影，生死一线。

好在那个战乱的年代终于结束了。

大同在西周时曾隶属冀州、并州，春秋时属代国，战国时为赵国平城。秦汉屡有演变。到北魏时，定为国都。大同的名字始于辽代，设大同府，取孔夫子"天下大同"之意，距今已千年。事实上，仅从大同的历史上也可以看出，中华大家庭内，争战也总是伴随着融合，兄弟终究还是兄弟。这个历史上的边关重镇，如今早已马放南山、刀枪入库。不论有过的哭泣还是欢笑，都已成为珍贵的历史遗产。

大同是个自然文化历史遗产极为丰富的地方，北岳恒山、云冈石窟、悬空寺、华严寺、古长城、平型关等等，仅全国重点文物保护单位就有27处之多，省市一级文物更是遍布大同城乡。

大同是一部大书，值得一读再读。

花叶见佛

王芳

飞行在叶的经络上,以飞天的姿势,飘带随风飞舞,万千尘缘的缝隙中,看到花的样子。那就穿花涉水吧,从花蕊的中心越过尘世,越过盛放与凋零,越过红颜与枯骨,越过千年与瞬间,遇到一个博大的世界。

十方世界。

万物虚空。

在那个世界里,沉下去,才是高度,站起来,才是永生。那里有爱有慈悲,有暖有庄严。

一旦抵达,就不想离开。

一

一场大火。

熊熊燃烧。

那不是自然之火，是兵燹，是战火。

彼时是1122年。由东胡后裔契丹人创造的辽王朝，传至第九帝耶律延禧也就是天祚帝的手中。天祚帝可没有继承他的祖上耶律阿保机的雄才伟略，而是同每一个末代皇帝一样，变着法儿不勤政，视政务为游戏，荒淫奢侈，游猎天下，不理国政，导致部族首领纷纷起兵反抗，内外交困，天下岌岌可危。

天祚帝对自己和王朝的结局都是没有预判的，不然，也不会命令女真族长们在宴席间给他跳舞，一个命令激怒了完颜阿骨打，一场舞建立了一个大金朝。

完颜阿骨打起兵，开始了长达10年的伐辽战争，东路和西路分两路大军举起大旗。1122年，东路军攻下辽中京，天祚帝逃亡。没有了王朝的天祚帝只能在逃亡的路上给自己跳舞了，但也在很短的时间内带走了完颜阿骨打。同时，西路军攻陷了辽的西京大同府。

攻占大同的那一天，不知是谁点燃了第一把火。也许并没有肇事者。金王朝正是因为优秀的铁骑兵和先进的火器而著名的。战争发起时，已没有了禁忌，打胜战役、消灭敌方力量才是目的，火器的使用让存在了80年的辽之陪都西京陷入火海中。

火龙舒卷在空中飞舞，大同城的百姓们听到了天兵擂鼓的声音，都城在他们眼睁睁中陷落了，房屋烧起来了，殿堂栋宇、楼阁寺观都烧起来了，火焰与彤云争辉，经久不息，浓烟往西而去，遮蔽了武周山的天空，百姓号哭声不绝于耳。当然，完颜宗翰胜了。夕阳怎敌朝阳？辽朝日薄西山，金朝厉兵秣马，不在一个维度上。神奇的是，大同依然是金朝的西京，这两个同出于东北黑土地的少数民族思路倒是一致，当然，这也与他们所据之地形地势有关。既然还要做西京，何苦让其燃烧殆尽？几千年历史中，每一个崛起的王朝都要以毁灭前朝为代价，项羽当年进咸阳，一把火带坏了历史。

在这个万佛列阵的都城里，在这个很多朝代都崇佛的城垣里，佛的报身经历劫难，法身隐匿，而每一次劫难都是在给人类记账，只是人类不识罢了。须臾间，花叶凋零，世相萎靡。

世间开有多少花，便有多少错，花是错，叶是错，根亦是错，更错的是缺了觉悟使者。

二

在这场大火之前，万佛列阵的佛法庄严，很多人都见过。

就在城西16公里的武周山山崖畔，与契丹同出于东胡一脉的鲜卑拓跋族，经历了几代人的努力后，由拓跋珪建起了北魏王朝，398年，迁都平城。这个时候的平城只是平城，还没有成为大同，要等到辽朝建立才有大同之名。

拓跋珪少年立志，能征善战，他效汉制，建国家，定官制，重文化，一个新兴王朝在汉王朝那个颠覆的朝纲经历了百年之乱后冉冉升起来。

传闻拓跋珪征战时也随身带着楠木刻制的佛像，时时摩挲，日日祭拜，定都称帝之后，曾在平城建立佛教寺院，建造过五级浮屠，亲自撰写过《一切经》，铸造过千尊佛像。戎马一生的帝王或许比常人更需要佛的护佑和加持，更需要在屠刀举起之后获得心灵的安宁，而这正是佛意的普照。这位皇帝还引来了一位高僧法果，法果对拓跋珪说：帝即如来。由此动用金刚杵开启了开凿云冈石窟的石头与石头碰撞的美妙之声。

那座山堂水殿的遗世独立的建筑一点点开始了跋涉的历程。千锤万凿，数万工匠。石块飞溅之时，诵经的声音也此起彼伏。慕名而来的僧人商旅、文人雅士、战士农人们都在这样佛像并不明朗的开凿之声中就虔诚礼佛了，他们也钦敬地望着工匠，那些皲裂了纹路的一双双手，会给人们雕出希望，雕出爱悦，雕出平安。工匠们在经声抚慰中静下心来，慢慢审视着石头与佛像之间的距离，一锤一锤地把时空击打出神圣与庄严，这是他们的修炼过程，他们的笑容与汗水都在石窟里存放着，只要细细琢磨就能看到。一时间，此处是人类的海洋，汉人、鲜卑人、粟特人、胡人，还有分不出的人种，已经分不清民族与种族，经声是他们共同的语言，不同的嘴唇中念出一个声音，那是重如千钧的咒语，可消世间罪孽。

　　那日，我在婆娑的绿叶之间，看到了露天的大佛，据说那就是拓跋珪，尽管有希腊鼻子，还穿着印度的湿衣，他们也坚定地说，那就是道武帝的化身。

　　静默。

　　万佛静默，绿叶间走来走去的是昙曜的身影，细碎的阳光就是他的袈裟，他挺拔高瘦，削肩长颈，宽额淡眉，两眼炯炯，穿行在他开凿的五窟之间，犹如佛跋涉西来的镇定，也如太武帝灭佛时，他躲藏在民间七年也依旧不散的坚定。他等到了文成帝拓跋濬对他的召唤。他当时应该焚香、诵经，身披粗布袈裟开始他的雕凿，开洞和佛身都是弟子们带领工匠完成的，只有佛头和佛指是他一步三回顾一点点敲打出来的，黑黢黢的洞窟里，只有少许光线，布满石头的飞尘，那些禅意绵绵也帝相庄严的形象早就在暗夜里成为他的长明灯。他只需要把心里的佛搬出来而已，尽管这可能耗尽他的体力，但他甘之如饴，佛法普照的梦想一天天近了。他替拓跋珪完成了木质佛像到石质佛像的转变，他也完成了生而为僧的使命，验证了石头比任何物质都恒久的真理。

昙曜五窟落成，他也应该化身为一尊佛像，矗立于万佛阵中，我们无须寻找他，他有他的佛世界。

越来越多的人，越来越多的窟，越来越多的佛、菩萨、胁侍、天人，万佛阵终于列成。佛乐轰鸣，平城的天空，云也低垂作祭拜状，鸟也静默作庄严状，众多飞天以万种姿态从笨拙到轻盈飞入天空，佛世界慈悲了山水城垣、世间众生。涕泪横流，这灵魂的归宿啊，竟要穿越几生几世才能遇见。

花盛开了，草低伏了，叶舒展着，佛铎飞舞着鸣响，万物皆作佛场。

花叶成为世界。

这样盛大的庄严，世上只有一次，直到北魏迁都洛阳，而佛窟依旧，雕凿之声依旧，以辐射的姿态伸展，去往四面八方。这一伸展，从453年起，用了149年。

而渡过东魏西魏分裂之乱后，隋唐再度统一疆土。300年离乱之后的云中郡（平城），在盛唐浩大的气象下，建起一座寺庙，名为开元寺。听到这样的寺名，不由会心一笑，想起唐明皇的盛世，想起明皇的雨霖铃，想起明皇是中华戏曲的始祖。

恍惚又是300年，就在这云中之地，建起一座华严寺，这时，辽代已过渡到第七任皇帝耶律宗真即位，世称辽兴宗，辽兴宗信佛，不，辽代前几任皇帝就笃信佛教，辽圣宗还曾降旨全国尊崇佛法。就在兴宗朝的重熙七年（1038），华严寺建起来了。

那唐代建起的开元寺，后更名为大普恩寺的寺庙，也毁于五代的战火。华严寺建起时，也对开元寺进行修缮。辽代建筑，如这些马上民族一样，横着生长，体量超群。

辽国存世的年代，西夏与北宋各据一方，三足鼎立，到此时，辽国度过了自己的壮年时期，日益内外交困，为防西夏骚扰，更云中为大同，建立西京，而华严寺和大普恩寺，还有稍远一点的云冈石窟，就在西京开花结果，构筑起三千佛世界。就在这都城内香火愈加繁盛，人们忘却灾难与伤痛。

正如李修文所说：天上降下了灾难，地上横生了屈辱，但在半空之中，到底存在一丝微弱的光亮。而在大同的600年箭矢飞出之间，虽然朝代更迭，战乱频仍，但终究，这无数的佛，带来了许久许多的光亮。

直到那次大火。

三

完颜宗翰攻下了西京大同。这是个马背上的强者，自幼英勇善战，曾劝完颜阿骨打称帝，灭辽的主意也是他出的，然后，就领兵出征，一路势如破竹，大同在他的铁蹄铁臂下，燃起覆灭的火。事后，灭宋的也是他，他为金朝立下不朽功勋。

金朝是以儒家为基本思想的，也兼道、佛、法。完颜宗翰继任西路总管，坐镇大同。他看到战争之后的满目疮痍，深知自北魏以来的大同便是佛教圣地，佛法广大，慈悲能救治创伤，他下令修复战火带来的毁灭。

成也他，败也他，也许内心里是在赎罪吧。

城垣是要修的，加固、扩展、整治，建宫室。

最重要的是那些飘飞在空中的神灵需要安住。

云冈石窟要修。

"委烟火司差夫三千人改拔河道，南移，以防水浸石佛，重建云冈十寺，重修灵岩大阁九楹，门楼四所，凡三十楹，又创石垣五百余步。"规模更大了，重新修竣历时三年半。终于，众佛可以各归其所，安守香火。

华严寺是要修的。

金熙宗年间，山门、钟楼、观音阁、大雄宝殿等一座座宫殿体硕庄严地立在高台上，接受万民朝拜，而让那些参与修缮与营建的工匠们无比高兴的是，薄伽教藏还在，灰尘满面地站在燃尽的废墟之上，顽强地保留着辽朝最后的尊严。

善化寺是要修的，应该说，大普恩寺是要修的。

圆满大师在花甲之年，募善缘，修寺院，15年时间翻整如新，天王殿、三圣殿、罗汉洞、左右斜廊、文殊普贤阁，一一开成花，大雄宝殿虽有损毁，基本构架还在，这一次也修整成花。

一时间，金代的西京冠盖如云，元、明、清、民国直到今天，金代重建的殿宇寺塔又在朝代的更迭中永远地湮灭了，而那些以佛教为身心安宁之所的人们，又一次次地站起来，河流早已不是过去的河流，建筑不是过去的建筑，但禅意还是丝毫不减的吧。

在这穿梭不息的火光、锤石、风吹幡动的情景中，行走着许多个身影，通悟法师、慈慧法师、慧明法师，以及圆满法师，加上云冈的昙曜、法果，等等，他们无不浸染着澄明与智慧、通透与练达、思维与顿悟。在这些人群中，我还想记下一个人，不是法师，不是武将，不是辽金重臣，但他用一通碑文写下硬骨铮铮的一生。

四

他叫朱弁。

那通碑叫《大金西都大普恩寺重修大殿记》。

他是扶着这通碑走进我的视线的。

朱弁是南宋徽州人,是理学家朱熹的叔祖父。朱弁是被宋高宗赵构派到西京来的,准确点说,他是自荐为"问安两宫"通问副使,离开他的南方,顶风冒雪来到寒冷的大同,问安两宫,其实就是来看看被俘的宋徽宗和宋钦宗的情况。朱弁虽是文人,却有硬骨,他不受威逼利诱,被金朝扣押了17年,这17年中有14年住在善化寺(即大普恩寺,明代改为善化寺),开坛讲学,启蒙了许多人。

他见过圆满大师发心起愿,见过修建寺庙的艰难,见过面对挫折后,圆满大师又如何一次次发殷重心,"化所难化,悟所未悟,以慈为航,以信为门"。善化寺的修建和落成过程给了战争创伤之后的人们一个心灵出口。

在西京,他就这样与完颜宗翰对峙,貌似没有筹码,还要面对强

势的完颜宗翰，可是就连完颜宗翰也没有想到，朱弁在精神上是强大的，足以对抗物质、强权与马背民族强悍的体格。他们的对峙，朱弁没有输却半分，完颜宗翰能做的也只是把朱弁囚禁着不放归。

1143年，宋金议和，朱弁终于获得自由，宋高宗感叹他的气节，赐予四个字："忠义守节"。

朱弁的身影从《宋史》中剥离出来，越来越清晰。我们熟读《宋史》，会记得岳飞、文天祥，记得陆秀夫，却对这样一个人那么地不熟悉。他身上有中华士人的风骨和热血，正是因为他熟读经史子集，才有着这样的价值判断，朝代更迭是必然的，社会在进行着自我试错和修正，而我们身处历史长河的人们，该坚守着内心的一点东西，尤其是文人，文若无骨，人若无骨，不过一具皮囊。

从不食周粟的伯夷、叔齐，到吞炭为哑的豫让，到宫刑奇辱的司马迁，到写下《正气歌》的文天祥，再到不跪清廷的傅山，"既是为山平不得，我来添尔一峰青"。朱弁掸掸尘灰，汇入历史洪流，直到身影淡去了所有颜色。

山还是山，河还是河，史还是史。

五

坐在善化寺西侧的朱弁园中，万物静穆。

花为花，叶为叶，果为果。

各为其主，各为其节。

我的灵魂穿行在花叶之间，看浮世倒影，感慨万千。

我曾在绿叶婆娑中见到拓跋珪的身影，还曾在云冈的高台间被自己绊倒，那一刻我正在对人诉说：我相信天道轮回。其时，应是佛在对我警醒，人生在世如身处荆棘丛中，心不动则人不妄动，不动则不伤，如心动则人妄动，则伤其身痛其骨，于是体会到世间诸般痛苦。或许世间该有情，但不是专情，不是简单的男欢女爱，而应是广大的慈心普度，临万物而有情。

我在一朵切花玫瑰中看到了华严寺薄伽教藏殿的佛像，阳光从树叶间细细碎碎地斜插过窗棂落在我单薄的背脊上。满面满身尘灰的塑像，并不言语，也不光亮，却如钝器割痛了我的心。在阳光婆娑里，我竟落下泪来，这是悲欣交集的泪，我竟然不止一次地遇到。尘世里被割痛的是长年以来长在身上的多余之物，剥离着，疼。疼与剥离才是修行。在这样的佛像前，躲在暗处的人现形了，隐秘的情况显露了，疾病、分离、背叛、死亡、相思、爱恨、麻木都在自取其辱，唯有善与美才是永恒。

也曾在善化寺的大殿前感知到渺小和觉悟，心思不能言，肠中车轮转，五方佛不曾微小，却禅定上千年，二十诸天卫护，佛祖在墙壁上讲经说法，继而，迦罗鸟飞出来，大鹏鸟飞出来，我惊见异相，心内一片清风朗月。

千年一眼，一眼千年。片云飞过千山去。

在尘缘间被俗事隐藏，我们每个人都会被自己撞倒，撞倒的那一刻，我们习惯归因于外物，实际上我们是被自己心上的杂物撞倒的，颠倒了因果。

即使繁华如云烟，烈火上烹油，其实转眼就是红颜枯骨，可人们还是跋涉过名利和情感的千山万水，以至于累积了一呼一吸间84000个烦恼。

这人间，最是尘风苍茫，一物一数，一尘一劫，我们都是渺渺尘世里的一片飞花或一声叹息，从此后，听落雨，看落花，沉寂了虚妄之心，修他个七情不动，此生为茧，永不化蝶，以美与善的姿态逡巡人间吧。

一层一层地剥掉尘世负累，心存慈悲，积世功德，据说，万德之花，将开庄严之果。

六

花蕊渐渐闭合，叶也收起羽翼，一切都恢复原状，所见所听所说所思所忆所闻皆是一场梦。

飞天着薄衫，荷飘带，继续在世上化度。

眼睑闭合之间，时间之箭矢已送我回归尘缘。花叶见佛，我见花叶，俱生云烟，耳边响起奇妙的声音，有迦罗频迦的吟唱，那是极乐世界的梵音，有不绝的钟声，那是天下大同的脚步声。

散落在大地上的歌调

许玮

我们塞北是个盛产民歌的地方，民歌像散落在广阔天地间的珠子，俯拾皆是。不管历经多少年的时光变迁，那珠子依旧闪着光泽，颗颗晶亮。在我看来，塞北的民歌就是"天籁"。有天籁可赏，这辈子，我是走不出桑干河环绕的黄土地了。

一方水土养一方人。这话道出了地域和人的生活习俗，甚至传统的关联。江南水乡养育出一条条好嗓子。与细嫩皮肤一同出落的，还有如水的歌调，是满满的小桥流水的滋味。苏州的评弹真是好听，男演员正襟危坐，全神贯注弹琴，女演员身着旗袍，站在一旁慢声细语地唱，有那么点"嗲声嗲气"。虽然多数北方人听不懂唱什么，但就是好听。因为唱腔柔得妩媚，柔得腻人，故而有江浙的小桥流水和诗情画意在里头。

民歌是民间的活化石，是百姓口口相传的关于生命的记载，表达爱情是民歌的主旋律。听瑶族情歌《何用拿香进庙烧》，我的心在午后的阳光里深受感动。"鲤鱼在水鱼尾摆，风吹大树树叶摇。我俩有情当天拜，何用拿香进庙烧。"后两句尤为感动天地，爱不爱，心真不真，不是庙里的神佛说了算的，而是在彼此。明代冯梦龙搜集过一首名叫《郎作天平姐作针》的情歌。"郎作天平姐作针，一头砝码一头银。情哥你不必闲敲打，我也知得重和轻，只要针心对针心。"这最后一句，针心相对，两心相守，着实让人感动。流传在河南大别山地区的《情郎占了姐心房》是更为大胆的表白。"天上浮云占四方，地下黄龙占九江。皇帝占了金銮殿，菩萨占了古庙堂，情郎占了姐心房。"初听这几句，如翻涌的波涛，搅乱了我的内心，我看到午后的太阳金光点点。对有情人而言，金銮殿和庙堂都不重要，占了彼此的心房才好。这歌调，从一个女子嘴里唱出来，该是多么金子般的真心。原来，情与爱是活在大地上的人一生的追念。

可能是故土情深，相较于流传在南方的民歌，我还是喜欢塞北一带的民歌。广袤天穹下，那一声声源于灵魂深处的调子，常常会让我感动到骨子里。晋蒙地区盛行"爬山调""信天游"，一首名为《相思》的曲子，谁听了都不会笑词句的俗气。有几句唱道：头不梳来脸不洗，想哥哥想得没心计。前半夜想哥哥睡不成，后半夜想哥哥盼不明。还有《不想我妈就想着你》：前半夜想你扇不熄灯，后半夜想你翻不过身。想亲亲想得我得了一场病，什么医生也审不清。爱情是人世间永恒的主题，当民歌作了爱情的表达后，人类最淳朴的心声被歌调表露无遗。我常常会被这些歌里的真性情打动，相比"爬山调"的毫无遮掩，江南水乡的情歌倒显得有些词文句丽了。

我不止一次在塞北广袤的原野听放羊人唱民歌。唱什么，我其实并没听懂，但那些调子高亢、嘹亮、朴实，又不乏一种苍凉在里头。塞北地貌古朴浑厚，民歌从黄土地里萌芽，一代一代唱下来，调子能不高亢吗！放羊人的命运可想而知，所以，活着的悲苦和对好日子的渴望，差不多占据了歌词的大部。有一年，我和朋友去新荣区的得胜堡，狂风瞬间漫卷，来时的阳光灿烂，顷刻被乌云扫荡。实在无法继续前行，我们便躲进废弃的堡门里避风。风，是塞上最不疲倦的歌者，一年四季，它会"唱"半年之久。就在狂风起兮之时，一道吹送来的，还有不知什么人的歌唱：

樱桃（那个）好吃树难栽，
有了那些心思（妹妹呀）口难开。
山沟沟山洼洼金针针菜，
单为眊你（妹妹呀）磨烂我一对鞋（hai）。
……
辣椒椒开花香又辣，
心里头有你妹妹呀，
你可有咱？
……

得胜边墙

这是一首山西民歌《樱桃好吃树难栽》。我被歌声打动，四下里寻找唱歌人。黄土筑起的烽火台下，一个放羊人坐在草地上，穿得破破烂烂，看着吃草的羊群，自个儿放开喉咙唱呢。空旷的山野，风呼呼刮着，把他的调调一声声吹进我的耳朵，凄美异常，有一份揪人心肺的无奈在里头，别有一股伤怀。

风小的时候，歌声也小下去了，羊羔仍在坡坡上不紧不慢、不紧不慢地啃草。见我们听放羊人唱，过路的女人说："听啥听，有啥好听的，一个豁唇子。"女人一说，我又仔细望过去，果然，羊倌的上唇有缝合的痕迹，真是个"豁唇子"。见我们好奇地望他，"豁唇子"瞪着眼，把鞭绳在空中一甩，划了个大圈，再猛地落下，"啪"的一声，耳际里全是脆响的鞭声。风的呼啸像是被鞭声压了下去，很快便小了。羊们齐刷刷朝鞭响的方向而来，犹如淌在大地上的一团流云。我们走近"豁唇子"，想问他适才唱什么，可还没张嘴，只听他说："啥世道都是活有钱人呢。没钱人也活，可一辈子活得也没个声响！"我不知道他缘何说这话，便问他刚才唱的啥，放了多少羊，是自己的羊还是别人的？"豁唇子"不回答，还是说些莫名其妙的话。我心想，四下里哪有他的妹妹呀！对面山坡上长着一棵歪脖子树，没了叶子，黑黢黢烧焦般扎在土里。那不是他的妹妹！

从得胜堡归来，我久久无法忘记唱民歌的"豁唇子"。风从塞外的土长城吹过，悠悠扬起我思乡的愁绪，让我无端想起匍匐在塞北大地却已消殒了的桑干之水。我已经见不到曾经浩浩汤汤的桑干河了，那成片成片开在天穹下的荞麦花，随河水一同流向了记忆的深远。好在，民歌留了下来，哪怕是零零星星的几句歌调，纵是愁肠百结，听起来也乡情款款。

后来，读了曹乃谦先生的小说，我才知道山野里那些放羊人唱的是什么。曹先生说:"那是'放羊调',还有'要饭调',晋北最不缺这类民歌。"曹乃谦先生在他的小说里写他姥姥家乡有一个名叫"巴存金"的羊倌。这羊倌一辈子打光棍,有一年因为骑奸一头母羊被人看见,羞愧地上吊而死。每当读到这情节时,我心里总有一种说不出来的震颤。曹先生说,巴存金会唱民歌,唱的是"想亲亲"的调子,可他终究没能等到心里念想的那个妹妹,而是在卑微中孤独死去。同样是民歌,内心里的伤痛竟如此难言。相较于江南水乡那些甜柔到腻心的调子,"想亲亲"这三个字在塞北的羊倌心里,原来这般无奈,这般凄楚。

过去乡下穷,吃过晚饭,又没电视可看,人们便早早睡了。难挨的夜晚,数着星星盼天明,民歌是不是能帮着打发黑夜时光呢?想亲亲想得脸脸黄,墙头上画下个人样样——这调子起来,七尺男儿,如若单身,心里不绾个疙瘩才怪。每每这时,我便会想起在得胜堡遇见的那个"豁唇子",也会想到曹乃谦先生笔下苦命的巴存金。

陕北人有句话挂在嘴边:女人忧愁哭鼻子,男人忧愁唱曲子。塞北大地上的豁唇子和巴存金,用民歌调调排遣着各自的忧愁,唱生命和爱情的地老天荒。只是,夜风一过,天黑漆漆的,歌里唱不尽的苦情,谁人真的知晓?

高山古镇

高进宝

　　惦记一个地方，就会多加留意，有意接近。但因为机缘所限，与关注对象只有零散的接触，很不过瘾。终于，条件成熟，时机恰当，目标充塞了他的视野，从四面八方簇拥裹挟了他。他也得以凝神静虑，全身心地细细品味，目接神交。

　　曾有几次，我从车窗里一瞥古镇，但像今天这样，长时间行走于它的襟怀之间，长时间零距离观赏它的每一个局部每一处细节，却是第一次。就像一个不惯饮酒的人，平常只是小酌几口，忽然猛饮下数杯，于是一种醺醺然油然升起，充溢于胸间脑际。

　　到过高山的人，都知道焦山寺。远远望去，最先引起兴趣的一定是那个塔。寺因塔厚重，塔因寺长存，寺是塔的身，塔是寺的魂，二者互为表里，水乳交融。

　　湛蓝的天空，像海一样宽广；流动的白云，如舞者一样轻盈；灼热的日照，似火一般热烈。面对这样的景致，思维一下活跃了，精神一下振奋了，远途的劳顿一扫而光，从视觉到嗅觉到感觉都清新起来。

有山的地方，就有人，有人的地方，就有故事。

焦山看上去是沉默的，没有什么棱角，也没有什么架子，安静地伫立在淘尽了时光的十里河畔。但其实我知道，这只是潜在的表象骗过了我的眼睛。这样的山，远不是我短浅的目光和狭小的胸怀所能测量的。假如它有思想，是一个敏感的存在，那么山上的每一块石头、每一株花草都能讲述一段岁月的传奇。

秦始皇和匈奴对垒的年代，焦山有多紧张你尽可以想象。面对来势汹汹的强敌，蒙恬率军筑起武周塞，以抵御强悍的匈奴。虽然不知道塞的确切位置，但焦山应是一个咽喉要冲，因为它就像一座高台，能把方圆几里看得真真的，为将之人绝对不可能不重视。无数个夜晚，焦山在严阵以待中度过，多少个清晨，它又在平安无事中醒来。它像夹在秦与匈奴之间的一道闸门，成为秦军观敌瞭阵的前沿岗哨，也成为匈奴难以逾越的天堑鸿沟。最终，秦匈矛盾演变成汉匈矛盾，蒙恬将职责尽到了最后，其忠良之心与磊落个性不仅焦山看在眼里，连匈奴人都敬佩有加，由衷叹服。然而，秦王朝的崩溃是必然的，因为连蒙恬这样的人都逃不过清算，有谁还会去力扶大厦之将倾？

数百年后，鲜卑人从大兴安岭走来，他们选定一个叫做平城的地方，一个四面环山、清凉宜居的地方做都城。十里河畔热闹起来了。皇亲国戚来了，贵族大臣来了，僧侣百姓来了，他们的马队一眼望不到头，带起的尘土惊得野鸡兔子四散奔逃。这是一群叱咤风云的人，一群能征惯战的人，一群开创未来的人。他们对未来充满信心，脸上都洋溢着笑，那笑与焦山上的山丹丹一样灿烂，与十里河的涛声一样自信。当他们路过驿站一样的焦山时，一定会情不自禁抬头望，一定会忍不住怔怔地想：平城的山是不是都这样？山那边风景会怎样？这块土地有何神奇？那一刻，风吹动山上的花朵和青绿的野草，呼啦啦啦

云冈区焦山寺

啦，似有笑声像丝绸一般荡开去。

之后，郦道元的到来使整个山谷熠熠生辉。相比之前的各样人物，郦先生是一个与众不同的存在。虽然他是奔着山下的那条水而来，但山在他的眼里一定也留有深刻的印象。在经历风起云涌、金戈铁马后，焦山显得超脱、出世、安静、深沉，恐怕连郦先生也忍不住要遐想连连。我完全相信，先生与焦山相互对视过，他们有过眼神的交流，也在内心里相互看重对方。郦先生爱游历山水，也爱好读书，他对山水的情谊无人能及，对书籍的钟情胜过江山美人。虽然他在《水经注》里记下了滔滔十里河，记下了"石祇洹舍并诸窟室"，但焦山作为一个有效载体，大学者应该不会泯然于心，因为这样的山独一无二，既不会雷同也没有翻版。

也是从那时起，比丘尼来到这里，弘扬佛法，诵经打坐。她们静静地仰望晴空，看似海的湛蓝凝固成时光的纹络，伸手触摸之下，仿佛如玉一般；看白云絮絮叨叨，柔弱的如烟如缕，转眼又像山峦，哗啦一个跟头，便翻得海阔天空。她们坐在参差的岩石上，听步履匆匆的河水一波波拍打潮湿的河岸，心中感到了草木丛生、群鸟飞嬉带来的欢愉，感到了胡麻嫩绿、风吹草低带来的惬意，感到了地老天荒、海枯石烂带来的孤寂……暮色四合的时候，秸秆和树枝燃起的灶火映红了她们与世无争的脸部轮廓。枕着河水的涛声，她们在飞鸟带水的欢叫和走兽恣意的长啸中安然睡去，一睡睡到了隋唐五代，睡到了宋元明清……

静，山谷静静的，天上浮了云，四下有些发暗。太阳未落下去，半掩在云絮里。街，沉默着；路，沉默着。古镇上无人，空落落的。镇上到底热闹过，留下的东西，打人的眼。到了这样的地儿，你会被安静感染，步子自会放轻，嗓门也会压低，更不会无顾忌地笑。这可不像走西口的商人，一路从大同车马劳顿而来，攀谈着吆喝着各自去寻落脚的地方。

岁月像十里河不竭地流淌，时光的足音永不停歇。

高山，一座口外通往大同的桥头堡，一座茶马古道上的重要驿站。古镇便有古镇的样子，旧时规制还没破掉。一条街，直直的，街两边是大小铺子，铺子后头带深浅宅院。过去的人们，为了一斤盐、一担米的用处，长年尽着力，生涯就度了过去。而现在，你看到的只有空旷与落寞。

老街歇息了，昏昏沉睡去，梦却是做着的。这是一条有记忆的老街，它收藏了古镇的历史，有些是敞开的，有些是隐秘的；有些是醒着的，有些是睡着的。发生过的事情，总有影迹保存，遍寻，或可找出未湮灭的痕，终不为岁月的微尘所掩。这个世上，有些事物是可以仿制的，但生活从来没有被真正地复制。

想当年，口外买卖的行情，住店打尖的规矩，沿途税官的盘剥，行走江湖的套路，哪一桩不是耗费脑筋且马虎不得的学问？眼前的一切离开那个年代很远了，心还恋着昨天的人，尚能依稀瞧见一个个商人眼眉间的世故圆滑，曲意逢迎，拿捏定夺，精打细算，以及一帮脚夫们的噌噌紧撑。一众背影都远去了，一点点变得模糊，氤氲的暮霭淹没了古镇。

一切静凝不动，街路、门脸、院子，都如古董一样。石头和青砖不会生长，但是影子会。幽深的影子间或许会突然闪出光亮，闪出曾经的影像和声响。镇上的人都搬走了，这些年，倒是外面的人不畏路途之远，会跑到镇上寻幽访古，那迎送的晨昏便若静水皱漪一般，起了细小的变化。日日如新，丢失这新，古镇就休歇了。

好在街头的话语声、脚步声可减去几分巷间的寂寞，就像朝荷塘里扔下一粒石子激起几圈波涟似的，古镇的价值也就被这寻常的动静证实着。时间教会了我们很多东西，有些我们曾经认为根本没有的，后来发现它确确实实存在，有些我们深信不疑的，后来却明白根本就没有。

掩身于群山中，逐渐被冷落甚至遗忘的古镇，每一寸泥土都渗透着艰辛和汗水。在若隐若现的时光里，那些走西口的人正是从这个地方，一担一担，一车一车，将茶叶、布匹、药材等货物，运送到地广人稀的口外去，那飘荡在山间的马帮铃声，不知演绎了多少人生苦短，儿女情长。

后来，高山发现了煤；再后，人们靠煤过活。开矿、挖煤、拉煤、存煤、倒煤……一座煤矿就是一棵摇钱树，虽然矿洞是黑的，煤是黑的，人是黑的，但弹射出的希望却是金光闪闪的。

煤这东西是典型的内秀事物。外表蓬头垢面，邋里邋遢，跟个流浪汉差不多。内里却豪气干云，满腔热忱，像一个侠客。虽形象不佳，却品质卓越；虽出于深山，却走遍天下。如果以貌取人，定会被无情埋没。这一点，倒与那座堡门有几分相似。多少年来，除了文学家、诗人偶尔关注外，它和十里河的荒草一样籍籍无名。尽管曾与明朝的风对话，与清朝的雨交流，与民国的雪握手，与这里的人朝夕相处。

现实世界利益第一。人们笃定煤的价值，就把目光投向它，想方设法，挤破脑袋，抢占一席之地。大大小小的煤矿，把这里的山沟搅扰得人声嘈杂，狐走狼奔。"窑头"比较特殊，他们有的爱显摆，咋咋呼呼，生怕别人不知他是"腕儿"。有的酸劲儿十足，见人连眼皮都不撩，好像别人都是"下人"。还有的总拎个"大哥大"，似乎没那玩意就失了身份。挖煤的都是外地人，他们住临时搭建的窝棚，干又苦又累的活儿，一年到头黑眉凹眼，毫无生活质量可言。大家拼死拼活就为挣俩钱，哪怕消逝了生命、哪怕当牛做马都在所不惜。

煤矿最怕出事故。即便不出煤，即便利润低，都可以将就，一旦发生事故，特别是透水、瓦斯爆炸，那天可就塌了，别说无法获利，一辈子都难翻身。为了求个顺当，煤矿都会祭窑神。冬至那一天，矿上杀羊、放炮、祭祀、摆席，比过大年都热闹，真心祈求窑神爷庇护，周全个顺顺利利，太太平平，安安稳稳。

如果说羊是牧民的希望，那煤于这里的人也一样。人们想不出离开煤还能干什么，煤几乎就是他们生活的全部。不论下煤窑挖煤，还是跑运输拉煤，没一样能绕得开煤。甚至路边的加油站、饭店、修理厂包括市场上卖肉的、卖菜的、卖货的，也都在给煤打下手，完全依托煤而谋生。

对人类而言，煤炭不可替代，对地方来说，可谓举足轻重。尽管燃煤污染空气，采煤破坏资源，但在发展不充分的前提下，不采煤不依靠煤，经济怎么办？饭碗怎么弄？日子怎么过？煤炭，的确是个大宝贝，把它用好了，用到位了，就掌握了发展的主导权，反之，就是再能耐的人也平地变不出金子。

夜晚的古镇更静，听不到鸟啼，听不到虫鸣，各种声音仿佛被屏蔽了，静到你都不忍打破这静。月亮升起来了，像蓝丝绒般的夜幕上镶了一个大银盘，圆圆的，白白的，亮亮的，充满了诗情画意。它洒下的清辉如同九天洒下的薄纱，把整个古镇都罩起来了，使人觉得披了这样的光辉，竟比泡在温泉里都舒服。凝视这可餐的月色，竟比山珍海味都打动人心。那种自然，那种本真，仿佛在告诉你，什么是返璞归真，什么是清寒如梦。

在这里待久了，你会有种恋上它的感觉。焦山寺的壮观，十里河的坦荡，镇子的紧凑，会使你在天光云影中留恋易逝的时光；街巷的逼仄，房屋的错落，地势的起伏，会使你在风尘仆仆中拣拾岁月的点滴；至于山谷的开阔，河水的安然，大桥的独立，又会使你在步履匆匆中产生无尽的遐想。清爽中透着清静，闲散中透着安稳，没有人能无动于衷，也没有人能留住光阴。微风在山谷中吟唱，月亮在云絮中潜行，满天的星星像一颗颗钻石，闪闪烁烁。

品读古镇，你能看到历史的陈章旧句，也能发现时代的演进脉络，起承转合，一呼一应，韵味悠长。而高山，这风云变幻装订成的厚重史册，我打开了一页，又打开了一页，像一个沉迷武功秘籍的人，忘我地找寻着那些深藏于字里行间的惊人伏笔。

古镇新平

温鹏毅

游大同,不可错过新平。因为那是中华民族融合发展画卷中丰满充实的一笔,是中华历史上农耕文明与游牧文明交流交往篇章里壮美生动的一幕,那里故事精彩,人文厚重,风景大气,乡俗多彩,难得一见,必须一游。

边 关

新平,是新平堡的简称,位于山西省大同市天镇县新平堡镇,西、北两面与内蒙古自治区兴和县相邻,东接河北省怀安县,南倚大梁山,地理位置重要,有"鸡鸣一声闻三省"之誉。

高速公路将访者直接带到新平堡,出口位于南山坡谷。驻车片刻,山川形胜已尽入眼底。双山如屏,阵列在北;梁山如脊,横亘在南。西洋河河谷在两山间弯曲,由西向东。两山夹一川的地形地貌,勾勒出新平堡所处的位置——地理通道,两端风景不同,一边"风吹草低见牛羊",一边"麦陇风来翠浪斜"。

现代地理学概念解释造成不同的成因,等降水线。降水量导致生存环境差异。古人不知,他们的目光聚集生存。为了生存,会使用各种手段,有时争夺、有时交流、有时学习、有时迁移……凡此种种,离不开时空的调整变换。时空的流转需要通道,相当长的历史进程中,新平堡处在通道处。

史料可考,新平堡最早称延陵,由战国七雄之一赵国设邑。赵武灵王胡服骑射,国力军力增强,遂"北破林胡、楼烦。筑长城,自代并阴山下,至高阙为塞"。今人考证,这道长城东端起点位于今河北省张家口境内,一路跨山过河,过尚义、天镇、兴和、集宁、凉城、包头等市县,直通大漠。延陵邑设于此,拱卫边疆的意义重大。

一代英才雄主的战略布局,定义新平2000年岁月的基调,历秦汉,经隋唐,基本未变。至大明,这个定义的价值愈发凸显。蒙元势力北遁后,常袭扰大明北部边疆,为加强防御,中央政府仿前人之鉴,由山海关至嘉峪关,在黄沙与农田间修筑长城,同步设重镇九处,谨备守卫职责。九镇曰辽东、蓟、宣府、大同、山西、延绥、固原、宁夏、甘肃,论兵险地危,数宣府、大同,新平所处,正是两镇连接点,所谓紧要处,必须牢固守之。

长城两道,军堡四座,墩台林立,烽火绵延,唯此才配锁钥之实。新平堡镇的明长城多保存完好,黄土夯筑的墙体历500年风雨,仍坚固得令人吃惊,高度多在5—6米之间。墙体上骑跨墩台,建筑材料同样为夯土,台体底宽13米左右,高14米,下部有口,中心有竖洞,入口攀洞可登顶,长城内外草动鸟飞一览无遗。

手抚夯土,仿佛置身500年前,密实的夯层诉说着曾经的坚强。据说,当年修长城时标准严苛,就近的土质不达标,那就从远处"请

新平晨韵

三界墙

客土"。生土进场，须经日晒火烤，去掉草籽杂茎，方可填进夯版。待成，选射手张弓发利箭击之，箭镞不入视为合格。

合格的墙，挺立五个世纪，由今天的晋冀交界起，沿晋蒙交界先东西，后南北，路边，河畔，山巅，谷底，竖起一道坚固的屏障，生动讲解着边关古镇的家国责任。

军　堡

山顶上有座堡，雪过后，刚毅的轮廓愈发清晰，巨大的条石上密垒青砖，30多层，总高10余米，时光给墙体涂抹上厚重的沧桑，把故事留在清冷的山野。

堡名桦门，缘于身畔的曾经的桦树林和今天依然能觅见痕迹的古道。细长的古道连接着内蒙古自治区兴和县南口村，旧时商贾农人推车赶马，由此往来天成卫（天镇县），为生计奔波。当然，往来者中还有悍装铁骑，他们随山谷的风呼啸而来，攻势凌厉。为阻挡敌袭，桦门堡于明万历年间建成驻兵，专司瞭望守战。

早于桦门堡，新平已有长胜、新平、保平、平远诸堡。书称军堡，也叫官堡。堡与长城并行，专挑重点地段落户，扼守交通要冲，每堡屯兵数百，最多者近千，平时演武耕田，战时上阵拒敌。

相关古代军事研究认为，新平的军堡是明代中后期建筑防御布局与筑城技术的代表。一个堡，对应一段长城，责任明确；一个堡，把守一个极冲之地，位置合理；一个堡，组成一套攻防体系，功能齐全。它们既是驻兵的营，也是生活的家，既是坚固的城，也有开放的市，让边塞不仅是王朝的门，还成为王朝的脸面。

这些军堡中，新平堡属核心中枢，地理位置重要。它的北面是西洋河川，目力所及尽为平坦空旷，适宜骑兵大部队奔袭。新平堡一旦破防，宣府、大同两镇门户洞开，故这里的兵特别多，带队的官职也特别高，设参将，协调军务民生。

参将府的旧址还在，院落格局延续自清代，坐北朝南，两进联体，前院正房七间，中有过厅。后院高脊华瓴，窗棂敞阔。清代，新平堡烽烟远去，但国防战略地位未降，设守备，安排兵力常在四五百间。守备搬进参将的府邸，行日常起居公务往来之事。

烈马嘶鸣由远而近，马上，披甲的将军满身征尘，铁甲铜衣映射着边关寒月，来者何人？大明抗倭名将麻贵、天成卫骁将高策、"勇冠三军"总兵马芳、忠勇无二的大同总兵周尚文……还有更多有名无名者，手控弦、肩并肩，伫立，以血肉之躯，护家国安康。

互　市

风吹过，听闻一阵驼铃声响，细听，又不似。抬头，原来玉皇阁飞檐风铃在摇摆。这座正方形三层双檐歇山顶楼阁立在新平堡的中心。楼阁下方，两条大街十字交叉，把堡内划分不同功能区域，东仓、北学、西府、南校场，军民两便。

登上玉皇阁，堡内旧时格局清晰入目，北街保存尤其完好，街道两侧卷棚顶的商铺青瓦齐整，木栅如昨。商铺多为清末所建，彼时，新平堡是茶马商道上的重要站点，晋商马帮驼队在天镇县上货集结后，组团翻越大梁山，经新平堡休整，走向远方的草原大漠。

明中后期，新平堡从军转商，变身起因于一桩有名的家务纠纷。主角叫把汉那吉，他的祖父是明代蒙古土默特部首领俺答汗。对大明历史稍有了解，就知此人乃货真价实的狠角色，曾数十次组织兵力袭扰大明边疆，最远攻到今天晋南地区，让明朝廷上下头痛不已。隆庆四年（1570），把汉那吉因家务事来到败胡堡，归降明政府。时任宣大总督王崇古、大同巡抚方逢时上书，极力主张借机议和，熄烽火，罢兵燹，华夷一家互通有无。

结果朝着双方希望的局面发展。次年俺答汗受封为顺义王，大同得胜堡、守口堡、新平堡三地开马市，以己之丰换己所缺，牛羊马换茶粮布，既交易物资，也交流欢乐，交往中，家国的外延与内涵增长。

马市遗迹位于新平堡西，面积接近半个标准足球场大小，岁月流逝，痕迹尽被农田和民舍掩去，只有一个高大的土台倔强地表达往日辉煌。土台名为"宣威楼"，高过15米，南壁设门，入内有斜道登顶。史载，马市开放后，明廷派官吏驻场，维护市场秩序。每当交易日，在宣威楼设宴款待远道而来的蒙古草原贡使。

站在宣威楼上，已不闻杯盏欢歌声。入耳，山谷的风依然直白。宣威楼不远是长城，长城脚下立一界碑，标识出山西省与内蒙古自治区的地理分界。顺着坡道登上长城，一步跨两省的体验甚是奇妙。长城内外各有村落，样貌接近，低墙平顶，整齐有序，远观像一体，其实分属两省（区）。西边称西马市，归天镇县新平堡镇。东边称古城，归兴和县店子镇。古城村西现存砖碹门楼一处，门洞宽高仅容古时一辆大车（木制平板车）进出，据考证，系明代马市遗存。门洞外，一条青石铺出的古道与西洋河并行，凹凸泛亮的石面上，可见车辙印痕，莫名激荡起远行游者的共鸣。

马市的繁华持续到京包铁路开通，时光300余载，马市集纳人间的悲喜，生长着对财富的渴望。明代马市先开官市，后开民市，允许民间交易物资，新平堡人得地利之便，十之七八农商兼顾，以买卖利差赚厚实家业，最兴盛时，堡内店铺数量过百，涉及衣食住行农牧文娱各行业。

味 道

  戏台搭起,行头扮好,板胡声悠扬,生旦净末丑一起登场。每年秋收过后,新平原住民们的惬意时间开启,上了年纪的长者,早早搬着小凳子,等待心心念念的"小戏"上演。

  "小戏",当地人对晋剧名段的简称。与晋北人偏爱耍孩儿、北路梆子、二人台不同,在新平,晋剧的受欢迎程度排名第一,原因被归为晋商传承。据说百余年前,新平堡常有来自祁太平(祁县、太谷、平遥)的商人久驻,为缓思乡之苦,几家商户"合资"约请戏班家中小聚,所唱所演皆为经典片段,日子长了,新平堡内子弟也跟学随唱,

耍孩儿剧照

"小戏"逐渐成形，成为新平民间文艺的一大特色，滋润日出而作、日落而息的普通日常。

戏台原本设在玉皇阁的南面，穿街而过。四根底柱支起攒角瓦顶，中间铺活动横板，用时作舞台，平时收起走人通车，匠思巧妙令今人称奇。每到戏开之时，堡内男女老少挤满玉皇阁上下，跟着"出将""入相"共欢喜，同悲恼。今天，戏台搭在四个轮子上，可拓展、可移动，能满足更多听众对"小戏"的痴迷。

戏开场，宴摆起。新平堡的戏与宴相关联，是百年的讲究。羊肉，宴席上当仁不让的主角。一只羊，去除蹄头下水，剁成均等的肉块，洗净。一口锅，擦净上灶添柴，引燃浓烈的火焰，烤炙。一碗水，垫底。一把盐，增味。没有多余的调料，没有无用的花招，全凭肉鲜、火旺、锅敞，用最单纯最纯粹的手法，烹饪出最自然最地道的美味，筋烂肉绵，口齿噙香。盛上来，器皿非碟非碗，是盆，不是常见的小汤盆，而是"洗脸盆"，满满的一大盆，色香味俱全，搅动着所有人的味觉。

酒，炖羊肉最好的伴侣，人手一瓶，热炕上围桌团坐，大口咀嚼，豪放对饮，是新平堡最常见，也是最引人向往的聚餐方式。这般阵仗若追溯起源亦有百年之远，商贾往来，互通有无的同时，长城内外的生活方式逐渐融合。新平堡内的民居院落布局南北偏长，厢房多，专为招待远客所设。每逢商贸大集，堡内人家打开大门迎三省宾客，载满商货的大车停在院中，老少爷们儿举杯畅饮，交易在坦诚中接驳着友情，友情在欢乐中酝酿出亲情，长长久久，绵延不断。

今天，堡里的农家乐、民宿客栈复刻时光，把幸福的味道原汁原味还原。伴着美食与美酒休闲一日，那份简单安适与悠然静美，令人难忘。

晋北民宅文化瑰宝——吕家大院

黄建新

祖祖辈辈的华夏儿女都知道长江、黄河是我们的母亲河，然而，又有多少人知道桑干河在中华民族起源、生存及成长壮大中的巨大作用？细考桑干河的支脉，从海河入海口溯源而上，山顶洞人、泥河湾旧石器遗址群以及再向上一些旧石器时代的遗址，无不说明这条河流是人类起源的发祥地之一，在400多万年的历史长河中，中华民族不仅在这里繁衍生息，而且积累了大量的具有历史文化价值的璀璨遗迹，这些遗迹所承载的是民族文化发展过程中沉淀下来的精髓，认真挖掘这些独特创造的文化艺术成果，可以了解一个时期这里的历史痕迹和文化根脉，毋庸置疑，这对现实和以后的文化发展都会有很好的启迪意义。

山西大同的御河，是桑干河重要的上游支流，在御河汇入桑干河的交汇点，形成了一大片黄土高原上独特的冲积平原，而就在这个交汇点的黄土地上，坐落着一个历史悠久的村庄——落阵营和一座堪称晋北古宅的民居精华——吕家大院。吕家大院与乔家大院、王家大院、常家庄园等 11 处大院并称山西著名民居大院文化的古建筑精华。

一

在这两个河流交汇的地方，既然能够孕育出中华民族的祖先，也必然一直演绎着从古至今繁荣发达而长盛不衰的文化，凡是有文化底蕴的古镇和村庄，注定有着美丽的神话传说，而这些美丽的传说又和一个更大的区域形成一个完整的故事。大同被称作凤凰城由来已久，相传很久前，一只美丽的金凤凰，与玉皇大帝前往瑶池赴宴，其间张果老告知它人间的生活情趣，金凤凰心生向往，便由张果老指点和协助，私自下凡来到大同宝地，降落在御河东侧，现今大同平城桥东侧一个叫"二猴疙瘩"的地方。金凤凰偷越仙界，玉帝得知后震怒，命二郎神杨戬等天神速速将其捉拿归案。杨戬寻迹找到大同，看到金凤凰在大同正享人间烟火的欢乐，严厉呵斥它迅速返回天庭，而金凤凰贪恋在大同的美好时光，断然拒绝。二郎神恼羞成怒，便搭弓射箭，利箭重创金凤凰，在凄惨的鸣叫后，羽毛散落一地，而后从大同向恒山方向飞去，因为它知道张果老在恒山修行炼丹。金凤凰忍受着刺骨的疼痛飞了一程，在感觉已经脱离危险后，由于阵痛的折磨，在如今的落阵营歇息了片刻，然后继续飞向东南，从此给这里留下了"落阵"的地名，意思是凤凰在此落了一阵儿，这就是落阵营地名的由来。在继续向东南飞的过程中，有一根羽毛掉落，凤凰羽毛再次掉落的地方，后人起名为凤羽。金凤凰到达北岳恒山，张果老已准备好了医治箭伤的药物，迅速医治了受伤的凤凰。由此形成了大同—落阵—凤羽—恒山一线的景点。这个故事，不仅彰显了这个区域的富饶美丽，同时也显示了当地民众对那些恃强凌弱现象的憎恶。

作为张果老和金凤凰共同欣赏的大同宝地，也有幸成为北魏都城。建都平城的鲜卑族，为了羽翼更加丰满，在此如饥似渴地吸收汉民族文化精髓，以此积蓄力量，最终向南沿着金凤凰寻找张果老的方向，走出雁门关，这或许就是这个故事的雏形。

后来金凤凰再次托梦给朱元璋，所以，按照朱元璋的旨意，明朝的将领们在大同按照凤凰展翅形状修建军事防御工程，同时"落阵"与"凤羽"的地名就如此固定下来。

千百年来，在我国各民族间都有一个广泛的共识，那就是凤凰不落无宝地，但凡凤凰停落过的地方，都是风水宝地，都有着五谷丰登的肥沃土地，都是吉祥安乐的地方，也都是一片充满希望的地方。所有这些故事，通过祖祖辈辈的口口相传，穿越了无数岁月，能够世代铭记，其范围之广，就可以充分说明民众对这些风水宝地的认可，这些有凤凰传说的地方，也确实显示出了人杰地灵的无穷魅力。后来落阵营一度显赫的辉煌，也给这个传说进行了佐证。

公元1644年3月，李自成的大顺军攻陷大同，而李自成于1644年4月29日自山海关兵败逃回北京后，草草举行了登基仪式，在圆了皇帝梦后，被迫离开北京。其族人被牵连追杀，李自成的一个族侄，在看到大势已去后，在曾经扎过营的"落阵"更名改姓，隐匿起来，由原来的姓李，改为姓吕。"落阵"由于有部队驻扎，便更改为落阵营。也就是说这是两

吕家大院

个历史故事结合，所产生的就是当今"落阵营"的地名。我们无从考证这些故事的真伪，但是，当步入吕家大院时，村里人会一遍遍重复着这些古老的故事。如果从中国的名山大川到一些文化底蕴厚重的历史景点以及驰名村庄看，其实哪个地方都有这样或那样的历史文化故事，能够产生这些故事的地方，也充分说明了这些地方有别于普通山脉和村庄的独特之处。

有记载可循的吕家在落阵营发展壮大的始祖是吕天庆，从在此避祸谋生伊始，就有高瞻远瞩的目光和光宗耀祖的远大理想，因此确立"耕读传家""笃志诗书"的家训。在这里，吕家后人代代谨遵家训，于此潜心渔樵耕读，逐步走上官商兼营的道路，通过逐年积累，形成一个既规模宏大又有文化底蕴的吕家大院，成为山西省最具代表性的11座大院之一。由于地域特征明显，吕家大院内在的民俗、民风和传说故事、民间社火、传统工艺，以及建筑特色和历史风貌有明显的晋北区域生存所需的"原发性"。吕家大院无论从布局还是建筑风格，不仅展现了吕家当年的辉煌和显赫地位，也为后人研究晋北民居文化留下了宝贵财富，这种历史性的人文景观，必定是晋北传统文化不可多得的实物载体，也是人类文明进步的历史见证，同时还进一步拓展了落阵营村在全国的知名度，这种形象的延伸，也拓宽了晋北文化的传播范围和力度。2006年11月，落阵营村入选山西省第二批历史文化名村，2016年入选第四批中国传统村落名录，2017年被住建部、文化部、国家文物局、财政部等7部门列入2016年第二批中央财政支持范围的中国传统村落名单。在山西省41个省级历史文化名村中，晋北只有落阵营入选。由此，我们可以看到，吕家大院的文化价值，在地区、省内和国内都是极其珍贵的。

今天我们所记述的是这个古老河流流域，所孕育出不同时期浩繁文明中的一个点——吕家大院。一个大院，虽然不能完全承载整个桑干河流域的所有文明，但是，从其建筑风格和文化底蕴，可以窥探其源远流长的民族居住文化的一斑，因为这个点是御河进入桑干河所形成的冲积平原交点，这个点无论从地理位置、气候适宜、土地肥沃等等的方方面面，都是宜人适居的宝地，在这片田野上，能够生长出令人惊叹的不灭的文化成果。

二

当推开吕家大院那两扇斑驳陆离的大门瞬间，就会有穿越时代走廊的感觉，沿着曲径通幽的游廊，仿佛开始走向深宅大院历史记忆的深处，在这里可以寻找到晋北历史民宅和官宅文化变迁的轨迹，可以读懂历史的昨天、晋北民众对适居与艺术结合的欣赏层次。用我们今天的眼光去审视这些已经凝固的建筑文化，这无疑是一座有形和无形的档案馆，这座有着几百年历史的古建筑，用自己特有的方式，向所有人展现出历史上晋北民众适应自然的"天地同和"模式，演绎着"天人合一"顺应自然的大道观念，所闻所见，都可称是建筑空间与建筑布局层面上造诣水平很高的深宅大院。整个院落群体既有合院又有各自独居的院围，在以独家独院的基础上，有独立门庭、厢房自可成体系，而在相邻的主房两侧还设有跨院门，开门即可到达子女或父母院子，闭门则又成完整的环闭空间。在当时那个讲究四世同堂的年代，能够给每个独立的小家庭一个相对完整空间的想法和做法是比较少见的，这种形式既体现了个体性，又实现了跨越单体走向群体的整合性，前者给各代人留足自己的空间，后者依然没有脱离中国传统的四世同堂共同生活的家族轨道。

吕家大院在整体构思中，有着一个超前的整体布局。在官商兼有的家族，非常明智地将不同功能建筑群进行了合理分割，以形成既互不影响，又能密切配合，完善了集中和分散的关系，所以吕家大院分为南大院、胶坊院、油坊院和旗杆院等八个大院。南大院以经营农业为主；胶坊院以做皮革制品和熬胶为主；油坊院以生产经营食用油品为主；旗杆院以读书做官者居多。如果按照我们现在工业区和生活区开始分离的现代模式看，那么吕家原来的布局，超前我们有几百年。所以大院整个群体布局中，能体会到的是个体与整体之间的默契配合。

我们永远都不可忽视人的主观能动性作用，传统中所讲的人杰地灵，毋庸置疑，人杰是占首要位置的。吕家先祖吕天庆扎根于落阵营后，脚踏实地坚持渔樵耕读，并认真践行着"耕读传家""笃志诗书"的家训。其后一代代人矢志不渝，在不懈努力和逐步攀登后，吕家形成厚积薄发态势，由此开启了多代人步入亦官亦商的坦途。道光二十四年（1844），吕家后人吕塘中举，后任石膏井盐提举、云南孔阳州知州、河南大府三品衔，赐忠义大夫。其子吕生春为清末进士，步入仕途后亦官亦商，后经李鸿章推荐出任清朝财政大臣。此外，吕家的吕清奇、吕瑷、吕生直、吕生江、吕生渭等，都是不同年代出类拔萃的人才。据记载，从吕家大院走出的人才辈出，科举考试中进士、贡士者就有10余人，以及若干的举人、秀才。在如此文化底蕴深厚的家庭，一座实用性的大院，在主观适用客观的能动性上，必然筑进主家大智大睿的文化与艺术创造意念，形成适用与艺术审美等诸因素完美结合以及显现与隐性文化的多形层有机结合体，这个建筑结合体所具有的文化价值，其实已经远远超越了适用的价值。这个价值随着时间的推移，也越来越被后人认知，或许这在当时就是主家也未必能够意想到的美好结局。

吕塘中举将吕家推向高峰。吕塘在多年良好家风家训的熏陶下，不仅能力凸显，而且为人处世低调，做事勤恳，所以仕途蒸蒸日上，从边陲开始履职，一路通畅，其子更是就职清政府重要部门，最终成为清朝的财政大臣，执掌清朝财政大权，并得到慈禧太后的认可和欣赏，很多资料都有"据传，吕家大院是由慈禧太后拨专款兴建"的说法。从这一点讲，吕家大院并非完全属于民宅，而是官宅。如果按建筑面积而言，那么可以与乔家大院、王家大院、常家庄园、曹家大院等大院相提并论，但建筑所配而言，却已显示出官宅的地位，那么再以民宅大院笼统冠之，确有不妥。

吕家大院达到巅峰时，共有院落9处，房屋150多间，建筑面积占地约为40亩。大院的主体工程建筑规模十分宏大，花费了13年的时间修造完成。其中路北主院有6处，完全是砖瓦结构，院落之间相互串通，据说该院落的设计图纸取之于天津，整体结构仿皇宫四合院而筑，主院落为三进三出式，而三进院则是明清时期四合院最标准院落形式，布局合理，结构紧凑，俯瞰布局，就是一个"目"字的形式结构。置身于每个天井之中，都会有着穿越时代的感觉，整个建筑所有元素都具备明清时期的气息，所有这些元素，都会让你看到那个时代的文化气息。

在吕家大院的建筑群中，旗杆院处于最显赫的位置，大门上悬挂着牌匾"大夫及第""进士"等，已损坏。走过大院主院门楼，也就越过倒座房，倒座房是整个四合院中最南端的一排房子，很多地域由于其檐墙临近胡同，所以在南面没有开窗，但是吕家大院却在倒座房的南墙向南开了窗户。倒座房的存在，是北京、天津四合院模式的标配，是供下人居住的地方，在天津又被称作"下房"。因为吕家大院的图纸是从天津所得，所以视为"下房"更为妥帖。房子的西侧，是厕所所在地。在这里，我们会切身感受到封建社会严格的等级制度，看到在方方面面都会把人区分成三六九等的实例。通过垂花门，用一木制屏门挡住前行之路，也遮住院内视线。屏门是只有在婚丧嫁娶等大型活动时才会开启的一道门，所以进入内院需要由此从游廊经东厢房后侧才能到达内院，而由屏门向西，则可以到达厕所，所以一般客人，都是由此向东。晋北民俗的布局，也就是房屋和院落按南北轴线对称布置，一般以正房为主，两厢房配以耳房及小跨院，东西两面各建配房，厕所则位于西南处。这种传统的四合院文化在当今住宿环境中，也只有这样的深宅大院还能完整地保留，如果不是搞民俗和古建筑研究的，其实绝大多数对此是陌生的。

　　站在主院，审视着散布在每一座房屋的那些充满统一格调而又不失"变幻美"的所有构成元素，会让人感到整个院落充满文化氛围和恬静气氛的家庭生活情调。举目望去，房脊和垂脊的鸱吻张着大嘴，时刻准备吞掉火神的侵袭。本来鸱吻是用来保护木栓、铁钉的，防止漏雨生锈，并对脊的连接部位起固定支撑作用。在漫长的发展历史中，它不仅成了装饰，还被赋予了许多文化色彩，成了民俗神话，更成了地位的象征。因为鸱吻是龙的九子之一，所以在清朝时期，房脊上可用鸱吻的必须具有显赫的地位，高出房脊的鸱吻，实际上是在向世人告知主人在社会的尊贵地位，起着"明贵贱、辨等级"的作用。

　　立于院中，看到普拍枋下的镂空阑额，以雕花点缀，既有古典雅致的美观又显轻巧灵便，还有花的品种所包含的深刻寓意，再与平柱雀替的卷草龙完美搭配，正好弥补由挑檐枋承载直椽和飞椽过度延伸而造成的压抑和呆板的不足。同时，用卷草象征生命力旺盛，在此可以寓意吕家人丁兴旺、生生不息，而卷草龙又寓意龙能吸水，和屋脊鸱吻搭配，以震慑火魔，确保家宅平安，同时还有望子成龙的美好愿望。

　　环视吕家大院的窗户，首先不可否认的是与所有房屋的窗户作用一样，因为无论哪个朝代的格心，都是以避风沙和私密保护为目的的。而在几千年的历史长河中，民众在适用的基础上，将适用与传统文化、审美相结合，使窗户的文化元素大放异彩，从而给窗户的功能赋予了独具文化意蕴的魅力，这些已远远超出窗户原有的功能，在精湛的做工工艺与美观大方的艺术外形中吸引着人们的眼球，从中也能窥视出所选图案与主人职业、性格和意向的关联度。因为不同阶层，不同府邸在选择图案运用时，其内心所向都会有所侧重，所以吕家窗户的格式也必定有着自己独到的寓意。

旗杆院的正房窗户是清一色的菱花格棂窗，它是由斜棂交错构成，之所以选如此图案，不仅仅是为了美观，同时也是内涵天地，寓意四方，也就是寓意天地之交而生万物的一种符号，这或许与主人任职的履历有关。东西厢房图案一致，彰显着中国古建筑传统的对称，门扇用菱形，向两边扩展窗户为龟背锦，其后两边同样尺寸的长直格，最后再由龟背锦镶在两边。这样门的图案成为东西厢房相同的轴，在整个院落，正方的图案又成为这个院子整体的轴，从局部对称延伸到整体的对称。其实仔细审视其他大院的棂窗，所有的布局都有对称的布局，这里所遵循的是中华民族传承数千年的审美原则，以阴阳平衡概念行天道之美，也就是《黄帝内经》所说的"天有日月，道分阴阳"。而东西厢房所选长直格，是由横竖的棂条构成，俗称"网格纹"，民间又叫"豆腐格"，它代表着主人就像这些横竖的棂条一样方方正正，寓意主人对孩子的希望是既富有又很正直，而龟背锦寓意福寿吉祥。

当进入厅堂，由于天花板的没落，让人看到为了增大主房的空间，减小室内压抑感，屋顶高挑的模式基本都是通过前檐柱、后檐柱、内柱的支撑，有些房屋还是经过四椽栿、六椽栿、平梁、合沓、叉手的形式构建，在复杂而又有序的架构下仰视，让人切身感受到中国古代民居建筑文化的博大精深，也有直接接受民族建筑文化实物的教育和熏陶的感觉，同时也产生对这类文化逐步被现代化建筑所湮灭的担心。房屋内空空如也，似乎说话时只有回音予以应对，因此就有旧时王谢堂前燕去，朱雀桥边草凋零的感觉。

吕家大院多为歇山顶，具有文化底蕴的吕家，有许多在歇山顶两侧的山花，不仅有雕刻精美的垂鱼，而且还有大量的雕刻装饰，纹样同样有着中国传统民俗文化的良好愿望，而且这个可视的部分，所表现的也是一个雕刻艺术与地方的完美融合，这些巧妙的构思，让人感觉有着与山花自然的"天生体"结合模式，从而使整个建筑都能增辉溢彩，让所有观摩者都能受到艺术熏陶。

三

吕家大院诸多的文化表现形式，可以理解为广义和狭义两个层面，一方面表现着匠人的精湛手艺，另一方面还有主家对内容的设定，前者通过结构、材料、色彩、空间比例等外显形式，来充分表现中国传统建筑艺术的美，后者通过当时的时代背景、家庭背景、所要表达的主题思想等构图要素方面来表现内容的文化价值。在内容的设定方面又包含两层意思，一是通过画面和诗词来含蓄表现，二是通过一些隐喻让更多的人有更多的理解空间。正如沃尔夫林在《艺术风格学》中所讲："一个中国式花瓶，虽然是静止的，但看上去似乎在不断地运动着。"如果站在吕家大院的多个照壁前，定有不同的观摩感悟，如再深入细致地研究其文化内涵，就会有更深的感叹。

照壁，是居家大院的附属，其产生主要是为了让外边无法窥视宅院的内部，为园内的所有活动保留一个相对的私密空间。所以就有影壁、照墙、屏等不同的称谓，从西周时代有照壁开始，距今已有近3000年的历史了。在中华文明不断进化发展中，照壁的作用也从单纯的实用，向更有深度的文化含义方向发展。照壁其实就是一个院落的脸面，因此到了吕家大院形成的年代，照壁不仅有实用和艺术观赏的双重价值，还有可以窥探照壁之内家庭主人的文化品位的功能，以及照壁建造时的时代文化风貌，还有那个时代民众的艺术工艺水平和欣赏水平。这种艺术价值，会随着人类工业化的更深入的发展而更显示民族文化的璀璨，这种民族的文化结晶，也是世界文化宝库的重要组成部分，这也就是所谓"民族的就是世界的"最好诠释。正如黑格尔在《美学》中所说："真正不朽的艺术作品当然是一切时代和民族共赏的。"这或许就是吕家大院所有照壁真正的价值所在。

吕家大院的南院部分，有一照壁为"鹿鹤同春"，就包含着无数中国传统文化的元素，所表现的不仅仅是简单的纹样寓意。"鹿鹤同春"中的"鹿"按中国传统文化，可理解为谐音取"陆"之音，"鹤"取"合"之音，"春"的寓意则取花卉、松树。以谐音组合起来就构成"六合同春"的吉祥图案。而"六合"，是指"天地四方"，即天地和东西南北，在此之所以有如此照壁，又和房主从天津索取大院建筑图纸，在云南、河南、北京等地任职，商铺遍布各地以及家宅建于晋北有关。这里所折射出的是对家族的祝福，当然也有祈求国泰民安的良好意愿。

而壁心图案中的诗句，寓意更为深刻。

古壁清情美
青松白鹤栖
偶书

之所以在构图狭小的空间中，右上有松、有鹤，右下有鹿，一个松鹤，就完全可以说明松鹤延年的用意，但还又如此题诗，"清情"可以理解为两地，而"青松白鹤栖"就有云南白族的历史文化范畴了。如果了解其在云南履职经历，就会对诗的含义有个进一步的解析，在云南白族，有一典型"模拟鸟兽舞"，在多种模拟鸟兽舞中，其中就有一个传说，在大理蛮荒时代，是一对白鹤引路，人们由此发现并开始开发了大理，所以在云南，民众对白鹤充满了敬仰。还有一个更直接装扮成鸟兽模样的白族民间舞，名字就叫"鹿鹤同春"，同时也有"马鹿舞"，如从白族传统文化看，白族整体欣赏习惯认为，白鹤象征着长寿，鹿象征着温顺。所以一个"白"字，确实能够惊醒后来人。无数介绍吕家大院的资料都提到大院融合了云南、河南、天津的建筑风格，这在北方民居建筑中别具特色，却没注意到在这个照壁中暗藏的玄机。

鹿鹤同春照壁还有一个更深的隐喻，在诗句中"清、清、青"为草书，而其他字为楷书，而"偶书"二字，"偶"为楷书，"字"为草书。所隐喻的既有"六合同春"的意思，又以如此手法来表现具有差异的含义，其东家在文字艺术上的功底可见一斑，当然这里隐喻更深的还有云南和晋北两地文化的差异，可以说妙笔生花。

照壁中心位置大量留白，照壁的梁头却密密麻麻的，雕刻了寓意喜庆、吉祥和兴旺的喜鹊、麒麟等活灵活现的动物，倒挂楣子雕满镂空的卷草龙，以巧夺天工的动态感彰显着工匠的艺术功底，砖制斗拱中的令拱、瓜子拱、华拱、泥道拱、栌枓、驼峰一应俱全，在斗拱上及斗拱间也雕满了卷龙草和祈福的图案，两个镂空立柱支起飞椽，既繁华茂丽又小巧玲珑，可谓别饶风致，在微观中表现着宏观，且静中有动的表现形式，让人击节叹赏。同时更可令人赞美的是这种斗拱和房屋与照壁画面诗一般的嫁接，斗拱本是大屋挑檐的结构承托，在这里却成为纯粹的艺术表现形式，这种奇思妙想所反映的是中国古建筑者对建筑艺术融会贯通的理解力和运用能力。

同样在吕家大院南院还有另一"鹿鹤同春"题材的照壁，与上个相邻，但不仅有不同的表现手法，而且还有截然不同的含义指向。照壁上鹿鹤成双，在巨大的松树下悠然自得，或是为了区别另一个照壁的寓意，所以在版面有题诗："桃花杏花开日长，红莲不觉依池苍。黄花别我无多久，一树寒梅又芳香。"桃杏、莲、菊、梅代指春夏秋冬，寓意时间极为宝贵，时不我待，教导家人珍惜时光，不虚度光阴，希望吕家人积极向上地追逐时光，永不懈怠。而那对悠闲的鹿鹤所包含的就不仅仅是长寿和福禄的内涵了，应该还有只有珍惜时光，才能有福禄所至的深刻寓意。

在吕家大院"福"字照壁上，或许考虑到一个"福"确实单薄，所以另加一副对联，"荆树有花兄弟乐，书田无税子孙耕"。"荆树有花兄弟乐"出自南朝梁吴均《续吴谐记》：汉代田真、田庆、田广三兄弟分家，家院中有棵紫荆树，为公平分配，欲将紫荆树割成三段，各得一段。第二天砍树时，紫荆已枯死，田真见此情景，对两个弟弟说，树听说分为三段，自己枯死，我们真不如树啊，说完悲不自胜。于是三个兄弟决定不再分家，而紫荆树居然又复活了。以此告诫兄弟和睦，齐心协力使家庭兴旺发达。而"书田无税子孙耕"中的"书"，原为"砚"，出自汉《说文解字》的"不种砚田无乐事，不撑铁骨莫支贫"。旧时的读书人以文墨维持生计，因此把砚台叫做砚田。所以后来很多家庭把"荆树有花兄弟乐，砚田无税子孙耕"作为家训教导子孙。因为在历史上，通过读书考取功名，朝廷会根据功名情况赐予免税田地，子孙继承这些田地也是免税的。以此可以理解为，不仅要家庭和睦，而且要通过读书，获取朝廷赐予的田地，留给子孙后代。晚唐许浑的《题崔处士山居》，也有"荆树有花兄弟乐，橘林无实子孙忙"的佳句。

一副对联是对"福"字照壁更好的补充和诠释，祈福的形式是多样的，那么，兄弟齐心协力也是福至的一种形式，这种形式的结合，可以胜过千言万语的解释，这就是中国传统文化的魅力所在。如果再细致地分析，吕家大院能够成为晋北民居出类拔萃的典范，家庭的和睦必然是一个重要因素，由此，也可以看到，这个照壁就是对吕家家风的一种肯定和赞美。

有文化、有地位的大院照壁和民间照壁的最大区别，不仅是雕刻技术和规模的区别，而且表现于内容针对性的高超之中。一般人家，只取形式，图个吉利和祝福，而吕家大院的照壁，更多的趋向是与家庭的客观实际相吻合，在影射现实生活的基础上，再高于现实生活。照壁喜报三元图，画壁上的人物塑像、梧桐树、喜鹊等均为烧制而成，情态活灵活现。所要表现的内容，就是大门上悬挂的牌匾"大夫及第""进士"的真实写照。明清时代，科举考试分为四级，即院试（县、府试）、乡试（省试）、会试（京试）和殿试（廷试）。院试在县举办，童生可以参加院试，考取的称为"生员""相公"或称"秀才"。乡试一般每三年在各省省城举行一次，生员（秀才）才有资格参加，考中的称"举人"，举人的第一名称"解元"。会试在京城礼部举行，举人才有资格参加，考中了的称为"贡士"。第一名贡士称为"会元"。殿试是最高级的考试，由皇帝亲自主持，贡士才有资格参加，考中了的称为进士，第一名称为"状元"，第二名称为"榜眼"，第三名称为"探花"，合称"三鼎甲"。由此可见，喜报三元图不仅仅用造型技艺和图案为吕家大院的建筑起了必不可少的艺术价值衬托，渲染和强化了古代建筑文化的博大精深，也传达出对家族兴旺、人才辈出的美好期许。

另一处照壁上题有"碧桐茂蔚荫高轩，又见凌晨喜鹊喧。借问仙禽何所报，祯祥早已兆三元"。题诗明确的是令人欣喜的捷报到达。落款"辛巳春月主人题"，这里的主人，难道不是榜上有名的主人吗？题词所标注的时间也为本照壁建造时间提供了准确依据。

吕家大院还有一"桃园三结义"的照壁，人物塑像均为烧制，动作表情活灵活现，尤其服饰可以作为当时民俗研究的参考，但让人遗憾的是，照壁题词已损坏得无可辨认。

由吕家大院照壁我们可以引申思考，许多古代建筑经久不衰的魅力，其实不是表现在它的使用价值上，也不存在于它的功能价值上，而是依附于它的文化艺术价值上。

四

中国在几千年的历史上，无数豪宅都把门楼修筑放在居房建宅的首位，认为："阳宅首要大门者，以大门为气口也！"所以"气口"的要害，非同寻常。同时国人还有将门面比作脸面的共同认知，也就有了"宅以门户为冠带"的说法，意思是门就是宅子的头冠，因此门楼在大宅院中始终占据着极其重要的地位。由于宅门文化经过一代代人的高度重视和不断创新发展，所以后来的门楼已经不仅仅是一个独立的单体建筑，而是一个不同构件形成的围合空间。这些构件在以后的发展中，又衍生出不同的文化内涵，所以大门在不同朝代都积淀了深厚的"门"文化，并以此存蓄着博大精深的特定民俗文化含义。譬如除了祈福，还在赋予了"门"更多官位高低的内涵和一些特质文化的精神象征，门第、门户、门派、门风等都属于中国传统"门"文化的范畴，门簪、门槛、门扇、门框等都是构成门楼不同部位的部件。而且这些"门"的文化，在绵绵相传中被不断地丰富和深化，早已超出了实际意义上开阖的范畴。在今天高楼林立的建筑铺天盖地的背景下，我们通过曾经的大门，去了解那些还能体现中国传统文化的实体建筑，感受中国文化的博大精深，那么吕家大院的各式门楼，就显得弥足珍贵。

吕家大院门楼和门前具备所有豪宅大院必须具有的顶级配置，抱鼓石、上马石、拴马桩、垂柱、象眼绘画、螺蛳铺首等等，不仅样样俱全，而且还都是出类拔萃的存在，这也都是吕家在当时社会的"门第等次"状态下，能够脱颖而出，成为时代宠儿的历史见证。

吕家大院与吕家庙宇毗邻的一个院落，大门向东开启（庙宇已拆，现为卫生院），门对房山，房山上就是"桃园三结义"照壁，然后右转，再通过垂花门进入院内，垂花门是四合院中一道很讲究的门，这也成为进入内院唯一通道。但是上檐柱、悬于中柱穿枋及刻有花瓣联（莲）叶以及垂柱、垂珠等在风雨侵蚀下，已破旧不堪，不仅没了往日的色彩，而且还有开裂现象，令人心痛不已。垂花门在大院里称作二门，据说在封建社会，未出嫁的香闺小姐"大门不出，二门不迈"，所指的"二门"就是这道垂花门。大门与垂花门布局的安排，也有云南民居的影子，云南民居一般不会大门对准道路，要通过转角进入垂花门，这在当地有个"礼教"的问题，所表明的是一种谦卑，没有张扬的表现。

这个院有两个精彩之处令人叫绝，在正房内两个内柱之间骑马雀替贯通，由此形成空间极大的佛龛境地。而雀替的雕刻工艺可以用精美绝伦来形容，图案是卷草龙，之所以用如此图案，依然是严格的等级制作祟，因为只有皇家才可用龙的图案，但卷草龙的精美程度，其室内如此雕刻，实为罕见。另一精彩为正厅墙壁上的世界地图，据说新中国成立初期，察哈尔省的国民党战犯集中在落阵营改造，住地就是吕家大院。当时有一国民党团长就住在这屋，劳动改造之余，凭记忆在墙上手工绘制了这幅地图，从"世界地图"的宋体字功夫，可以证实传言是真的，因为以前所有的作战地图、军事态势图等用的都是用这种形体作为图名。

抱鼓石作为门楼的重要组成部分，在后期的作用已经脱离了单纯支撑固定门框底座的原始性质，然后又从驱祟保安之意发展成民居的门第符号。因为它承载着居者的身份和地位，所以后期已经成为物化的礼制文化符号，它是一种内在世界（文化）通过装饰符号和图文语言展示于外在世界既含蓄又直接的表达方式。吕家大院旗杆院的抱鼓石，是浮雕麒麟的图案，由于日月侵蚀，抱鼓石也显现着岁月的沧桑，但是，图案依然可以辨认，似乎像一位几百岁的老人，在给我们讲述吕家当年的风光。吕家抱鼓石的浮雕很多人将其看作龙的图案，由于艺术的抽象性，确实很难确定是龙还是麒麟。但有一点是肯定的，那就是吕家当时是多么显赫。

现代的建筑中，所谓"门当"（门楣上的门簪）已经成为历史，所谓"户对"（抱鼓石）也已在高楼大厦中消失，但是"门当户对"一词却经常反复运用。然而，不知何时被导游演绎成了抱鼓石和门簪的联姻模式，抱鼓石和门簪确实能够用视觉看出主家的社会地位，但是却不是"门当户对"的出处。抱鼓石更不是"户对"，而且这个错误还有进一步蔓延的趋势，因为导游并不了解中国古建筑文化，被忽悠着只

吕家大院

是在以讹传讹罢了。

　　抱鼓石在显示主人地位时有着严格的制度，就吕家而言，抱鼓石出现在不同的门楼前，其浮雕的图案也是不同的，其实差别的不仅仅是图案，而是同族人在社会中不同的地位。所以同时还有转角莲、荷花等等，这说明家族分支后，其社会地位开始出现差异。此外，抱鼓石还有方形和圆形的，按许多导游的解释，方形为文官，为书香门第，圆形为武官，因为方形寓意箱子，而圆形寓意战鼓。其实这些依然没有确凿根据，因为吕家丢失的荷花鼓心的抱鼓石是方形的，而旗杆院的抱鼓石是圆形的，但查吕家历史，却并没有武官的记载。

　　门楼的象眼，是一个微不足道的区域，因为这是一个抱头梁上皮和檐椽下皮自然形成的区域有限的三角形墙面，虽然很少有人把视线投向这个区域，但是在中国传统建筑的美学世界中，有任何角落都不会放过的惯例，而且对此处的利用，大多都是布满着精致的彩绘。有的是梅兰竹菊，有的是文房四宝，有的是禅意山水，有的则是人文故事，所有这些，都是中国建筑的传统文化。吕家大院在当时是中国屈指可数的有名书香人家，又是见过世面的朝廷重臣，自然不会忽略这个区域，所以在吕家大院的南区门楼的象眼处，布置了四幅画，分别为：一是孟浩然赏梅，孟老夫子骑着劲头十足的驴，两个童子肩扛着梅枝，紧跟左右；二是赶考场景，书生背着马鞭，骑马翻山越岭赶往考场，书童肩挑着书箱吃力地跟着前行；三是送别，在松树下，先生带着书童，视线越过桥梁，沿着河流的方向，表现出无限的期待；四是高山流水遇知音，是一个官员与一位学者在风景如画的世外桃源相约。这些象眼的画面既有普遍性的随和，也反映了房东的心意和欣赏水平以及他关注的角度。今天站在门楼下面，根据画面的图案，我们是否可以揣度当时院内主人所思所想。

上马石与拴马桩，是明清时期大户人家的必备，尤其是清朝，由于满族是在马背上打下天下的，所以要求武官骑马作为交通方式，也鼓励文官及其随从骑马行路，以达到不费武功的目的。作为显赫的吕家，自然会有上马石的配置，上马石是两座，底座为须弥座，雕刻精美，分置门前左右，其实其中有一座是下马石，由于下马一语不吉利，所以通例都称作上马石。旗杆院的上马石是须弥座，等级的意味十分明显，或许这就是文人注重细节的细微操作吧。拴马石的寓意更为被人称绝，一般上马石顶部都为狮子，而吕家的拴马石在狮子的下部，又雕了一只猴子，正好可拴缰绳，这时就会想到大闹天宫的弼马温，其意尽人皆知。令人遗憾的是，它目前已经不在吕家大院门前，和旗杆座都不知散落在了什么地方。

吕家大院有两个抢眼的榫头，榫头一般在大门两侧的悬挑在外的墙头或山墙，所以就有承重和传力的重要作用，一个的侧面是雕有松、鹤，寓意松鹤延年，还有一个侧面雕有狮子，两个的正面为大力士。一个小小榫头，在整个建筑群中微不足道，但是，这个微观的雕刻，却给人一个心理支撑，引导人们理性思考。这里有建筑物中艺术作用的思考，这个艺术类似于一个巨大音乐场中，突然有一个小调的独奏，反而会引人入胜，仅仅一个小小的点，或许能够让人理解吕家大院那些装饰所具有的文化价值。

铺首，是含有驱邪意义的传统建筑门饰。门扉上的环形饰物，大多为兽首衔环之状。吕家大院是铁制椒图造型的铺首。民间认为椒图是龙的九子之一，性好闭，最反感别人进入它的巢穴，所以象征着坚固和安全。但令人遗憾的是吕家大院有些铺首已经丢失，留下的两个印记，犹如两只大大的眼睛，仿佛呆滞地向人诉说那些无德贪婪人的丑恶心灵和不道德的行为。

大院门前，旗杆立座仍然存在，但是旗杆已失，所以不知历史上旗杆的旗斗是什么状况，因为乡试中考中举人者可以立旗杆，旗杆上有一个旗斗。殿试中考中进士者可以立两个旗斗的旗杆。如果考中状元，家乡就可以立起三斗的旗杆。如果祠堂前立起了四斗旗杆，应是本族子弟中有人受封赐为朝廷一品高官了。因此，吕家的旗杆上注定有旗斗，遗憾的是这个历史的说明书已经丢失。

吕家祖祖辈辈，在"耕读传家""笃志诗书"的家训影响下，在一代代人的辛勤耕耘下，用丰厚积淀筑起了吕家大院。大院也见证了吕家人走过的最辉煌的时期，这个大院内曾摆有开道锣、万民伞、纱灯等皇帝所赐之物，这些物件对全国许多知名的大院来说，都是望尘莫及的；在堂屋前有块略高于院面的青砖斜砌宝地，约三米见方，据说系清光绪皇帝所赐，文武百官到此不仅都要下马，而且都要下跪。这座已经沉默的大院，不仅为晋北留下了宝贵的民居文化珍贵历史文物，同时也为国家培养了大量人才，新中国成立后考入大学的更是不胜枚举。然而，在我们拜读这些历史文化的时刻，也给我们留下了许多应该慎重思考的课题。在原来的秀女院，因为日本飞机的轰炸，造成人员亡故于此，血光之地触动了人们的忌讳，所以造成多年荒废。新中国成立后，在无神论信念下，村里贫协委员会和管理委员会在此工作，现在依然成了废墟，但是，这也成了历史的见证。

吕家在仕途和考取功名方面成绩卓著，在经营领域也取得了巨大成功，尤其是在经营油坊上，吕家产品是大同地区食用油的驰名品牌，并在晋蒙两地处于统治地位，后来吕家人还将生意扩展到了天津，并以"庆云祥"命名商号，以此来纪念先祖的功德。

今天站在吕家大院门前，感悟最深的是，这里已经不单单是吕家家族的遗产，而是整个中华民族民居文化的丰富宝库。

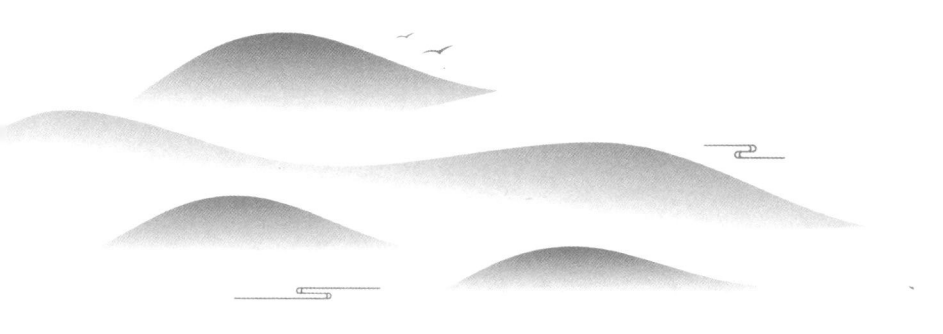

第三辑
胜境奇观

文瀛湖及其古堡略考

张澄溪　张新明

文瀛湖旧称"文莺湖"，位于大同古城及御河之东。据史料记载，北魏建都平城后即在此兴建了灵泉池。自此文瀛湖一直是豪门贵族、文人墨客游渔抒怀、雅集汇聚、吟诗唱和之佳地。

清代道光十年（1830），大同知县黎中辅修编的《大同县志》多处记述"文莺湖"，一些文人墨客赋诗作文赞美的也是"文莺湖"，从其字里行间可知"文莺湖"最早之取名与湖中莺鸟众多有关。从字面分析，"文莺湖"突出莺鸟之众，而"文瀛湖"取意湖面宽广、烟波浩渺，犹如大海。二者比较，后者格局大增、寓意宽泛，故由"文瀛湖"取代"文莺湖"，自然有趣，韵味优雅，无须争议。但"文莺湖"从什么年代改称"文瀛湖"，目前尚无资料可考。可以肯定的一点是，莺改瀛应该是道光十年以后的事情，甚至不排除是近现代之事。

黎中辅修编的《大同县志》卷一载有师文（字春圃，清道光时大同县学附生）用白描手法绘制的"文莺湖图"。从图中可知，文莺湖芦苇间小船飘荡、水鸟嬉戏，方形高台上房舍别墅倒映水中，湖畔柳树依依，一派诗情画意。湖之四周依次分布着西骆驼坊、石家寨、水泊寺、寺庄、海里村、萧家寨六村。湖之西边距离古城东城墙最近五公里、最远十公里。由此可以大致确定文瀛湖之四致范围，同时说明文瀛湖在清代以前规模之可观。

《大同县志》卷四"疆域·水利篇"记述：文莺湖俗称"小东海"，在东郭十里之间，波澄一镜，滨簇千家，采掠诸峰嶙峋环列，竞秀争奇，如睹十洲三岛。古刹横云林端，隐见海旁蜃气象，楼台仿佛似之。扁舟航处，文浪鳞鳞，鸥波上下。

此处用了67个字对文瀛湖作了详尽叙述，由此可见，200多年前的文瀛湖湖水源于泉眼、活水自生、清澈明净。湖中波光粼粼、芦草青青、扁舟摇曳；湖畔弱柳抚风、青翠叠加、竞秀争妍；湖岛亭台楼阁、古寺庙宇横云林端，大有海市蜃楼般气势。活泼俏皮的水鸟穿梭嬉戏、自由飞翔其间，给本已生机勃勃的大湖增添了无尽的秀色。这也足以印证师文绘制"文莺湖图"之场景真实。

《大同县志》卷四"疆域·水利篇"中关于文瀛湖记载的最后一句值得关注，"想北魏建都时，更不知如何润色也"。据此分析，文瀛湖的历史最早可以追溯到1500年前的北魏时期。作为游牧民族建立的北魏王朝在建都之初，便在平城近郊规划出大片狩猎场所，基本包括了现在平城区所辖之西北山区。狩猎场所是男人们的游乐之地，那么，王公少爷、后宫佳丽之游乐场所建在哪里？

《魏书》记载，平城之北为狩猎场，西郭之外多为山地，地势高于皇城，皇城之南有祭祖之明堂，且有大片良田沃土。平城之北西南三方均无符合建园条件之地。据此推测，北魏皇家园林应该建在东面，而东面最符合条件之地就在现在的文瀛湖生态公园。

北魏王朝在此建园有以下三个有利条件。其一，文瀛湖所在之处事实上是史前大同湖逐渐干涸后留下的一处原始遗存，原本就是一处天然洼地。湖体处于城东地势低凹之处，无须投入巨资人工开挖。只需将湖体适当修整，增设路面、桥梁等基础设施，加盖亭台楼阁、房舍别墅，便是一处风景优美的游乐胜地。其二，《魏书》记载，北魏时曾有太子将东宫建于湖之北岸，并在此建有灵泉池。皇家在此附近建宫、建池，一则确定此处为风水宝地，二则便于游玩戏水。其三，此处泉眼众多、水源自给、活水不腐。若偶遇欠水之年，就近可引御河之水，以补湖水之不足。据此三方面因素，可以初步断定，文瀛湖就是北魏王室的皇家园林，正如大家熟知的北海、颐和园为清朝的皇家园林一样。至于当时怎么称谓，笔者在史书上没有找到明确记载，有待于研究文瀛湖的学者继续探究。

文瀛湖湖水不足时，由御河通过一条直通的干渠补给。2011年文瀛湖古堡(明代建)修复之前，能够明显看见堡墙之西有一条人工开挖的干渠，干渠直通御河。文瀛湖缺水时，将御河之水引进干渠。干渠之水从古堡西门进入，穿过古堡当院偏北从东门流入文瀛湖。

不解的是，干渠何时开挖？干渠开挖与古堡建造谁先谁后？如果干渠开挖在前，古堡建造应该留有一定间距；如果古堡建造在先，为什么干渠直穿古堡而不在其外？假如没有其他原因，恐怕与此处的地势较高有关，古堡建在这里可以登高远望；干渠选在此处引水方便、顺畅无阻。

明太祖朱元璋第十三位皇子朱桂被赐封为代王，就藩于大同府。代王朱桂驻守大同55年，每年都要到文瀛湖祷告祈福，保佑大同府风调雨顺、大明朝国泰民安。2010年5月，文瀛湖修复时在代王祈福之处用钢板制成"一帆风顺"雕模，寓意着大同人民追求幸福的美好向往。

文瀛湖是大同历史文化与自然文化融为一体的珍贵资源，自古以

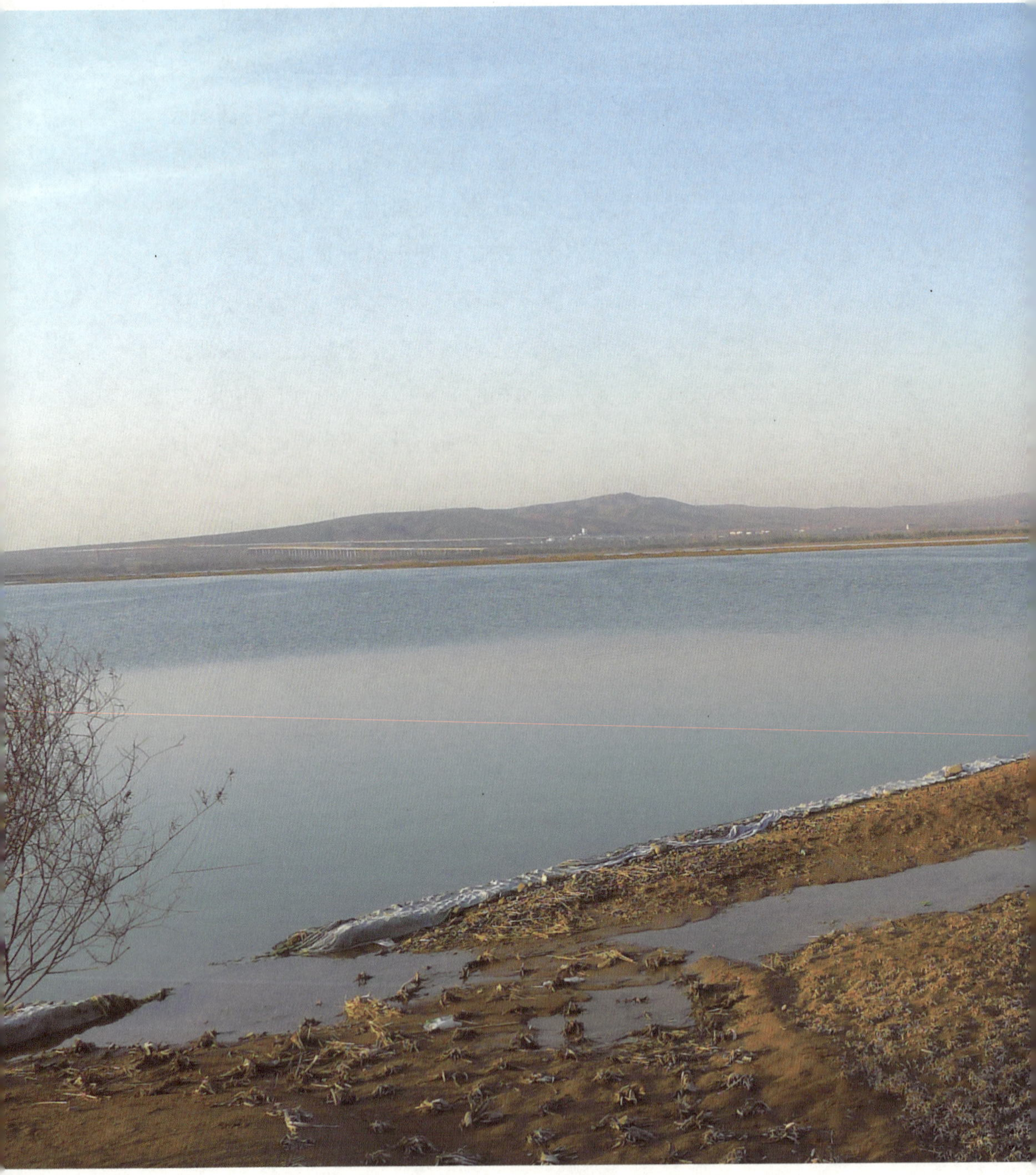

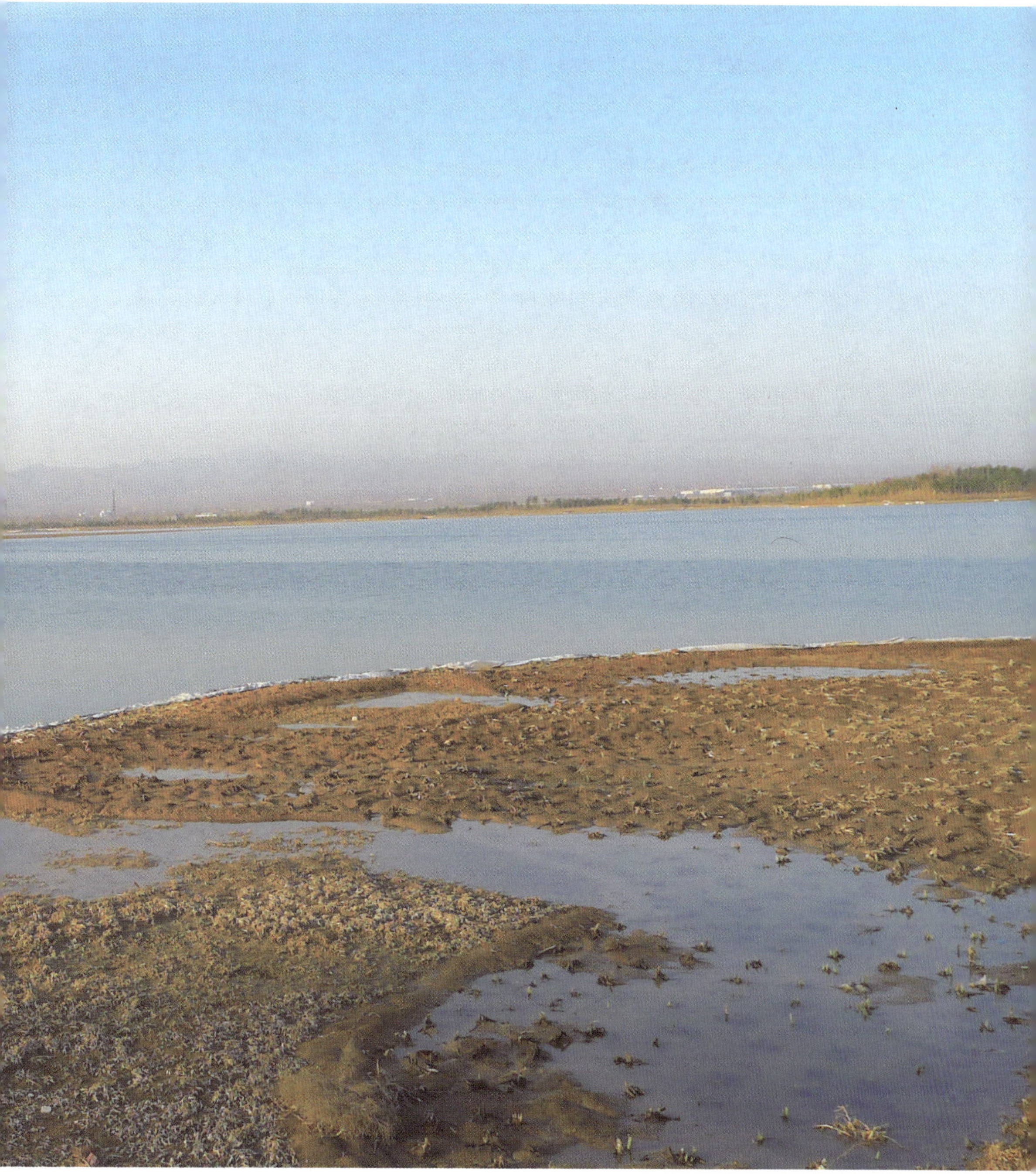

来为大同之一大胜景,"文瀛泛舟"素为古云中外八景之一。可是,文瀛湖一度被改作水库,仅仅承担着蓄水功能。

因文瀛湖紧临石家寨村,20世纪50年代后期文瀛湖被政府改名为石家寨水库管理处。水库于1957年开工修建,1958年完成南端大坝修筑等主要工程。建成后,水库大坝坝长1700米,高5.9米,水面面积4.6平方公里,总库容983万立方米,平均水深3米,有效灌溉面积达到1万亩。1959年4月4日12时左右,水库遭受七级大风袭击,大坝决口,所幸无人员伤亡。

1960年,为了科学合理地利用水库,保证水库防洪安全,充分发挥水库的综合效益,管理处在水库投放了大量鱼苗,以发展水产养殖。市委遂将石家寨水库改为两套机构一套人马的管理机构,一为大同市文瀛湖管理处,另一为大同市文瀛湖养鱼场。

一段时期,应形势需要,这里被改名为红卫湖养殖场。1978年,市委决定将其恢复为大同市文瀛湖渔场。据资料显示,渔场水产品产量年均可达3.5万斤。进入80年代以后,年均产鲢鱼、鲤鱼等水产品30多吨,最高年产近百吨,极大地丰富了大同市民的"菜篮子"。大同人从此由"吃鱼难"变成了"年年有鱼"。

因为这里历史上一直称文莺湖或文瀛湖,所以,这个时期人们习惯将石家寨水库称之为文瀛湖水库。曾几何时,文瀛湖水库闻名三晋,因为它是全省最佳的露天游泳场地。

1970年7月16日,为了隆重纪念毛泽东同志畅游长江四周年和"八一"建军节,结合当年形势和战备需要,市革命委员会核心小组研究决定于8月1日举行军民联欢横渡红卫湖活动。由此,大同便有了"八一"游文瀛湖的风俗。

1970年以后,每逢"八一"建军节,大同市民便自发地前往文瀛湖游泳戏水。特别是在1976年的7月16日，原雁北行署、大同市十万军民举行了横渡文瀛湖大会，隆重纪念毛泽东同志畅游长江十周年。当时，山西省委第一书记王谦、书记韩英亲临大同，与中共雁北地委、大同市委和雁北军分区、驻同部队的主要领导同志出席了大会。从此，文瀛湖名声大振。

1990年，市政府动员全市38个系统22万人参加改造湖面义务劳动。清淤、固底、绿化，并将水面保持在5平方公里。一方面把它作为册田引水工程的调蓄水库，另一方面权当一处市民休闲娱乐之场所。但是，由于工业化进程加快、城市快速扩张、人口急骤增长等因素，大同地下水过度超常抽采，导致地下水位严重下降。随之而来的便是文瀛湖天然泉眼逐渐断流。至90年代末，偌大一个文瀛湖几近干涸，最后变成了市民考取驾照的练车场。

湖水干后，湖底裸露出一片片荒败的水草，砂砾上到处留下轮胎碾压的痕迹。大同人曾经引以为豪的文瀛湖灰暗荒凉，自然美景荡然无存。每每路过那空旷的干湖，心里难免产生一种难言之伤痛。

幸运的是，国家南水北调工程给文瀛湖修复带来了一丝契机。2009年，市政府启动了文瀛湖防渗加固及供水工程，陆续投资9.7亿元，决心恢复往日之湖水美景。

修复工程之初，政府即将文瀛湖以生态公园标准建设。公园景区占地面积6.86平方公里，其中水域面积4.33平方公里，湖岸周长约12公里。景区内有城市休闲公园、雨水花园、音乐喷泉、停车场、自然小岛、链岛、内外湖系、木栈道、观景平台、滨水台阶、行人步道、湿地和足球场、羽毛球场等配套设施。2011年，文瀛湖被列入省级重点湿地名录。

文瀛湖西侧岸边，有一座明代古堡。在明清时期，曾经为大同府城的护卫哨堡。史载，文瀛湖古堡是明代洪武年间为了抵御蒙古族南下而修建的。古堡经历了600多年风雨沧桑，夯土完整，风采依然。当年的战火硝烟和厮杀声虽早已远去，但巍巍古堡依然透露出一种神圣不可侵犯的威严。

据考证，修复前古堡墙顶宽残存3.2米，底宽5.1米，残高4.8米，堡墙门楼、望楼、角台下部局部残存包砖，但堡墙顶面铺地砖，堡墙内外女儿墙、堡上望楼、门楼、堡墙散水均已不存在，残存的墙心呈现局部坍塌、损坏。

明代大同多战事，军事古堡留下很多，为什么其他古堡残损严重甚至不复存在，而文瀛湖古堡却得以完整保存。

据一位长者回忆，过去大同古城四周古堡较多，但随着岁月的流逝、雨水的冲刷，多数古堡已经倒塌或被铲掉作为房屋地基，主要原因是随着冷兵器时代的结束，古堡在战争中基本派不上用场，因而没有人愿意花钱维修。

文瀛湖古堡之所以能够完整保存，除得益于自身墙体坚硬外，主要是因为堡内有两排平房，一直有人居住。直至20世纪50年代中期，这里住户全部搬走，古堡被改做管理处和养殖场办公室。

后来，政府将养殖场改作大同市经济管理学校。不少刚参加工作的年轻干部曾在这里学习、充电，后来他们成为建设大同的中坚力量。学校搬迁以后，部分农民再次回迁到这里，但由于四面围墙高大，长年通风不畅，夏天酷热难耐，古堡内的住户逐渐撤离，房屋慢慢被人遗弃。2009年修复前，古堡里面杂草丛生、破败不堪，仅留下一些平房根基，文瀛湖古堡往日的辉煌完全不复存在。

2011年，文瀛湖公园基本建成后，文瀛湖古堡的修复也被列上重要议事日程。修复古堡共用青砖20万块、石料170余方、木料60多方，投入人工5400余个。修复后的古堡沿用旧制，堡墙坐东朝西，南北宽46.28米、东西长45.5米，略呈方形。堡墙断面为梯形，顶宽5.34米，底宽6.5米，墙高6米。

堡墙上有四个角台及望楼。西墙上面建有一小型观敌台，上下只有一条仅容一人通过的通道。观敌台上留有排水口、通气口。东面正中央设高大敌台马面，用以登高望远，观察敌情。堡墙上部有女儿墙，外侧女儿墙为垛口墙，间有射击孔等军事御敌设施，内侧女儿墙低矮。古堡面积虽然不大，但完整体现了独特的明代小堡建造规制。

古堡门楼采用单层单开间硬山顶建筑，而东部敌楼采用双层三开间重檐歇山顶楼阁式建筑。因这些建筑均为御敌设施，故门窗装修面积较小。

古堡东墙中央设堡之正门，西墙偏北设堡之偏门。门楼内设板门或板窗，防护性较强。东门圆门洞装有砖雕，上书"观远"二字。

南面堡墙内侧留有三个长方形夯土口，未用砖包，建成比对式玻璃展示窗，供游客观瞻、比较、怀古。可以看见，堡墙上千疮百孔、饱经沧桑，悠久岁月的痕迹给游客留下无尽的遐想。这里曾经做过什么，发生过什么？

值得一提的是，文瀛湖古堡门前的一对石狮。这对石狮非古堡原物，是重建时从民间征集而来的，现已无从考证其原籍。摆放在左侧的雄狮，四个发卷、四束毛发，尽管嘴部残损，但它们在造型上是大同地区古代石狮中最有代表性的，在雕刻工艺上也最为精美。

右侧的雌狮整体造型圆润厚实，骨骼清晰，突显肌肉，表情欢快。背后有双环中国结装饰带，尾部底端有七个与头部螺发相似的圆形发卷，尾巴向上舒展，分别有五束毛发，摇摆上翘。前肢左爪下踩一小狮子。小狮子仰面朝天，四肢蹬着雌狮的爪心。最为生动之处是，小狮子张嘴咬着雌狮的爪尖，把小狮子的活泼可爱表现得淋漓尽致。雌狮的神情也十分欢乐，圆圆的双眼充满爱意，突出的如意鼻尽显富贵，咧嘴大笑，上翘的嘴角圆润而厚实，舌尖微翘顶至上颚。背后右侧面，还竖趴着一只幼狮，幼狮娇态可掬，母狮慈爱祥和，天伦之乐尽显其中，营造出温馨的气氛，使驻足欣赏它们的游人每每忘记了狮子的威严，感受到的是暖暖的温情。

这对石狮，前肢及腹部下方均镂空雕刻，整个后肢部分采用浮雕手法，与石座连接一体，为整块石头雕凿而成。狮子头部呈方形，两边鬣毛各分三组整体排列，整体雕刻方中见圆，圆中有方，体块感突出，毫不琐碎。

古堡修复后，堡内实测1000平方米，里面建有一座600平方米的高档茶社，钢结构，木地板，完全利用太阳能取暖、照明。

重新修复后的文瀛湖碧波无际，水天一色，山湖相映，生态环境优美，人文景观如画。它不仅仅是一处城市旅游休闲的好去处，更给大同这座塞北古都涵养了水源，带来了活力，增添了气象。矗立其中的文瀛湖古堡所保存的史料和所代表的文化意义，远远超过了古堡初建时的战事作用。透过这方水、这片绿、这座古堡、这段历史，我们深切地感受到了时代发展的进程、城市巨变的步伐。

去大同看古建筑

李晋瑞

建筑,简单点说,就是房子。宫殿、庙宇、仓库、堡垒、作坊、陵寝都是。但建筑又是艺术的创造。虽然我们中国人"衣、食、住"自古相提并论,但在"住"上,因其是肉身的栖息之所,灵魂的安放之地,延承和寄托的东西更多,便更看重。从这个意义上讲,"建筑是历史的反映"的说法是对的。因此我们去看建筑,尤其是古建筑,就是去看文化,看历史。

大同是一座历史悠久的古城,无论是地理上的经纬,还是文化上的南北,位置都很特殊,加之地处边塞,文化交汇不断,北魏、辽金时期的古迹留存很多,那么要去大同,不去访古寻踪看一看那些古建筑是万万说不过去的。今年7月,我去大同,来了一趟"古建游",震撼之余,最大的感受便是知识的欠缺,面对那些恢宏庞杂的庙宇,巍然挺立的寺塔,技法迥异的石刻、木雕、泥塑,以及斑驳的壁画,我也只能用巧夺天工、独具匠心来形容。可是就算巧夺天工,那它巧在哪里;就算独具匠心,那它又独在何处?要想回答这些问题,就得补课。好在我后来找到一些资料，才有了这点儿一知半解的体会。

造像艺术

在大同看古建筑，无论是云冈石窟（也是寺院），还是华严寺、善化寺、关帝庙等大小寺院，里面的各类造像是一定要欣赏的。尤其是武周山南麓的云冈石窟，尤为重要。一是其较为集中，现存254个洞窟，59000余尊造像，分布在东西一公里范围内；二是整个石窟是佛教东传后我国雕塑艺术的第一次光彩大放；三是可以充分看到洋为中用、中西合璧在造像艺术上的体现。再加上华严寺、善化寺的木雕、泥塑，基本上就可以厘清中国佛教造像艺术的历史流变。

云冈石窟可谓北魏时期的石雕艺术宝库。出入洞窟，我们的固有认知会一次次受到挑战，石窟寺原本起源古印度，出现肥笨、露脚、上身几近全裸、下裳短裙缠结于腿间的佛像形象，本不足为奇，但当我发现有些柱头出现爱奥尼克式样，以及一些石窟龛眉上出现莨苕叶的纹饰时，就不能不大为惊叹了。听讲解员讲，那些柱头和龛眉纹饰确实来自古希腊，只不过是通过犍陀罗随同佛教一起传入中国的。

不过，再看几个洞窟后，便可以看到中西文化杂糅融合的过程了。最为明显的是飞天，开始是属于南派（印度），体态肥胖、短衣赤足、面相平板，造型有点丘比特的意思；但后来就北派（中国）占主导了，那些飞天轻灵飘逸、风致娴雅、形态各异，极能表现乘风化羽的韵致，尤其是一些并腿曳腰的飞天，和汉代石刻中的鱼尾托云较为类似，但又比汉代造像柔美生动了许多。

从佛像的服饰也可以看到不同时代的变化，譬如早期佛像的衣服，薄而贴身，到后来，不仅不再紧贴，而是披挂在身，还在脚踝处张开，实现了左右对称。最大的变化则体现在衣褶上，早期的圆角流畅，后来的则鸟翅般坚挺如刀，不过这种变化非常正常，我们只要对照一下同时期的书法，便可一目了然。

佛像的姿态更是从交脚坐，到跏趺坐，再到立式，变化多端。大同华严寺薄伽教藏殿是辽代建筑，已历唐风，在这个时期出现躯体丰满、腰细、眉毛优雅的S形立像，甚至出现了因美丽被郑振铎称之为维纳斯的合掌露齿菩萨像，还公然站到台前，是可以理解的。但早在北魏时期的云冈第八窟后室就有了合掌露齿菩萨像，脸颊上还有酒窝，就值得思考了。孝文帝力主汉化，是个开明之君，尽管合掌露齿菩萨像出现在后室，但毕竟违背常规，由此也可以看出当时社会环境的开放与包容。只不过，相对于华严寺合掌露齿菩萨的富丽华贵，云冈石窟要显得敦厚质朴一些罢了。

从云冈石窟、华严寺、善化寺、关帝庙，包括浑源的悬空寺、广灵的水神堂、灵丘的觉山寺，别的先不说，单从造像艺术，便可以清晰地看到唐宋之后几乎不再有石刻，佛像材质多用木雕泥塑，但面容、身板、衣褶发生了非常大的变化。梁思成先生讲，唐代直抵顶峰，其后姿容凝重、板滞之病越来越浓。如果细心去品，也确实能看到六朝之古典妩媚，唐代之成熟自信，宋辽金之优雅，当然也会看到明清之后的呆板和灵气尽失。

印象觉山寺

在大同匆匆数日，到哪里基本都是囫囵吞枣、走马观花，但对灵丘的觉山寺印象尤为深刻。这可能与我前一段时间看过李文媛的传记小说《孝文帝元宏》有关，也可能与一早看了浑源的悬空寺，中午在

广灵的水神堂小憩，一路的心里感觉有关。

悬空寺因其奇特的建筑工艺而名满天下，不论李白是否真的到此一游，还挥笔写下"壮观"二字多了一点，光是寺院建在悬崖之上，又受惠于悬崖保护，建筑本身的精巧与妙思独具就叫人叹为观止，但它是小巧的，玲珑的，也是精致的，惊险的，精妙之处在于"悬"与

灵丘觉山古刹

"空"，在于它空无一物，玄而无限，无心却又见性的意境。

广灵的水神堂应了广灵之"灵"字，让人身处塞外却感受到了江南的秀气，即便一座17.5米高的灵应宝塔，也做到了端庄俊逸，精巧朴实，还与西院墙月洞门交相辉映，形成笔砚之势。更重要的是，整个寺院的大小、布局与壶山，与泉水，形成了恰到好处的比例。难怪有建筑学家说，现在一些个人主义风格的建筑，单看单体是独特的，是美的，但放到四周的环境中一起看，就未必美，甚至倒变丑了。相比于现代人以平米论价值的建筑，古建筑似乎更加懂得因地制宜，更加能与周围环境做到浑然一体。毫不夸张地讲，广灵水神堂是一个主建筑因山就势，与周围环境完美统一实现和谐之美的典范。巧的是，位于圣母殿西侧的百工社，供奉着鲁班，两侧壁画全为反映清代手工业和人民生活状况的内容，反映了当地人对工匠精神的崇尚。

与以上两处不同，觉山寺给我印象尤其深刻的，除了雄壮的建筑，还有它背后沉重的故事。据记载，觉山寺为北魏太和七年（483）孝文帝为报母恩而敕建，选址在灵丘县东南15公里，离笔架山下的御射台仅1公里。寺院四面环山，形似莲花。寺前有唐河绕流。现在的寺院为明清建筑，但轮廓线平直、43.33米高的密檐式砖塔为辽代建筑。

在觉山寺，首先要看塔。塔，本是梵文，音译窣堵坡，也称佛图、浮屠，有舍利为塔，无舍利名支提。不过，我们所见的塔，除了塔顶的塔刹保留了塔原来的意义外，实际上塔刹以下完全是中国重楼的式样。觉山寺辽塔立于寺院西南一隅，六角，其所处位置与外形很符合唐之后的约定俗成，但塔基造型、伎乐、神兽、力神，以及塔心室门拱的样式，又有唐风遗韵，一个个力神和金刚昂首挺肚，我们看一眼便可以联想到教科书中李世民的插图形象。塔心室离地6米多高，人进不去。据说，里面62平方米的辽代壁画甚是精美，又出现在寺院里，极为罕见。

二是看寺院。现存寺院是明清建筑，规模不算大，布局对称，最大的看点是三教相容。觉山寺大雄宝殿正面塑像为三世佛，殿内壁画却是道教的内容和民间俗神。这种"儒、释、道"三教主尊合署办公的现象在悬空寺有，其他地方也不罕见。有民间说法是为了避免灭法毁庙，但实际上也是皇权所为。南北朝时期，佛教日盛，本土的儒道自然不干，因此互掐互祸，恶果不断。而北魏当政的孝文帝拓跋宏自小聪慧，思维开阔。从迁都到洛阳，连祖姓都汉化的事实来看，是个大刀阔斧之人。因此李文媛的小说《孝文帝元宏》中写到，孝文帝召集高僧，命其将佛教教义与道教教义糅合，再加入儒家内容，使三教结合，实现以佛治心、以道治身、以儒治国的事情，可能确有其事。

三是听故事。觉山寺看似是一位皇帝为报母恩而建，但背后的隐情很叫人同情。北魏有后宫产子将为储贰，其生母赐死的"子贵母死"制度。孝文帝两周岁立储，自己的母亲李氏被赐死。他五岁登基，在太皇太后冯氏的辅佐下料理朝政，"元魏太和七年二月二十八日……值太后升遐日，哭于山陵，绝膳三日不辍声……"皇帝突然思念母亲了！为报母恩，于是在灵丘县东南辟寺一区，赐名觉山寺，并召集方外禅衲500余众，栖息于内，衣糇毕具。还令六宫侍女常年持月六斋，精进者剃度为尼，真是孝泽天下！可实际上，就在那一年，孝文帝也要立儿子恂为太子，同样遇到了"子贵母死"的制度。恂的生母林氏，容颜美丽，深得孝文帝宠幸，可是旧制无法废除，不可不执行。这种情况下，悲伤无奈且只有16岁的皇帝，怎么会不哭？只是念娇妻不便张扬，报母恩天经地义，于是皇帝下令，选山清水秀之地，建梵宫以慰心灵，也就成自然而然的事了。

梁思成先生曾讲，古建筑绝对是宝，而且越往后越能体会它的宝贵。我的这次寻访古建筑就是一次探宝，一次对民族文化与精神的回溯，一次对民族审美的接续与继承。只是遗憾于行前没有做好攻略和相应的知识储备，差点儿在匆匆中只落个"到此一游"的下场。

五彩大同

刘兆林

大同令我相见恨晚，后悔曾匆匆路过而没驻足。但世上不会有两棵完全相同的树，今日大同，又添了新姿色。

不夜红

大同是古都，一般人都知道。而这古都自战国赵武灵王建城，至今已有2300多年。若单说其城墙初筑，还可向前推至4000多年前，因而名列中国九大古都之一，这一般人都不大知道。及至高度现代化的今天，这古都却古得分外新意迷人，更是一般人所不知了。我是今秋一个傍晚飞抵大同的。一登上夜色中的古城墙，我似乎一下长寿了千年。红纱灯笼一串连着一串，最是迷人。还有众多异彩纷呈的投光灯、墙灯、垛灯、檐灯、窗灯，更把整个城郭勾勒得古意朦胧。老城内四条大街、八条小巷、72条细胡同，串联着的古塔、古庙、古街、古宅、古酒馆、古茶楼，都在古色的灯光中焕发出新的生活气息。登城不一会，恰好下起大雨，还起了风，刚披的雨衣似乎变成了战袍。风雨声中，听导游动情讲述。明洪武年间，大将军徐达奉皇帝朱元璋之命，扩建城池并将土城变为砖城，及历代战后城池得以修缮扩展的丰功，直至大同市政府将古城彻底新修胜旧的伟绩，尤其是最近几年，人文环境大治理，大同老树新花。

夜雨中的古城上，导游手中的红伞，似被如豆雨点敲成战鼓声声，和着酒馆茶楼轻歌曼舞之音，我似又走进战争与和平的双重岁月，不禁仰头兴叹城西北角五檐山顶的镇城之楼。此楼高达43米，红灯幽幽，像长出数只天眼，鸟瞰东城墙外月城内那座岳武穆庙，此庙为鼓舞士气之用，与南城墙上意在振兴文气的文峰塔相对应。后因春夏之时有许多飞雁来栖，故又俗称雁塔而压了文峰塔之名。所以后来又在月城之内对应岳武穆庙，建了座文昌阁。因而这座军事古城便形如展翅腾飞的凤凰了。这如飞凤展翅的大同，与美国的华盛顿、西班牙的马德里、保加利亚的索菲亚、土耳其的安卡拉，同处世界名城云集的黄金纬度线上，却比它们的文武之名辉煌得更早。西汉时期，名将李广、卫青、霍去病，都在大同一带驰名。大同古城所构建的文武之道，及其勾连着的历史烽烟，不由得使我浮想联翩。

地下黑

大同有中国煤都之名。我虽早有耳闻，但一直想象不出它具体的模样，只模模糊糊想过，该是煤色较浓吧！

然而，身临其境，并没看到想象中的煤黑色，周遭的果园、太阳能电厂、住宅区及庄稼地，也没看到半抹乌黑，连开采过的旧矿区都改造得焕然一新。天空也很有耐性，一直陪我们蓝着。陪同的导游先生也心情十分好，打趣道："真要说起煤污染，你们的想象力还不够，曾经连庙里的佛，石窟中的菩萨，都成了包公，不仅脸黑，眼也蒙了煤尘，他们简直欲哭无泪！"我笑他竟敢拿佛和菩萨开玩笑，还连带上包青天。他反笑说，污从腐生，包青天都被污得欲哭无泪啦，他能不痛心反腐吗，佛和菩萨联手包青天，煤污才一扫而光！

细想他这话还真有道理。中国煤炭储量位居世界第三，山西在全国名列前茅，大同雄踞全省之首，素有"中国煤都"之称，一度乱开乱采之风强劲。而这次看到的沿路村落与民居，真的因反腐治乱（乱采、乱贩、乱生产）而焕然一新。在塔山矿生产现场，我透过电脑屏幕看见生产流水线，操控室纤尘不染，气息清新。原煤输送带就好似涓涓流动的溪水。想起在《同煤文艺》上随手翻到的一首诗——《看不见煤的煤田》："倘使你不曾来过，便不会知道三晋大地上，存在这样一方煤田。倘使不是在洗衣房干净的工作服前，亲口喝下一碗莲子银耳羹，亲手戴上一顶安全帽，你不会知道什么叫煤田现代化生产，也不会知道这里的天空为何这样蓝，更不会知道这里的土地、草木、进进出出的人，为何这样洁净、这样恬淡！"

于是我穿上了矿工的全副行头，兴致勃勃地钻进矿井，下斜步行300米，进入到400米深处。那是昔日长长的采煤坑道，现在已是为见证煤文化的发展变迁而保留的文物工程。古今矿工的苦辣酸甜都以栩栩如生的黑珍存下来，成为游人直观的煤文化教科书。被坑洞的强劲冷风推搡着艰难跋涉了一个来回，几身大汗都被迅速吹干，双腿累得几近瘫软，所见尽是黑色凝成的伟大劳动，让人直观感受了煤都与中华煤大国的自豪。出得黑黑坑道之后，在展览馆的图片中，却看到一大片触目惊心的白：当年日本侵略者以"满铁产业部矿业课"之名，强迫6万多中国劳工，把自己家乡乌金般的精煤，用手挖出来，用柳筐背出来，用血汗洗出来，运回日本炼钢铁，造枪炮，再运到中国杀人掠地。煤矿旧址的万人坑中，堆积如山的雪白之骨，竟有6万多具！

那样的时代，再也不会重来了。蓝天和大同煤，已永远属于中国自己。亲爱的煤田兄弟，从没像今天这样看重自己手脚下的煤与家园蓝天的关系，他们誓把污黑永远关在蔚蓝天空下的地底层！

古黄与鲜黄

想想看吧，北中国黄土高原末端，1000多华里若黄龙般起起伏伏的古长城，会多么壮观，多么动人。大同有两大世界文化遗产，一是云冈石窟，二是现存500多公里的历代长城遗址，有赵长城、东汉长城、北魏长城、明长城等，分布于阳高县、天镇县、左云县等五个县区的150多个行政村。与一般的砖石结构不同，大同长城用黄土夯筑。如果说万里长城如同一条美丽的项链，大同长城便像这条项链精致的坠，挂于黄土高原末端。

这永不褪色的古黄，只能永当历史、永当文化欣赏吗？不！大同人民要在欣赏的同时还当饭吃！他们努力在欣赏与保护中寻找发展之路。我在《左云文史》杂志上读到一篇年初关于筹创"长城文化节"的文章："有关部门将四吨油菜花籽运至古长城沿线各乡镇农户集中种植……油菜花开放时节，黄土长城沿线将成为金灿灿的海洋……为保证油菜花种植成功，有关专家进村入户讲解种植与防病虫害知识。"

金黄灿烂的花朵把古长城装点得如古诗描绘的那般美好："吹苑野风桃叶碧，压畦春露菜花黄。"装点此关山，今朝更好看。

微笑，永远是春色

　　武周山一面高高山崖上，大大小小蜂巢般叠立着254座窟龛。窟与龛中，雕有大小石佛造像59000余尊。一听这两个数字，便咋舌不已。前往一望，只有默默感觉自己渺小的份了。观后离去，满满一脑子美轮美奂，却只记住了一首诗，一句话。

　　一首诗的作者是清朝诗人王度，诗曰："耸峰危阁与天齐，俯瞰尘寰处处低。亿万化身开绝嶂，三千法界作丹梯。"

　　"世界最美的微笑在云冈！"这句话，是1973年9月，时任法国总统的蓬皮杜先生在第五窟的三世（过去、现在、未来）佛前，对陪同的周恩来总理说的。须知"喜、怒、哀、乐"四种人生情绪中，微笑作为人类最佳愉悦状态的面部表情，是最难刻画的。而1000多年前，中国人民就在山崖石窟雕出这尊安然慈祥、面盈微笑的释迦牟尼现世佛：双腿盘坐高达17米，两腿横宽15.8米，一根中指便长2.3米。伟乎哉！此窟南壁门拱上还有8尊石佛造像，及门拱菩提树下对坐的两尊面带微笑之佛。该窟与相邻的第六窟为一组双连窟，被誉为"第一伟窟"。双窟四壁几乎没有一块无雕刻的空间，琳琅满目的雕刻，如一首叙事长诗，展示了宏大神奇的佛国世界。连佛陀身边的两头小鹿，也因聆听佛法而面带了微笑。

　　云冈的微笑，凝固已千年，当属天下大同之微笑了！

　　大同之美，岂五色可以言传？

唱大同

黄亚洲

大同蓝

不用怀疑,大同蓝,就是由下列芬芳扑鼻的事物组成的:清风、长天、白云、云雀与鹂鸟的鸣叫,与槐树刚吐的黄花。有时候,还飘过一片花粉;有时候,还加入一条虹霓。

不用惊讶,数年前还挣扎在煤雾里的大同,就敢采撷天空最深处的蓝色,裁剪自己的新装。是的!数年前,大同还是以煤灰洗脸,用粉尘刷牙;云冈石窟的佛菩萨们,还在交流,如何限制使用黑煤的面膜。

仿佛,一切都发生在瞬间;仿佛,一种意志,在另一种意志的面前,转了个身。

这是我今天的亲见:亲眼看见隆隆的出煤巷道没有一丝粉灰,工人穿着白衫衣按动电钮;亲眼看见从采掘面归来的质检人员,后脖子上那块毛巾,依旧雪白。

难道,他们只是去暗黑的巷子,跟煤炭,谈一场优雅的恋爱?

也亲眼看见，调度平台的大屏幕上，煤炭生产全流程的生态循环；亲耳听见，同煤集团领导层斩钉截铁的誓言：黑色煤炭，绿色开采！

也知道云冈石窟的菩萨们都在互相点头，认可大同的采煤技术已经领跑了世界，甚至包括所有的琉璃世界、娑婆世界、极乐世界。

不用怀疑，大同蓝，是由下列姿态走向世界的：国家科技进步一等奖、新闻媒体的头版头条，以及大同商品房的紧俏。

不用怀疑，大同蓝，最终，是由下列人物鉴定通过的：我、你、大同百姓、国家生态环境部工作人员、释迦牟尼、观音、文殊、普贤。

还有罗汉，整整500名，全部赞成票。

大同煤炭博物馆，"万人坑"展区

即便不扔进万人坑，也是万人坑式的生活：你能天天吃黑窝头与杨树叶吗？你能夜夜挤入150多号人的低矮棚子睡觉吗？你能一天10多个钟头又爬又跪，沿着日本刺刀的凹槽，把沉重的煤，用柳条筐驮出矿洞，交给骆驼吗？

有一批自称人的鬼子，把一群又一群真正的人，变成了鬼。

八年里，有一批已经死亡于万人坑的黑色鬼魂，为那些自称人的鬼子，挖出了1400多万吨大同煤，然后，仿佛是必然的，他们就进入了万人坑，成为再也不需要吃杨树叶的鬼魂。

白骨数量，整整6万，但深凹的眼窝，依旧是两块煤，依旧在等待历史开采。来不及燃烧的火焰藏在内部，今天，我都看见了。

那些自称人的鬼子，正式番号是"满铁产业部矿业课"。挖万人坑，是他们的本职工作之一。

我甚至耻于用中国汉字，组合出这个番号。我甚至要呼吁，直接用那1400多万吨以骆驼驮走的大同煤，把这个番号，连同这个番号后面的一切，一切的一切，统统烧成灰烬！

由正义来挖一个坑——埋掉！

我想，这应该是人类的本职工作

夜游大同城墙

我们坐着电瓶车在明朝的肋骨上隆隆驶过。明朝开国大将徐达，使劲托着我们。

这样的夜巡激动人心。城墙周长7公里，古砖打制的肋骨都是冷兵器的模样。

64座金碧辉煌的望楼在东南西北四个方位上，给我们64次震撼。

徐大将军应该是满意的：大同市政府先后花了七年时间，才完完整整恢复了徐达的图纸。

所有失散的古砖，都从百姓的院落里、牲畜棚里、村道上，给赎了回来。所有的边塞烽火，现在都在城楼的聚光灯下燃烧。

护城河、吊桥、城楼、箭楼、月楼、乾楼、望楼、角楼、控军台，一切修旧如旧。大明朝在大同市的中心，稳稳坐着。

其实在徐达之前，甚至，早在北魏年间，大同就有了自己的城墙。不过，那是泥土夯就的。大同很早就知道，如何将战争，通过泥土夯造成和平。

只是，镇守大同的徐达大将军把泥土变成了青砖；把国家的眼睛，变成了64座望楼。他还在城墙外，修筑了北小城、东小城、南小城。显然，大同的和平发展，一直是穿着盔甲进行的。

依我看，大同城墙，是一部上下册的正方形教科书。上册，是从北魏到明朝；下册，是从明朝到改革开放时代。

我在今夜细细翻阅。一辆电瓶车，做了我的手指。

而讲解员，一直说着徐达大将军的腔调。

其实讲解员一晚上说的，就是一句直截了当的话：真正的和平，都是穿着盔甲的。

重返云冈石窟

仍旧带着世界上最迷人的微笑，迎接我——依照北魏的方向，嘴角微微翘起。

看我双肩，又积攒了多少红尘；看我眉眼的新皱里，又潜伏下几重电闪雷鸣；看我上次的忏悔，兑现了几分。

其实，不用询问我，59000 尊佛菩萨什么都明白：哪个季节我曾左冲右突首鼠两端，哪个时辰我的心智又被蒙蔽了三成，我装出来的庄重，如何狼狈不堪。

45 个洞窟里，都是冷静而迷人的微笑，但却目光锐利。北魏做下的眼眶、辽代装入的黑琉璃眼球，从头至尾将我看透：我应付世事如何拮据、做人如何败兴。

告诉我，是不是世界上的终极真理都在这微笑里？是不是一整部百科全书，都在这微笑里？我是不是应该在这里，以魏碑体的稳重，端坐七日，让我的心脏，两端微微翘起，换浮躁，为微笑？

我或许，应该再细细阅一遍史典，自北魏至今。

或许，1500 年间，所有答案，早已齐备。

或许，坚信，不要再去听云冈之外的任何声音；坚信，微笑是世界最后的表情。

或许，定期重返云冈，是一种哲学，无论用腿脚，还是用信念。

或许，微笑的冷静，才应该是，人类首选的避暑胜地。

恒山杂感

恒山看上去就是两种颜色，一种是植被的葱绿，一种是危岩的黄褐。

一幅密集的双色图案，西东绵延500公里。

显然，北方之神，喜欢简洁。

恒山所有的庙观都像悬空寺。远望，皆是绝壁上的一个个鸟窝。游人被迫长出云雀的翅膀，一会儿飞进庙里，一会儿歇在树上，一会儿玩失踪——钻进石头与石头的缝隙里。

人的悄声交谈，都是空山鸟鸣。

恒山乃道家第五洞天、张果老的归隐之地。但是，张果老的那头毛驴，也允许驮上佛教与儒教。我看见佛陀与孔丘都是这里的座上宾。我们的民族就是这样大度。

甚至，弄得无数代中国都喜欢学着张果老的样子，倒骑在毛驴上，始终在前进，始终不知道目的地。

我在恒山行走了半日，身子一直紧贴岩壁。我实在不明白那头盲走的毛驴，何以几千年，都走得那么轻松。

我在这么想的时候，就钻进了石头与石头的缝隙里。

恒山，苦甜井

你到底寓意着什么，这是我急于弄清的。一口苦井，一口甜井，竟然，相距不足一米！

反差如此极端的这一事实，已经越出了我的常识。

抑或，你是一对眼睛，左眼观察苦难人生，右眼留意局部幸福？你是在叙述宗教？

抑或，你是一副心脏，左心室隐藏人之邪恶，右心室保留人的良善？你是在揭示人性？

最后，抑或，你就是命运的正反两面？你把痛苦和快乐，一起注入了我们的此生；顶峰和深渊，时时，作为我们的正照与背影？

那么，先后照照两口井吧，让我彻底明白：我是同一个人。

再先后舀上一碗喝喝，让我更加绝望，也让我，倏然，明白一切，成为圣人！

恒山之巅，朝拜真武大殿

这是在说，求水一定要心诚——进得山门，还须再上走103个台阶，才能参拜掌管五湖四海的水神。

因此，我大喘气，举三炷清香进殿。

真武大帝您听着，一炷香代表黄河，一炷香代表长江，一炷香代表珠江。我喘的气，是东风压倒西风的东风。

我，是个百姓，但总是有举国意识、民族担当！

作为吃瓜群众中的一员，我希望全国风调雨顺，瓜果连年丰收。

据说五岳是暗中相通的，因此，我今日在北岳对真武大帝所说的肺腑之言，愿五岳众神都能听见；希望，东西南北都无战火，一旦有火，马上来水。

你看，我是如此高尚，在北岳之顶端认真跪求国家安康；当然，下山后，我将继续吃瓜，做一些俗不可耐的事情，包括跟人吵嘴、赌气，被人嘲笑。

恒山作证，我的拥有三炷清香与一口气的崇高信仰，与我一地鸡毛的庸俗生活，都是永恒的。

遥观悬空寺

都知道，佛菩萨一向是喜欢在悬崖上讨生活的。他们喜欢端坐于悬崖的凹陷处，一座山是一把伞：云冈、敦煌、龙门。

而现在，他们更加壮起胆子，直接把莲座，搬到悬崖外面来了！

只由几根横向的木桩撑着。他们，豁出去了！

一些普通的常识，需要在最危险的地方叙说，你才能听出一身冷汗。这就是他们孤注一掷的考虑。

空气撑着他们，流云撑着他们，鹰的翅膀撑着他们，游客的惊叫撑着他们。

不是他们的坠落而是你的坠落，撑着他们！

从菩提树讲到六道轮回——咬着牙的木桩，撑着苦口婆心。

他们豁出去了。

我们每日所唱的国歌不也是这样吗，那里的音符，也都部署在悬崖的最后几步，与危言有关。

要从佛菩萨的胆识里，挑战人生的深渊！——我们不这么做，就对不起真理的悬空。

世界上有的事情是虚空的。有的事情，只是悬空。

那么，就把平常的道理从悬崖上扔下来吧，我接着——我必须从自己的冷汗中，感受真理的冷汗！

大同火山群地质公园

10万年之前，这里的土地与天空是同一个概念，火焰模糊了一切！

石头和星星一起引爆长空，岩浆被风搅拌。

所有的电闪雷鸣都在集团冲锋，自下而上，破釜沉舟。

10万年以前，大同充满活力。

我站在老虎山上，向东南西北观察：大马蹄山、小马蹄山、牌楼山、双山、东坪山、金山、黑山、阁老山、磨儿山、牛头山、狼窝山、甘庄火山、昊天山！

我在观察疯狂，观察咆哮的深度与火焰的高度。

这些环形山，都是在飞升到半空之后，良心发现，重新摔落到地面的。包括我站立的老虎山，至今，也似乎有一颗暴烈的心脏，在微微震动。

我知道，有一种最凶狠的虎叫，其实，目前，还在酝酿。我知道，至今，太平洋板块向欧亚板块的进攻，尚未停止。

风动树叶，说白了，是一种喘气。

一段时间的静默不等于永远静默。该来的，总会来。

我甚至想建议这个火山群地质公园改名潜伏者公园——在一个预示天下大同的地方，你要懂得这个最终的道理。

昊天禅寺

去见见慈圆师太并且当面感谢她吧，她今年九十有二。你今天跪拜佛陀的那张蒲团，是她亲手编织的。

28年前，一个来自北魏的梦境击中了她。她跌入了梦中的莲花池，几乎透不过气来。

这是缘起。

于是她发誓在这个火山口上复建寺院。她走上山顶平台，在四周插下四根细细的佛香，确定了一朵莲花的准确面积。

然后，她开始向四方化缘。莲花需要滋养。

历史是这样告示的：自北魏始，10万年前喷发过的这座昊天火山，就有了昊天寺院；火山灰与一盆山顶的小海子，就开始滋养莲花。大殿里，1500年，木鱼一直游动。

不防，20世纪60年代，一场面目不清的革命突然喷发。那座火山虽然是伪装的，却送给昊天寺结结实实的一山瓦砾。木鱼丢失了腮。

去见见慈圆师太，并且当面感谢她吧。她在山顶插下四根佛香那年，年纪已过花甲——现在，你看，中国唯一的一座建在火山口的寺庙，梵音日夜喷发；在跌入慈圆师太的那只莲花池内，木鱼吐着泡泡。

慈圆师太把掌心按在我头顶的那一刻，我有点想哭；脑袋里，似有岩浆转动。

有一种说不清道不明的东西，很想喷发。谁会受伤呢？

左云县，清高的苦荞事业

在山西左云，不要拒绝我递给你的这杯苦荞茶——做人清高，在于清高！唯有清高，才能清高！

请注意我上述的表达，第一个清高，是形容词，指做人的节操；第二个清高，那就简单了，就是指——清高血压、清高血糖、清高血脂！

注意了，高寒地区日照期很长的苦荞、从来不会发生病虫害的苦荞，已经全副武装，准备进入你的血管。

注意了，现在，它就潜伏在我手中的这盏茶盅中。我知道你是个崇尚清高的人，因此，你不能拒绝。

从事"苦荞清高"事业的人们，更是全副武装地准备了下列尖端装备：苦荞红曲、苦荞挂面、苦荞香米、苦荞醋、苦荞糊、苦荞黄金粥、苦荞麦片、苦荞混合粉、苦荞婴儿枕、苦荞靠枕、苦荞床垫。

做苦的人,有苦心。

他们这些人,其实就是苦荞。

这些年,他们一直像苦荞一样站得笔直,满脸阳光与清高!雁北大地把辛苦与幸福,同时输送给了他们。他们拿从来没有病虫害的最清纯的语言,与你交流。

你喝下我递给你的这盅苦荞茶,离开左云之后,会发现,你的脚下,轻捷起来——你血管里所有的病虫害,都开始卷铺盖逃亡;你人生中必然具有的那丝苦味,不知不觉中,化作了清高。

现在,明白了吧!做人清高,在于清高!唯有清高,才能清高!

黄土高原的蓝色海洋

从空中俯瞰,这一大片中华人民共和国的国土,已经由亮晶晶的蓝色光电伏板构成。

黄土高原,开始涌动蓝色大海。

苍鹰,一律,作海燕状。

由于双轴跟踪系统,太阳从东到西,一刻都无法逃匿。它只能褪下自己亮晶晶的皮,覆盖于这片国土。

海浪底下,我却依旧看见农业在生长。我看见黄瓜、苦荞、莜麦、苜蓿。

绿色,撑着蓝色的保护伞。

一阵大风过来,同时掀动绿波浪与蓝波浪!一阵大风过去,身上披挂蓝绿两色!

这里的地名是大同市左云县贾家沟,而整个左云县计划要摆下5

万亩太阳。100万千瓦的阳光，要先后钻入电线，而我知道，那些阳光原先的擅长，是制造石砾与沙漠。

这些因为采煤而塌陷的土地，这些农民已经远离的土地，现在，从容不迫，以电业与农业的双重方言，继续，叙述国土的能量。

这是土地的第二轮奔跑。跑道为蓝绿双色。

我的目光，此刻，随着绿波浪上面的蓝波浪，准确转动。

太阳已经无法逃出刻度表。它的颈椎与我的颈椎，同轴平移。

因此，太阳已经知道，中国人都是夸父的后代；也知道，夸父如今的脚板，已经进化成矩形，并且是蓝色的，脚后跟上还拖着电线。

在左云，参观农居

我问户主，上下两层的230平方米够住了吗？

她当然就笑。丈夫在矿上，儿子外地读大学，就她一个人，做了230平方米的俘虏。

她被迫用一块小小的抹布，每天，擦拭她广袤的国土。

把原先的村庄，让给光伏电板、长风与遍野的苜蓿，就像把丈夫继续让给矿上、把儿子继续让给大学一样。

何不搬来新村呢？集体经济给补助一半的价钱。阳台、炕床、清风、齐全的卫生设备、后半辈子的舒心，一道结构了这230平方米。手里的一块抹布，擦着的，都是心甘情愿。

左云县水窑乡大路坡村——记住这个拥有大群白杨、新疆杨、油松、樟子松、落叶松的地方！

其实，我这问题是问我自己的：你拥有230平方米的窗帘、槐花的香味和蚂蚱吗？你的抹布，能擦拭那么大的国土吗，城里人？

长城之乡，想象狼烟

想象中，烽火台正在此刻喷出狼烟：狼粪熊熊燃烧，火舌窜出烟囱，天空用狂草书写战争的野性！

想象中，胡人正骑着狼群蜂拥而来。想象堞楼上弓弩齐发，和平用鲜血沐浴，咬牙切齿，准备重生。

向长城之乡左云致敬——你竟然一口气拥有六道长城：赵、秦、汉、北魏、北齐、明——你代代不歇的狼烟，是中国内地宁静的炊烟！

向长城之乡左云致敬——狼烟是你手中的狼毫。你其实并没有在蓝天里书写战争，你书写的只是阻击、逃命、防守，一个"狼来了"的故事！

狼来了！狼来了！

说明我们中国，自古就不是狼群，至多，只是狼粪——狼粪孕育的漫天的和平！

在左云，我吞服了一粒明长城

夕阳西下时分，我吞服了一粒明长城。

我是在明长城横断面的正中间，抠下这一粒夯土的。当年，是哪一群匠人把这墙黄土，夯得这么结实？又是450年里的哪一股狂风，把这粒夯土，吹得这么脆弱？

长城的瘦身，已无可避免。每一场风雨，都要刮走长城的一块皮肤、一滴血；而我今天，又抠下了指甲大小的一粒长城。

我要留你，长城，我不想风雨把你全数带走。

一开始，我高高举着长城，过一会儿，我就决定吞服。

我决定尝一尝大明朝与戚继光的味道。我不是从小就一直喊长城

长城天路——古长城旅游公路

在我胸中吗?

　　我把长城搁上舌苔,然后,委托一瓶矿泉水充作历史的长河,将长城,筑入我的胃部。

　　大明朝的忧患意识,似乎,顿时发生了。我开始巡查自己的哪处骨骼关口,易有异族侵入。

　　这里,海拔2013米,大同左云境内明长城海拔最高的一段。我就选择这里，与长城纠缠不清。

我在长城里面，长城在我里面。

一个明显的事实是，戚继光建造的长城，并没有随大明一起死亡，以至于，我今天还能服用。

另一个明显的事实是，一个肚子里有长城的人，即使，不能明辨是非，至少，也能分清敌我。

我服用的，是一粒药丸。山西左云制药，特效，无副作用，终生一粒。

注意，在我之后，已经停产，旁人不要效仿。

明长城，月华池

现在，我愿意作为一个谜底，反复溜达在这片杂草丛中。

现在，我愿意把自己佝偻起来，走成一个问号。

小小城池，四墙皆长250米，高皆十丈，无门无窗。其北墙，直接依托于明长城——这样，地理就扔给我一个谜：这口小小的密不透风的锅，煮的是一段什么历史？

开始，我把自己想象成一片月光，因为这城池定名月华池。但，只溜达了三五步路，我就否定了自己——差遣那么多劳力，夯建那么个城池，肯定不是为了嫦娥！

又把自己想象成一名战俘，穿着宽大的胡袍，被明军圈押，像一头牲口，于此咀嚼草料与月光——但哪怕是死牢，也该有门啊！

或者，仅为屯兵之需？一大堆精兵强将埋伏于此，伺机跃上城楼，搭弓放箭——但兵贵神速，又为何无梯可登？

上述想象，都是无数岁月历史学家反复的争议，都是风与草尖今日故意的猜拳——它们在笑我，我的作为一个谜底的肤浅。

我蹲下来，看一株草——忽然想，何必，要闹清楚我姓甚名谁！

一株草，立刻在风里点头。它的祖上，告诉过它真相。

或许它，是在柔弱无骨地告诉我：月光里朦胧不清的历史，才是真正的历史——就像嫦娥，人们至今，弄不清她到底是一位美女，还是一片月光。

明长城，助马堡

明代长城中的这个大堡子很是自得，功夫多，敢集军事、商业、文化于一身，也不怕人家羡慕嫉妒恨。

要打仗就打仗，要做马生意就做马生意——北买牛羊骆驼马，南卖丝绸棉布茶！

要娱乐，也行。戏台子一口气就建十多座，晋戏、花鼓、二人台，敢把一条疆界，拉成弦乐。

就连庙宇，也有26座。玄天庙、城隍庙、武当庙里，端坐中华文明。

说实话，边界，就该这么无所不能：国家的手指可以扣扳机，也可以拉二胡。

黄昏时，也可以在中华文明的香案前，点燃烛火——边关是民族的风纪扣，举香前，先扣紧。

当然，经济交流还是为主的，所以，不要说"驻马堡"，而要说"助马堡"。

一个助字，深不见底。

天下大同，其意在此。

明长城，拒门堡

什么时候改的名，已不可考。仰脸问长风，低头问青草，都说不知。

开头那名字，意义倒是清晰，叫"拒蒙堡"！

那时候，堡子外，战马扬起的尘沙，经常把白云染成脓血。

用弓箭拒蒙，用狼烟拒蒙，用大惊失色拒蒙。

后来，双方当然是做开了生意。战马被当作驮马，丝绸与茶叶代替军队冲锋——当然要改名了，就如现在的成人，忽然对开裆裤时代的小名，十分害羞。

是清代，还是民国，哪一位官员，在书写市价公告的时候，突然灵机一动，用上了新名。

他那一刻，一定十分得意。他与时俱进。

所以说，战争与和平，实际上，就是一张纸的两面；或者，一张布告的两面——就看什么时候贴出去！

具体的，究竟何时何人改的名，这个问题略显复杂，长风说不知道，青草也说不知道。

反正，裤裆，没有被战争撕裂。

开裆裤缝上了。日子的体面，得以保全。

明长城，得胜堡

显然，所有的成功、喜悦、欢呼、幸福，都被这个名字像包饺子一样包在里面了。

得胜堡，中国唯一以"得胜"二字命名的地域！

祝福这份胆魄——这个现存明代最大的一个边堡，这个货真价实的福地！

驻守得胜堡的将军，甚至位达三品，甚至要统率附近八个边堡的军队。他风光无限，他敢把大小胜利都放在箭匣中，随时支取。兴致来了，就射它两三支；轻轻松松，射下一些大雁与云朵。

那么，显然，为了摘取巨大的欢呼声里的花束，2002年，中国足球队的这一决策就是正确的：他们果断选择从这个堡子出发！他们决定把大大小小的胜利，事先就背在身上！他们要翘起得胜堡将军的胡子！

果然，他们立马就斩获了进军当年世界杯决赛的入场券。

那张入场券，是他们手里的一只流血的大雁。

以我愚见，中国男足应该继续做出决断：在这个堡子里永久集训，365天吃喝拉撒！

以我愚见，这样，才随时可以从箭匣取出几支胜利，向世界任何地方，射下云朵或者大雁！这样，中国男足，起码可以位居三品！

得胜堡，中国长城最神奇的一个穴位，一针下去，胜利便跳了起来！

以我愚见，该决定的单位就赶快决定了，不要再请示上级！

大同黄花菜

一株什么鲜嫩的蔬菜，在大同，竟然拥有12万亩的形态！

你告诉我，这是黄花菜，且是——六瓣七蕊的！

哦，烧猪肉的黄花菜！烧牛肉的黄花菜！清热、养血、安神的黄花菜！

你告诉我，中国黄花菜有五大产地：山西大同、湖南祁东、甘肃庆阳、陕西大荔、河南淮阳。唯山西大同的，是六瓣七蕊，而其他地方都是三瓣四瓣，至多五瓣。

太阳多给了大同一抹光线！

我估计，这与10万年前遍布大同的火山群有关。大同的土地底下，另有一个太阳。

你说，这是有可能的。

6月下旬与7月，整整40天的采摘期，大同金色的土地与太阳金色的光芒，一起舞蹈。

哦，节奏铿锵的40天：土地、铁锅、我的齿舌，一起搅拌香脆的黄花菜！

你告诉我，大同黄花菜现在已经远销东南亚与欧洲，可是你的话很快就被厨子打断：厨子又端出来一盆黄花菜白木耳汤——对我而言，这可是一盆叫我窒息的夏日湖水啊！

没有疑问，在大同期间，我的生活就是六瓣七蕊的——比别人多出一瓣！

大同散记二章

秦岭

日月映血的长城时代早已遁入不远的昨天,如今以废墟的形式融入大同人常态的日子和炊烟里,呈现出岁月原本的样子。

我像一个天真的孩子,无邪地走进长城的生命谱系,流连忘返于一个个城垛的伤口上、一处处撕裂的土堡里、一片片倒伏的残垣前。那一刻,感觉时间倒流,从今至明,从明至秦,及至更远……

绿,像这个时代从天而降的容颜,它不光挑战着我对火山群的判断,而且分明在提醒我:其实,你已经进入大同火山群的核心地带了。

长城的样子

假如我画出某个耳熟能详的主题,你却辨不出画了什么,那一刻,尴尬的你我该如何各自收场?比如,画面上分明是长城的样子。

我立即会看透你心目中的长城底片,那一定是"修旧如旧"之后重现江湖的完美高大和流光溢彩,这样的惯性思维,岂能容得我画笔下原汁原味、饱经沧桑的容颜——我指山西大同的明长城，它的确是长城的另一种样子——不！长城没有第二种样子，它就是它的样子。作为明代九边重镇，大同雄踞在渤海湾和西域之间，东眺山海关，西望嘉峪关，像一个诚实、坚韧的挑夫，用长达数千里的扁担战略性地挑起朝代更替、御敌守邦的历史辎重和战事循环。我以当代人的角色靠近天镇、阳高、左云一带时，这才发现明长城分明就是一件未曾雕饰、装扮的老物件，除了勉强可辨的各类围堡，多为夯土、砖石的庞大废墟，高高矮矮，凹凹凸凸，或突兀于平川梁峁，或湮没于村舍阡陌，像一截截断裂的马鞭，一个个倒下的烈士，一只只失群的信鸽，而总体观察，像极了一个未经打扫的古战场，刀光剑影的留痕随处可见，流弹箭矢的呼啸似有可闻，千军万马的逐鹿恍若眼前。"这才是长城的样子。"我脱口而出。

陪同的大同人如数家珍："大同明长城总长 800 多华里，配以内堡、外墩、烽堠、辙道，全国罕见。"他同时不无遗憾地喟叹："可惜！更早的赵、秦、汉、北魏、隋、金长城，都已……"但在我看来，大同有了明长城，早先所有长城的投影、气息便都在这里了。我必须相信，当年秦始皇举全国之力修筑长城重器，绝对不是为了打造工艺品。他老人家甚至一定想过，长城的终极美丽，就是残缺，甚至消失。但他一定没想到，就在几十年前，中国的热血儿郎们还坚守在长城内外，唱着这样的歌曲："大刀向鬼子们的头上砍去……"

日月映血的长城时代早已遁入不远的昨天，如今以废墟的形式融入大同人常态的日子和炊烟里，呈现出岁月原本的样子。恰是在这种样子里，历史有的基因，长城有；历史有的气息，长城有；历史有的诉说，长城有；历史有的记忆，长城有。而废墟，唯独在这里浴火重生成生命的极致，它生机勃勃，血脉偾张，仪态万方。我像一个天真的孩子，无邪地走进长城的生命谱系，流连忘返于一个个城垛的伤口上、

大同长城

一处处撕裂的土堡里、一片片倒伏的残垣前。那一刻，感觉时间倒流，从今至明，从明至秦，及至更远……

这是长城活着的样子，可它真的不像现代意义的所谓旅游景点。有游客沮丧地说："这是长城吗？感觉白来了啊！"这话，一时让我不知所措。

不知所措，实际上有自我追问意味的：我为什么才来？"天下雄关"嘉峪关在我的老家甘肃，"天下第一关"山海关毗邻我的第二故乡天津，自然都是去过的，我甚至去过长城沿线更多的省市，多是听说那里的长城被修葺一新，于是也难以免俗地成为趋之若鹜中的一员。直观印象中同质化、模式化的众多长城，很难辨清跨越时空的历史断章和战争分解，以至于对家门口的八达岭长城，我至今懒得涉足。我在某大学的一次文化讲座中感慨："要让长城活着，必须要留住它伤残、流血乃至死去的样子。"我顺手牵羊举了圆明园的例子。大概是五年前吧，京津政协系统搞文化交流，北京某政协的一位委员眉飞色舞地告诉我："我已提交了重建圆明园的提案，让圆明园死而复生。"我笑问之："仁兄到底是要让圆明园死而复生？还是活而复死。"委员初愣，继而顿悟，遂成至交。

大同的长城为嘛活着？也许是因为大同大不同之故吧！那天，我神经质地做了两件事儿：先是吼了一曲古老的山西民谣："日出而作，日入而息，凿井而饮，耕田而食……"继而在古堡内打了一趟劈挂拳。同行的《香港商报》记者把我的洋相录了下来，而某著名编辑则给我封了个壮士的"美誉"。——壮士，约等于"不到长城非好汉"那种吧。是不是壮士，我当然心明如镜。但真正的壮士应该选择什么样子的长城，好像还不光是个审美问题。

只是偶尔打开视频，重温那个手眼身法步早已不如少年的自己，吸引我的依然是大同明长城的悲壮背景。恍惚间，我不知道"壮士"到底是从历史来到当下还是从当下去了历史。这般的判断，没意思也难。

和朋友聊起大同之行，他说："我心中长城的样子，有了。"

走进火山群

走进火山群，却疑似漫步绿岛链。我脱口而出："森林障目，不见火山。"当然是对成语"一叶障目，不见森林"的接龙。

绿，像这个时代从天而降的容颜，它不光挑战着我对火山群的判断，而且分明在提醒我：其实，你已经进入大同火山群的核心地带了。一瞬间，我仿佛在懵懂中穿越这样一个现场："轰隆隆——"在一阵紧似一阵的巨大轰鸣声中，30多个幻灭般的庞大液态火柱挣脱地表，刺破长空，大地剧烈颤抖，苍天遮云蔽日，排山倒海的岩浆烈焰像洪峰一样张开血盆大口，席卷方圆900平方公里的一切生命，最终在如今的大同盆地和桑干河流域宣示般地隆起了神秘而庄严的金山、黑山、狼窝山、马蹄山、老虎山……

"火山爆发，让所有的绿色都没了啊！"我身边的一位大同人喟叹。

这种喟叹的神奇在于，它不光用绿色代替了所有的生命，而且似乎是，灾难仿佛发生在昨天。昨天是哪一天？是24小时前，还是几万年、十几万年前？据载，作为中国六大火山群之一的大同火山群，大概从74万年前开始，经过三期反复多次喷发，距今40万年前进入活动高潮，大约在10万年前才渐渐停止喷发。而74万年前更为远古的时代到底喷发过多少次，人类的智慧鞭长莫及，因为，人类只不过仅仅是人类。脚下，这些被学术界称作火山渣锥、混合火山锥、熔岩锥的生命禁区，古人曾痛心疾呼，兴叹叠加："青山安在？安在青山？"如此喟叹，一今一古，如出一腔，像极了一次洞穿岁月的电话连线。

我必须相信，这绝不仅仅是作为灵长类动物的人对绿色的呼唤。

视野里，除了树，就是像绣花一样小心翼翼栽树的大同人和一脸好奇的观光者。一位正在移栽幼树的农民告诉我："过去，咱这雁北一带山山'和尚头'，处处'鸡爪沟'，栽一棵树比养一个娃还难。"这是大同人的幽默，但我没笑出声来。面对废墟的微笑，一定比废墟更要难看。现场听到一个故事：有位负责林木管护的赵姓老兄，长年累月在艰苦的实验中育苗植树，像大禹治水一样三过家门而不入。有一次，他的一个朋友上坟时不慎引燃了25棵羸弱的幼树，他一气之下扣了朋友的车，还罚了款，监督朋友补栽了树苗，一棵，一棵，一棵……如今的火山群早已实现了种种的可能性，不仅披上了30万亩的绿装，还被国土资源部命名为国家地质公园。有游客感慨："绿水青山，让火山群有了气质和尊严。"

一个比火山群更要古老的事实是：两亿年前的中生代时期，这里还是降雨充沛、江河纵横的热带雨林气候，在如海如瀑、如云似雾的万顷绿色中，各类恐龙以主人翁的姿态，自由、骄傲地繁衍生息了一亿多年。如今，恐龙早已消失在历史长河里，那些神奇的绿色又去了哪里？我们叩问大地，可是，大地沉默如大地。要问与沉默对应的词是什么，你会想到爆发吗？

但有一种东西，它是有声音的，这是燃烧的声音，它燃烧时与火山一样通红如霞，有形状，还有温度和光芒。它在如今千万家现代企业的炉膛和老百姓的厨房里安详地燃烧，它的名字叫煤。它由绿色变来，又化作灰烬而去。关于煤的成因，说法很多，其中的一种解释是：古生代、中生代、新生代时期伴随火山爆发造成的地质变化，致使周边植物被颠覆性地深度掩埋，从而演变为煤。我只想说，那些消失殆尽的绿色生命，大多数最终还是以不可再生资源的形式馈赠给了人类，其中的大部分，留给了工业化时代的我们。如若说，火山群是一堆堆生命的灰烬，那么，当所有的煤化为灰烬呢？专家告诉我："对煤炭的掠夺性开采早已让大地和生态不堪重负，大同人正在尝试开发光伏发电资源，但是，煤，依然是人类的重要生命线。"

火山的光焰早已不在，但我们从煤的燃烧中，分明看到了与火山一样的表情和模样。而眼前的火山群，你能认准它到底是生命的乐章，还是墓碑？

一片树叶，在地球上只有一次绿色的机会。那天，我曾小心翼翼地钻进一个深达150米的现代化煤井，轻轻地、轻轻地抚摸原煤的肌肤，一遍又一遍。在一些煤层的剖面，古代植物的叶脉清晰可见，我不认为那是众多绿色的集体死亡，它们更像万古岁月里火山群一样悲壮的睡眠，脉搏跳动，呼吸可闻。煤井只有150米，假如它是无底洞，我情愿走到底。它的出口，永远在地球上。

"咱栽活一棵树，就是给前世还账哩！"说这话的还是那位农民。

已是午后，长空如洗，这是闻名遐迩的"大同蓝"。马蹄山那边的树林里传来著名的山西民歌《圪梁梁》，深情而悠扬：

"对面山的圪梁梁上那是一个谁？
那就是要命的二妹妹……"

我纳闷："火山群里哪有要命的二妹妹呢？"
大同人笑了："多啦。"
"何以见得？"
"一棵，一棵，一棵……"

一块美丽绝伦的火山石就在我脚下，我没好意思带走它。它到底多少年没享受这样的绿了，我不知道。

近看大同蓝

肖克凡

初次听说"大同蓝"这个词语,难免惊诧。昔日"中国煤都"的印象,几乎成了与蓝天无缘的思维定式。一行走访,下煤矿,进工厂,到农村,游古城,访新区,所见蓝天白云朵朵,所遇青山绿草茵茵,清风拂面,空气爽心,果然换了人间。

似乎大同人已然觅得神奇的造物调色板,鬼斧神工将天空抹得蔚蓝,把青山染得苍翠,进而在辞书里编纂个"大同蓝"词条,以供我们阅读。

其实蓝天只是现象而已。从现象追寻动因,"大同蓝"的答案应当在大同人脚下,那古老而富蕴煤层的大地。

亘古至今的不懈采煤,使得北国煤都声名远播,四海皆知。中国大同奉献的煤炭,给人类世界带来动力与温暖。

然而,采煤的钎镐无意间化作给天空涂抹暗色的画笔。尘雾蒸蒸,烟气缭绕,混沌着城市天际线,减去了日月光辉。

这正是大地与天空的关联。今日会有"大同蓝",恰是"蓝天源于大地"。这"大地"无疑是城市经济转型的坚实基础。

如今的大同，以关停高耗低能厂矿、治理环境污染企业为前提，逐渐完成能源型城市的经济转型，实现绿色循环经济。

请看塔山煤矿调度指挥中心大屏幕：从作业面采煤到主扇风机监测，从胶带运输机到原煤装车出矿……全景实时监控，细节尽收眼底。高科技时代的安全生产文明作业，已经走进世界前列。昔日的"煤黑子"不复存在。

拥有千万吨级矿井集群的同煤集团，摆脱单纯煤炭生产格局，以"依托煤、发展煤、延伸煤、超越煤"为发展布局，以"高科技、高效益、高品位"的循环经济模式，实现电力、煤化工、机械制造、金融资本、物流贸易等八大产业多元化发展，在创新驱动和转型升级的背景下，只要原煤出井便被"吃干榨尽"，从粗放原料转为多种精细产品，剩余煤矸石堆积成山，也被绿化为花果山。

"蓝天源于大地！"就这样，绿色循环经济在矿井奏响序曲，这序曲升腾而起，唱响蓝天白云。

花果山无疑是景致。然而常年采煤形成的"采空沉陷区"却是难

题，这种地貌昔日既不能种植也不能盖楼宇，沦为荒凉废弃的"地表斑秃"，直接影响生态环境。有难题必有对策。大同人充分利用沉陷地带，建起10万千瓦光伏示范基地，也就是通常所说的"太阳能发电"。

行走在昔日采煤沉陷区，山岗处处架起光伏板件，好似给大地披上铠甲。这片片"铠甲"，上部光伏发电，下面农业种植，一地多用，能源清洁，环境增益，农民增收。我们仰望蓝天白云，脚踏"变废为宝"的绿地，再次体会"蓝天源于大地"的基本道理。

"蓝天源于大地！"——从小门小户的庄稼种植到特色农产品深度开发，以及经济转型、产业革命、减负增效、净化环境，社会主义新农村建设也为"大同蓝"提供了坚实的基础。

从塔山煤矿的传统产业转型到左云县光伏示范基地，从新荣区的"高铁列车受电弓碳滑板"国产化到"雁门清高"苦荞系列养生保健品开发，这点点滴滴无不构成大同新天新地的"要件"，充分印证"大同的蓝天来源于大同的大地，大同的大地是城市产业转型的成果"这个基本逻辑。

今日大同仍然是煤都，却有了脱胎换骨的容貌，让你感受到陌生的欣喜。大同市民深知，城市转型最终还是人的转变。

大同的城市规划建设总体方案，同样为"大同蓝"的出现构建了愿景。一条御河划分老城区与新城区，既保护了老城区古老历史文化景观，也为新城区发展提供了广阔空间。合理的总体发展规划，带来了清洁的空气和甘甜的水，还有阳光大道上市民们舒心的笑容。

"大同蓝"的出现，无疑源于坚实的大地。谁都知道大地上写着一撇一捺的"人"字。在那些尚未实现蓝天白云的城市，只要我们脚踏实地"撸起袖子加油干"，那蓝天不远，那白云在望，那苍翠欲滴的青山在遥看。

在云冈看云

景平

  云看云冈，云冈看云，看云冈的人，也在看云。
  云，是游走变幻的云，飘飘如仙，栩栩欲飞。云冈，是屹立千年的云冈，巍巍如磐，虎虎若生。
  人说，云冈，是云中落在石头上的一个王朝，而云中，则是北魏王朝之后古晋大同的一个别称。
  一个"云"字，极尽了这山河与天空的一种写意。
  云，像天上的冈；冈，像地上的云。故曰：云冈。
  云冈，这千年坐看云起云落的地方！这曾经失去蓝天也失去白云的地方！这而今回归了云山也回归了云海的地方！
  我在云冈武周河川的绿林里看云，云是斑驳在绿树之上天空的碎玉，也是沉落在绿水之间影影绰绰的浮冰。
  这里，武周山与武周河夹着的狭长山地，已生长成一片勃发着青翠、勃动着茂盛的森林绿地，生长成一片荡漾着明净、荡洒着清纯的水堂天地。在这里，你走在礼佛大道上看云，云像是挑在树梢的旗帜；

你走在林隙石路间看云，云又是扑向树林的白鸽。你觉得，那云天，就是一种梦一样的存在。

这时，你也许会记忆起另一种梦境，一个黑色的噩梦。多少年前，这里，曾经是一片煤烟缭绕的村庄；村庄之外，是一条煤尘弥漫的道路；道路再外，是一条黑水流淌的河流；而河流之侧的山坡，是一座黑山高筑的煤矿。那时候，绝少的几棵树，绝少的几许绿，完全是一个黄土山地黑色的旋涡。

而在那样的旋涡里，一条煤尘弥漫的道路弯过，道路上呼啸着疯疯癫癫的煤车，煤车上抛洒着张牙舞爪的煤粉，煤粉里飘扬着乌烟瘴气的尘埃。这尘埃，与村庄的炊烟，与煤矿的粉霾，与山野的雾霭，混合，嚣张，飞荡，终于成为一种黑风、黑纱、黑幔、黑色的混沌，将云冈的世界淹没。

于是，武周山川，云冈凹地，成为一个黑色的世界；云冈石窟，古魏遗迹，成为一片黑色的洞窟。"云冈石窟五万石佛身披黑裟"，成为知名度远远超过石佛本身的奇闻；云冈石窟所在的大同，成为中国环境污染严重排名第三的城市。那个时候，汹涌而起的，只有无奈于黑色污染的怨艾。

后来，是一个改天换地的造城运动，拯救了大同，拯救了云冈，拯救石佛于污染灾患。曾试过清洗，给石佛清洗黑裟，却未能如愿；也做过改道，让运煤通道改线，结果并不理想。于是一个造城运动，再造一个大同，将云冈的村庄搬出云冈，将云冈的煤路移出云冈，云冈，成为一个幽静所在。

于是，武周川植绿，云冈谷植绿，武周山河，云冈世界，就荡漾着了一片波澜壮阔的绿云，将黑色的梦湮灭进历史。

我在云冈武周山崖的石窟里看云，云是飘飞在洞外天空的飞天，而飞天，则又是凝固于佛洞穹顶的云霓。

我想，那悬浮在洞穹的飞天，飞动了1500年，也凝固了1500年，其曾经看到的云，可是今朝的白云？那静默于穹窟的佛雕，矗立了1500年，也遥望了1500年，其如今看到的云，可是北魏的云霓？其静静看着的，默默听着的，是否是曾经北魏风尘里叮叮当当铿铿锵锵的开山凿石的回声？

据说，这洞窟里的佛像，似是北魏王朝开国君王的塑像。一个崛起于东北山洞的鲜卑，走过草原走过农田，把自己民族的征服塑造在了这武周山岩的石窟里，创造了一种融合原始文明、农牧文明的石窟文化，这本身是人类走过历史的浪漫痕迹。问题是，是什么，塑造了这个叮叮当当的石上世界。

我想，应该是铁，铁器，钢。那么，铁，铁器，钢，又诞生于什么？应该是矿，矿石，火。矿，矿石，火，又来源于哪里？应源于木，木炭，石炭——哦，石炭！这汉代就发现并产生的石炭，这我们现代的煤炭！北魏，那个马背上的民族，那个远道而来的王朝，就用它燃烧锻铸了凿石的钢铁。

北魏也许不知道，武周的地下蕴藏着厚重的大同煤田，但他们开凿石窟的铁器，也许开挖过裸露在地表的大同煤层。石佛肯定没想到，千年之后的大同会成为中国煤都，但那叱咤风云的钢铁，肯定开凿过发着黑光的大同乌金。尽管他们不知道，这深埋地下的乌金，亿万年前曾是茫茫森林。

悠然于石窟里俯仰远眺沉思默想的石佛，能超度尘世生命却没能超度自己。也未想到，1500年后会在20世纪中国的煤炭基地遭逢黑色光明，也遭逢黑色污染，橙色佛袍会染成黑色袈裟。也许他们预感到了，既然千年佛化，那么注定遭遇未曾遭遇的工业洗礼，在黑色能量与黑色苦难里涅槃重生。

好在石窟终于脱去了黑色的袈裟，好在大同终于脱去了煤都的黑色。亿万年前的森林之地，重又生长起森林的绿色。

我在云冈武周山巅的土塬上看云，云是激荡在蔚蓝色的天际的雪浪，也是幻化在秋阳里的滚滚涛涛的辉煌。

要说，人们知道云冈，却不知道云冈武周山巅的世界。这片典型的黄土高原颜色的土塬，凸露着的，是源于明代的武周塞的城堡。城堡已成废墟，但轮廓依然兀立。御敌的城堡，并没挡住人类的延展和资源的觅探，并没挡住人类滚过黄土地、滚过黑土地的掘进，进而，造就了一座能源的城市。

要说，人们在云冈谷看云，绝看不到云冈之外的世界。这塬上可以看到的是，云在云冈的山前，云在云冈的山顶，云在云冈的山后。或孤云独去，或银云飘逸，或长云横渡，或蓝云漫卷，一直远去远去，远到云冈野外的远天远地里去。那里，一脉青黛的山峦，耸立着熠熠银塔，在云霓里光耀。

于是你终于知道了，那是城市的风电树；风电树之野，是蓝色的光伏海。这座煤都，这座山西的煤电之城，这座中国的能源基地，这个地上敞着佛窟地下潜着煤窟的地方，不仅已经再造了一个大同世界，而且再造了一个煤炭世界；不仅已经再造了一个煤炭世界，而且在再造着一个能源世界。

煤炭已经"上不见天下不落地"；发电已经"烟不冲天尘不履地"。上天的只有云，落地的只有绿。天地之间，是清风起于绿地，云霓起于绿地，蓝天起于绿地。绿地之上，这个地方，风与污争夺着空间，蓝与灰争夺着长天，人与霾争夺着晴蓝。于是，大同世界，成了一个没有雾霾的城市。

我在高高的云冈山巅看云冈，天上，是山一样的绵云；山下，是海一样的绿云；云那边，那条河绿了；河那边，那座山也绿了；山之上，那座煤矿，已绿成了地质公园。那里，已经不生产煤炭不生产污染，而是只生产精神只生产文化。作为历史遗迹的煤炭工业的巨构，已深深淹没在云冈豪迈的绿云里了。

曾经，一个人和一个个人，创造了褐色的云冈和云中古都。而今，一个人和一个个人，再造了绿色的云冈和大同世界。

云冈，这看着人类风尘仆仆走过历史的地方！这沐浴了风光也沐浴了苦难的地方！这创造了石窟也创造了绿色的地方！

翠绿的云，看着蔚蓝；蔚蓝的天，看着白云；翠绿的云和蔚蓝的天，看着一座古老的云冈。

蔚蓝的天，看着洁白；洁白的云，看着绿地；蔚蓝的天和洁白的云，看着一座现代的大同。

大同，云冈，注定与蓝天与白云与绿地，一起，隽永。

长城谣

冯桢

摩天岭与八台子

"东看八达岭,西看摩天岭",不知道这一句是出自谁之口,把摩天岭与八达岭放在一起,也是够胆儿肥的。

许多人会问,摩天岭怎么能和八达岭比呢?

我也有这样的疑问。

八达岭是什么,那可是皇皇两万里中国长城中最华彩的段落,简直就是中国长城的代表与象征。

八达岭是什么,那可是守卫京城的最后一道屏障啊。无论从建筑规模、建筑工艺、建筑风格上讲,它都是无与伦比的,绝对是头一份儿。

摩天岭怎么可以和它相提并论呢?

但是,左云人的底气似乎很足,他们依然故我地宣称:"东看八达岭,西看摩天岭。"他们甚至把摩天岭称作小八达岭。

去过摩天岭,你就不得不佩服左云人的这种自信。

摩天岭是不能与八达岭相提并论，是不如八达岭高大气派、威武雄壮，但是，尺有所短寸有所长，摩天岭自有摩天岭的独特之处。

摩天岭长城位于左云县北部，东起八台子村，西至宁鲁口箭楼，共3.5公里，该段长城跌宕起伏，像一条巨龙盘绕崇山峻岭之上，气势壮观、雄险，无愧"小八达岭"之称。

摩天岭的独特之处在于，它的山腰，长城的内侧，耸立着柱状节理石林，层层叠叠、密密麻麻，远看像是站在高山表面一队队一层层身着铠甲的士兵，从山脚排到山顶；近看则像是生长茂密的树林，相互拥挤着攒动着朝上窜去，当地人称之为立式山。著名地质学家苏胜勇先生领着地质专家朋友登临摩天岭，发现此奇观后断言，"眼前的火山岩石林完全可以和著名的云南喀斯特石林、内蒙古阿斯哈图花岗岩石林相媲美，足可与它们并称为中国三大石林景区"。

摩天岭长城就修筑其上，顺着山势蜿蜒起伏，更显其雄伟壮观。令人想不到的是，其中一段竟是北齐长城，它的历史可是够久远的了。

登上摩天岭峰巅，望着眼前的长城与石林相托相衬的奇景，苏胜勇和朋友们大发感慨道："有人把左云摩天岭长城比作北京八达岭长城，可是，那里有罕见的火山岩石林么？还有人说左云火山岩石林是北方的云南石林，可是，那里有建在石林上的长城么？"就是这一通感慨，一下子给摩天岭做了最好的广告，也给左云人提振了巨大信心。左云文史学者刘志尧、刘益海等常常端出苏先生的话来，"炫耀"他们的摩天岭。

摩天岭长城的独特之处还在于，它的东端，也就是八台子村北面，有紧依长城的天主教堂。其实也不是教堂，是教堂钟楼，或称塔楼，也称大单巴，属典型的哥特式建筑风格，与澳门大三巴遥相呼应，但大单巴的正面细部特征远远好于大三巴，几年前我还去澳门看过大三

八台子

巴。这大单巴不仅有珍贵的历史文化价值,而且还有一定的建筑艺术价值与旅游文化价值。

其实,清光绪二年(1876)这里是建有教堂的,望望眼前高大的塔楼,看看塔楼后面许多的柱础,不难想象到当年教堂更加高大。只是后来因为战火与"文革"期间几次大的破坏,教堂主体部分坍塌,仅剩塔楼。

教堂塔楼西式立面,尖塔高耸,有十字拱、立柱、飞券以及新的框架结构支撑顶部的力量,下部是正方形。整个塔楼建筑高耸,直刺苍天,两侧拱形的门洞左右对称,外观精致,交线分明。虽然教堂的建筑风格是西式的,但是其中不乏中国建筑的元素。比如砖雕的使用,各种云纹和牡丹花的图案十分精美,还有二层的暗窗装饰,等等。甚至还有红卫兵们留下的"文革"痕迹,当年砖雕的"圣母堂"三字被小将们铲除殆尽，新补上的"反修楼"也被岁月的风雨清洗得锈迹斑斑，这就是历史。

在这里，长城、教堂、村庄、原野相映成趣，完美地融为一体。特别是清晨，站在山坡上等待日出的时刻，看太阳冉冉升起，将长城和教堂染红，将大地涂上一片金光，你会由衷地感慨这片大好河山。

有学者这样说："八台子是中国万里长城上闪耀着人类智慧光芒的一处节点。"

有意思的是，摩天岭长城的西端，有镇宁空心箭楼与教堂塔楼遥相呼应，形成十分有趣的文化景观。一个在摩天岭的西端，一个在摩天岭的东端，一个是东方的长城文化，一个是西方的宗教文化，它们在时空里对话，在岁月里相守，彼此不再孤独。

镇宁空心箭楼建于明代万历年间，为防御鞑靼、瓦刺而设，是大同现存唯一一座砖砌空心敌台。据载，该空心敌台由明朝名将戚继光主持修建，是明长城防御体系逐渐加强的重要标志，是长城由河北入山西以来保存最好的一座。它雄踞于逶迤起伏的长城线上，如金鸡独立，卓尔不群。

空心箭楼又叫马市楼，到了清代，长城边关战争趋少，刀枪入库，马放南山，"箭楼"也就变身为"马市楼"。在居庸关以西至嘉峪关之间的长城沿线上，宁鲁马市楼是现今仅存的一座马市楼。

摩天岭长城一墙跨两省，汇集了游牧文化和农耕文化；八台子教堂矗立在长城边上，与残破的长城相依为伴。教堂遗址和长城遗址交相辉映，如同一位老者讲述着中、西文化的交融与冲突。

这样一来，摩天岭长城景区，便有东方文明与西方文明、草原文明与农耕文明之人类四大文明交汇。四大文明的交汇，使得摩天岭长城景区有了独特而丰富的看点，也成为长城线上的一个亮点。

文明因多样而交流，因交流而互鉴，因互鉴而发展。

教堂塔楼是这样，摩天岭长城景区是这样，不远处的云冈石窟不也是因此而变得璀璨吗？大同不也是这样"大"起来的吗？中华文化不也是这样博大精深的吗？

守口堡与杏花节

过去老大同有一种习俗，叫"踩青逛唱"。每到春夏之交，草长莺飞，阳和坡、雷公庙、云冈、观音庙、曹夫庙等地举行庙会期间，市里的人们闻风而动，或乘"京轿车""四飞檐""二驴轿车""二套马车""大马车""席篷大车"，或骑驴骑马，或徒步行走，争相出城，借

杏乡杏韵杏花香

赶会之机观赏田原风光。临走前，备好酒饭，带上碗筷、水果、糕点等，到时候好野炊。沿途车辆相连，人欢马叫，比春节走亲戚还热闹。

这是多有意趣的一种习俗，"踩青逛唱"四个字组合在一起多好，一下子就把那种奔向郊野的兴奋劲、欢实劲带出来了。

"踩青逛唱"玩的是集体狂欢。

人是社会动物，有时需要这样的集体狂欢去释放，各种节庆、巡游等就这样应运而生。

去守口堡看杏花便是这样一种狂欢、这样一种释放。

大同有不少地方都是看杏花的好去处，历史上，离市区不远处的王家园的杏花可是鼎鼎有名。如今，浑源县吴城、阳高县王官屯、云州区聚乐、新荣区助马堡等地杏林茂密、杏花开得繁盛，都是看杏花的好去处。只是，吴城的杏花密密麻麻太过浓稠，助马堡的一沟杏花又有些疏淡，要说，还是去阳高守口堡看杏花最是酣畅过瘾。

守口堡位于阳高县城北15里，地处大盘梁与云门山之间的河谷中，两边高山夹峙着一条通往塞外的山口。一座敌楼雄踞在高高的山顶上，长城就从它下边的山坡逶迤而上，和险峻陡峭的山峦共同构成险要的屏障。总体形象上，守口堡长城与八达岭长城很是相似，只是规模、气势小了，但它比八达岭多的是苍凉、自然与真实。

守口堡长城连接东西两山，跨越黑水河，紧锁峪口。进入山口，就是葫芦峪，而守口堡就在葫芦峪的葫芦口。峪口向北是内蒙古，峪口以南就是山西省，守口堡扼守蒙汉的边界要塞，大有"一夫当关，万夫莫开"的阵势，两边山峰上兀自矗立的古长城烽墩，给人以强烈的震撼。登墙眺望，似乎有金戈铁马在奔腾，一派"不教胡马度阴山"的气象。

铁血长城原本是冷峻、坚硬的，但是，第一次到守口堡却被它惊艳到了。因岁月侵蚀、人为毁损，城堡已不复存在，墙体也在慢慢凋零，但因为有大片杏林的映衬和杏花的装点，守口堡便呈现给人完全不一样的感觉，它完全没有破败相，满眼怒放的杏花繁花似锦，生机盎然，燃起无限的希望。

似乎是，因为有两面大山的守护，因为有山上长城的守护，守口堡一带的杏花花期来得最早，开得也是分外旺盛。

阳高县盛产京杏，旧时为贡品，素有"三晋杏乡"之称。阳高县种植杏树已有300多年的历史，杏果成了当地一项特色支柱产业。张官屯、王官屯、长城乡……几乎每个乡村都有大片大片的杏林。每年杏花盛开，杏果成熟的时候，大批游客前来赏花摘果、吃农家饭、洗温泉澡，充分感受阳高乡村旅游的独特魅力。

守口堡是名副其实的杏花村，"葫芦峪口筑堡垒，长城脚下杏花村"，说的就是守口堡村。守口堡有三四百年树龄的古杏林，每年到四月中上旬，漫山遍野的杏花竞相开放，透出千般娇羞，万般温柔，香飘数里，招蜂引蝶。这般景象，不要说在塞北苍凉的黄土莽原，就是在烟花雨巷的诗意江南，也着实难寻。花开时节，守口堡村民即兴来到城垛花丛中扭起大秧歌，农夫赶着老牛田间耕作，牧羊人与群羊的剪影点缀山巅，构成了一幅雄浑清秀的塞外田园画面。

近年来，阳高县举办杏花节，其主场区就设在守口堡。杏花节花事多多，杏花福韵、杏花美韵、杏花音韵、杏花童韵、杏花舞韵、杏花诗韵、杏花古韵、杏花农韵、杏花食韵和杏花水韵"杏花十韵"，每一韵，一听都是叫人心醉神迷的那种；一听，就想着立马飞去赴一场春天的约会。

这一刻，守口堡成了春天的主场。特色小吃、特产展卖、民俗表演、二人台演出、舞韵瑜伽、诗词朗诵等一系列演艺活动，竞相登场，让人体验不一样的精彩之旅。进入杏林深处，嗅一嗅花香，点一点花蕊，赏一赏花枝花瓣，红的若火，粉的像霞，白的如绸，千娇百媚，令人心醉。

每逢节日到来之际，前去赏花的车水马龙，熙熙攘攘，络绎不绝。阳高本地的，邻近天镇、云州区的，还有市区的，隔省河北、内蒙古的，人们从四面八方赶来，简直汇成属于这个时代的集体狂欢，大家都来寻找一种浪漫、一种风情。红杏枝头春意闹，似乎是，没有哪个节庆能比得了这杏花节如此热闹招人了。

我的作家朋友水晶女士干脆把这场盛会描绘成一场盛大婚礼，古堡汉子与杏娘子的旷世婚礼。绵延起伏的万里长城犹如一面巨大的帷幕，搭建起婚礼庆典的彩台，巍然屹立的古堡，就是那即将告别亲人奔赴疆场的万千热血勇士的化身，仿佛正在用深情的目光凝视着不远处身披鲜艳婚纱、面带羞涩柔情的杏娘子向他款款走来。杏花，给杏娘子研了最好看的胭脂，让她染上娇羞的红晕，迷醉长城上逡巡的白云。

此时，彩虹飞天；此时，鼓乐齐鸣；此时，欢声雷动……

我们就是前来观赏这场盛典的见证人，如此盛大的婚礼，咋不赶紧奉上热烈的祝福与深深的感动？

得胜堡群与隆庆和议

一

评选大同长城八景时，我把"得胜风云"列为第一景，在我的心目中，大同长城景观固然十分丰富，号称"长城博物馆"，但我还是把第一景留给了得胜长城。记得有一次和长城学者王杰瑜、张世满等人一起聊天，说到大同长城，大家都认为得胜口一带应该是战事最多、

二

得胜口与杀虎口是山西外长城沿线最重要的两个关口。得胜口是连接口里口外的重要通道，也是易攻难守的边塞关口，地势平坦，便于交通却不利防守，明代这里战事十分频繁，蒙古铁骑经常叩关而来。得胜口是大同北大门，不难想象，这里的战略地位是何其重要。所以，明王朝在这里建立了严密的防御体系。得胜口内，东有镇羌堡，西有得胜堡，两堡之间还矗立着四城堡，不出方圆三里，建有一关三堡，形成密集的城堡群，互为犄角，这种防御体系在万里长城沿线也是极其罕见的。

得胜口关又名望城堡，是山西外长城唯一保存基本完整的关城。得胜口关最具特色的是东南角的子母墩，母墩又名马市楼，骑墙而立，高大挺拔；子墩独立于长城内侧3米处，矮小敦实。镇羌堡紧贴长城与饮马河形成的夹角，两面迎敌，身兼守关与守河的双重重任。四城堡为市场堡之误，它是得胜口马市之后新建的另一处市场。

这里重点说一下得胜堡。得胜堡位于大同市新荣区堡子湾乡，距大同市区以北约45公里，是明代"九边重镇"大同的北门户。明嘉靖十八年（1539）修筑时叫绥虏堡，万历二年（1574）包砖，万历三十二年（1604）七月进一步扩修，堡名改为得胜堡。堡门阴刻的"得胜"二字，亦如杀虎、平虏、镇北一样，寄寓着人们守边杀敌、旗开得胜的美好心愿。得胜堡外墙一律下砌石头上包砖，周长三里四分、高三丈八尺。堡墙设敌台18个，各置千斤铜炮一门，称"二将军"；瓮城墙上置千斤铜炮一门，称"大将军"；堡墙上女墙、垛口各置200斤重"千腿"铁炮一门。墙四角筑角楼，东墙正中筑钟楼。得胜堡驻军人数2448员，马骡数1189匹（头），比除大同镇城外面积最大的左卫城驻军人数与马骡数几乎都多了1000。如此配备，在明代大同镇72

边贸最盛之地。即便到了现代，得胜堡依然是许多大事、盛事的发生地，我们不妨来看一下——

2002 年，中国足球首次踢进世界杯，在全国东西南北中选了五个点儿，举办了声势浩大的出征仪式，其中就有得胜堡。那次活动，我作为大同日报社文体记者，有幸见证了当时盛况。偌大舞台紧靠着古堡东墙，领导讲话、文艺表演、明星开球、锣鼓鸣奏、山呼海啸，欢腾的气氛一下子把个得胜堡抬了起来。

2018 年，"请城砖回家，为长城疗伤"，是全省一项大型文化活动，启动仪式在得胜堡举行，向"十大长城卫士"颁奖，向大同、忻州四地授"爱我中华 修我长城"战旗，山西卫视、黄河卫视、腾讯等多家媒体进行了直播。

2019 年，第五届成龙国际动作电影周在古城大同启幕，第一项大型活动是"古长城保护计划"，主场地就在得胜堡。成龙等人乘坐直升机从古城南城墙起飞，穿越古城上空，飞越方山、镇川，最后停落得胜堡。古长城保护计划、长城保护基金会等，如一个个炸雷在得胜堡炸响，得胜堡迅速成为网红。

"游长城古堡，过得胜大年"大型民俗活动连续举办多年，舞狮、旱船、秧歌、高跷等传统民俗活动把得胜搅得热闹非凡，得胜大年真是别有一番年趣年味儿，吸引了远远近近的人参与其中。

多少年来，新荣人憋着一股劲想要打造得胜长城小镇、文旅小镇，其规划是我所见过的最好的长城小镇发展规划，如果成功落地，新荣旅游振兴指日可待。

历史上得胜堡的确是经见过大场面大阵仗的，所以我把大同长城第一景概括为"得胜风云"。而得胜堡在历史上最牛的还不是这些，是与一件历史大事紧密相连的。

城堡中并不多见。得胜堡当之无愧为明朝大同镇第一军堡。

三

得胜堡的盛名，是和"隆庆和议"这样一件大事连在一起的。

长城是战争的产物，但长城的修筑却不是为了战争，恰恰相反，它是为了避免战争，是为了和平而生。

从嘉靖三十一年（1552）至隆庆四年（1570），蒙汉战争不断，双方都损兵折将，疲惫不堪。一方面，明廷每年派兵出塞捣巢、烧荒、赶马，造成牧区人畜大量死亡。另一方面，由于明廷的经济封锁，斩使绝贡，蒙古人民缺衣少用，生计艰难，急切希望开通互市。1570年，俺答的爱孙把汉那吉投奔明廷，双方抓住这一契机在得胜堡进行和议，明朝与蒙古土默特部签订和约，战争结束，双方和平互市开启，开放马市10余处。这就是历史上著名的"隆庆和议"。从此，驻军堡寨主要作用由戍边打仗变成了辅助料理和监督官办马市。得胜堡群逐渐发展成了集军堡、商品集散地和农业为一体的新型聚落。开启的宣大马市中，得胜堡马市在大同镇最为繁华。"贾店鳞比，各有名称……各业交易铺延长四五里许""南阁高台钟鼓齐鸣，声声悠扬，南北致远店客商辐辏、驼铃阵阵""南来烟酒糖布茶，北来牛羊骆驼马"等等都是当时的生动描述。"金得胜、银助马"的民谚更是形象勾勒出了这一盛景。近年来，新荣区排演了《隆庆和议》，只是感觉有些粗糙，尚需精心打磨，历史本身就是一部大戏，远比舞台演绎更为精彩。

封贡开市后，我国北方出现了明初以来从未有过的和平富庶局面。史称"九边生齿日繁，守备日固，田野日辟，商贾日通"。你看，和平多么美好啊！翻过昨天历史的那一页，回望眼前蒙汉人民在饮马河畔友好相处，共享安宁惬意的美好时光，怎么不让人心生感叹呀！晋蒙交好，乌大张长城金三角联盟更是把三地紧紧地连在一起，共同书写跨越时空、跨越民族的宏大交响。

李二口与水磨口

　　水磨口、榆林口、白羊口、李二口、张仲口、瓦窑口，早时还有砖磨口、董窑口等。想不到，天镇竟有这么多口子。这些口子既是出入长城的通道，又是防御要地，都要筑墙砌垣，派兵防守。

　　这里想说说李二口与水磨口。

　　李二口赫赫有名，我去过多次。今年国庆长假期间，和三四好友一起再次参观。阳光下，又见李二口那道标志性的长墙，高高的，直直的，披着一身金装，横看成岭侧成峰，真叫壮观。经历近500年的风雨剥蚀和无数次的战火硝烟，边墙大都残破斑驳，但张仲口到李二口再往山上这段，是现存较完整的土筑长城，宽5至8米，高10米左右，城墙上还有垛口根基遗迹。

　　李二口长城有许多传说。从李二口村由西向东延伸直到瓦窑口村，原来长5公里的土长城，据传说是一位将官进家里喝了一碗水的工夫，士兵们误修出的。真不知道这是哪位文人的杜撰，喝了一碗水的工夫就修了5公里的长城，这简直是站着说话不腰疼，修筑长城哪里有那么容易呢！忘了孟姜女哭长城的故事了？长城的修筑历来是十分艰辛之事，即便是当代的修修补补，也是极其不易，何况古代没有先进的机械设备，基本都是靠人工苦力。明代，长城沿线大约每1000米就设置一个烽火台，需要在荒无人烟的半山腰上进行施工，并且生存条件也是非常恶劣的。从完成这个伟大工程的花费来看，也是非常的庞大。有人算过，修筑一米的长城大概需要6000块青砖和7立方米的灰砂浆。一块青砖花费4元钱，一立方米白灰砂浆大概400元，再加上机械费用，管理费用大约 2000 元，五天的人工费用 30000 元，可以估算出修建一米的长城大概需要 60000 元人民币。那么建造 6000 多公里的城墙就需要花费 3600 多亿人民币了。

"喝了一碗水，错修四十里"，想当然的杜撰当然不足为信。实际情况是，嘉靖年间明长城在这一带往哪里修出现决策摇摆。起初，主张放弃山后新平至西洋河等地面，从李二口、瓦窑口直修到永嘉堡。后来认为不妥，重新划定长城走向，将山后也纳入长城之内，所以才出现误修一段的事实。

从李二口出来，我们驱车直奔水磨口。去水磨口倒不是为看长城，而是去看院子。同行的画家白晋一直有个院子梦，想找一处老院。一则可在院子里安安静静地画大画；二则想时不时地请朋友们来喝茶聊天；三则可以在院子里种菜，吃上放心的绿色蔬菜。想不到，有这种想法的不止他一人，同行的兴明、则涛也都有，真是一拍即合。在新平吃罢午饭，看过李二口长城，我们便奔往水磨口。

水磨口位于天镇县城西北 10 公里的长城脚下，801 户人家，人口 2245 人，在天镇县算是个大村子。村里长寿老人很多，最大的 96 岁，我们在街上遇见村里曹姓大爷，今年 76 岁，可看上去却像 60 岁的人，人也很健谈，和我们讲了村里许多故事。村里老房老院也多，问曹大爷村里最老的房子有多少年？他说有二三百年，也就是说是清代的了。后来查阅资料了解到，村中至今仍有保留完整的明代建筑，最老的已经有 600 多年的历史。

水磨口为什么会有如此多的老房子老建筑？这就得讲讲它的历史了。水磨口村最早记载出现在北魏时期。明嘉靖二十五年（1546）改建长城时，曾筑土堡名镇口堡，为明大同东路天城卫七堡之一，是明代典型的军屯戍堡，属山西行都使司大同镇东路管辖。为防止外部入侵，

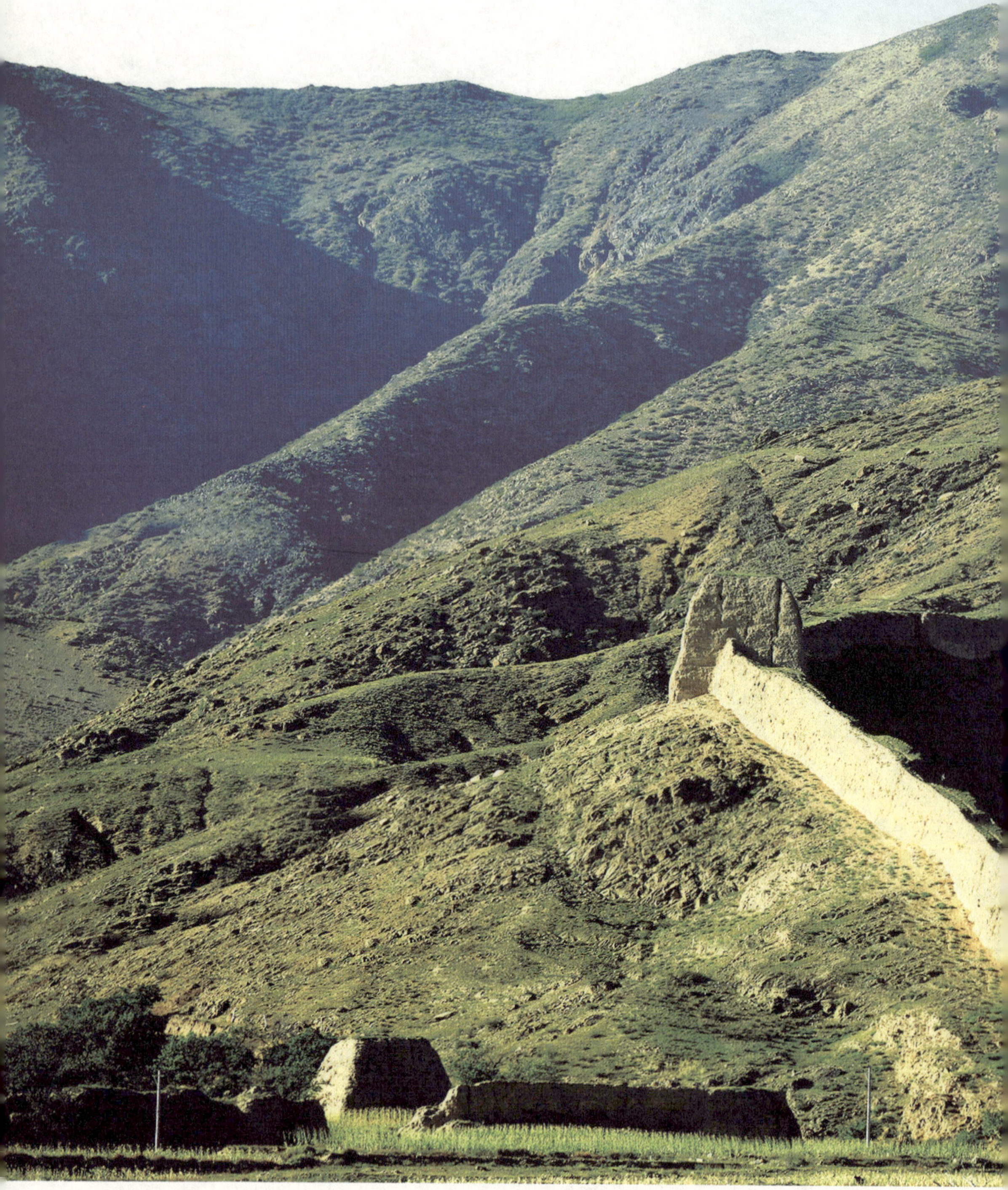

天镇李二口长城

堡子仅开设一南门，称为"迎恩门"。"隆庆六年（1572）包砖，堡墙高三丈六尺，周长一里三分，分边十三里零。"镇口堡后来改名为水磨口。大概因为村北山谷中一条大的豁口，由此可通往内蒙古草原。这个山口叫水磨口，村子因此而得名。现代人多不知这段历史。当年长城学者刘志尧、李日宏、曹文一行三人为写《大同长城七十二堡》，寻访历史上的镇口堡，遍问多人而不得，后来还是问到一位长者才知水磨口便是历史上的镇口堡。

到了村里，顺着街巷边走边看，便见许多的老房子老建筑，都是砖木结构，砖墙高砌，屋脊高耸。砖雕各种脊兽，垂花大门也有各样精美砖雕，显示出厚重的历史和门第的高贵。往北面的山上走，回望低处的村庄，瓦房院齐齐整整，好大一片，从视觉到心灵都让人感到震撼。老房子是很有感觉，可毕竟还是偏远了些，白晋他们在这里买房子的心思随之作罢。

快到山脚，便看到逶迤的山脉、开阔的口子和山上蜿蜒的长城。到了山口，长城却突然断了，不知当年有无墙体，想想应该是有的，否则如何防得住倏忽而来的蒙古铁骑？水磨口也是极冲之地，在明朝也就是因为这个"口"的失守，使数千蒙古铁骑冲杀进来，造成天城等地被烧杀抢掠，损失惨重。

早听长城学者谈论过水磨口长城，真正见到了，似乎还有点儿恍惚感。雄伟的长城、肃穆的古堡、静寂的烽台，不仅记载了冷月边关的烽烟岁月和历史往事，也成为天镇大地上的一道独特风景。

李二口与水磨口都是长城边口，今村内的原住民多为明朝戍守长城士卒后裔，他们世世代代在这里繁衍生息。从这里现存的长城、古迹、民宅和民风人情，让我们看到他们祖先太多的印痕，也仿佛看到金戈铁马，听到燕赵悲歌，生出诸多唏嘘感慨。

如今，李二口村搞了易地扶贫搬迁，并实施旅游扶贫综合开发，打造长城小镇，村民们靠长城吃上了旅游饭。水磨口作为全国第四批古村落，开发利用价值其实更大，我更看好它的未来。家有一老，如有一宝，像水磨口这样的老宝贝越来越少了，唯其少，才愈显其金贵。只是担心，五六百岁的水磨口能不能保护好，能不能留住它的历史风貌。留住它的历史风貌，便留住了最大的资本，就会展现出历久弥新的迷人魅力。

牛帮口与花塔村

牛帮口、狼牙口、荞麦茬、白崖台、东跑池……灵丘境内的长城，许多人走得少，了解得少，可走过的人都说，灵丘长城自有其风情与特色。

最近市里评选大同长城八景，灵丘的"红色平型"与"牛帮探幽"入选15个候选名单。平型关是内长城线上的著名关隘，更因为著名的平型关大捷而愈加著名，所以，"红色平型"入选便在情理之中。可"牛帮探幽"探的是什么幽？它又凭什么入围呢？

其实，对于灵丘境内的长城段，孰优孰劣，也是见仁见智，说法不一。或以为最漂亮的是狼牙口长城，或以为最有韵味的是荞麦茬长城，或以为牛帮口长城三座敌台巍然耸立，而它身后守护的花塔村更是闻名遐迩的桃源胜境。"牛帮探幽"探的是历史之幽，探的是山水之幽，探的是桃源之幽。

如此说来，"牛帮探幽"还真值得一探。

我们是在踏访了浑源的凌云口、霞客道之后，沿着108国道过繁峙直奔花塔的。经过繁峙，看到了著名的平型关，不少人因为平型关大捷便以为平型关在灵丘,错了,在这里不妨做个简单梳理:平型关口位于平型岭下,关口内是忻州市繁峙县,关口外是大同市灵丘县,平型关城虎踞繁峙县平型关村,平型关长城跨越繁峙与灵丘两县,平型关大捷的主战场在关外约二里的灵丘乔沟一带,平型关大捷纪念馆当然在灵丘了。

　　车行至繁峙县神堂堡乡一带,临近灵丘界,已到太行山深处。从车窗向外望去,忽然看到山上墙体保存较完整的韩庄长城,韩庄长城属茨字号长城,是明代内长城的重要组成部分。它以繁峙县茨沟营堡为中心,东接神堂堡至茨沟营,西过镢柄山,一路向东至灵丘的牛帮口,一路朝北直奔平型关。韩庄长城现存六个敌台,分别是茨字

花塔村

二十二、二十三、二十四、二十五、二十六、二十七号台，六个敌台除一个坍塌严重外，其余基本完好。牛帮口长城也是茨字号长城，有四座敌台，分别是茨字十八、十九、二十、二十一号台，除十九号台因修筑公路彻底拆毁外，其余三座基本完好。

牛帮口是灵丘县西南境的军事交通要隘，地处太行山中，山势险峻，虽然长城墙体大多坍塌，可三座砖砌空心敌楼巍然耸立，犹如三位大将军日夜逡巡守护着脚下这方土地，让人梦回500多年前那个冷兵器时代。山顶是茨字号二十一号台，一座完好的砖楼，凭山耸立，威风八面，每日最早迎接曙光。茨字二十号台位置偏下，楼顶上垛口齐全，与山顶敌楼遥相呼应。公路东侧约30米处的红沙岭上，是茨字十八号台，楼台基本完好。我们手脚并用爬将上去，但见楼内为大回廊结构，四面墙体及顶部女墙、垛口、吐水嘴均完整，门额石匾皆存。东、南、北三面墙各开有三个箭窗，西墙开有一门，居于两箭窗中，门额上嵌有石匾，阴刻横书"茨字拾捌号台"。同行的长城专家说，长城由牛帮口向东，因山势险峻，很少有筑墙，多在峪口设砖砌空心敌楼驻兵把守。

探访过牛帮口长城，便去踏访花塔。去花塔须穿越红沙岭隧洞，这是花塔与外界唯一的通道，完全人工开凿。当地人利用锤头、钢钎、铁锹等原始工具，人背驴驮，手提肩扛，硬是一寸寸、一尺尺向前推进，从1975年始历时10年，终于将隧洞贯通。

穿过这长约一里半的红沙岭隧洞，便是世外桃源花塔了。花塔因村后山势如塔、桃花满山而得名，真的与陶渊明笔下的桃花源好有一比，也得穿越一个幽深的隧洞；村庄烟灶不过百余，也是黄泥土瓦，屋舍俨然，鸡犬之声相闻，近百岁的老寿星随处可见；乡人勤俭持家，淳朴善良，热情好客，古风宛然；也是土地平旷，流水潺潺，桃杏横枝，花木扶疏，苹果树、桃树、核桃树、花椒树随处可见，更有成片成片的世界珍稀树种——青檀。

花塔三面环山，飞瀑垂漱，灵溪横流，云天一色，花木静修，宛如仙境。不由得想到隧洞入口那副楹联：花放不语独成世外景，塔开洞天峪满桃源色。陶潜居地，诚不虚也！四方客人慕名而来，尽情享受这桃源美景，欣欣然忘乎所以，陶陶然乐不思归。花塔这般风情，足以洗净旅途风尘，足以唤醒对故园的记忆，足以勾起对远方的遐想。古人云：鸢飞戾天者，望峰息心；经纶世务者，窥谷忘反。吾辈无鸢鸥飞天之心，亦无经纶世务之欲，唯愿觅自然之趣，享山水之乐耳。

美丽乡村诗意浓，心灵归处是故乡。花塔地处大山深处，海拔极低，是大同地区海拔最低的地方，三面环山，一面临水，山山水水、长城楼台护佑着这方天地，远望小村，似乎总罩着一层淡淡的烟霞。清风、暖阳、烟霞、流水、桃林、田舍、鸟语、花香。这，不正是人们寻寻觅觅的诗意栖居之地？花塔，真如一朵花，恰似一个梦；花塔，就是一个开花的梦；花塔，就是一个梦想开花的地方。我们慕名而来不舍归去，岂不也是在寻梦、逐梦、筑梦？

花塔是乡村振兴的一个缩影，是大美中国的诗意一笔，灵丘大地上，不止有花塔民俗村风景区，还有花果之乡北泉景区、空中草原风景区、车河有机社区、城头会古村落、木佛台生态旅游度假区、桃花溶洞风景区等，一点一画、一图一景共同描绘出"望得见山、看得见水、记得住乡愁"的美丽画卷。"国家全域旅游示范区""中国最美生态宜居旅游名县""国民休闲旅游胜地"，灵丘当之无愧！

灵岩寺：无烟的鼎盛（外两章）

喙林儿

1500 年之前，灵岩寺就在这里，昙曜就在这里。

时间走了，石头里的内涵和外延，不增不减。坍塌的，重新站了起来。

北魏的历史，始终披着金色的袈裟。

这便是缘分。

或许，这缘分早从大兴安岭鲜卑山的苍苍茫茫开始了，也或许在拓跋鲜卑一往无前的铁骑下萌生，更或者，是在遥远的丝绸之路异域文化源远流长的浸润里潜滋暗长。

1500 年之后，我走进了灵岩寺，昙曜看到了我。

这便是缘分。

而我，不再有拓跋的姓氏，不骑马，不举刀，履历表格民族一栏上写着汉。

风在吹。

马放南山，军械入库。

风吹来，风吹走。

你认我，我便是高鼻梁黄皮肤先祖的后裔；你认我，我便是落地生根土生土长的鲜卑。

我必在你的眼眸下拜跪。

一如展开金色翅膀的护法神鸟，静静守护在寺院飞檐的一隅，我静静合十于佛陀的脚下。

从四面八方走进来的每一位客人，都是回家的孩子，每一个人心里都有一尊佛，每一个人其实都是一尊佛。

这肃穆奢华的皇家寺院，浩浩荡荡的佛国，无需举起香火，不见走来走去的僧侣，亦没有了木鱼遗世独立的敲击。这里一直很安静，从拓跋先祖放下杀戮征战的屠刀之日起，拓跋人即已立地成佛。

天地、历史、宗教、文化共同做了唯一的抉择：佛陀和拓跋鲜卑人神合一。

我想，这便是缘分。

烟寺相望里找到回家的路

十一月，武周山还在用绿色对抗季节的寒流，而鹅毛大雪早就迫不及待降临到这方圣土。

佛要明媚，太阳就会出来。

"滴答，滴答"，每一个大殿前都出现一帘密密匝匝的雨幕，像门槛兀自生出的一道清凉的拷问。

13对骑象四棱神柱遥遥相望，仿佛通天入地，也仿佛唯有这样的神柱铺成的路才可以叫做礼佛大道。

其实，这条路早在1500年前就铺就了，无缘的人绕过去，有缘的人走上来。

山堂水殿，烟寺相望。十里河水，消失了又回来。菩萨站在桥头，用慈祥举起手中神器，引渡往来的人们。

曾经大浪滔天的十里河水，繁衍生息古人类的乳汁，怎么流着流着就不见踪影？怎么流着流着就哭了，哭着哭着连眼泪也干枯了？而人世间奔走的迷茫、伤痛、贫穷和富有，深深碾下的车辙，谁在冥冥中主导？

如今，历史和现实连着，真实和重现连着，河水和湖水连着，安静和水波连着，白茫茫的芦草和摇曳连着，一群鸭子的叫声和桥洞连着，抬眼处的天空和寺院的烟雾连着。

那些已经凋谢在季节里或高贵或卑微的花朵，不畏寒冷跃然站立枝头星星点点的小灯笼，它们都井然有序各自找到了回家的路。

而我，或者我们，也通过了一帘帘雨幕，通过礼佛大道，通过曲曲折折的桥梁，赫然看到一个刻在石头里辉煌的王朝。

云冈石窟：刻在石头里的王朝

这是一个消失的民族，从石洞里走出又回到石洞，

或许，唯有石头才知道这个民族有着怎样坚韧的心，不屈的灵魂，和山同高的志向与佛比肩的气魄。

从 13.8 米到 15.5 米，到两厘米，从过去到现在到未来，从开疆辟土的道武帝拓跋珪到披满一身忏悔的太武帝拓跋焘，再到缔造烟雨佛国的文成帝拓跋濬。

向东走，冯太后和孝文帝在双佛并举的石窟里演绎着社会的变革，一个游牧民族自觉自愿的大换血，从姓氏到衮冕，从帝王皇权到神的

无所不能。

惊涛拍岸，卷起千堆雪。

佛要俯瞰众生，众生皆低首。

睿智，恢宏，慈悲，威严。

流光溢彩里充盈着美轮美奂的姿势。蛇、大象、罗汉、夜叉和众生万物一起在石头里禅悟。排箫和琵琶在空中歌唱，飞天和伎乐舞动出传说的不朽。

一洞一窟一经书，一龛一佛一世界，一花一石如有意，不语不笑也留人。

而风雨，从来没有停止过飘摇，历史或许轻轻一合就闭上了，武周山却因为石头凿出形状，赋予了灵魂，一刻也不曾停止过世人的敬仰。

于是，消失的北魏王朝在石头上得到了永生。

从大兴安岭，鲜卑山，到敕勒川，到平城，云冈石窟。

天苍苍，野茫茫。

不见了牛羊，唯有永恒的微笑。或许，隐约有羌笛吹响。

北魏明堂

陈栋

来大同而不来云冈石窟,约等于没来过大同。来过云冈石窟,却没有来过大同的明堂公园,那也不能说真正了解了大同。怎么讲?因为大同曾为两汉名郡、北魏京师、辽金陪都、明清重镇……其历史上最辉煌的一页,莫过于做过一代帝都。虽然北魏后期,拓跋氏将都城迁往洛阳,但平城大同作为当时的"北京",依然是中国北方绝无仅有的政治、经济、文化中心。它所涌现和散发出来帝王之气,不在于凿了多少洞窟,修了多少佛像——那都是哄老百姓的——最具象征意义、最能够直观显现大同王者风范的标志性建筑,就是当时平城的明堂。

"明堂"一词,听起来光明磊落,说出来亮亮堂堂。关于其出处,《孟子·梁惠王下》:"夫明堂者,王者之堂也。"《史记·孝武本纪》:"而上乡儒术,招贤良,赵绾、王臧等以文学为公卿,欲议古立明堂城南,以朝诸侯。"《玉台新咏·木兰辞》:"归来见天子,天子坐明堂。"但这么解释,好多朋友可能还是搞不清楚,这"明堂"里到底有什么名堂。举个例子吧,明堂就相当于人体的眉心或掌心的地方。道教称

两眉之间为天门，入内一寸为明堂。按八卦方位划分手掌，明堂位于手掌的正中央即掌心。再打个比方，在我们的家里，明堂就是客厅里放置茶几、招待客人和看电视的地方。农村院里，明堂就是八月十五摆放水果、月饼，供养嫦娥姐姐和月亮爷爷的地方。古时候阴阳先生看风水，明堂是指穴前的地气聚合之处。那在中国九大古都之一北魏的平城（现今大同），明堂就是北魏皇帝老儿所建的最隆重的建筑物，是用以上观天象、朝会诸侯、祭祀祖先的一个地方。

这样一个所在，对于北魏帝王们来说，一定是比开凿云冈诸佛更加重要，也一定是比修建他们自己的住所还要重要。因此，营造北魏

明堂

  明堂，无疑是北魏平城时代，不亚于颁布班禄制、均田制、三长制和迁都洛阳，是最重要的决定之一。据史料记载，明堂之建造始于孝文帝太和十年（486），最终完成于五年之后的太和十五年（491）。它的建成，极大地彰显了大魏的盛世气象。相较于目前发现并考古发掘的四处明堂遗址——汉长安明堂、汉魏洛阳明堂、唐东都洛阳明堂和北魏平城明堂遗址，在规模气势上有过之而无不及。在实际使用中更是集明堂、太庙、太学、灵台等于一体——甚至比现存的北京天坛还要大上三倍，历朝历代的同等同类建筑，跟它一比都弱爆了。

  我们知道，中国三大石窟，敦煌莫高窟、洛阳龙门石窟和大同云冈石窟（也有说四大石窟，加上天水麦积山石窟）中，云冈的石佛造像最为雄浑伟岸、大气磅礴，堪称公元 5 世纪中国石刻艺术之冠。其主要原因，就是"令如帝身"的云冈大佛，它是个皇家工程。这就跟瓷器制作一样，官窑和民窑做出来的产品，绝对是有区别的。也正如正月十五，市委、市政府主办的"2018 中国大同古都灯会民俗文化展演"和正月十六"华北星城烧酒文化研究会组织的街头文艺表演"相比同理（尽管后者可能更好玩、更亲切一些）。北魏明堂，是北魏帝王亲自主持的，与云冈石窟、方山永固陵同时建造的，一个浩大的皇家工程。在动用的人力物力上，必然是举全国之力。据说建筑所用石料，即是取自云冈石窟的第三窟。聪明的建造者，利用冬季武周川水（十里河）冰冻之机，将石材一路运抵明堂的建筑工地。由此可见，古代劳动人民的智慧及其所付出的巨大辛劳，亦毫不亚于后来的耿彦波造城。

　　来大同而不看大同的北魏明堂，会给你留下永久的遗憾。这不仅是因为，北魏明堂是免费参观（包括两个展馆，持有效证件即可兑换门票，在琵琶老店老翟看来，大同你可能又错了……），不看白不看，白看谁不看——要知道，这里有全国重点文物保护单位——平城遗址。大同做过北魏都城，凭什么让人相信？平城明堂就是一个明确的力证。还有，在这个中国历史上唯一由少数民族政权建造的明堂内部，开设有北朝艺术博物馆，这可是全国唯一一家以北朝文物为专题的博物馆。看过这个展览，基本也就清楚，鲜卑是怎么来的，拓跋又是怎么没的……其中"妙相西来"，极尽庄严法相及佛法西来、东渐之妙；"石雕世界"，展现石雕艺术的别致精巧；"地下兵马"，宛如阅兵一般的宏大场景；"千秋碑铭"，讲述墓志铭的肇始及魏碑的由来；"壁画记忆"，启示丧葬文化的渊源；"平城瓦当"，捡拾拓跋鲜卑的历史碎片；"贵族威仪"，直击鲜卑权贵们的声色犬马；"百姓生活"，呈现普通群众家里的坛坛罐罐；"奢华之都"，揭示盛极必衰的普遍真理。不止这些，明堂公园里还有一个北魏明堂遗址陈列馆。步入其中，很有点秦始皇兵马俑的味道。通过明堂遗址土体、台基、瓦片、柱础、水渠、石坝等实物，以及馆内图板、文字、电子、电视解说，可以非常直观地了解到明堂遗址的挖掘、修复过程和昔日北魏明堂盛大恢宏的景象。

说起来，我与北魏明堂也是有点缘分的。当年（1996年或1997年，记不太清了）著名文化学者殷宪先生和省、市文物工作者考察明堂遗址的时候，我在原大同电视二台新闻部负责对外报道，在《山西新闻联播》发过一则消息。明堂遗址复建期间，我在《大同新闻联播》和同事郭伟一起报道过明堂的保护修复进展。再就是今年了，正月十五本来打算进去好好看看，时间有点晚了，没有看成。于是正月十六下午，早早地就去了。在不到两个小时的时间里，兴致勃勃地把修复后的明堂公园，前前后后、里里外外地转了个遍……感觉真是不虚此行！与其他市内公园一样，明堂周围已经被大爷大妈们果断占领。来此休闲娱乐的有好几拨人。南面是广场舞，东面是踢毽子和跳交谊舞的，西面则是老年合唱团，悠扬动听的《映山红》和着《小苹果》之类的律动，声声入耳，以致在展厅里都听得一清二楚……好笑的是，刚进入北朝艺术博物馆，就听一个父亲，用道地的大同话，煞有介事地对自己女儿（八九岁的样子）讲：北魏明堂，这是赵武灵王修建的……这段讲解承包了我一个下午的笑点（之所以没有提醒他们，是因为想到，这个展览实在和赵武灵王没有半毛钱关系，看到后来他们自己就能醒悟）。但我硬是憋着没笑，而是认认真真地做着记录，给我某个微信群的群友们进行了全程的现场直播。当晚，在回看图片的时候，向他们公布了我的一个重大发现：你们看——平城瓦当上面刻着的人头，和三星堆出土的青铜人像，何其相似乃尔！

塞北玄武岩上的奇观

李日宏

左云石林

山西省西北边缘的历史文化名城左云县长城沿线，是古代农耕文明与游牧文明的交汇处。这里地广人稀，民风淳厚，矿产资源丰富，自然生态完好，风景名胜众多，其中尤以摩天岭长城及其下面的石林最具代表性。

素有"小八达岭"之称的摩天岭长城海拔两千米左右，位于左云县西北部，是蒙古高原与晋北黄土高原的结合部，也是古代游牧民族与汉民族的分界线，被称为世界上海拔最高的长城之一。长期的军事纷争与民族融合，孕育并形成了这里独特的边塞文化，成为中华民族长城文化中的瑰宝。

"东看八达岭，西看摩天岭"，摩天岭成为众多文物专家、地理学家和摄影爱好者流连忘返的地方。

横跨左云县北部的摩天岭长城绵延逶迤、古朴庄严、气势磅礴。除少量汉长城和北魏长城遗迹尚存外，明代长城最具代表性，保存最为完好。蜿蜒起伏的古长城，犹如一条腾飞的巨龙，横跨于众多山脉之间，傲视着天地的沧桑巨变。墙体舒展灵动的线条，又宛若流淌着的音符，汇成了跌宕起伏的交响曲，回放着当年金戈铁马的恢宏与悲壮。"苍龙卸甲雾萦低，万里狼烟几度息。漫道雄关成瓦砾，残阳风雨叹苍夷。"一座座被岁月锈蚀得千疮百孔的烽火台静静地肃立在摩天岭上，似在警戒中沉思，又似在沉思中守望。众多的烽火台中最能彰显左云人精神和气度的镇宁空心箭楼，是居庸关以西保存下来的唯一的一座完整的空心箭楼。二层的空心箭楼，全部用青砖砌成，高达17米，楼体上下贯通，形成回廊，沿回廊四面共有14个箭窗，可以从不同的角度发现敌情，设计理念独具匠心。穿过置身于杂草中的拱门，走近箭楼，于风中仰望，巍峨挺拔的箭楼如同一位沉稳持重的长者，威严地注视着来自远方的不速之客，令人肃然起敬。进入箭楼的通道，沿着青石铺就的台阶拾级而上，墙壁传达出历史厚重的回声。登上楼顶眺望远方，耳边鼓柝依稀，眼前烽烟又起，历史在瞬间穿越黄土淹没的时空变得鲜活无比。沿河沟一直向上，这里为一极冲河口，蒙人常由此进入。"隆庆和议"后，这里的马市也正式开放，建于河沟东侧的半坡上。双方以长城上的箭楼为界，北有马市楼村，属蒙人的住宿地，现还有马市楼村旧址，过去村中还有10多户居民，近年才逐渐迁移到厂汗营村。北市场城中间已被雨水冲刷成一条壕沟，但四墙基本残存，残高2—3米，夯土层厚0.15米。市场城南北45米，东西60米，另起南墙，与长城构成一条壕沟。

镇宁箭楼雄立于南市场城的北墙之上，也就是长城之上，保护得非常完整，是大同镇长城沿线上最为完整的一座箭楼。箭楼北面基座外露7层石条，东西宽12米，南北长13米，包砖长0.4米，宽0.2米，厚0.08米。箭楼东侧有一砖碹拱门，进深4米，现只能弯腰通过。南市场城南北50米，东西50米。四墙残高3—6米。正对箭楼南墙上有一砖碹门洞，进深6米，宽2.35米，外露6层石条，现已残破不堪。箭楼总高17米，内侧外露9层石条，门额上有阴刻楷书"镇宁"二字。原来上顶部的门洞石条被人取走，近年来，左云县政府已将石梯重新铺好，并对背面的裂缝和顶部的垛口作了重新修缮和加固。在南市场城东，是雨水冲积成的一条土沟，西墙里外，生长了10多棵榆树。堡北明长城下为宁鲁口，系军事要塞，今出省公路（山西—内蒙古）即由塞口西山坡上通出塞外。镇宁楼分上、下两层，下层由南门进，有梯道可通上层；上层东西各四箭窗，北有三箭窗，南有一小门居两箭窗中。楼为回廊结构，顶上原有铺房为仿木结构。镇宁楼被当地人叫做"狐仙楼"，因为当地百姓信奉里面住有狐仙的传说，才得以保全。

马市既开，农耕民族与游牧民族互通有无，使得军事斗争暂时缓和，同时，经济上的密切联系也促进了文化的互相渗透影响。马市繁盛时，边墙内侧马商云集，马嘶牛哞；而边墙外则帐篷散布，长调低回。深沟高垒的严阵以待与马市茶庄繁忙交易，共同构成了一种和平的场景，这种场景直接促进了边墙内外民族关系的缓和。明朝曾有诗写道："天王有道边关静，上相先谋马市开。万骑云屯星斗暗，三秋霜冷结旌回。"撇开其间皇帝圣明的说辞，诗句对于当年马市的记录应该是真实的。马市楼是空心且内有阶梯的砖石结构建筑，据说这种空心箭楼是当年抗倭名将戚继光设计，后来推广到全国各个边关的。一进楼门，便可沿着石阶攀上楼顶，马市楼的风光更在其楼顶眺望之中。站在平台上向东北瞭望，便是万里长城的来向，长城外侧山腰上还隐约可见一高一低两条当年开辟的茶马古道；望向西北，便是万里长城通向西北的去向。楼下的大沙沟直通内蒙古凉城县，沙沟狭窄处，便是长城内侧兵士日夜把守的宁鲁口。向正北望去，远处是五路山的崇山峻岭，近处是深涧，眼底下便是宁鲁堡城。

在马市楼附近，流传着一个反映边关文化的故事。据说，晋中商人乔氏兄弟走西口，路遇强盗，到包头后因语言不通、商品滞销，无奈返乡。他们避开关税较重的杀虎口，直奔山高路险的宁鲁口。大年三十因风雪所阻，滞留宁鲁口。交完关税，兄弟俩身无分文，只好脱衣换米，借锅熬粥。谁知正待端碗时，推门进来一位蓬头垢面的老人，口中念念有词道"稀粥香，正赶上，我先喝饱你再尝"，随之一阵猛喝，喝饱后才抬头看看乔氏兄弟说道："别灰心，要心诚，有光明。"接着便靠在寒窑一角呼呼入睡。翌日清晨，老人不见了，地上却留下一大堆白花花的银子。乔氏兄弟拿钱返乡，重新经营，他们的买卖一度做到中俄边界的恰克图。

传说寄托着美好希冀。如今，边关硝烟散尽，茶马互市已成历史。

战争文化是大同一项独具特色的历史文化资源和旅游资源，在"中国左云边塞文化高层论坛"上，来自北京、内蒙古和山西的数十名专家学者和 17 个国家的 50 多名摄影记者，兴致勃勃地登上宁鲁马市楼，他们指出，在居庸关以西至嘉峪关之间的长城沿线上，这是硕果仅存的一座马市楼，只可惜"养在深闺人未识"。

摩天岭东侧的八台子教堂是西方文明的珍贵遗存，始建于1876年，1900 年毁于"庚子之乱"。教堂采用的是西方哥特式建筑风格。历经百年沧桑，大单巴破败的楼体与高耸的塔尖上精美的石雕艺术依然残存着异域风情的痕迹。站在中央仰望楼顶，阳光透过塔尖从风车般的轮盘架上穿过，道道霞光倾泻而下，炫目的瑰丽夺人心魄；闭上眼睛，诵经者虔诚膜拜，礼赞声不绝于耳。日复一日，孤独的大单巴默默地守候在摩天岭空旷寂静的山坡上，与远处的镇宁箭楼遥相呼应，留下了中西方文化在左云交汇融合的历史佐证，也成为华夏民族长城壮美画卷中绝无仅有的一笔。教堂西边的山坡下，"隐藏"着一方圆形的天池。秋天天高云淡，深邃的池水波光粼粼，如明镜般清朗澄澈。池边的青石板旁，古树下垂的枝条投下婆娑的阴影。羊群在树下悠闲地吃草，恣意地沐浴着和煦的阳光，微风拂过，阵阵涟漪轻柔地抚摩着水面，池水缓缓地抖动着蔓延开来，如丝绸般柔滑温婉。大单巴就在蓝天的映衬下静静地伫立在天池不远处，勾勒出一幅自然唯美的图画。强烈的视觉冲击，让人流连忘返，如同置身仙境。正可谓"文工画妙各臻极，异境恍惚移于斯"。此番景象怕是连陶渊明眼中的桃花源与之相比都会黯然失色。当年西方传教士选择在此修建教堂，大概也是基于这块风水宝地的诱人景色更接近西方人眼中的田园风光吧。

摩天岭长城能够成为中华民族长城史上的珍贵遗存，不仅因为它的边塞文化价值和保存完好的外观，更因为它独特的地质结构。摩天岭长城是建在石林上的长城。因多次地质运动造成火山喷发，形成了被称为柱状节理的独特山体结构的玄武岩石林。摩天岭石林与云南腾冲的喀斯特石林和内蒙古阿斯哈图的花岗岩石林齐名，被地质学家统称为中国的三大石林景区。如果将石林称为奇观，那么盘踞在摩天岭石林上雄浑的古长城堪称奇观上的奇观。站在山坡下仰望，一根根六棱形的石柱比肩接踵，不分伯仲，又如树木的化石鳞次栉比，更如雨后春笋，节节上攀，大有刺破青天之势。石林密密匝匝断裂扭曲的层面书写着岁月的沧桑。"天欲堕，赖以拄其间"，坚固的石柱犹如无数忠诚的卫士，臂膀有力地托举着摩天岭长城伟岸的身躯，托举着黄土铸就的辉煌。

摩天岭西部的官山，因山貌像官帽之状而得名。远看其貌不扬，近瞧惊叹不已；山下青石满坡，山上奇石纵横；苍鹰在蓝天飞翔，羊群在草地徜徉。其周围古长城历史遗迹遍布山野，新旧石器文化遗址随处可见。

据省地质学家近年来的考证，这里的地质属中生界的第二个系侏罗系和第三个系白垩系形成的地层系统。侏罗纪是中生代的第二个纪，约开始于 2 亿年前，结束于 1.45 亿年前。在这个时期，有造山运动和剧烈的火山活动，由法国、瑞士边境的侏罗山而得名。爬行动物非常发达，出现了巨大的恐龙、空中飞龙和始祖鸟，植物中苏铁、银杏最繁盛。白垩纪是中生代的第三个纪，约开始于 1.45 亿年前，结束于 6600 万年前，因欧洲西部本纪的地层主要为白垩岩而得名。这个时期里，造山运动非常剧烈，我国许多山脉都在这时形成。动物中以恐龙为最盛，但在末期逐渐灭绝。鱼类和鸟类很发达，哺乳动物开始出现。被子植物出现，植物中显花植物很繁盛，也出现了热带植物和阔叶树。

自然衍生了石林，石林坐落于中生代的第三个纪白垩纪上，成就了今天的玄武岩奇观。石林形成过程是由火山喷发出的岩浆冷却后凝固而成的一种致密状或泡沫状结构的岩石。它在地质学的岩石分类中，属于岩浆岩（也叫火成岩）。岩浆岩分侵入岩和喷出岩两种。其中侵入岩是地下岩浆在内力作用下侵入地壳上部，岩层冷却凝固而形成岩石，它的矿物结晶颗粒较大，代表岩石有花岗岩。喷出岩是地下岩浆在内力作用下，沿地壳薄弱地带喷出地表冷凝而形成岩石，它的矿物结晶颗粒细小，有的有流纹或气孔构造，代表岩石就是玄武岩。火山爆发流出的岩浆温度高达摄氏1200度，因有一定的黏度，在地势平缓时，岩浆流动很慢，每分钟只流动几米远，遇到陡坡时，速度便大大加快。它在流动过程中，携带着大量水蒸气和气泡，冷却后，便形成了各种变异的形状。

　　古老的长城、典雅的教堂、迷人的天泉，浑然天成的地质地貌与中西方文化的碰撞，赋予了官山、摩天岭特殊的魅力，实为一处集历史、地质、边塞等文化为一体的宝库。

　　官山、摩天岭是左云文化的奇观，也是长城文化的奇观，更是中华文化的奇观。近年来，随着旅游业的兴起，摩天岭正以它外在的神韵和深厚的文化内涵吸引着越来越多的中外学者和游客前来考察观光。2010年1月14日，这里被山西省政府命名为"省级风景名胜区"，但就其自身所蕴含的价值及其广阔的旅游发展空间而言，景区的保护和开发还只是空白。正如左云学者刘志尧先生发出的感叹：有人把左云摩天岭长城比作北京八达岭长城，可是那里有罕见的火山岩石林吗？还有人说，左云火山岩石林是北方的云南石林，可是那里有建在石林上的长城吗？

　　历史，已然定格了摩天岭的过往；未来，谁来焕发摩天岭的容光？

慈云寺听禅（外一篇）

杨俊芳

寺门静静地闭着，默默地度过1000余年的漫漫岁月。

门前有一对石狮，一只憨态可掬，咧嘴含笑，左足微翘着在门边玩耍；一只站得累了，就顺势旁若无人地躺在那里睡着了，谁也不知道它睡了多久，也许十年，也许百年，也许更久，以至于顽皮的孩子踩它的头，过往的人往它身上吐唾沫，革命的人把它视作牛鬼蛇神邪物，它都浑然不觉，以至于它已灰头土脸，甚至面目不清依然不愿醒来。我拍拍它的臂膀轻轻地呼唤它，"醒来吧，你已经睡得太久了"。冥冥中我听到了石狮醒来前细微的呼吸，听到了慈云寺1000年的风雨沧桑……

给我们开门的是一位精神矍铄、满脸红光、面带慈祥的老僧，"阿弥陀佛！"天镇县文体局田主任把我们送进门里就走了，山门轻轻地扣上，将外界的一切挡在门外。我们走进慈云寺，也走进了另一个世界，朴素而不失典雅恢宏的大雄宝殿映入眼帘，东西面的圆形钟楼、鼓楼像两位身着裙裳的唐代仕女，丰腴婀娜。院中青砖铺地，石碑数通，或横依，或斜立，或躺卧，或背对，姿态安然。院内还有石狮一对，一只昂首立于钟楼前，一只躺在莲花石墩后谛听天籁，天上数只鸽影掠过，白云悠悠，天陡然间变得好洁净，好高远。

步入中院，巍峨的释迦殿豁然眼前，左右配殿、僧房错落有序，尤为令人惊叹的是院中谷粒满地，天空中飞鸟翔集。石阶前，绿草争青，佛香氤氲，芍药花正抽芽吐绿，两只石雕幼狮脖系铃铛，信步庭中，回首顾盼，游玩嬉戏，好生活泼。院内碑座、石座林立：龟停窗前，龙游花间，荷花亭亭，竹叶青青，梅花飘香，霜菊吐芳，鹿奔鸟飞，鱼游石上，殿宇间飞花斗拱，九条飞龙舞于梁间，猛兽飞走于檐上瓦顶，这里是动物的乐园，人间的仙境，难怪乎住在这里的僧人固守这里，百年不厌。寺内住持成就和尚 16 岁来此修行，今年已 80 岁，毫无龙钟之态，耳聪目明，神清气爽，步履轻盈。身居于此，已然是佛国极乐世界，夫复何求。

释迦殿东西配殿分别是观音殿和地藏王殿，门扉上木雕窗棂如飞絮，如柳花，有纹如方格、竖格者，有形如棱、状若花者，有相互交叉如渔网者，有斜织有序若锦者。即使殿内面若宫娃之佛像、菩萨已飘然远去，这些窗棂也在叙述着千年佛韵。

释迦殿东西角门青砖垒砌，形如满月，左右镂空花墙石瓦勾连，宛若织锦垂幕，木质格纹门扉朱漆染就，真可谓"淡妆浓抹总相宜"。

后院面阔五间的毗卢殿建在五尺高台上，殿前花圃两列，丁香花盛开得正热闹，满地芳菲，花香四溢。左右配殿廊柱林立，屋檐上鸟飞兽走。伫立台基上，回望释迦殿，北壁中央圆形石雕过门就像一朵盛开的莲花，周边满饰缠枝忍冬纹，门上莲花朵朵，牡丹盛开，左右莲花垂柱镶于壁间，真是美不胜收。

缓缓推开尘封已久的毗卢殿大木门，暗哑的吱扭声苍老而亲切。

面前的金佛少了几分优雅，多了几分亮丽。东西两壁上千年有余的藏经柜，轻掩着自己空空的经橱门，相对无语。太多的往事镌刻在这斑驳的经柜上，太多的记忆随岁月的流逝变得模糊，只有这满殿的雕梁画栋和楼阁殿宇继续叙述着佛的故事。

不觉已是夕阳西下，我们漫步院中，内心宁静，思绪飘然。这时，寺外的喧闹随着一群衣冠楚楚、大腹便便的达官贵人的到来侵袭耳畔。他们喧嚷着相互拍照，院中的鸽子四散而飞，不知踪影。数分钟之后他们兴致勃勃，满载而归。看着蓬头垢面的我们坐在石阶上写写画画，他们不由得生发了几许怜悯和同情，慨叹道：哎，这些做学问的怪可怜的。逼人的香水味践踏着我们的嗅觉。

寺院的门再一次轻轻扣上，寺院复归宁静。此时钟声响起，余音不绝，香火缭绕。住持和两个小和尚以及两位善人，手捧经书，身披袈裟开始了晚课诵经。

禅音流淌在寺院的每一个角落，我的心静但不若止水，宛如一泓山间的泉水，清清澈澈地流淌、流淌……

善化寺小憩

比之游人如织的华严寺，位居大同第二寺的善化寺显得有些冷清。

但凡来大同旅游的首选之地必定是享誉世界的云冈石窟，另一个必去之地便是辽金皇家寺庙华严寺。去了这两个由少数民族创造的佛教名胜之地，对大同的辉煌就有个大概的印象了。大多游人接下来就会在吃上花钱花时间了。同为辽金巨刹的善化寺既不是大同最古老、最大的寺庙，也不是皇家工程，尽管大雄宝殿和三圣殿内的辽金彩塑绝不亚于华严寺的塑像，但整体名声比之前两个就显得分量不足。因此即使在旅游旺季，善化寺的游客也颇为稀疏。到了淡季，善化寺就犹如一位冬眠的仙子在繁华闹市的围拢下静静地睡去，而这正是我最喜欢的感觉。

每次到善化寺都让我的内心感到无言的安宁，连五岁的儿子置身满眼草木葱茏的善化寺都发出这样的感慨：妈妈，有一种感觉是绿色的，和黄色的，你猜是什么？我不明所以摇头面对。儿子很认真地说：是淡定，你看这绿色和黄色，给人的感觉不就是淡定吗？我实在惊诧于儿子的语言与感受力，这哪里是一个五岁小孩会说的话。我坐在文殊阁外的回廊下翻书而读，儿子在回廊下时而看蜘蛛网，数砖石，时而跷起二郎腿躺在回廊横栏上闻着茉莉花的幽香，还说：我想娶她做老婆。好像在和花仙子说话一样。

整个善化寺清静得很，除过专家学者和那些虔诚的佛教徒，踏足善化寺的寥寥无几。只有困倦的看门人在门后边打瞌睡。廊下清风拂面，院内花香四溢，不知名的小黄花在阳光下灼灼发亮。花前树下只有草的呢喃低语，殿内阁中只有佛的无言俯视。佛的庄严与智慧，弟子的睿智与聪颖，菩萨的慈善与悲悯，天神的威武，飞天的飘逸，护法的高大，供养人的虔诚与恭敬，都在岁月的流波中涤荡开来。谁能拒绝这样的精神洗礼与心灵净化？红尘中漂浮的心灵在佛影与阳光的幻化中变得简单而淡然。

华严寺是皇家拜祖祈福的朝圣之地，在扑朔迷离的历史长河中扮演着诸多的角色。而善化寺显得更为单纯些，它是佛的说法地，信众的解脱处。或许善化寺更能让一个人的心灵感受到与世无争的淡定与物我两忘的宁静。

由月华池说开去

郭宏旺

2020年冬，明长城大同市左云县宁鲁堡—八台子段，列入国家文物局公布的第一批国家级长城重要点段名单。

文化和旅游部、国家文物局联合印发的《长城保护总体规划》要求提升展示阐释水平。国家级长城重要点段沿线各省（自治区、直辖市）应围绕长城国家公园建设总体目标，深入挖掘国家级长城重要点段的历史文化内涵，提升现有长城相关博物馆、陈列馆展示水平。响应国家号召，我也从这段长城边的月华池说起，做一些阐释。

大同市左云县三屯乡宁鲁堡外山梁上，有一个镇宁箭楼闻名遐迩，八台子教堂遗址享誉中外。在这段长城威鲁堡旁有个月华池，月华池从2008年9月在左云举办"首届边塞文化高层论坛"叫响，10多年来世人的关注度也越来越高。近年古长城古堡的热度高了，于是宁鲁堡火了，八台子火了，月华池也火了。来观光的人不少，来拍照摄影的人更多，来写生的画家也是一拨儿接着一拨儿。

如今，不论史学研究人士，还是文人墨客和老百姓，讲月华池故事、写月华池来历的人特别多，难得的好现象呀！有坊间传说，有本地学者史学考察的论文，还有诗情纵横的作家对月华池浪漫美艳的演绎。月华池在灰头土脸地度过几百年光阴后华丽转身，似乎即将走上了霓虹炫彩的T型台，无论怎样，月华池应该很欣慰了。

那些年，村民们也许并没有把月华池当回事儿，它只是一处荒芜破败的乱土堡子，无甚用处。人们都懒得过去瞅一眼那土堡子，那地方有啥好看的呢？除了黄土就是草，除了草便是黄土，倒是有几丛硕大的芨芨草，年年如旧，也未有人来探望它们，只不过几个季节里更换上几种固定程序化的颜色。而它们毕竟也掩不住绵绵的土沫和风中飞扬的土尘，那土尘直迷人的眼睛。

曾经的那段岁月里，月华池肯定不是这方土地的主角儿。倒是与它不远相望的，十几米高、连绵飞虹一般的引水渡槽和那口超级大的蓄水池，应该是这里的主角儿。因为那段长长的飞虹和那一大池子的微蓝关系着粮食丰产，和村民们丰衣足食的美好理想。

那会儿很少有人这样说："啊呀，这个小堡可不简单哩！"正好修在了长城一侧，那高高的燧台和战墙，因地制宜就建在边墙长城的上方。但有一点千真万确：墙南为晋地，墙北为蒙域。另外一个说法也很有意思很有道理：一孔土窑跨两地，两地之间闻豚鸡。两头赋税都能避，逍遥自在乐依依。

老百姓不一定都知道，这里便是赫赫有名的古长城，他们只管它叫墙，叫土墙或者叫边墙。也不晓得大边和小边、内长城和外长城的区别。但是他们肯定知道，这边墙上下到处生长着一种普通得不能再普通的草，叫圪节草。略懂中医药的人叫它麻黄草，采集焙干再熬成药汤，曾经医治好多少生于江南却来北地戍边导致水土不服的将士。这草，也是村民们平时治头疼脑热咳嗽的良药。

月华池似乎没有门可供出入。早年路过月华池好多次，印象中月华池的正面墙体下应该有一个门洞，不敢确定那就是月华池的正门，也许只是人们掏的一个小门洞，洞中隐约可见的是一副灰黄色的棺材，让人不敢再久留，蹬起单车赶紧远去。月华池既然没有门，所以曾经很长一段时间，前来游玩的人们，只能顺着东西两侧已成为斜坡的墙体攀上去，一睹月华池的芳容，然后留下无数纷乱的足印。如今月华池东侧建起一处四层的钢木结构瞭望塔，取名长城阁。前来观瞻的人们再不必攀登土墙，而是一层一层拾级而上到塔顶，一览月华池全景，一览边墙内外晋蒙两地苍茫寥廓的风光。

月华池西边，有它的两个好弟兄，八台子教堂阁楼和镇宁箭楼。不论它们啥长相啥身板儿，不论它们是本土骨血还是异域混血，它们仨就如同长城脚下山桃花盛开季节里的结义兄弟。

月华池是一个高墙围起来的池子，墙体挺高，池子却很低，站在瞭望塔上看月华池，轮廓清晰，颜色分明，凸凹有致，有航拍出来的感觉。观瞻的人是幸福的，月华池是幸运的。而月华池之西几公里处的镇宁箭楼，是位于高高山梁上的一座敌楼。镇宁楼站得更高，楼体高17米，是二层空心结构，回廊巧妙，四周箭窗密布，一楼耸立锁钥，御外敌数百年。观光者一度只能顺着用铁锹挖开的临时土台阶攀到山顶去观瞻，一逢雨雪天，泥泞湿滑则无法登临。今年秋天这里也鸟枪换炮，顺山坡铺上了一条石台阶，这如同给镇宁楼换了一双体面鞋子，而前来游览的人们也心情大好，不用再担心来时穿啥鞋子，也不用担心搓了鞋跟儿，打趔趄崴了脚踝。游客们是幸福的，箭楼是幸运的。

月华池西，镇宁箭楼东，中间便是八台子村北那段并不起眼的山梁，却注定是一处不同凡响的地方。在这里北方的游牧文明与中原的农耕文明相碰撞，东方的长城文化与西方的宗教文化相碰撞相融合，

左云月华池

八台子天主教堂便是这些冲突与融合的见证者。教堂的其他部分已不存在，只留下那一截直刺云天的哥特式阁楼。门庭上方强抠强刮后又强刻出另外三个字，取代了原来圆润柔和的"圣母堂"三个字。阁楼身材清瘦修长，是一位标准的大高个子，虽满身疮痍却依然孤傲坚毅。由于只剩阁楼一截儿，所以取名"大单巴"再恰当不过。南有澳门大三巴，北有左云大单巴。

月华池是一个袖珍方形古堡，里边是一个方形的土池子。内部墙体斑驳，上有不少风化出来的大大小小的龛窟，像是远去了的某个朝代里，那些人们一双双久久凝视的眼睛，眼神寂寞淡然而冷峻。俯瞰月华池实际上就是一个古拙苍劲的方格子，其实俯瞰威鲁堡时也是方格子，只不过是两个方格子，由于堡外河流的原因，两个方格子稍微错位拼接成一个"卜吊"形状，那就是威鲁堡的Logo。

在这些方格子的里头和周边，孕育了许多关于长城、关于古堡或者血雨腥风或者风花雪月的传说,更孕育了一些催人泪下、感天动地的人和事。比如桃儿塔下的那位普济乡民、怒斥日寇、誓死不屈的慈尼;比如堡子中那方矮矮的节妇碑上镌刻着的那一份千古忠贞。这些格子里,也诞生了国内较为少见的村办文艺刊物《月华池》。

有多少骄子,从摩天岭长城脚下的那个方格子,从那个"卜吊"状的方框子走了出去。他们走出一道道黄土夯成的边墙,走出哺育自己的家乡,走进了县城,走向了都市,去南国三沙,去偏关之地,去中国各地,去异国他乡,为自己争光,为家乡争光。但他们永远都不会忘记家乡威鲁堡那一道道苍老的堡墙,也不会忘记那一方叫做月华的古堡小池和老墙。

驻足月华池边,人人难免会追问,最初的月华池到底是干什么用的?是戍守边关的军堡,是驻军的桃粉欢娱之地,是羁押战俘的营地,还是修建到一半儿而废弃的半拉子工程?与好几位八旬左右的村民攀谈过,他们很激动也很骄傲,可老人们说出来最相似的一句话就是:"那地方可年长了!我小时候就是个这样子。"既然如此,我们就大可不必打破砂锅问到底了。正如本土历史学者刘志尧先生所言:弄清月华池的真相很难,退一步讲,果真弄清楚了也不见得是多大的好事。就让月华池一直披上那一袭缥缈梦幻般的面纱,静静匍匐于古长城之侧,陪伴人们在悠悠缓缓的时光中吧!当人们轻轻移步月华池边,蒙娜丽莎一般的月华池,表情安然甜美,眼神朦胧;观者视野辽阔,思绪飘飞,心静如水……

殿山兴国寺记

庞善强

唐朝诗人王炎有《谷雨诗》云："花气浓于百和香，郊行缓辔聊翱翔。壶中春色自不老，小白浅红蒙短墙。"那天恰逢谷雨日，天降甘霖，又常闻殿山兴国寺谷雨时节野山桃酽洌灼灼，便于次日约几位好友往殿山而去。

殿山，位于云州区吉家庄乡瓮城口村东南，海拔1838米，形成于1.38亿年前燕山造山期。殿山兴国寺为就地取材，石头建造，窑洞连体式结构。如此建筑风格的兴国寺，在全国寥寥无几。查阅网络资料显示，山西省内始建于唐代的兴国寺仅有两座：一座是位于太原市杏花岭区中涧河乡丈子头村的兴国寺，另一座便是殿山兴国寺。太原丈子头村唐代兴国寺建于武则天即位初年（690），然而殿山兴国寺建于大唐初年（619—620年之间）。

《清代大同古寺庙辑录》第七十六条载："兴国寺：在城东南殿山上，唐时建。"《清代大同古寺庙辑录》第六十一条又载："兴国寺：在南郭（今大同古城南关）外，明万历乙未年建。国朝康熙六年，总兵彭有德、兵备道曹溶、知府高光拱重修。乾隆三十年又修。"大同南关兴国寺晚于殿山兴国寺约1000年，但彼此间却有千丝万缕的关系。据瓮城口村民王民功讲述，明万历初设瓮城驿后，殿山兴国寺香火更甚，但因其位于山势奇绝的山峰之上，香客行拜不便，且山上生活饮水亦艰难，故于明万历乙未年在大同府仿殿山兴国寺再建一座兴国寺，但其建筑规模等远逊于殿山兴国寺。

据民间传闻及史料分析，殿山兴国寺是李世民奉唐高祖李渊之命征讨刘武周时下令始建。

刘武周，河间景城（今河北交河县）人，出生于豪富之家。年轻时骁勇善射，喜结豪侠。隋炀帝进攻高丽时，刘武周应召入伍随军东征。东征归，因战功获封建节校尉。后刘武周迁居马邑（今山西省朔州市朔城区东北），投靠王仁恭，任校尉。王仁恭，天水（今甘肃）人，此人作战勇猛，弓马娴熟，屡获战功，因之被封为车骑将军。时阴山漠北突厥经常侵边，王仁恭征讨突厥再获战功，遂奉隋炀帝之命镇守马邑，任马邑太守。

公元617年，隋朝大乱，适逢饥荒，百姓饥饿不堪。王仁恭平素清正廉洁，没有朝廷之命，他不敢擅自开仓赈济百姓，由此引发当地官民的强烈不满。当时，刘武周正与王仁恭的一个小妾暗自私通，他担心东窗事发，就借机煽动马邑吏民造反。马邑之地自北魏起，多为游牧民族移民汉化聚居，质朴善战。由于刘武周的煽动，引起马邑群情激奋。刘武周趁机率领数十名党羽冲入鹰扬府，杀死时年60岁的王仁恭。刘武周造反，表象上是为了一个女人，实际上此人早有预谋。刘武周为了得到官民的支持，便派人到处散布谣言，说他的母亲当年生他时，梦见雄鸡入怀，以此向时人暗喻自己是星宿下凡，注定今生为王。谣言四起后，刘武周便自称太守，开仓放粮，赈济百姓，瞬间得到马邑百姓的拥护，迅速得兵万余。刘武周听说善阳（朔州平鲁）有个铁匠机智勇猛，武艺超群。此人为鲜卑后人，叫尉迟恭，遂亲自登门献上厚礼，邀请他加入自己麾下。但是，刘武周毕竟区区万余人，要想灭掉隋朝，以及其他割据势力，几乎无有可能。刘武周便依附于突厥始毕可汗，始毕可汗亦想利用刘武周之势兵伐中原，遂封刘武周为定杨可汗。刘武周就此自称皇帝，遂援引突厥军夺雁门，破楼烦郡，进取汾阳宫。

时任隋朝太原留守李渊，因治下的马邑发生叛乱，多地失守，隋炀帝欲治其罪。李渊便借机以防备刘武周乱军南下为名，私下招兵买马，广纳将才。待李渊实力日丰，便公开发布讨伐隋炀帝檄文，迅速挥师南下，继而向西南挺进，占据长安（今西安）。公元618年农历五月，李渊在长安称帝，国号唐，是为唐高祖。当时，易州叛军领袖宋金刚，原与魏刀儿联合，因被中原瓦岗军窦建德打败，率4000余众投奔刘武周，更壮大了其声势。刘武周素闻宋金刚善于用兵，得之甚喜，封宋金刚为宋王，委以重任，并分一半家产给他。宋金刚就此休去原妻，娶刘武周的妹妹为妻。

公元619年，刘武周率军南下，且有尉迟恭冲锋陷阵，所向无敌。先后破榆次，占平遥，夺介州，攻下了李渊的发祥地晋阳（今太原晋源区）。不到半年时间，刘武周吞并了山西大部分地区，对大唐江山构成了严重威胁。唐高祖李渊因之而恐慌，命次子秦王李世民率军征讨。刘武周竟每战皆败，其部下宋金刚的人马被斩杀几尽，宋金刚单骑逃遁。此时，刘武周的骁将尉迟恭早有归唐之意，便举介州及永安之兵投降了李世民。刘武周见大势已去，急忙派人给突厥始毕可汗送去求救信，随后率500骑弃晋阳向北打算逃至突厥领地。唐高祖李渊听从大臣刘文静之计，和好突厥，亲自写信与突厥始毕可汗联系。然始毕可汗还是派出了一支骑兵支援刘武周潜入句注山（今雁门关附近），打算等待时机再夺回晋阳。后始毕可汗因病去世，突厥遭此变故便匆匆撤军。

刘武周势力锐减，只得沿雁门关一线向东溃逃。秦王李世民一直紧追不舍，追至云中县（今大同县）东南之凤凰山，寻觅不到刘武周的踪迹。李世民见此山巍峨挺拔，仙雾缭绕，便对此山颇为好奇，询问此山的来由。当地百姓道：此山中有一山洞，洞中曾有妖蛇修炼。妖蛇常常兴风作浪、残害无辜。此事被天公得知，命凤凰仙子下凡收服了妖蛇，将其压在山之主峰之下，令其悔过，自行修炼。后来该妖蛇果然修成正果，终得天公赦免，之后飞天成龙。当地百姓为了感恩这位凤凰仙子，遂将该山叫做凤凰山。至此，该地山灵水秀，百业兴旺。李世民得知此山来历，更是好奇，遂上至凤凰山顶，远望灅水（今桑干河）宛若玉带，美景如画，当即赐名为殿山，并下令于殿山之巅建

殿山兴国寺山门

造兴国寺，以福佑大唐江山社稷万年永固。殿山之名便始于此。

历史虽已远去，但殿山因受李世民所封更显得与众不同。

由于殿山北部山势陡峻，壁立万仞，松柏、白桦及各种灌木纵横交错，高大茂密，难以攀爬，故我们只得绕道浑源县从殿山南坡逶迤而上。殿山之南所生灌木远远逊色于山之北，然山上奇石则赏心悦目。

我们所攀爬的第一道山坡倾斜度近50度，未及其中部，竟有两位队友体力不支，知难而退。受其影响，又有几人意欲返回，终因兴国寺的诱惑再砥砺前行。一个小时后，第一座山头成功登顶。然众皆疲惫不堪，抬头仰望，殿山之巅竟不知所踪。一行人便只好就地休憩，隐约听得繁茂干枯的草丛中有鲜嫩的草芽在窃窃嬉笑，众人皆不堪其嘲弄，一个个满面通红，大汗淋漓。再细看，小草芽却是在嬉笑中期待一场历练的风，然而此时的山中没有一丝的风。谷雨之后的云翳很留恋这片山川，它们像一层薄如蝉翼的纱幔，笼罩着整片恒宗大地。东方山坳间的太阳渐渐朦胧，就连一贯调皮的风亦蓄意躲藏起来。草芽们开始咿咿呀呀唱起古老的曲。唱着唱着，山桃花的芬芳迤逦而来；唱着唱着，东西两侧高大的松柏与白桦林葱茏而来；唱着唱着，我们依旧大汗淋漓，然脚步却变得铿锵有力。

从南坡登殿山，为四级登高。待登上第一座山头的顶部，却是刚刚落在第二座山头的山脚，如此反复。团队之好，便是在于相互鼓励，彼此一句看似漫不经心的话，却给予了对方莫大的动力。待我们爬上第二座山头，见其山石一块块平铺于山体的顶部，仿佛是埋伏于草丛中满身盔甲的士兵，齐齐整整，井然有序。站在第二座山的顶部向上眺望，兴国寺的整体轮廓便依稀可见。兴国寺坐北朝南，以山石砌墙合围，宛若一座巨大的城堡，气势宏伟，庄严古朴。众人不禁有些激动，满怀兴奋。三个小时后，兴国寺已在眼前。

距山门南约100米处，仍存一石碑底座，石碑早不翼而飞。葱茏的松柏环绕着石碑的底座，仿佛在聆听其遥邈的吟叹。前行数米，有建筑根基，疑似曾建有亭台楼阁。遥想当年满山的香客迢迢至此，是否亦如我等心潮澎湃，却又诚笃痴狂。

在山门南约50米处，有巨大的捣米杵臼一座，杵臼四周有建筑山料堆积，疑似曾为僧侣斋堂。与山门相对10余米处，有高约2米石碑一座，碑首镌刻楷书"万善同归"字样。"万善同归"为佛教用语，梵文音译，"万"为圆满之意。其泛指整体时空，意为时空里所含一切善法皆离不开阿弥陀佛。然该石碑已严重风化，赭苔斑驳，仅可辨认部分文字。据之推断，此应为兴国寺的功德碑。在功德碑的上部，有两个突兀的卯榫，其上曾有硕大碑帽。该碑帽已被人为破坏，碑帽上雕刻的精美龙腾图碎落在石碑脚下。

再看，兴国寺的山门仅剩框架，高高矗立在台阶上。依古代寺庙建筑风格，寺院应有三道门，即"空门""无相门""无作门"，象征"三门解脱"。与功德碑正对的山门是该寺的正门，其上原有门额和飞檐脊顶，左右两边配山门殿，现皆毁。正门左侧东向有坡度较陡的台阶，为兴国寺另一道山门，该山门亦已荡然无存。沿正门入寺院，有刚刚抽芽的古老灌木若干，但却掩饰不住满院的破败萧瑟。

殿山兴国寺占地面积2000多平方米，北边紧贴刀削般的万丈悬崖，东西两边为坡度较陡的山谷。该寺为就地取材石砌窑洞式寺庙，分前后、上下、东西三进院落。入山门两丈外正对原有一殿，然殿宇早倒塌为一地石块。此殿之后，为兴国寺的主殿。主殿分上下两层，上层为七间殿堂；下层外跨三间殿堂，其中西侧的一间几乎被上层坍塌的墙壁封闭；上下殿堂错落有致，庄严肃穆。下层三间殿堂东西跨度15米，进深2.9米，墙壁厚度1.5米。三间殿堂由门道相互贯通，由于内部墙壁泥土脱落，以及人为破坏，仅在中间殿堂东侧墙上残存唐代人物壁画，其中墨色《天王镇妖图》局部画面清晰，线条流畅，遒劲奔放。然彩绘人物画只剩片余，再难窥其缤丽风格。在底部主殿的后面有狭小过道，里面又三间殿室。殿堂里外地面狼藉一片，堆满了破碎的泥塑佛像，佛像底座雕饰碎片，以及唐砖瓦砾等。

主殿之上为七间殿堂，疑为兴国寺之配殿或藏经阁。主殿西为殿山兴国寺的二进院，院墙只余部分根基。二进院的南边东、西角原有两座阁楼，阁楼上左为晨钟，右为暮鼓，现仅留部分残垣。二进院的正面有跨度15米通透的石窟一座，进深亦2.9米，墙壁厚1.5米，其穹形拱顶已脱落，过去应为沙弥习经、休息之僧寮。二进院之西便是三进院落，有一丈四方之石室，此或为方丈之正堂、居室与客殿。唐朝寺庙建筑开间、面宽、进深、墙壁厚度、高度、间数等，均取奇数，故所谓的一丈四方或不足尺。

在三进院的西边开有一门，门框架已倒塌，此为殿山兴国寺第三道山门，出门向西10余米，有一石碑底座，石碑已与底座分离，其面朝下。《三晋石刻大全》载，"殿山兴国寺石碑（明万历二十四年）"，"殿山兴国寺门额（明万历二十四年）"。由此可见，殿山兴国寺在唐朝之后，明万历年间再竖石碑，添门额。奇怪的是，在石碑附近，有大片的奇石裸露于地表。其上布满突兀的自然花纹，像纷披交错叠加在一起的植物枝条，又像是海葵挥舞蠕动时的触须，且千变万化，似人工精心雕琢。联想殿山本是1.38亿年前燕山造山运动时隆起，莫非此奇石上精美的图纹源于海底某些植物化石、海葵化石，或是小水螅体珊瑚化石？此待相关专家考证。

沿斜坡向下约30米，有一人工开凿的山洞，高约2米，黑暗幽深，曲折回环，其洞口的另一端为万丈深渊，此大约为方丈坐禅修行之所。

兴国寺内所残留的建筑物，其外表上部均留有石头卯口与斗拱，可见当年该寺院殿堂之外部均有外回廊穿插围合，并镶有雕刻细腻的图案组合构件。以外回廊遗址地基测之，外回廊宽度为3.7米。依据殿山兴国寺主体建筑残留物的特点，该寺院上部曾均有高挑向上的屋檐。唐朝寺庙的屋檐通常为上下两层，主体殿堂屋顶上还设有简单而粗犷的鸱吻。这些物证，可以从殿山兴国寺院内到处散落的柱基、雀替、勾头等建筑构件得以佐证。这些散落的石材雕刻构件，巧夺天工，精美绝伦，充分展示出了唐朝浓重的历史文化气息。寺院内还散落有屋顶用过的灰瓦、黑瓦两种。灰瓦用于一般建筑，黑瓦则用于殿山寺庙主殿堂之上。

只可惜，如此珍贵、恢宏、精美的殿山唐代寺庙竟破落至此。

2013年，殿山兴国寺被列为大同市市级重点文物保护单位。然就其稀有价值、历史价值、文物价值、研究价值来说，又何止于市级？

待我们一行将寺院游览完毕，已是下午两点多。众人面对寺院的残垣断壁唏嘘不已，然腹中已饥渴难挨，遂囫囵果腹。此时，山下那两个"逃兵"电话催促不断，便只好匆匆结束此行。待刚走出山门，隐约听得寺院里佛音袅袅。

千寻耸笔峰

吴天有

在大同的历史文化遗存中，禅房寺山的辽代砖塔，无疑是一件瑰宝。

禅房寺山位于大同市云冈区口泉乡西南，在七峰山的南面，与七峰山遥遥相望。可以上达禅房寺山的道路主要有两条，一条是从山的东面走雅西公路，从台子山隧道前的沟内步行上去；一条是北面，从老窑沟村东开车到达大同电视台七峰山差转台后，再步行到达禅房寺山。我选择了后一条路线。

汽车从老窑沟村东沿盘山公路行驶约 20 分钟后，上达七峰山差转台所在的山顶，禅房寺塔所在的丈人峰就在差转台的南面对面。连接两座山峰之间原本有一道月牙般的弯形山岭，大概就是古人记载的月窟岭吧！遗憾的是，在山岭南端靠近禅房山的地方，不知最近哪一年，为了采煤，在岭上挖了一条巨大的沟，将月窟岭拦腰截断。这样，想要到达禅房山就要先沿着山间小路下到山沟，再从山沟沿着山间小路上到禅房山。不仅增加了距离，也增大了攀爬的难度和危险度。

在艰难地下达山底后，再沿着采煤废矿渣堆砌的碎石坡，上到禅房山的半山腰。山腰处，有一处马鞍形的平展处，这里建有一座凉亭，为现代仿古建筑，年代不详。站在凉亭仰望砖塔，丈人峰一峰独立，如同一位身披战袍的将军登临眺望，雄视远方。峰顶上，砖塔高高矗立，像一支巨型毛笔的笔峰，耸立在群山天地间。

在山腰处的凉亭里稍作停留后，我迫不及待地爬上了丈人峰顶。山风很大，像是要将我赶走似的。

围着砖塔我仔细打量：砖塔八角七层，高约20多米，为实心砖石结构。塔基用长方石料砌成，分下、中、上三个层次，每个层次都有各自不同的造型，特别优美。基座的下部为长方石料，不做雕刻，既是实际也是造型的基础部分。中部为束腰状，每个面的石头上分别雕有莲花、牡丹以及粟黍等植物图案。而在束腰处的六个角上，雕有六个勇猛威武的力士，像是承托着整个塔身的重量。塔基的上部有两层，下面一层的六个面上，都分别雕有三尊盘腿打坐的菩萨。上面一层则为仿砖木结构的出檐、屋顶。塔基的下中上三个部分，独立地构成了一个完整的造型。石基的上方是砖瓦结构的塔身部分，共有七层。每层都有造型巧妙的出檐，在每层间隔的三个面上，分别设有一个假门，其他三个面上设有假窗。虽是虚设，看上去却十分逼真。纵观整个塔体，造型美观、稳健大方、气势秀美而壮观。

站在丈人峰顶极目四望，我不得不相信古人所说的一句话："天下名山僧占尽。"禅房寺所在的山和周边的山，无疑是大同市最俏丽的山，山势嵯峨，山体变化多姿。看上去有的像长城蜿蜒，有的像巨龙盘旋，还有的像苍鹰翘首，振翅欲飞。有的山体绝壁千寻，有的山体刺破青天。以前曾经见过有关禅房寺山自然环境的描述：岩石裸露，植被稀疏。我想，那可能是两种原因造成的误会，一是没有到过近前，只在远处远远地眺望；一是观察时间不是时候，春季或晚秋甚至冬季。

禅房寺砖塔

现在，我所看到的禅房寺山自然环境可不是那样，实际上，夏季的禅房寺山，花草茂密，灌木丛生，植被覆盖良好，堪称是大同市一处难得的天然植物园。

我四处寻找，却找不到禅房寺的痕迹。我想确认一下曾经的禅房寺的确切位置，从而试图找到有关禅房寺或者砖塔记载的一块半块石碑。就砖塔周边地形来看，我觉得禅房寺曾经的位置应该就在山腰现在的凉亭处。这里的地形为马鞍形地形的凹部，夹在砖塔所在的丈人峰和月窟岭之间，至少有50多平方米较平坦地形。经过仔细查找，我找到了一些残砖片瓦，似乎为我的猜测提供了佐证。但我却没有找到一丁点关于禅房寺和砖塔记载的碑刻痕迹。

禅房寺及砖塔究竟建于什么年代呢？禅房寺又毁于什么年代呢？在清顺治版《云中郡志》和乾隆版《大同府志·寺观》中，均有关于禅房寺的记载。其中，乾隆四十一年（1776）《大同府志》中记载："禅房寺，府城西南五十里禅房山麓，唐天宝间建。"而在清道光十年（1830）《大同县志·寺庙》里已无关于禅房寺的记载。只在《山川》一卷中有关于禅房寺的如下记载："禅房山，在月窟岭南，距城六十五里，山阳有禅房寺，今已圮废。"可见，禅房寺始建于唐天宝年间，废弃于清乾隆四十一年（1776）与道光十年（1830）之间。从唐天宝末年的公元756年到公元1776年，禅房寺的香火至少缭绕了千年。关于砖塔的创建年代，《云中郡志》记载道："禅房山，城西南六十里，上有寺塔，皆创自辽。""皆创自辽"或为笔误，因在该志《寺观》卷里，已经注明禅房寺建于唐天宝年间，辽代应该是对该寺进行了修缮，同时创建了佛塔。而砖塔的实心密檐式结构也符合辽塔的特点。

在大同民间，围绕禅房寺塔，还有一个动人的故事。传说江浙一带一位大户人家的千金小姐，为了悼念自己订婚未嫁却阵亡在雁门关外的情郎，毅然抛弃家乡富足的生活，千里迢迢赶到敌国，在爱人追随杨六郎血染金沙滩的对面山上，建造了这座塔。随后这位痴情的姑娘，就在山脚下盖了座尼姑庵，终身为恋人守节。因而，这座塔也被称作"望夫塔"。由此推测，历史上的禅房寺，或为尼姑庵。

塔也称浮屠，古语有"救人一命，胜造七级浮屠"。其中的所谓浮屠，指的就是塔。辽代是一个大规模建塔的时期，那时佛教渗入契丹族，盛行于辽国。不仅佛寺建塔，在没有佛寺之处也建塔，从辽国五京到各州县，耸起了一座座高塔。而作为辽代西京的大同，建塔应该不是一件稀罕事，只是将塔建在高山绝顶上，的确令人称奇。

在大同市现存的辽塔中，除了灵丘的觉山寺塔外，就只有禅房寺塔了。2006年，禅房寺塔被国务院核定为第六批全国重点文物保护单位，可谓是实至名归。

清人郭辑五《晴眺塔山》诗赞曰：

塔建丈人峰，千寻耸笔锋。
上方时响铎，下界不闻钟。
古刹留唐碣，苍苔护汉松。
新晴凭仰止，窈窕翠微浓。

辽于公元907年建国契丹，公元947年定国号为辽。公元936年，石敬瑭以燕云十六州割让给契丹，耶律德光"因俗而治"，改云州为西京。这样算来，这支高耸于千寻之上的笔峰，也已经千年。

清凉大同城 度夏优选地

——大同市打造"五都"品牌系列之夏都篇

安大钧　杨世刚

端午小长假，逾百万游客从四面八方来到大同，赏云冈，观恒宗，休闲旅游，纳凉避暑。浓浓的风土人情，宜人的清凉气候，让人流连沉醉，不愿离开。作为避暑胜地、清凉之城，大同现在旅游基础日臻完善，"夏都"名号更加远播。

夏都之凉

夏天来大同，清凉是第一感受。"清凉大同城"的定位，是有多年积累的气象资料为佐证的。

气温！气温是一个地区气候及旅游舒适条件中最敏感的气象要素之一。大同市平均海拔1060米，近30年（1981—2010）夏季（6—8月）平均气温为20.8℃，最高为22.4℃（1999），最低为19.4℃（1982）。大同市最热月7月份的平均温度（22.0℃），与地处中纬度的高山避暑胜地江西庐山、北方的哈尔滨、南方的贵阳相当，甚至比北方的海滨避暑城市大连、青岛和著名的承德避暑山庄都要低。这说明在中国与其他城市相比，大同市夏季避暑的温度条件十分优越。同时大同昼夜温差大，夏季平均温差为12.4℃，即使在最热月的7月，中午日照充足时最高气温平均为28.8℃，但早晚温度一般在16.8℃左右，早晚十分凉爽，有"大同夏天不需空调机，晚上要盖被子"的说法。

降水！大同地处北纬40度线，夏季（6—8月）降水约239.5毫米，占全年降水量的62%左右。但夏季大于0.1毫米的降雨日仅为35.5天，约占整个夏季的三分之一，其余三分之二为无雨日；同时由于地形因素的影响，夜间降水的现象很普遍，这样的夏季降雨特点有利于人们白天出行旅游。

护城河景色

相对湿度！湿度在夏季对人的舒适性影响最大，过湿和干燥的气候条件都会影响到人的舒适感。据研究得知：当气温在21℃—27℃、相对湿度超过80%时，人体会感到不舒适。根据这一判断标准，大同夏季（6—8月）各月平均相对湿度均在70%以下，总体感觉舒适，较适宜出行旅游。

风速！在夏季相同温度条件下，微风带走人的汗液，会使人体感觉舒适。静风天气条件会大大影响人体舒适度。大同市夏季平均风速基本都在1—2级，属于微风级别，感觉闷热的天气极少。

总辐射和紫外辐射！多年数据表明：大同市7—9月的多年平均云量为五成左右，也就是说多云天气较多。按照中国气象局紫外线指数分级指标，只有在晴天条件下，仅在中午很短时间紫外线强度达到4级，外出适当戴遮阳帽和撑太阳伞即可。其他绝大部分时间的紫外辐射强度为弱和很弱，紫外线强度在3级和3级以下。大同市夏季紫外辐射弱，对人体的影响很小。

日照！大同地处中纬度地带，夏季（6—8月）平均日照时数介于7—9小时，天空晴朗，人体会感到愉悦舒适，同时有利于增强体质、提高人体免疫力、改善排汗机能。

海拔！据生理卫生实验研究，最适合人类生存的海拔高度是500—2000米，适合人类生存的大气压范围是750—950hPa。大同市平均海拔1060米，市区海拔1053米，与贵阳、昆明、大理相当，海拔气压条件十分优越。适宜的海拔条件更有利于增大肺呼吸量和氧气的吸入量，增加动脉中的氧分压，增强人体血液循环系统的功能。浙江大学硕士研究生李灿曾对中国四大避暑胜地庐山、莫干山、鸡公山和北戴河进行过比较研究，这些地方每年最热月7月的平均气温和相对湿度分别是：庐山23℃和78%，莫干山24.9℃和81%，鸡公山23.6℃和

78%，北戴河 24.5℃和 65%。由是观之，大同无疑是人们避暑休闲和居住生活的理想之地。

夏都之美

作为避暑胜地，除气象条件外，还要看当地是否适宜休闲度假，有无良好的出行交通条件、养生饮食条件等综合性要素。此外，还要看当地是否具有丰富的人文景观和自然景观。

大同作为避暑胜地的综合性要素，无疑是充分的、高质量的。

随着"转型、绿色、低碳、跨越"发展战略的有效实施和生态城市、园林城市建设的深入开展，大同已是旧貌换新颜。近年来，大同以创建"国家环保模范城市"为目标，全面落实大气污染防治行动计划，通过采取减排、控煤、管车、降尘、治污等综合措施，使空气质量不断提升，蓝天白云已成为大同的常景。2012 年至 2014 年，每年二级以上天数都在 300 天以上，连续三年均在全省排名第一。在京津周边地区，大同与张家口两市空气质量也是最好的。特别是每年的 6 月至 9 月，大同市几乎每天的空气质量都在二级以上。以 2014 年为例，6 月全部是二级以上天气，7、8、9 三个月，除轻度污染 8 天外，其他都是二级以上天气。在大同可以感受到绿色、生态、清凉的三重旅游体验。

大同早在新中国第一个五年计划实施时期，就是全国的交通枢纽城市之一，在"十二五"期间，还是"42 个全国性交通枢纽城市"之一。铁路、高速公路四通八达，随着航线的扩展和京大、大西高铁的建成，大同的交通将更加便捷。

大同是"秦汉名邑，北魏首都，辽金西京，明代王城，历代军镇"，是中国首批 24 座历史文化名城之一。它汇古都、佛都、艺都、融合之都为一体，集王城、军城、府城、龙壁之城为一身，还是公元4—5世纪屹立在世界东方的中国大古都城市、公元5世纪中国丝绸之路的起点。它的历史文化遗存众多、人文景观丰富、文化底蕴深厚，就近旅游，能大饱眼福，还能净心纯意。

大同还是美食之乡、养生之地。大同盛产马铃薯、燕麦、荞麦、豌豆、蚕豆、扁豆、红豆、绿豆、小米、黄米等特色农产品，均为降脂降糖的健康食材、养生食材。大同餐饮业十分发达，全国的八大菜系在此融汇，莜面窝窝、荞面圪坨、苦荞凉粉、抿豆面、小米粥、刀削面等当地美食应有尽有、样样俱佳，真正是别有风味、养生健体。总之，作为避暑休闲度假旅游胜地的大同，具有良好的气象环境要素、空气环境要素、生态环境要素、人文环境要素，在此度夏，舒适、安全、愉快、方便。

夏都之约

夏都，即人们共同向往的避暑度假胜地。现如今，不论是在微信圈、QQ群，还是百度贴吧上，大同每与传统或新兴避暑胜地列为一起，都吸引着八方来客。

持续的建设和营销，让旅游界对大同的关注度日渐提高。

2014年以来，面向北京市场，大同响亮打出夏都品牌，持续开展旅游推介等多种深度传播，开展消夏度假旅游年系列活动，让更多的北京人通过全方位、立体式的宣传认知大同的大不同，取得显著成果。

同时，还与乌兰察布市、张家口市签订区域旅游合作协议，共同打造长城"金三角"旅游合作区，展现大同旅游的又一战略新思维。大同通过发展三地及区域旅游，整合不同地区之间的旅游资源，扩大彼此间旅游市场的发展空间，以此来把握京津冀一体化发展国家战略的大好机遇，组团融入京津冀经济圈，打造区域化发展新格局。

2015年，大同旅游继续发力。借力北京申办2022年冬奥会机遇，突出"清凉大同城、度夏首选地"推介，精心打造和叫响古都、煤都、夏都、佛都、艺都"五都"品牌，建设国际旅游目的地城市。继续发挥云冈石窟、北岳恒山、古长城等精品资源带动作用，运用好旅游节、骑游大会等节庆载体，大力发展红色旅游、特色旅游、乡村旅游、生态旅游、自驾旅游等旅游新业态；以大张高铁辐射京津冀地区，以大西高铁辐射西北地区，以航空港辐射华南、华东、东北、香港等广大地区，积极开拓旅游市场。加快文化产业园区建设，方特欢乐世界、魏都水世界越来越受到人们的青睐；加快建设完善北魏398文化创意园、大同古城文化艺术和影视基地、御东五大文化场馆、特色工艺品园（大同玉、铜火锅、银器皿等）、长城边塞文化园、阳高大泉山休闲

古城云路街

生态园、灵丘有机生态旅游产业园、大同火山群地质文化公园；宣传好、利用好晋华宫国家矿山公园、广灵剪纸园、魏都文博园（古玩书画）、魏碑书院，推动文化旅游产业集群式发展。加大对文化旅游产业的政策扶持力度，鼓励民营资本进入文化旅游产业，启动全国旅游标准化示范城市创建工作，加快组建大同文化旅游（投资）集团。

建设旅游终极目的地，大同正张开双臂，诚邀八方来客。随着知名度的不断扩大，多个大型旅游集团、旅游联盟先后来大同考察，对大同旅游的综合品位给予高度认可。国家旅游局、北京旅游局的同志组团自驾游到大同，北京神舟旅游集团、北京环渤海旅行社联盟先后来大同考察。大同旅游的宣传在省外高校也产生了一定影响，许多学生表示，大同是名副其实的避暑胜地，旅游资源的精彩程度超乎想象。

打造夏都品牌，撬动旅游市场，是大同面向全国、走向世界的重要一步。

拥有足够底气的大同旅游大有可期。

大同市"三圈两带"主题游精品线路

近年来，大同市除对原有产品进行升级打造，又陆续开发了长城游、井下游、节庆文化游等产品，使旅游产品提级升档，连点成线，组线成片，逐步形成了"三圈两带"主题线路：

第一个圈，以云冈石窟为中心，融晋华宫国家矿山公园、煤炭博物馆、井下游、佛字湾、观音庙、鲁班窑、万人坑二战遗址纪念馆等为一体，既可瞻佛礼佛，又可深入煤海深处领略采火人的风采，当一天煤矿工人，成为新的旅游品牌；红色景区让人重温苦难岁月，铭记抗战历史。

绿染水神堂

　　第二个圈，以北岳恒山庙宇群、十八景之首悬空寺为中心，次第容纳了县衙、永安寺（壁画）、栗毓美墓、神溪湿地等。东行到广灵，水神堂碧波荡漾，白羊峪山峦翠绿，这里汇集了众多乡村游、山水游、佛道文化游品牌，畅游于山水之间，感受北国风光之雄。

　　第三个圈，以新城建设和旧城改造升级为板块，延展至云冈区、云州区，其中有新建的五大场馆、农家餐饮、真人CS、农家采摘等，此区集中了北魏、唐宋、明清等各种风格建筑，特别是辽金建筑，在中国都首屈一指，华严寺、善化寺都是当时的建筑代表，是当今硕果仅存的建筑典范；大同县火山地质公园，白登山森林公园（国际自行车大同基地）与此相邻，可游走于城乡之间，一边是都市风情，一边是乡村恬静。

　　第一个带，以外长城为旅游线，它串连了天镇、阳高、新荣、左云等县区，与杏花节、长城自驾游、驴友户外活动相结合，长城气象一览无余。线内古堡环集，城墙蜿蜒，雄关漫道，直插青天，古韵悠悠，新风扑面；新平堡古镇朴拙，大泉山绿荫如盖，得胜堡紫塞夕照，八台子中西合璧。

第二个带，以唐河大峡谷为旅游带，此中，山势叠嶂，危岩耸立，流水潺潺，山花烂漫。此带有古建觉山寺，水景上下北泉村，溶洞桃花山。在这里可尽享北国山水之秀，又可深入田园体验乡土文化之丰饶，采山果、饮山泉，与民同乐，其乐融融。

"三圈两带"主题游，如线穿珠，把云中美景"一网打尽"，古都气象一览无余。

封面题字：宋志强

文化古都
清凉夏都
美食之都